EU NÃO SEI QUEM VOCÊ É

EU NÃO SEI QUEM VOCÊ É

PENNY HANCOCK

2ª EDIÇÃO

TRADUÇÃO DE
DAVI BOAVENTURA

Porto Alegre
São Paulo · 2021

Copyright © 2019 Penny Hancock
Publicação original em 2019, pela Mantle, um selo da Pan Macmillan, uma divisão da Macmillan Publishers International Limited
Título original: I thought I knew you

CONSELHO EDITORIAL Eduardo Krause, Gustavo Faraon, Luísa Zardo e Rodrigo Rosp
PREPARAÇÃO Carlos André Moreira
REVISÃO Meggie Monauar e Rodrigo Rosp
CAPA E PROJETO GRÁFICO Luísa Zardo

DADOS INTERNACIONAIS DE CATALOGAÇÃO NA PUBLICAÇÃO (CIP)

H234e Hancock, Penny.
Eu não sei quem você é / Penny Hancock ; trad. Davi Boaventura. — 2. ed. — Porto Alegre: Dublinense, 2021.
400 p. ; 21 cm.

ISBN: 978-65-5553-047-6

1. Literatura Inglesa. 2. Romance Inglês. I. Boaventura, Davi. II. Título.

CDD 823.91

Catalogação na fonte:
Ginamara de Oliveira Lima (CRB 10/1204)

Todos os direitos desta edição reservados à Editora Dublinense Ltda.

Av. Augusto Meyer, 163 sala 605
Auxiliadora • Porto Alegre • RS
contato@dublinense.com.br

Para Anna D'Andrea

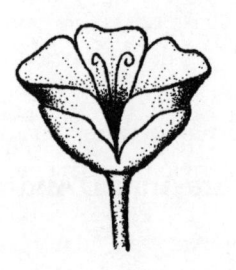

1
Holly

E ALI ESTÁ ELE SOZINHO DE NOVO, de cabeça baixa, com a mochila pesada apoiada nos ombros ossudos. Aquelas calças largas caindo por cima dos sapatos ridículos, de um jeito que é impossível não notar a magreza das suas pernas. Ele está naquela idade em que o corpo inteiro fica fora de proporção. Comprido e estreito e com uma cortina de cabelo escuro cobrindo o rosto, como se ele tentasse esconder a explosão de espinhas nas bochechas.

Saul encontra um espaço vazio na praça e encara um pedaço de chão onde a grama foi pisoteada por sapatos escolares até desaparecer por completo. Uma menina se aproxima, vinda lá de trás. É uma das amigas de Saffie, só que parece um pouco mais estudiosa e bem menos confiante. *Vai lá, fala com ele*, eu imploro para ela. *Por favor. Ele é um menino legal. Ele é gentil e carinhoso.* Mas ela solenemente ignora meu filho e segue até a multidão sem nem parar para dar oi.

Meu sonho era que ele nem precisasse ir à escola. Que ele não precisasse se misturar com o mundo. Ele não se encaixa entre essas pessoas.

E aí a barulheira das meninas, as risadas, as minissaias, os cabelos coloridos ondulando no ar, as mãos agarrando os celulares. Ao lado delas, um grupo de adolescentes quase adultos, todos muito bonitos. Peles vistosas, cabelos da moda, topetes chamativos. Eles exalam vitalidade. Esses amontoados de crianças estão estacionados na frente da minha janela há pelo menos meia hora, à espera do ônibus que vai carregá-los para a escola e deixar a vila em silêncio outra vez.

— Você está apegada demais — Pete diz, chegando por trás e me surpreendendo. — É um sinal de angústia de separação — ele trabalha como psicoterapeuta e, portanto, rotular os sentimentos dos outros é sua obrigação diária.

— Eu não tenho angústia de separação — eu digo, minha respiração embaçando o vidro da janela. — Sou apenas uma mãe preocupada com o próprio filho, e só porque ele ainda não conseguiu fazer nenhum amigo.

— Vem cá.

Os braços de Pete deslizam pela minha cintura. Ele levanta meu cabelo, me beija no pescoço e eu me encosto nele.

— Está tudo certo com o Saul, Holly. Ele tem dezesseis anos. Está procurando uma identidade. Você precisa deixar que ele seja ele mesmo. Acredite em mim, eu vejo muitos garotos problemáticos. O Saul é um menino quieto e sensível. Ele perdeu o pai faz seis anos, mas não está demonstrando nenhum comportamento preocupante. Então, se você me permite uma opinião profissional, acho que é você quem precisa se afastar um pouco.

Eu esfrego um círculo no vidro embaçado. Saul permanece sozinho sobre a grama.

— Você sabe como é difícil. Depois de tudo o que ele passou — eu me viro e beijo Pete na bochecha. — Bom, está na minha hora.

Carteira, celular, cosméticos. O mantra que eu e Jules criamos para não nos esquecermos de nada pela manhã. Tudo certo? Sim, tudo arrumado na minha bolsa. E a pizza está na geladeira, esperando para ser assada quando eu chegar em casa.

— Queria poder estar aqui hoje à noite — Pete diz. — Eu volto o mais rápido possível amanhã. Você quer uma carona pra estação?

— Eu vou andando — eu digo. — Pode deixar, Pete. É muito contramão pra você.

— Te vejo amanhã então — ele diz, e os lábios dele contra os meus me dão um arrepio pelo corpo inteiro. É uma sensação que eu não esperava ter ao cruzar a marca de dois anos de relacionamento, mas sempre foi assim entre a gente: eu e Pete nos casamos logo depois de nos conhecermos, em uma cerimônia simples no cartório de registros de Cambridge, com uma certeza absoluta do que estávamos fazendo.

Em segundos, já estou na rua. Assim que eu chegar no trabalho, não vou mais pensar em Saul. Pelo menos não até a noite, quando nós dois voltarmos a discutir sobre o seu dever de casa. No fundo, eu sei que essa minha insistência em cobrar dele uma dedicação aos estudos só esconde uma preocupação recalcada sobre o quão infeliz ele se sente desde que eu o transferi de sua escola em Londres para um belo recomeço em uma vilazinha no interior mais molhado do país.

De todo jeito, já não o vejo mais. O ônibus da escola chega e engole os adolescentes. E meu telefone começa a tocar enquanto ando pela lateral da praça, de cabeça baixa por causa da chuva fina.

— Onde você está? — Jules me pergunta.

— A caminho da estação. Não tenho nenhuma orientação antes das onze, então vou pegar o das oito e trinta e cinco. Está um horror aqui na rua. Parece que o céu está mijando em cima da gente. Mas o Pete saiu com o carro.

— Você devia ter avisado.

— Não tem problema. É um bom exercício.

— Você não esqueceu de hoje à noite, né? Aniversário da Tess naquele barzinho novo em Fen Ditton. Noite das mulheres.

— Ah, sim, claro. Com certeza. É alguma coisa pra me ocupar a cabeça.

— Quer vir aqui em casa antes? O Rowan está viajando. A gente pode tomar uns drinques e depois pegamos um táxi juntas.

— Parece uma boa ideia. Tudo bem contigo?

— Tudo certo — ela diz. — Fora ter que lidar com o humor instável de uma pré-adolescente, está tudo ótimo. E com você, tudo bem?

— Melhor agora, que falei contigo. A gente conversa depois.

Ela desliga, e eu enterro o telefone no bolso do casaco e puxo o capuz para cima da cabeça. Vai ser bom me divertir um pouco e esquecer as várias horas que ainda vou ter que passar lidando com todos aqueles estudantes cheios de estresse e corações partidos. Sem falar que eu ainda não tive uma boa oportunidade de conhecer minhas vizinhas, não tive a chance de fazer aquelas amizades de porta de colégio que você só faz quando seus filhos estudam nas escolinhas infantis. Saul já tinha quatorze anos quando a gente se mudou para cá, dois anos atrás, e não é difícil, pensando em hoje à noite, imaginar uma cena na qual eu compartilho com todas as mulheres da mesa as minhas preocupações relacionadas a ele, porque, em encontros assim, sempre tem uma mãe preocupada com o próprio filho para te ajudar a pôr seus dramas em perspectiva.

Na saída da vila, os campos ao meu redor são estriados, com porções de água brilhando debaixo de uma distante penugem escura de árvores. Pântanos marrons e carregados de lama, junto com nuvens descoloridas. É difícil dizer o que parece mais infinito, se é essa rodovia estreita que, no horizonte, leva para um quadro abstrato onde a terra se encontra com o céu ou se são esses filetes de água morta que, encravados nas plantações, se dirigem para o grande nada até se misturarem com as nuvens. Deixe seus olhos meio fechados e a região toda se transforma em uma penumbra encharcada.

Na verdade, pouco tempo depois da nossa mudança, eu comecei a achar que tinha cometido um erro terrível. A terra parecia um lugar onde a vida tinha sido drenada junto com todas as águas que antes ocupavam a região. Nem uma árvore ou uma flor ou um animal para você poder admirar. As únicas atrações, no meio de terrenos planos e extensos, são os depósitos industriais feitos de vergalhões e blocos de concreto. O céu é tão imenso que você pode rodar em torno do seu próprio eixo e enxergar somente uma contínua linha de horizonte. Eu nunca me relacionei com esse lugar, não era como se ele fosse minha casa. Eu não conhecia ninguém a não ser Jules e descobri toda a dificuldade que é estabelecer contatos em uma comunidade tão fechada. Mas eu precisava tomar uma atitude, mesmo que isso significasse abandonar o lugar onde Saul nasceu e onde Archie estava enterrado. Saul, na sua escola em Londres, não parava de afundar em depressão. E o financiamento da nossa casa em Hackney ameaçava destruir qualquer esperança da minha conta bancária.

— Você pode se mudar pra cá — Jules me sugeriu. Ela mesma tinha deixado Londres para trás quatro anos antes, quando Saffie ainda cursava os primeiros anos do ensino fundamental e Rowan quis voltar para sua cidade natal. — É uma comunidade muito acolhedora. E é tudo muito amplo. Você vai adorar — ela vasculhou os sites das imobiliárias no seu iPad. — Olha essa aqui. Casa geminada com jardim e dois quartos. No centro da vila. Metade do preço que você paga na sua casa em Hackney. Quem sabe você não pode até comprar em definitivo?

— É difícil, Jules. Eu sinto que, se a gente se mudar, é como se estivesse traindo o Archie.

— Holly, já são quatro anos. Você e o Saul precisam deixar ele ir embora, está na hora de superar o luto.

Jules estava certa. Nos quatro anos desde a morte de Archie, Saul deixou de ser uma criança de dez anos e se transformou num adolescente enorme. Nós dois precisávamos de um novo começo, precisávamos desapegar do velho projeto, do velho sonho.

— E o trabalho? — perguntei para Jules. — Eu nunca vou encontrar outro emprego tão bom na área de escrita criativa. Todas as vagas estão disputadíssimas.

— Você pode pegar o trem, como todo mundo pega.

— Você acha que dá?

— É só uma hora de distância até King's Cross. Que é quase o mesmo tempo que você leva hoje saindo de Hackney. É complicado, Holly, morar em Londres está ficando quase impossível. E essa vila aqui até pode ser deserta durante o dia, mas à noite você só sente o cheiro de fumaça de churrasco e está todo mundo estourando um espumante e abrindo uma garrafa de cerveja.

— Muito poético!

— Sério, toda noite é uma noite de festa. E as crianças também nunca ficam desocupadas. Remo, tênis, equitação. Muito mais saudável do que em Londres. O Saul vai adorar.

No fim eu visitei a casa que Jules tinha descoberto na internet e consegui comprar com um bom desconto. Um preço inédito no sudeste inglês, aliás, o que deveria ter me preocupado um pouco mais. Eu deveria ter entendido que era um aviso.

Saul, claro, não ficou muito empolgado com a ideia. Que adolescente quer sair da sua cidade natal para ir morar em uma vila a cem quilômetros de distância onde ele não conhece ninguém? Meu único argumento era que, com o tempo, ele iria gostar. Para a escola, por exemplo, ele só precisaria pegar um ônibus rápido, muito melhor que as duas longas viagens de metrô que precisava enfrentar em Londres para chegar em um colégio que, no final das contas, ele detestava. Então dois anos atrás, quando ele estava com catorze anos, nós nos mudamos para essa nossa pequena casa geminada, rodeada de vegetação. Dois anos. E, mesmo que eu tenha encontrado Pete na minha vida, eu ainda me sinto uma estrangeira nesse lugar.

...

O trem hoje de manhã está cheio de jovens viajando para internatos e para os alojamentos de Cambridge. Eles ocupam todos os espaços do vagão, mostrando os telefones uns para os outros, rindo, contando sobre as últimas postagens do Instagram e dos grupos de WhatsApp. Entre eles, tento descobrir outros solitários como Saul, mas nada feito, é uma interação constante. Os jovenzinhos animados desembarcam na Estação de Cambridge e eu enfim encontro um lugar para sentar. Descansando, vejo o trem atravessar várias propriedades agrícolas, alagadas em diversos pontos, com toda uma água espelhada refletindo árvores cujos galhos estão ameaçando avermelhar. Então os terrenos começam a exibir umas dobras e elevações e surgem as encostas verdes pontilhadas por pequenas vilas de tijolos vermelho, e também as placas das estações: Hitchin, Stevenage, Welwyn Garden City. Em mais ou menos uma hora chegamos perto dos primeiros subúrbios do norte de Londres. E meu telefone apita assim que passamos pelo estádio do Arsenal. Hesito, mas no fim acabo visualizando a notificação. Como eu imaginava, é um tuíte do @Machistinha.

@Hollyseymore diz que sim, mas, porra, quem é que tem coragem de comer essa mulher? #sexo #consentimento #feminazi

É só um troll, atacando pela enésima vez os seminários sobre consentimento sexual que estão sendo oferecidos para os alunos da minha universidade — e que viraram uma das polêmicas do campus. O diretório estudantil organizou as falas para tentar enfrentar a crescente cultura de masculinidade tóxica dentro da instituição. E eu me envolvi porque, como uma das funcionárias mais antigas do corpo docente, eles me pediram conselhos sobre os assuntos a serem tratados. Os estudantes também descobriram (graças ao Google) que, anos atrás, durante minha fase de jovenzinha idealista, eu atuei como voluntária em centros de apoio a vítimas de estupro. Naquela época, eu era incapaz de resistir a um protesto ou a uma luta política, bastava uma pequena faísca e eu já me jogava em todas as discussões sobre o direito das mulheres ao aborto e não perdia a chance de brigar para que nos *devolvessem o direito de andar à noite na rua*.

Esses seminários, no entanto, criaram um debate agressivo. Alguns estudantes contestaram a ideia logo de cara, alegando que uma conversa de meia hora é incapaz de ensinar a jovens homens que a ausência de um *não* não significa consentimento — e que, de qualquer jeito, os estudantes que mais precisam conversar sobre o tema jamais vão comparecer. Outros alunos ficaram furiosos por considerarmos que palestras como aquelas são necessárias, porque a proposta, segundo eles, não passava de um gesto condescendente.

Como resposta, escrevi um texto para um dos panfletos informativos da universidade. Meu argumento era que, embora uma educação sexual mais qualificada na escola, especialmente para meninos, seja muito mais efetiva do que conversas informais, não podíamos desconsiderar que, diante do quadro atual, uma série de palestras é, sim, a melhor alternativa para enfrentarmos o assédio sexual e a escalada de estupros dentro do campus. E estou sendo ridicularizada desde então.

Agora, mais uma vez, os tuítes me deixam abalada. O ódio incrustado neles. *São só palavras*, eu digo a mim mesma. *Ignore*. O que é uma ironia se você pensar que as palavras são justamente o meu instrumento de trabalho.

...

Quando desço em King's Cross, a chuva parou e Londres está brilhando, com suas calçadas molhadas e as janelas espelhadas. Estou tranquila de tempo, então vou andando até a universidade. Sigo por ruas ladeadas pelos primeiros terraços vitorianos em direção ao sul da rua Euston e aí cruzo uma alameda e um conjunto de apartamentos oficiais construídos ainda nos anos cinquenta. Essa área da cidade é silenciosa, encontro somente um velho bengali varrendo a calçada em frente ao seu minimercado e algumas pessoas tomando café atrás das janelas embaçadas de um daqueles cafés italianos independentes que ainda existem longe das ruas mais movimentadas.

Do outro lado da Woburn Place, na praça Gordon, as árvores projetam sombras vacilantes nos caminhos de cascalho que contornam os canteiros agora irregulares. Os arbustos estão carregados com frutas vistosas e as folhas mais altas estão ganhando tons de ouro. As casas ao redor têm uma abundância de placas azuis nas paredes. Christina Rossetti, Virginia Woolf e Vanessa Bell moraram por aqui. Emmeline Pankhurst morou no terreno que hoje é o Principal Hotel. E eu realmente sinto como se a praça abrigasse os espíritos de todas essas escritoras e pioneiras feministas. Archie inclusive costumava me provocar: *Você acredita que vai absorver o talento delas por osmose!* Mas ele não entendia — como poderia? — que não era um vínculo tão simplista assim. Eu sentia, e ainda sinto, uma conexão com essas mulheres que amaram a cidade como eu mesma amo.

É curioso passar aqui e lembrar. Nosso plano lá atrás era que eu e ele iríamos nos alternar: Archie sustentaria a família trabalhando como advogado enquanto eu escreveria nos intervalos em que Saul estivesse na escola (*Um dia vai ter uma plaquinha azul do lado de fora do seu escritório*, ele brincava. *Holly Seymore teve a ideia para* Um momento no tempo *ao beber café neste prédio!*). Depois, quando eu tivesse terminado o meu doutorado, que parcialmente consistia no romance que eu já estava escrevendo, eu retornaria ao mercado de trabalho como diretora de um curso, com um salário melhor, e ele então poderia escrever o livro *dele*.

Ao invés disso, de repente viúva, eu precisei aceitar uma

modesta vaga de professora, ensinando escrita criativa para estudantes de graduação. Não era exatamente a carreira literária que eu tinha imaginado, mas continuo gostando de trabalhar aqui, perto do museu britânico e das casas georgianas, com suas fachadas de gesso branco e suas grades pretas. E Archie estava certo: uma parte de mim sentia — ou ainda sente — que, de um trabalho localizado dentro de um enclave geográfico tão estimulado pelo pensamento feminista e pelo talento literário, só se pode esperar bons resultados.

Atravesso a rua Montague em direção ao pátio da universidade e depois entro no meu escritório. No meu computador, abro um arquivo chamado *Romance — Um momento no tempo*. Eu tinha uma ideia, e essa ideia parecia tão genial e vívida no início, de escrever sobre duas mulheres, uma vivendo nessa região da capital — em Bloomsbury — durante o período entreguerras, e outra nos dias de hoje, as duas conectadas por um objeto simples — uma caneta-tinteiro — que a mulher do mundo contemporâneo descobre no seu sótão. Quando Archie morreu, no entanto, essa ideia murchou feito um balão. Eu não conseguia mais acreditar nela. E quase não olhei o texto de novo. Cinquenta mil palavras desperdiçadas. Assim que comecei a viver o luto, o enredo se perdeu. Literalmente. Eu deveria jogá-lo no lixo.

...

— Como eu consigo ser publicado?

Jerome, meu primeiro orientando da manhã, escreveu um romance experimental que não usa nunca a letra *e*. Ele é um hipster de olhos azuis com uma barba vermelha e um alargador na orelha. O rosto dele emite raios de otimismo ingênuo. Eu devolvo para ele o trabalho corrigido e conversamos sobre como essas restrições literárias — os lipogramas, popularizados pelo Oulipo — paradoxalmente dão mais liberdade criativa para os escritores. Durante a maior parte da conversa, reprimo a vontade de dizer a ele para escrever alguma coisa mais comercial se quer mesmo vender seu trabalho para um público maior. E Jerome sempre me responde com uma autoconfiança impressionante, defendendo sua abordagem com unhas e dentes quando eu comento que os jogos restritivos não devem funcionar às custas da história. É interessante ver como ele sai do meu escritório com aquela determinação que vai impulsioná-lo através da vida, mesmo que a escrita não seja lá muito lucrativa para ele.

Mei Lui, por sua vez, é uma estudante do segundo ano bem quieta e de aparência asiática, cuja pele sempre me pareceu indicar uma dieta pobre de nutrientes ou noites maldormidas. Ela escreveu um romance de sessenta mil palavras no qual descreve as experiências de uma garota vietnamita ao trabalhar como prostituta para pagar sua graduação na Inglaterra. Nós conversamos sobre os pontos de vista da narração e concordamos que o tom confessional tende a pedir uma reescrita em primeira pessoa. Quando ela está saindo da sala, gira o corpo na minha direção.

— É um livro... Semiautobiográfico — ela diz.
— Ah. Você quer falar sobre isso?

Ela balança a cabeça, envergonhada, e foge pelo corredor. Eu estou prestes a chamá-la de volta quando Luma, a coordenadora do nosso departamento, aparece na minha frente.

— Holly, a Hanya me disse que vai mediar o seminário sobre consentimento na próxima sexta-feira, mas que ela queria conversar contigo antes pra vocês poderem fechar o material.

— Sim, sim. Ela pode aparecer por aqui na hora do almoço.

— E deixa eu te perguntar outra coisa. Você ainda tem recebido aqueles tuítes?

— Um ou outro — eu digo. — Mas estou ignorando as mensagens. É só um idiota com muito rancor pra desperdiçar.

— Não deixa de ser nojento. E fico triste que você tenha se tornado um alvo.

— Bom, melhor que seja comigo do que com algum aluno.
— Você acha?

— É que, sei lá, tem uma característica particularmente desagradável com o anonimato de uma figura assim no Twitter. E eu detestaria ver um estudante se tornar vítima. Mas tenho obrigação de divulgar esses seminários. Não vou deixar um cara que se chama de Machistinha na internet levar a melhor nessa história toda.

Luma entra no meu escritório e fecha a porta.

— Acabei de conversar com a Giovanna. Aquela caloura, aquela bem talentosa. A italiana, sabe? Com um cabelo escuro comprido? Ela passou a orientação em prantos. O namorado dela ameaçou terminar a relação se ela não começar a transar com ele. Sugeri que ela comparecesse aos seminários. Ela está apavorada com a possibilidade dele acabar com tudo. O que, convenhamos, seria uma bênção. Mas ela diz que ama ele. E que ele é um gênio. Pelo que eu entendi, ele está escrevendo alguma coisa baseada nos jogos do Oulipo e faz a menina se sentir um lixo com a sua própria escrita.

— Ele por acaso não se chama Jerome, né?

— Como é que você sabe?

— Um dos meus alunos. Excessivamente confiante, eu diria — nós trocamos um breve sorriso. — Era ele quem deveria comparecer à palestra, e não a Giovanna, mas tenho certeza absoluta de que isso não vai acontecer.

— Eu ainda me pergunto o que faz essas crianças procurarem uma graduação em escrita criativa — ela suspira. — Qual foi o comentário de sei lá qual professor de literatura que colocou essas pessoas num caminho que provavelmente não vai dar em nada. A maioria deles é imatura demais pra aguentar a pancadaria da vida.

— Sonhos talvez? — eu digo. — Aquele desejo de encontrar sentido num mundo que, no final das contas, não faz lá muito sentido?

O problema de trabalhar por tanto tempo na mesma instituição é que não existe nada de novo no front. O padrão se repete. Alunos que são jovens demais para lidar com os obstáculos, homens mais velhos que se acham gênios incompreendidos, os escritores experimentais como Jerome, cuja grande dúvida é saber se eles têm ou não o comprometimento necessário para chegar até o final da corrida. Na maioria das vezes, infelizmente, eles desistem antes. Nossos alunos chegam aqui com suas habilidades de escrita, mas também com uma litania de outras tormentas. Quase todos sofrem de ansiedade. Vários estão com problemas financeiros. Alguns estão brigando com a própria identidade de gênero. Às vezes eu me sinto uma fraude completa por ganhar meu salário tentando vender a ideia de que esses alunos podem e vão ganhar a vida escrevendo, quando eu sei muito bem o tamanho do monstro que eles vão ser obrigados a enfrentar. Ou quando eu mesma sou um fracasso no assunto.

...

Depois de uma conversa com Hanya sobre sua apresentação do próximo seminário, e depois de dar uma aula sobre Pillman e sua teoria da drenagem do texto (*enxugue o seu texto até que você não tenha mais onde enxugar*, eu digo para o mar de jovens e bondosos rostos à minha frente, sem saber se estou ajudando ou censurando seus fluxos criativos), ando de volta para King's Cross. Encontro na rua o cheiro de folhas frescas e um doce aroma de castanhas defumadas, e as lojas estão todas recheadas com abóboras. O outono chegou. Passo pelo Friend at Hand, um pub que eu e Archie costumávamos frequentar, do outro lado do Hospital Veterinário (que antes abrigava cavalos doentes e agora é uma galeria de arte). O bar está cheio de trabalhadores se divertindo depois do expediente e uma olhadela pela porta revela os copos de cerveja em cima das mesas, as velas queimando na decoração. Não consigo evitar uma nostalgia efêmera dos dias em que eu entraria naquele lugar, sentaria em uma das mesas de madeira escorregadia para beber e conversar até altas horas. Hoje, no entanto, eu apenas compro uma porção de queijo fresco para a pizza de Saul e um pote de alcachofras ali na delicatessen italiana encravada atrás da rua Marchmont, e aí sigo caminhando até a estação.

...

Chego na vila logo depois das sete.

— Quer uma xícara de chá? — Saul me pergunta, saltando escada abaixo assim que eu entro pela porta.

— Você é uma pessoa adorável. É exatamente o que eu quero. Como é que você descobriu?

Ele fica corado e a minha vontade é enchê-lo de abraços, dizer para o meu filho como ele ilumina o meu coração. Dizer que o meu amor por ele sequer pode ser expresso em palavras.

— Como foi o seu dia? — é o que eu pergunto, no final das contas, desamarrando minhas botas.

— Uma grande porcaria.

Meu humor se esfarela por inteiro.

Ele põe a chaleira no forno e coloca um sachê de chá em uma xícara para mim.

— Não melhorou nada?

— É uma escola. O que é que dá pra esperar de uma escola? Mas na real não quero falar sobre isso agora, mãe. O que é que vai ter de jantar?

— Tudo bem comer uma pizza? Hoje eu vou sair com Jules.

— Claro, pode ser pizza mesmo.

— Deixei a massa preparada antes de sair de manhã. Ah, e eu trouxe um pouco daquele queijo maravilhoso da Carlo's.

— Você podia ter simplesmente comprado uma pizza pronta — Saul diz, e eu dou um sorriso na sua direção. Ele sabe muito bem o quanto sou contra atalhos quando o assunto é comida. Vou lá então preparar seu jantar, e só quando coloco a massa no forno é que tomo meu chá, já no andar de cima. Tomei um banho, troquei de roupa, espalhei um pouco de perfume atrás das orelhas e estou escolhendo os brincos no momento que Saul aparece na porta do meu quarto.

— Não estou conseguindo conectar a internet — ele diz. — O sinal está ruim. Minha noite foi pro espaço.

— O que você acha de aproveitar sua noite pra fazer o dever de casa? — eu falo para seu reflexo no meu espelho.

— Já fiz.

— É impossível você ter terminado tudo em uma hora só, Saul.

— Se quiser, eu te mostro o grandioso trabalho que eu escrevi sobre *Está lá fora um inspetor*, mas você vai se acabar de tanto chorar.

Preciso me conter para não me jogar em um discurso sobre as nuances da peça, sobre como a culpa pelo suicídio de uma mulher vai mudando da maneira mais sutil de um personagem para outro até percebermos que todo mundo ali é responsável por aquela morte.

— Que saco ficar sem internet — Saul resmunga.

— A internet só deve estar meio instável, Saul. É só...

— Sim, mas ela nunca funciona direito. Qual é o sentido de morar num lugar assim? Qual é o sentido de morar numa casa sem a porra de uma internet que preste?

É verdade que a conexão da nossa internet é instável, e que nem eu nem Pete temos tempo para resolver essa pendência.

— Você quer que eu faça meu dever de casa, mas eles colocam metade do dever na merda do sistema online então, se eu não consigo conectar, como é que vou fazer alguma coisa?

Saul levanta seu iPad e, além de derrubar meu frasco de perfume com o movimento, quase acerta minhas orelhas pelo caminho, como se ele fosse, de algum modo, atacar o espelho.

— Saul, cuidado! — ele para no último instante, mas mesmo assim derruba também minha luminária, que termina se espatifando no chão. Nos últimos tempos, ele só precisa levantar um braço e as coisas começam a voar pela casa. Saul ainda não percebeu o tamanho dos seus tentáculos.

— É um tédio do caralho! Não tem nada pra fazer nesse cu de mundo.

Respiro fundo. As oscilações de humor de Saul são uma novidade para mim. Racionalmente, eu sei que elas acontecem por causa das profundas transformações hormonais pelas quais ele está passando, alterações que bagunçam todo seu funcionamento quando ele está cansado, entediado ou com fome. Mas, nos momentos em que sou obrigada a vê-lo tão alterado, meu menininho carinhoso parece possuído por uma entidade que eu tenho dificuldade até de descrever.

— Sua pizza já deve estar pronta. Desça e tire ela do forno.

...

Ele está jogando algum jogo no celular, dedilhando a tela e comendo a pizza com a outra mão quando, quinze minutos depois, eu desço as escadas.

— Eu estava morrendo de fome — ele diz, sem tirar os olhos do telefone.

— Você não consegue usar seu telefone — eu digo, apontando para o aparelho — pra ficar online e fazer seu dever?

— Meu pacote de dados já acabou.

— Que tal se eu perguntar pra Jules se você pode usar a internet na casa dela? Aí você pode ir comigo lá.

Ele não me responde.

— Saul?

— Tá, pode ser.

...

— Claro que sim — Jules diz. — O Saul é muito bem-vindo. Ele pode inclusive dar uma olhada na Saff durante a noite. O Rowan está viajando e ela não para de reclamar que precisa fazer o dever de casa. O Saul pode ser meu cão de guarda.

Eu dou risada e vou falar com Saul.

— Tudo resolvido. O Rowan viajou e a Jules está preocupada de deixar a Saffie sozinha, então ela ficou empolgada com a ideia de você ficar por lá.

Ele levanta a cabeça para me olhar.

— Por que a Jules está preocupada de deixar a Saffie sozinha?

— Ela anda meio estranha. Tentando encontrar sua identidade adolescente, sei lá. Seu único compromisso vai ser dar uma olhada nela, ok? Só pra garantir que ela não vai passar a noite inteira presa naquele computador *dela*.

— Então a Jules quer que eu seja o quê, a polícia dela?

— Você só precisa ficar lá um tempo. Ela disse que a Saff tem dever de casa pra terminar. Então você pode assistir filme no telão deles, e eles têm tudo, streaming, tevê a cabo, o pacote inteiro.

...

É uma caminhada de vinte minutos até a casa de Jules, atravessando a praça e seguindo por uma estradinha que os locais chamam de *vereda*.

— *Eles nem são da nossa gente* — Saul zomba, quando passamos em frente ao pub. — *Cê nunca pode nem confiar nessas pessoinhas da capital.*

— Uma hora você vai descobrir que a maioria dos clientes do pub são da capital — eu digo. — Que trabalham lá e vêm dormir aqui, que nem eu — ele sabe disso, é claro, mas estou tentando desviar a atenção para o que eu sei que vem a seguir.

— Por que a gente precisou se mudar de Londres, hein?

Eu olho para sua cabeça baixa. Ele chuta uma pedra qualquer na frente dele. Eu suspiro. Nós já tivemos essa mesma discussão inúmeras vezes.

— Você não estava nada feliz em Londres, Saul, é só parar pra lembrar um pouco. Você detestava a escola — ele não me responde e não posso culpá-lo pelo silêncio: ele também não está muito feliz aqui. Ele foi alvo de várias intimidações no colégio logo quando nos mudamos e chegou ao ponto de se recusar a ir para a aula. Tento outra tática portanto: — Você adora sua aula de fotografia nessa nova escola. Você nem tinha essa opção em Londres.

— Vai ser só revisão e prova por um ano inteiro. É uma merda.

— E alguns colegas seus ali na praça parecem ser... Bom... Legais. Será que você não consegue fazer amizade com nenhum deles? Não gosto da ideia de ver você tão solitário. Sozinho o tempo todo.

— *Nenhum homem é uma ilha isolada* — Saul cita.

Eu fico quieta. Dou risada.

— Desde quando você é leitor de Donne?

— Desde, sei lá, desde que achei o livro de poesia no banheiro.

— Esse não é exatamente um poema, você sabe — estou encantada de saber que Saul no final das contas lê os livros que deixo para ele na estante do banheiro. — É o que o autor chamou de *meditação*. Ele escreveu quando achou que estava à beira da morte, porque se tornou obsessivo com a questão do pecado e com o que aconteceria com ele pelo resto da eternidade...

— Tanto faz — Saul percebe a iminência de uma aula e me corta. — Eu não quero nenhum amigo novo.

Observando Saul em pé naquela praça uma manhã atrás da outra, eu sei que essa bravata dele não é real. Eu sei que ele espera que alguém note sua presença e o chame para se juntar ao grupo. Mas um dos decretos da boa terapia, e, portanto, da boa educação parental, é que você seja um espelho para o que seu filho está falando. Nada de censura ou negações. Eu devo ser um eco para Saul: *Então você não quer nenhum amigo novo?* Mas as palavras explodem pela minha boca antes que eu consiga me controlar:

— Você precisa de novos amigos. Não é nada bom pra você passar tanto tempo sozinho.

— Você passa bastante tempo sozinha.

— Mas aí é uma escolha pessoal.

— Então eu escolho isso pra mim também.

E agora eu sei que está na hora de ficar calada.

...

Nós dois caminhamos em silêncio por um tempo. E então Saul fala:

— Pelo menos a paisagem é espetacular, sou obrigado a admitir.

Ele está tentando me amansar? Bem típico dele. Mas Saul, na verdade, está admirando o céu, que agora parece limpíssimo depois que as nuvens de mais cedo foram embora.

— Dá pra enxergar quase toda a Ursa Maior, olha — ele para e aponta para cima. — Dá pra ver a Via Láctea inteira.

Eu me aproximo dele. O ar está denso, as estrelas brilham como alfinetes no céu escuro. Na mesma hora, uma coruja solta um pio, como se estivesse conspirando para que a gente se conecte com a vida rural, e caímos na gargalhada.

— É um outro mundo. Tipo, eu nunca tinha visto filhotes de cisnes ou cervos-latidores antes da gente se mudar. Nunca tinha ouvido a palavra *vereda* pra estrada ou, sei lá, *uádi*.

— Como assim *uádi*?

— Vem do árabe, é o leito seco de um rio — ele diz. — Você não sabia? É o tipo de coisa que ensinam na escola aqui.

— Nunca tinha ouvido falar.

— É surreal. Parece que estamos em outro país. Ei, para de ficar com essa cara tão preocupada, mãe.

— Eu estou com cara de preocupada?

Ele murmura a resposta e preciso pedir que repita a frase.

— Eu disse que você faz cara de preocupada o tempo inteiro.

— Mas estou muito tranquila — eu respondo, enganchando meu braço no dele. Estou surpresa que ele não se afasta, mas talvez seja porque está *realmente* escuro aqui na rua e não tem ninguém a quilômetros de distância. — Estou tranquila se você estiver tranquilo.

— Eu vou ficar tranquilo se *você* ficar tranquila.

...

A casa de Jules fica do outro lado da linha do trem e tem uma vista para o campo e para o rio. Da sua janela panorâmica, você consegue enxergar a barragem e a ponte que passa por cima dela e ainda milhas e milhas de horizonte. Como Saul sempre diz, dá para colocar cinco casas nossas dentro da dela.

— O Rowan adora fazer reformas — Jules me disse logo depois deles se mudarem. — Ele convenceu um amigo empreiteiro a construir um deque no nosso terreno e vamos instalar ainda uma banheira aquecida — Rowan e Jules também aumentaram a cozinha e aplicaram uma textura especial (*última tendência*) nas superfícies sólidas, tudo em tons de branco glacial. O resto, eles pintaram de um cinza pálido perfeito para fotos.

As festas de Jules e Rowan no verão são lendárias. Eles convidam todos os moradores da vila e todos os funcionários da loja de Jules, incluindo as franqueadas — para ninguém esquecer que ela é dona de uma bem-sucedida empresa que vende roupas infantis sofisticadas —, além dos vários amigos de Rowan do clube de golfe. Eles enchem baldes de plástico com gelo e garrafas de vinho, e todo mundo se esparrama em espreguiçadeiras de vime preto debaixo de aquecedores de ambiente e dançam e conversam até de madrugada. Imagino então que Saul vai gostar de circular por toda aquela mansão deles, descansando no enorme e confortável sofá da sala, assistindo filmes no streaming logo depois de acabar seja lá o que ele quer fazer no iPad. Em segredo, eu também estou feliz por ele ter concordado em vir junto. Não gosto de pensar no meu filho sozinho trancado em casa, uma noite depois da outra.

— A Saffie está lá em cima fazendo o dever de casa. Pode ser que ela nem desça, na verdade — Jules fala para Saul. — Então você pode aproveitar a televisão à vontade e também pode comer o que quiser da geladeira. Só coloque a cabeça pra dentro do quarto dela quando der umas dez horas pra confirmar se ela já foi deitar, tá bom?

Jules está usando seu vestido preto de alcinhas e um salto alto de camurça. E já começo a me perguntar se não pareço muito informal com meu vestidinho por cima da calça de ginástica e das minhas botas do dia a dia.

— Holl, eu servi um pouco de gim-tônica pra você. E tem cerveja na geladeira se você quiser, Saul.

— Obrigada, querida — eu pego os drinques pela lateral da cozinha. Saul aceita a cerveja que ofereço para ele e abre a garrafa.

— Você está cada dia mais bonito, Saul — Jules diz, em pé na frente do espelho do corredor, enquanto passa o rímel nos olhos. — Você vai ser uma atração da loja quando começar a trabalhar por lá. Que tal no próximo sábado? Porque aí a Hetty pode te treinar antes dela me abandonar.

Saul mexe o corpo de uma maneira meio estranha e deixa uma mecha de cabelo cair sobre o rosto para esconder sua timidez.

Ele é muito alto para a idade. Saul teve um estirão prematuro por volta dos doze anos e é como se aquela criança tivesse sido catapultada para o corpo de um adulto enquanto ainda brincava de truques de mágica e ia para minha cama por causa de um pesadelo. E ele odeia a própria altura. Não importa quantas vezes eu diga que é um sentimento passageiro, que um dia ele vai adorar ter um metro e oitenta, ele continua enxergando essa característica como uma aflição terrível, pensando em como seu corpo fica o tempo inteiro exposto, em como é impossível se esconder. O resultado é que às vezes ele se contorce de timidez, e paralisa sempre que está diante de uma situação de sociabilidade. Tenho vontade de dizer a ele para relaxar, para ter paciência, ao mesmo tempo que falo para as outras pessoas como essa pessoa desgrenhada e desleixada não é o verdadeiro Saul, que o verdadeiro Saul é carinhoso, engraçado e respeitoso. Eu adoro o fato de Jules ter oferecido um emprego para o meu filho *sair do casulo*, mas tenho medo de que Saul não dê conta do serviço, que as fracas habilidades sociais dele acabem sendo uma decepção para ela.

— Acho que tudo certo então, Jules — eu falo, quando está mais que evidente que Saul não vai responder. — Vamos ligar a televisão — eu me adianto, e ele me segue pela vasta sala de estar da casa até se jogar no sofá. Ele realmente está bem bonito hoje, me pego pensando, enquanto bebo um gole do meu drinque. Saul está vestindo um blusão cinza de lã de carneiro, que eu comprei para ele no último Natal, uma calça jeans escura e uns tênis que fazem seus pés parecerem imensos. Ele está começando a ficar um pouco mais parecido com Archie, e com certeza vai ficar bastante elegante quando sair do casulo da adolescência.

— Que horas você volta? — ele me pergunta.
— A gente não demora. Onze? Onze e meia? Jules?
— Acho que por aí.
— Qual é a senha da internet? — ele pergunta.
— Você vai precisar perguntar pra Saff. *Saffie!* — Jules grita para as escadas. — Estamos saindo. Você pode descer aqui? O Saul precisa da senha da internet.

Minha *filha especial* aparece no alto da escada. Quando eu e Jules nos tornamos mães — com apenas três anos de diferença —, nós concedemos uma para a outra a maior das honrarias: eu pedi para Jules ser a madrinha honorária de Saul e ela me pediu o mesmo em relação a Saffie. Mas, como nenhuma das duas estava certa sobre as próprias crenças religiosas, adotamos então o título de *mãe especial*.

Agora, a transformação de Saffie quase me arranca o oxigênio do corpo. Parece que, de uma noite para outra, ela se tornou uma jovem mulher. Ela ainda está vestindo seu uniforme escolar, com a gravata levemente desarrumada, sua minissaia e o blusão preto apertado, que abraça uma nova aparência curvilínea. Parece uma miniatura de Jules, descendo as escadas como se quisesse esmagar cada degrau. Pelo jeito, estava testando alguma sombra esfumaçada ao redor dos olhos e passou um pouco do ponto, e dá para sentir uma lufada doce e frutada de perfume quando ela se aproxima para me dar um abraço. De imediato sinto uma fisgada no coração por ela e me lembro do quão excruciante é querer acompanhar o ritmo dos colegas, que parecem muito melhores na arte de se vestir e existir. Quando seu corpo começa a tomar a dianteira em relação à sua idade mental.

Saffie não é tão diferente de Saul nesse assunto, obviamente — é só que cada um respondeu do seu jeito: Saffie está enfatizando suas mudanças enquanto Saul sempre esteve cem por cento desconfortável com as dele.

— Eu já falei que você não pode exagerar assim na maquiagem. Você não precisa disso, Saffie — Jules diz em frente ao espelho.

— Eu não exagerei — Saffie diz, quase inaudível.

— Mas você exagerou! — Jules se vira para mim, gesticulando um gesto meio *o que diabos eu posso fazer?*

— Deixa ela — eu murmuro.

— Eu não chego nem perto da maioria das meninas da escola — Saffie dispara. — Já diminuí a maquiagem como você mandou. Mas você nem notou. Você não presta atenção em nada.

Saffie está ruborizada por baixo do seu véu de insolência. Ela não precisa bancar a durona perto de mim e de Saul.

— Você está deslumbrante — eu digo para ela. — Você está virando uma beldade, igual à sua mãe — Saffie olha para mim, e aí a garotinha que ela ainda era da última vez reaparece quando ela arregala os olhos e me mostra um sorriso agradecido.

— Bajulação vai te garantir um belo jantar — Jules diz, piscando um olho para mim.

Eu coloco o meu braço ao redor de Saffie e beijo o topo da sua cabeça.

— Estava pensando que você vai gostar de ir assistir o balé comigo e com a Freya e a Thea de novo no Natal, Saff — A Freya e a Thea são as filhas do Pete, minhas enteadas. As duas são muito amigas. — *O quebra-nozes.* Posso já comprar um ingresso pra você?

— Meu Deus! Eu adoro balé! — Saffie inclina a cabeça no meu ombro e sinto outro sopro do perfume pegajoso.

— O Saul não vai poder ir, vai, Saul? — eu pergunto. Saul fica um pouco rosa e balança a cabeça, o cabelo ondulando pelo rosto.

— Vai ser uma noite só das garotas então, Saff?

Ela me dá um sorriso.

— Certo, Saffie, estamos de saída — Jules se aproxima para beijar a filha, mas ela se esquiva. Na sequência, Saffie escapa para a sala de estar e se encolhe algumas cadeiras distante de Saul. Ele mal levanta as sobrancelhas em um cumprimento desajeitado e estou tentada a mandá-lo dizer oi, como se ele tivesse seis anos de idade. Saffie fala a senha da internet, letra por letra. Saul digita em silêncio no iPad dele. Você jamais iria imaginar que esses dois cresceram juntos em Londres, antes de Jules se mudar. Eles nem conversam mais: Saffie se concentra na televisão e Saul gruda os olhos na sua própria minitela.

— Não passe mais do que meia hora na frente da tevê, Saffie — Jules diz quando estamos saindo. — E aí suba e termine o seu dever de casa.

Deixamos os dois em silêncio e eu sigo Jules até o ar frio da noite, onde o táxi está nos esperando.

...

— Você entendeu o problema? — Jules fala durante o caminho. — É assim que a Saffie me responde todos os dias agora. Intransigente, grossa e vestida como se tivesse vinte e um anos de idade.

— Não tem nada de errado com ela, Jules. Coitada. Você não lembra como se sentia na idade dela? Treze anos! Ela está entrando numa montanha-russa emocional.

— Tente morar com ela e depois você me conta — Jules diz.

— É como viver num carrinho de bate-bate.

Não resisto a uma risada.

A rodovia à nossa frente está escorregadia por causa da chuva mais cedo, os faróis tentando enxergar os contornos das barreiras de proteção que nos separam das terras lá embaixo. Pela janela do passageiro, vejo uma faixa ininterrupta de céu noturno e, lá longe no horizonte, uma fatia estreita de luzes laranjas, o único sinal da existência de seres humanos nas redondezas.

— Você teve um bom dia?

— Tirando a chatice daquele idiota da internet. Está cada dia pior.

— O que ele está dizendo agora?

— Que eu sou uma fémínázi por causa dos seminários sobre consentimento. E que eu digo sim para o sexo, mas que, no final das contas, ninguém vai querer me comer.

— Que nojento. Você tem ideia de quem seja?

— É impossível descobrir. Estou mantendo um silêncio digno até isso acabar. Não posso abandonar o grupo de trabalho, é uma coisa importante. E não consigo acreditar que os meninos, ou melhor, que os homens achem normal tratar uma relação sexual com uma mulher como se fosse uma piada. Ou para ganhar parabéns dos amigos. E que as mulheres ainda precisem ficar lembrando os caras que somente *sim* quer dizer *sim*. Parece até que o movimento feminista nunca aconteceu. Parece que não fizemos todos aqueles protestos. Ou que as nossas mães rasparam a cabeça e queimaram sutiãs à toa — penso então em Saffie e na sua maquiagem e na sua minissaia. — Como é que a Saff *está*, hein? Ela cresceu muito nos últimos tempos.

— Rá! Sinceramente, você não vai nem acreditar no trabalho que ela me deu essa semana. Me dando respostinhas por qualquer coisa, ainda mais se a conversa tivesse a ver com suas roupas. Ou quando ela queria sair com os amigos depois da escola. E isso não é nem a metade do caos. O mau humor dela! Batendo porta. Gritando. E o quarto dela cheirando igual à porra de um prostíbulo no fin de siècle. Sem falar que ela está enterrando o rosto com aquela maquiagem até pra ir pro colégio. Segundo ela, todas as amigas estão fazendo igual. Mas é uma linha muito tênue, você sabe como é, entre deixar a Saffie se enturmar com o grupo e, por outro lado, tentar preservar o mínimo que restou da infância dela.

De repente, todas as minhas preocupações com Saul se tornam insignificantes. Lidar com uma menina deve ser muito mais difícil. A pressão que elas recebem das redes sociais para terem determinada aparência versus dar a elas a confiança necessária para que possam acreditar que estão bem como são.

Jules continua:

— Enquanto isso, o Rowan está viciado naquele programa, sei lá o nome, *Criança genial* ou alguma coisa assim? A Saff não tem um QI tão alto que nem aquelas crianças, é injusto com ela.

— Ele não é o único pai a ter ambições pros filhos.

— Ele tem essa fixação maluca de que ela tem chance de entrar nas universidades de ponta. E aí quer que ela frequente todas as aulas disponíveis no mundo. Mas, quanto mais ele força a barra, mais ela responde com agressividade. Eu falo que ele está colocando um estresse desnecessário nela, mas o Rowan não me escuta.

— Imagino que não seja fácil mesmo, Jules. Encontrar o meio-termo. Mas você deveria ficar feliz que a Saffie pelo menos tem uma vida social. Eu iria adorar se o Saul se juntasse a algum grupo. Se divertir um pouquinho. Você não imagina, estou realmente preocupada que ele esteja desenvolvendo algum tipo de fobia social. Que eu não deveria ter arrastado ele de Londres.

— Não, você está entrando numa paranoia, se você me permite um comentário — Jules fala, assim que o carro entra no estacionamento do bar.

— Você acha? Ele não fez nenhum amigo aqui. Era compreensível no começo, quando ele era o *estrangeiro*, mas já são dois anos e era de se esperar que ele tivesse pelo menos uma amizade. Tenho medo que esteja acontecendo alguma outra coisa com ele. Que a situação piore. É muito assustador ter um filho desajustado.

— O Saul não é um desajustado! — Jules dá uma risada. — Você achar isso é só um exagero muito ridículo. E o comportamento dele também não tem nada a ver com a mudança. Você precisa parar de se culpar. O Saul perdeu o pai aos dez anos. Ele está se acostumando com seu novo relacionamento e é um garoto de dezesseis anos tentando encontrar a própria identidade, *completamente* normal. Ele vai ficar bem. Eu te proíbo de continuar preocupada com o Saul.

— Então você também precisa parar de se preocupar com a Saff.

Ela coloca os braços em volta de mim e me beija a bochecha.

— Tente não se perder pensando demais. O Saul é adorável. Ele é bonito e carinhoso e generoso, como sempre foi. Mas é um adolescente e a gente sabe bem como é difícil, mesmo pra crianças que nunca passaram pelo que ele passou.

Existe uma regra tácita que impõe que eu e Jules apoiemos os filhos uma da outra, ainda mais quando estamos perdendo o juízo com a nossa própria cria.

— Você também importa nessa história, sabia? — ela acrescenta, depois que pagamos o taxista e estamos cruzando o estacionamento em direção à entrada. — Você merece uma noite de folga.

Jules acena para alguém, avistando Tess e cinco outras mulheres no fundo do bar, dentro de uma pequena alcova. Eu reconheço algumas delas das festas de Jules ou de algum mercadinho da vila.

— Dezesseis anos, no parquinho depois da festa de fim de ano da escola — Donna Browne está falando. Eu e Jules arranjamos um espaço no sofá de couro macio. Donna é a médica da vila. Eu me consultei com ela para tomar uns antibióticos e ela conversou com Saul sobre sua recusa em ir para a escola e sobre as agressões que ele vinha sofrendo.

— Espero que você não esteja diagnosticando nossa bebedeira hoje — eu dou um sorriso enquanto ela me serve uma taça de espumante.

— Rá. Vocês precisam realmente se comportar na presença de uma médica na casa — ela ri. — Só estava contando que a minha primeira vez foi com o Paul Mayhew. Eu tinha dezesseis anos.

— O Paul Mayhew? Mentira! O bonitão da escola? — Tess diz.

— Justamente, mas foi estranho e bem desagradável. Pros dois, eu acho. A gente nunca nem se falou de novo. Sei lá, volta e meia eu me pergunto se alguém consegue ter uma primeira transa boa de verdade.

— Meu primeiro amor foi um menino chamado Jozef, lá na Polônia — Jules diz. — Eu tinha quinze e estava total e completamente apaixonada. A gente não sabia muito bem o que estava fazendo, mas arranjou um jeito sei lá como de fazer. Foi meio confuso, vamos colocar assim. Depois ele se meteu com a minha melhor amiga e eu me joguei numa série desastrosa de encontros casuais. Até que conheci o Ro.

— Eu me casei com o meu primeiro namorado, é claro — outra mulher diz. Samantha. Lembro de gostar dela logo de cara, em uma das festas de Jules e Rowan. Ela me perguntou sobre tentar uma graduação em literatura inglesa e eu prometi mandar um e-mail com os detalhes para ela, o que nunca aconteceu. — A gente adorava o fato do Harry ter exatamente o dobro da minha idade na época. Nós éramos loucos um pelo outro. Ainda somos. E agora ele não está nem perto de ter o dobro da minha idade. Então números são meio arbitrários no final das contas.

— Todas as mães do colégio são apaixonadas pelo Harry Bell — Tess diz. — Nós ficamos verdes de inveja quando descobrimos que vocês eram casados.

— O Sr. Bell? Ah, o seu marido é o tutor do Saul? — as coisas começam a se encaixar na minha cabeça.

Samantha dá uma risada e fica com o rosto vermelho:

— Esse aí mesmo.

Não respondo, só fico realmente admirando como esse mundo é pequeno.

— Sua vez agora, Fiona. Quantos anos você tinha?

— Foi no meu aniversário de dezoito anos, com meu namorado. Bobby. Lembram dele? A gente tinha noivado até. Foi no meu quarto num dia que meus pais não estavam em casa. Mas eu não estava preparada. Doeu. E nós terminamos logo depois. E, bom, vocês sabem, meu despertar sexual só aconteceu bem depois, quando eu finalmente saí do armário.

— Ah, conta tudo agora!

— Uma outra história pra outro dia — Fiona diz, sorrindo e apertando a mão da mulher ao lado dela, que eu não reconheço.

— E você, Holly? — elas perguntam em coro. Eu sabia que esse momento ia chegar. Eu poderia tentar me esquivar, mas as mulheres estão me olhando cheias de expectativas, então eu digo: — Acho que minha história é meio brega. A minha primeira vez foi bastante carinhosa. E depois eu continuei com ele.

— Mas isso é ótimo — Donna diz.
— A gente quer saber é se vocês continuam juntos ou não — Jenny me pergunta.
E Jules responde por mim:
— Holly é viúva.
Um silêncio constrangedor.
— Está tudo bem — eu digo. — Sério. O Archie morreu faz seis anos. Eu conheci outra pessoa. E sim — olho para todas aquelas caras espantadas —, o sexo é ótimo. Não me odeiem por isso!
Elas seguram uma pequena pausa e depois vem uma explosão hesitante de gargalhadas.
— Pego outra garrafa? — eu tomo o restinho da minha bebida, encho a taça de cada uma e vou para o bar pedir outra garrafa. Quando volto, elas já estão discutindo o financiamento para uma sala multissensorial que está sendo construída na escola e começam até a planejar um leilão filantrópico na igreja batista. É uma conversa que logo me leva a pensar em algo que aprendi desde que perdi Archie: morte é um assunto bem mais constrangedor do que sexo.

...

— Eu me diverti bastante.
Pegamos um táxi de volta para a casa de Jules bem mais tarde que imaginávamos. É quase uma da manhã quando tropeçamos pela sala dela: Jules me diz que vai preparar um chá de camomila e some em direção à cozinha. Saul aparece no alto da escada e desce para o andar de baixo, com as roupas amassadas e o cabelo bagunçado.
— Pensei que era pra eu dormir aqui também — ele reclama.
— Não imaginei que você fosse ficar fora a noite inteira.
— Desculpa. Eu sei que a gente falou umas onze. Mas pensei que você tinha desistido de me esperar e tinha ido para casa. É melhor a gente ir logo então, você parece exausto.
— Vi que você bebeu algumas cervejas, hein, Saul — Jules diz, saindo da cozinha com uma xícara em cada mão.
Ele abaixa a cabeça.

— Não se sinta culpado. Você sabe que eu gosto que você se sinta confortável aqui. Tome seu chá, Holl. Você só vai sair depois de beber essa xícara toda — ela joga os sapatos longe e se espalha pelo sofá.

— O Saul está exausto. A gente deveria ter voltado mais cedo.

— Dorme aqui. Tira um cochilo, você não precisa ser tão certinha — ela se enrosca em si mesma, grudando os pés nas coxas bronzeadas, não muito diferente da filha. — A Saffie se comportou, Saul? Espero que ela não tenha ido deitar muito tarde. Ela sempre tenta forçar a barra, a minha filha. Ainda mais quando o pai dela está viajando. É preciso ser rigoroso com ela.

Será que estou imaginando outro borrão vermelho no rosto de Saul?

— Eu não prestei muita atenção — ele diz, olhando para baixo de um jeito que faz o seu cabelo cair por cima dos olhos. — Deixei ela fazer as coisas no ritmo dela.

— Você é um bom garoto — Jules diz. — Eu sempre gostei de você como se fosse o meu próprio filho. Você sabe, não sabe, Saul? Você sabia que eu fui a primeira pessoa a segurar você no colo? Antes até da sua mãe, sabia? — as palavras de Jules estão se misturando umas nas outras. — Você era um bebê tão fofo.

Saul não sabe nem para onde olhar. Percebo muito fácil seu constrangimento, mas Jules já está muito sonolenta para conseguir notar alguma coisa.

— Vamos pra casa, Saul — eu digo. — Vamos embora, está todo mundo precisando dormir um pouco.

...

— Como foi então? — eu pergunto, enquanto andamos de volta pelo mesmo caminho de antes.

— Como foi o quê?

— Sua noite.

— Tranquila.

— Deu pra conectar direito a internet?

— Tudo certo.

— Comeu alguma coisa?

— Não muito, só uns salgadinhos.
— Você conversou com a Saffie?
— Por que eu iria conversar com ela?
— Nenhum motivo em especial. Só estou me perguntando se vocês ainda têm alguma coisa em comum hoje em dia.
— Ela tem *treze* anos — ele diz, como se fosse uma explicação razoável.

Ele não vai morder a isca. E aí começo a sentir aquele conhecido aperto no peito. A ansiedade me dizendo que, mesmo depois da nossa conversa mais cedo, ele continua essencialmente infeliz, quase depressivo, e não tem nada que eu possa fazer a respeito.

— Saul — eu digo, quando chegamos em casa e ele ainda não se escondeu dentro do seu quarto. Mas ele já está fora de alcance, fechando a porta do quarto e me trancando para fora.
— Boa noite — eu digo ao vazio.

...

Não vejo Jules pelas duas semanas seguintes, e o clima agora está quente e agradável. O trem atrasou, então preciso correr para o trabalho. Pego o metrô em King's Cross e na saída me deparo com a bela luz do sol de um dia dourado de outono, bem no meio de uma vibrante e agitada cidade de Londres. Apresso o passo diante das paredes coloridas da estação da Russell Square e sigo através dos jardins da praça. O dia está luminoso. Jatos de água prateada saem das fontes, as grades pretas e as casas brancas ao redor, folhas amarronzadas de sicômoros espalhadas pelos gramados. Cores dignas de pedras preciosas. E sinto uma primavera no meu caminhar. O curso de Pete em Bristol termina hoje, e é o fim de semana dele ficar com as filhas.

Jerome volta ao meu escritório com seu trabalho reescrito. Ele decidiu aceitar a letra *e* no trabalho, mas com uma nova proposta de substituir todos os substantivos pelo sétimo substantivo que aparecer depois dele no dicionário.

— Outro jogo de restrição proposto pelo Oulipo — ele me diz. Sua fala me faz lembrar de Luma comentando sobre a namorada dele, Giovanna, e por isso, quando Jerome se levanta para sair, entrego para ele um panfleto do seminário sobre consentimento marcado para essa tarde, um papel que ele amassa e arremessa na primeira lixeira do corredor.

Eleanora, que tem setenta e três anos de idade e está fazendo sua primeira graduação, é a próxima na lista de atendimentos, e me mostra um romance de ficção científica. Na obra, em um futuro no qual a Terra esgota seus recursos naturais, os governantes enviam embriões de seres humanos para um planeta qualquer que foi identificado como habitável. Robôs vão junto na nave, programados para cuidar dos bebês até a vida adulta.

— Estou tentando aplicar a teoria de Pillman aqui — ela diz.
— Mas é muito difícil conseguir esse grau de economia.

Nós conversamos sobre ela tentar encurtar as frases, talvez cortar uns advérbios e ver se assim ainda consegue dizer o que quer. E eu gosto da escrita de Eleanora, é o que digo para ela. Nem entro na discussão sobre as dificuldades de publicação. Porque, né, alguém sempre pode te surpreender.

Na hora do almoço, compro um sanduíche e um café no quiosque da Kate e vou comer sentada em um banco da Russell Square. Um homem com um aspirador elétrico está tentando juntar as folhas em montinhos, mas elas flutuam pelo ar no exato momento que ele vira as costas para elas, rodopiando no vento antes de pintar os gramados de novo. Vejo o homem repetir sua tarefa várias e várias vezes, aspirando, juntando as folhas nos montinhos e então testemunhando seu trabalho sendo destruído. Ele, no entanto, não parece frustrado. Talvez o prazer esteja na jornada em si, e não no resultado final. Talvez eu também não devesse me preocupar tanto com meus alunos. Pode ser que, para eles, o prazer também esteja no ato de reescrever os textos, e não tanto no texto publicado.

De volta para o corredor do departamento de inglês, sou surpreendida ao ver alguém me esperando do lado de fora do meu escritório. Não tenho mais nenhuma orientação marcada para hoje e meu plano era passar um tempo em silêncio retomando algumas anotações. Mas, quando me aproximo, vejo que a pessoa não é um estudante, e sim Jules. Ela está encolhida no seu casaco preto, sentada na cadeira que eu mantenho no corredor para os alunos que querem falar comigo.

— Que surpresa boa. Você não me disse que ia estar em Londres hoje — eu destranco a porta.

Ela não me devolve o sorriso. O rosto dela está pálido, o que é incomum para Jules, que normalmente é a própria representação da vitalidade. O cabelo dela está preso de qualquer jeito, os olhos estão inchados e ela não está usando sua maquiagem de sempre. Sinto um pequeno arrepio ao vê-la, quase imperceptível, embora eu só vá entender essa sensação bem mais tarde.

— Eu tinha umas duas coisas pra fazer na cidade — ela diz. — Achei que podia aproveitar e conversar contigo.

— Aconteceu alguma coisa?

Ela entra comigo no escritório.

— Vamos sentar e eu te conto.

— Você quer ir pra algum outro lugar? Eu tenho algumas horas livres e o meu escritório está uma bagunça completa — eu enfio o trabalho de Jerome na minha pasta de descartes e jogo o copo de café na lixeira dos recicláveis. — Se você quiser, a gente pode beber alguma bebida de verdade na cafeteria do pátio. É uma cafeteria que realmente se enquadra na categoria LM.

Jules e eu temos o nosso próprio código para classificar os lugares que frequentamos, com alguns poucos estabelecimentos recebendo a honraria de serem um Lugar Maravilhoso. Desde que obedeçam a alguns critérios: não podem ser grandes franquias, precisam ser discretos (no sentido de não serem lá muito conhecidos), devem vender um ótimo café, se estivermos falando de bebidas diurnas, e um ótimo vinho, se estivermos falando de bebidas noturnas, e precisam ser silenciosos o suficiente para a gente poder conversar em paz. Também ajuda se o lugar tiver uma história interessante ou uma boa localização. Então estou esperando que Jules relaxe, dê um sorriso e concorde com a minha sugestão. Mas ela apenas diz:

— Prefiro que a gente converse no seu escritório mesmo — ela passa os olhos ao redor. — Tem anos que eu não venho aqui.

— Uma das vantagens de trabalhar no mesmo emprego por

tanto tempo é que eles finalmente me deram uma sala decente. Dá pra ver até o prédio central da Universidade de Londres daqui — eu aponto para ela a fachada cinza do prédio alto em estilo art déco que paira sobre as nossas cabeças. — Mesmo que eu nem consiga decidir se gosto dele ou não. Evelyn Waugh descreveu o prédio como sendo *todo o corpo da Universidade de Londres insultando o céu do outono*.

— Foi a inspiração para o Ministério da Verdade em *1984* — Jules murmura, me roubando o cargo de literata, como sempre.
— Uma das esposas de Orwell trabalhou ali.
— Mas claro! Sempre existe uma mulher por trás de uma ideia genial — de novo, espero em vão por um sorriso de Jules. Quando fica claro que ela não vai me responder, eu me sento na minha cadeira giratória e examino seu rosto abatido.
— O que é que tá acontecendo, Jules? — eu pergunto afinal.
Ela apoia os cotovelos nos joelhos e abaixa a cabeça:
— É muito difícil ter que te falar isso — ela diz. — Eu não sei nem por onde começar.

Por um instante, imagino que ela vai me contar que ela e Rowan estão se separando. Eu me inclino para frente e seguro sua mão, apertando seus dedos nos meus.
— Eu não ia aguentar ter que te falar isso por telefone — ela diz.
Eu alcanço uma caixa de lenços e passo para ela, pensando que, se Rowan finalmente levou Jules ao *limite*, talvez seja o melhor cenário possível no longo prazo.
— Estou aqui pra te ajudar, Jules, independente de qual for o problema. Você sabe que estou aqui.
— Não é... — ela começa a falar e de repente para.
— Não é o quê?
— Não é um problema comigo. Quer dizer, mais ou menos — dá para escutar uma tremedeira na sua voz. — É um problema maior, envolve nós duas.
— Você precisa me explicar um pouco melhor.
— Eu não sei como te explicar. É um negócio que aconteceu naquela noite — ela diz. — Quando deixamos o Saul e a Saffie na minha casa...

— Naquela noite que nós fomos para o bar? O aniversário da Tess?

— Só agora eu consigo entender como foi inapropriado deixar o Saul ficar lá. Eu deveria ter escutado o Rowan. E a própria Saff, na verdade.

Alguma coisa se quebra dentro de mim. *Deveria ter escutado o Rowan.* Que diabos Rowan anda falando sobre Saul agora? Ele uma vez chegou a comentar sobre londrinos traficando drogas para dentro da sua idílica vila. O que é um absurdo: todo mundo sabe que o uso de drogas não é uma exclusividade das cidades grandes, muito pelo contrário. E, de qualquer jeito, Saul nunca demonstrou nenhum interesse em drogas. Se Saffie foi descoberta com alguma coisa, ela arranjou por algum outro canal, não foi através do meu filho.

— A Saffie não queria que eu falasse contigo. Mas decidi que era melhor você saber, assim a gente pode lidar com essa confusão juntas. Eu sei que vai doer em você, Holly, mas... — ela morde os lábios, muda a posição do corpo na cadeira. Londres de repente parece ter ficado muda, como se a cidade também estivesse esperando Jules falar. — Tá — ela respira fundo. — O único jeito de falar sobre isso é falar de uma vez — ela me olha. — Ele estuprou ela, Holly.

— O que você quer dizer com *ele estuprou ela*? Quem estuprou quem?

— O Saul estuprou a Saffie.

O disparate da frase quase me faz rir. É uma piada cruel, mas Jules deve estar extraindo algum prazer da brincadeira. Testar como vou responder depois de todo o meu discurso sobre o desespero que é ver os homens, em pleno século 21, ainda achando que é normal transar com uma parceira inconsciente. Testar como vou responder depois de ter sido humilhada na internet por defender uma melhor educação sexual como forma de proteger as crianças e os adolescentes.

— Quem te contou essa história?

— A Saffie, é óbvio.

— Por quê?

— Como assim *por quê*?

— Sim, claro, digo, por que ela iria falar algo assim?

— Ela não inventou a história, Holly. Ela me contou todos os detalhes.

— Ela disse que o Saul *estuprou* ela?

Jules olha para os próprios dedos, entrelaçados em cima das pernas:

— Ela não chamou de estupro. Mas o que ela me descreveu, bom...

— Mas o que *diabos* ela descreveu? Alguma coisa está muito errada nessa história. Simplesmente não faz sentido nenhum.

Jules se mexe na cadeira:

— Ela não ia me contar nada. Mas eu insisti hoje de manhã porque percebi o quão estressada ela estava. Dava pra ver que alguma coisa estava incomodando e a Saffie não queria me dizer o que era. E ela não queria incriminar o Saul. Mas, pelo que entendi, ele subiu pro quarto dela quando a Saffie estava se preparando pra dormir, o que foi minha culpa. Eu falei pra ele verificar se ela tinha ido dormir, não falei?

Eu não sei como responder essa frase. Sim, Jules pediu para Saul verificar se Saffie tinha ido dormir e supostamente foi o que ele fez, o que não significa que ele invadiu o quarto dela ou tentou apalpá-la ou sei lá o quê...

— Ela estava trocando de roupa. A porta tinha ficado entreaberta e ela acha que ele estava espionando ela. Então ele entrou no quarto e, quando a Saffie pediu pra ele sair, o Saul agarrou os braços dela. Disse que ela estava pedindo aquilo.

— Jules, isso não é uma frase que o Saul diria — minha voz continua calma. Eu estou em modo orientadora, lidando com o assunto como se fosse o livro de um de meus estudantes, à espera das emoções se arrumarem no tabuleiro para a gente poder chegar em terra firme e desembaraçar os detalhes dessa acusação ridícula. — Ele pode ter ido lá ver se ela estava dormindo, mas o Saul nunca falaria *você está pedindo isso* pra uma menina. Pelo amor de Deus, Jules, ele é meu filho.

— Mas foi o que ele disse.

— Quando ela te falou isso?
— Hoje de manhã.
— Só hoje de manhã? Por que ela não falou logo naquela noite? Por que ela ia esperar duas semanas pra te contar? Se é que é verdade.

Jules me olha incrédula:
— Você sabe melhor do que eu todos os motivos por que as meninas não denunciam os casos de estupro. Ela estava com medo. Estava com medo de dedurar o Saul. Ou que eu não acreditasse nela. Ou que eu colocasse a culpa nela. Ela engoliu o trauma todo esse tempo e tentou seguir a vida como se estivesse tudo normal. Eu me sinto péssima por não ter notado logo de cara que alguma coisa estava acontecendo. A Saffie tem recusado até o chá, o que não combina em nada com ela. E está sempre com uma aparência exausta. Eu é que continuava colocando a culpa na oscilação de humor dos adolescentes ou então na TPM...

Eu encaro a minha amiga, tentando absorver suas palavras. Ela está certa, eu sei. Eu conheço muito bem as razões pelas quais as mulheres — as meninas, em especial — permanecem caladas. Portanto, eu deveria acreditar no que Jules está me contando. Mas uma coisa é a teoria, outra é a realidade. A realidade é muito mais escorregadia, com os limites muito mais confusos.

— Eu estou devastada, Holly. Não sei o que fazer. A Saff não quer que eu preste queixa na polícia...

— *Prestar queixa?* — só agora começo a entender o quão séria é a acusação de Saffie. Quão difícil vai ser enfrentar a situação se ela continuar com a denúncia. Ao mesmo tempo que eu também sei, é claro, pela minha experiência nos centros comunitários, como é difícil provar o crime. Basta que Saul negue as acusações, o que eu sei que ele vai fazer. Porque meu filho não pode ter cometido um crime como esse.

— Ela implorou pra eu não contar pra ninguém. Ela não queria que eu falasse contigo. Ela não ia nem me dizer. Coitada...
— Jules para, respira fundo. — Mas ela entendeu que precisava falar, porque uma experiência como essa, um estupro, não vai simplesmente desaparecer. Você sabe bem como é.

— Ela está machucada? — eu pergunto baixinho. — Está com algum hematoma? Tem alguma evidência de que ela foi mesmo abusada?

— Eu não queria comentar... Mas a menstruação dela está atrasada.

— Ela não está grávida, está?

— A gente ainda não sabe.

— Quanto tempo de atraso?

— Alguns dias só. Mas ela está assustada, claro. Desesperada, melhor dizendo.

— Meu Deus.

— É prova suficiente pra te convencer?

Sim, eu deveria dizer. Sim, claro. *Se* ela estiver de fato grávida. Mas, mesmo assim, não dá para afirmar que a responsabilidade é de Saul. Esse filho poderia ser de qualquer pessoa.

Abro a boca para falar. E paro. Não consigo imaginar a Saffie ingênua que eu vi naquela noite se envolvendo com alguém em um relacionamento sério. É uma loucura, ela ainda é uma criança.

Jules continua falando:

— Então eu decidi que a melhor solução, a única solução possível, é a gente lidar com isso juntas. Sem falar com ninguém, como a Saffie pediu. Precisamos conversar com o Saul, ver o que ele tem a dizer.

Nesse momento, como se fosse de propósito, um raio de sol incide sobre a foto de Archie e Saul que mantenho em cima da mesa, uma foto em que Archie está carregando Saul, com dois anos de idade, numa mochila na subida de uma colina na Escócia, os dois olhando com uma expressão idêntica para a câmera.

— Impossível — eu digo. — Você está me propondo uma ideia impossível. O Saul está numa situação que ele não pode ter uma bomba dessas jogada no colo de uma hora pra outra.

— Holly! Você fala com garotos sobre esse tipo de comportamento todos os dias. Por que você não pode conversar com o seu próprio filho sobre o que ele fez com a minha filha naquela noite?

— Não venha me falar em *minha filha* e *seu filho* como se eles fossem dois desconhecidos!

Um silêncio pesado toma conta da sala. O raio de sol em cima da foto desbota até sumir de vista, nos deixando à sombra dos prédios lá fora. Dá para ouvir o barulho do trânsito na rua. E, no céu, o lamentoso e deslocado canto de uma gaivota.

— Eu não vou falar pro Saul que a Saffie está acusando ele do ato mais cruel possível quando ele já está enfrentando uma barra pesada. Vai arruinar a vida dele na escola e na vila pra sempre. Saber que ela anda falando essas coisas vai... Ele vai desabar.

— Você está me dizendo que vai ignorar a situação?

— Não, eu estou apenas dizendo que você deveria questionar a Saffie pra saber se ela está mesmo contando a história toda. O Saul é um alvo fácil. Todo mundo na escola já se aproveitou dele. Os meninos humilharam o meu filho de todo jeito no último ano... Você esqueceu agora, você esqueceu o que ele passou? Ele chegou a se recusar a ir pra escola, e a Donna me disse que o Saul desenvolveu uma fobia escolar.

— Uma coisa não tem nada a ver com a outra.

— Mas estamos falando do Saul e da Saffie, Jules. Você acha que o Saul iria se arriscar assim, mesmo que ele estivesse com toda a vontade do mundo? Na sua própria casa, quando eu e você estávamos juntas e poderíamos chegar a qualquer momento? Você conhece o Saul desde que ele era um bebê, Jules. Pense um pouco no absurdo da coisa.

— Meninos no estado dele não param pra pensar nos riscos.

— *No estado dele?* Quem você acha que o Saul é, um descontrolado?

De repente me surge no pensamento a imagem de Saul esbravejando contra o seu iPad enquanto eu me arrumava para sair, e sinto de novo aquele medo intangível de que, em um segundo, ele se torne alguém completamente diferente de quem ele é, o que aconteceu, aliás, algumas vezes nos últimos meses. Mas só quando ele está muito cansado depois da escola, ou com fome, e não é uma condição duradoura, essas oscilações de humor voltam ao normal quase que de imediato. Não é como se ele fosse uma pessoa violenta. Não é como se ele fosse capaz de cometer um estupro.

— Você esqueceu o cartaz pregado na sua parede quando a gente era estudante? — Jules pergunta. — *Todo homem é um estuprador em potencial.*

Eu nem consigo acreditar no quão aguda minha voz soa quando respondo:

— Não quando esse homem é o meu filho.

O rosto de Jules se fecha:

— Você precisa acreditar em mim, Holly. Você pode não gostar de pensar que o Saul tem esse potencial dentro dele, mas você mesma chamou ele de desajustado. E, bom, você tinha razão. Já não é de hoje que ele está realmente precisando de uma ajuda psicológica séria, e você não tem feito nada a respeito — essas palavras explodiram da boca da minha melhor amiga, a mãe especial de Saul, não como se fossem palavras recém-formuladas, e sim palavras que ela vem elaborando há meses.

Minha única reação é começar a tremer. Por alguns segundos, não consigo nem falar. Poucas noites atrás, quando comentei minhas preocupações com Saul, ela mesma me disse para eu não me preocupar tanto. Que ele era um adolescente normal e saudável. Poucas noites atrás, ela mesma dizia na cara dele o quanto o amava. Agora, enquanto eu encaro minha amiga, com suas mãos nas próprias pernas, com seu cabelo loiro preso em um coque, com seu rosto com as bochechas altas, com seus olhos estreitos e espertos, eu só consigo enxergar Saffie, encolhida no sofá na frente de Saul com toda aquela maquiagem e o blusão justo demais.

É um momento muito delicado. Se vamos começar a atirar uma na outra para criticar a educação dos nossos filhos, eu tenho todo um arsenal à mão. Pouquíssimo tempo atrás, por exemplo, Jules descobriu uma grande quantidade de cosméticos caros no quarto de Saffie, mas não conseguiu arrancar uma explicação plausível da filha. No fim, ela me pediu para conversar com Saffie e só aí descobrimos que, por várias semanas, ela e uma amiga saíram pela região roubando lojas de maquiagem.

E eu realmente *tento* impedir as palavras de saírem da minha boca. Jules é a pessoa que me acompanha na vida desde a universidade, ela me ajudou a lidar com o nascimento do meu filho e a morte do meu marido. Eu amo Jules — e amo Saffie — mais do que qualquer outra amiga no mundo e sei que, se eu colocar para fora as palavras que estão na ponta da minha língua, corro o risco de perder as duas. Mas o que ela acabou de falar de Saul arrancou o chão dos meus pés.

— Eu acho que você precisa prestar um pouco mais de atenção na vida da Saffie — eu digo. — Conhecer melhor as pessoas com quem ela anda se envolvendo. Porque ela está realmente se transformando numa menina escrota e mentirosa.

...

Jules e eu nos conhecemos de trás para frente. Era uma piada recorrente quando nós ainda éramos estudantes, o fato de nossa primeira conversa ter acontecido logo depois dela sair só de pijama de um quarto na nossa minúscula residência universitária, muito antes de eu ter a chance de vê-la adequadamente vestida. O dia em que eu acabei fazendo um chá de ervas para melhorar sua ressaca.

— Você não quebra a casca antes? — ela me perguntou, entrando na cozinha, onde eu estava fervendo uns ovos para nós duas comermos.

— É cozido. Você nunca ferveu um ovo antes, não?

Ela não tinha a menor ideia do que era cozinhar, vivia desde pequena à base de comida esquentada no micro-ondas. Achava, inclusive, que você acrescentava o pesto já na água do macarrão, e fui eu que ensinei a ela a consistência correta da massa. Em compensação, Jules me ensinou a secar o cabelo do jeito certo e a aplicar o delineador fazendo aquela curvinha na ponta do olho. Eu segurei o cabelo dela enquanto Jules vomitava na pia depois de mais uma noite de bebedeira com vinho vagabundo, um pouco antes de eu descobrir que ela só veio morar na Inglaterra aos dezesseis anos de idade, com a mãe e o irmão mais velho, depois que seus pais se separaram na Polônia. Nós aprendemos os hábitos domésticos de cada uma (ela jogava as latas na lixeira sem lavá-las, enquanto eu enxaguava todas as latinhas para poder levar para a reciclagem; ela estocava os alimentos não perecíveis, enquanto eu preferia ir comprando de acordo com a necessidade), e isso tudo em uma época na qual não tínhamos sequer entendido o que estávamos fazendo na faculdade.

Jules era animada, positiva e aberta, sempre me contando tudo que estava na sua cabeça, ao mesmo tempo que falava o quanto eu era uma pessoa empática, para quem ela podia contar qualquer coisa. Algumas vezes, ela me levou ao limite. Era muito mais vaidosa que eu e se preocupava demais com que roupas usar ou com qual sapato deveria ir para determinado evento. E sua vida amorosa era sempre um assunto importante na conversa, independente de eu querer escutar ou não. Jules também era muito rigorosa com dinheiro, não gastava nem um centavo acima do orçamento, enquanto eu assumia as despesas com toda a felicidade do mundo. Mas, mesmo assim, apesar das nossas diferenças, a gente quase nunca se separava. Morar juntas desde o começo nos mostrou muito claramente que, entre nós duas, os demônios nunca vão encontrar um abrigo para se esconder. E foi assim, dividindo apartamento, que passamos os nossos anos universitários.

As pessoas sempre comentavam o quão opostas nós éramos: de um lado, a bela e loira Jules, que gostava de salto alto e abusava da maquiagem quando ia para a rua, e eu, a tímida, cujo cabelo castanho se recusava a ser mais que uma vassoura desgrenhada, mesmo depois das várias aulas de Jules sobre como secar os fios corretamente, a menina sem graça que só conseguia ficar confortável se o uniforme fosse uma calça jeans preta, uma camiseta preta e botas também pretas. Até os nossos cursos na universidade sobrevivem a milhares de quilômetros um do outro: ela estudou administração de negócios, eu estudei literatura inglesa.

E, claro, os caras amavam Jules. Com frequência, minha expectativa ia lá em cima quando um colega que eu estava de olho atravessava a sala na minha direção, mas no final eu só me frustrava tendo que ouvir o sujeito perguntar *quem é essa sua amiga?* Não era fácil. No entanto, nos conectamos bastante nas primeiras semanas e nos tornamos inseparáveis.

— Nossa amizade é uma interseção num Diagrama de Venn — Jules me disse uma vez. — Por um lado, a gente tem o meu amor por exercícios e festas e danças e, do outro lado, o seu amor pela literatura, pela gastronomia e pelo feminismo, e a interseção é a nossa vida emocional. É aí que temos uma conjunção perfeita, onde a gente se entende completamente.

Certa vez, uma pessoa aleatória me falou que Jules era a capa e eu era o livro. Mas essa é uma frase bastante reducionista, que não reflete a complexidade de Jules, que não chega nem perto de descrever o quanto ela é entusiasmada num momento e ansiosa no momento seguinte. Ela se preocupava muito com a mãe, que tinha uma saúde debilitada e para quem ela não conseguia dedicar a atenção que queria dedicar. Ela também era inesperadamente sensível. E, embora eu fosse a estudante de literatura, ela encarou os livros mais difíceis bem antes de mim, tendo atravessado *Guerra e paz* e *Anna Karenina* em inglês, sua segunda língua, quando eu ainda não tinha nem aberto meus exemplares. Às vezes, eu era a pessoa que precisava arrastá-la para fora do apartamento, encorajá-la a tomar um drinque e sair para dançar. Então, ao contrário do que possa parecer, nunca foi muito fácil rotular Jules. E o ponto de convergência era sempre o mesmo: a gente se amava.

Após a graduação, nós seguimos sendo vizinhas e estávamos o tempo todo entrando e saindo uma da casa da outra. Além de ter me tornado a mãe especial de Saffie, eu era a pessoa com quem Jules podia desabafar depois dos seus abortos espontâneos. E foi comigo que ela conversou quando traiu Rowan, um assunto que nunca mais mencionei, respeitando a sua vontade. Ela estava lá para me ajudar nos meses sombrios depois da morte de Archie, aquelas várias e várias semanas nas quais me vi tão envolta dentro do meu sofrimento que não conseguia me interessar por mais nada. E nós duas revezamos os cuidados com os nossos filhos até que ela me apresentou a Pete e eu comecei uma nova vida com ele. Sempre que possível, nos encontrávamos para conversar e, mesmo hoje, com essa vida no campo, ainda conversamos bastante.

Quer dizer, não sei mais.

No momento que chamei Saffie de escrota e mentirosa, comecei a me perguntar se Jules algum dia vai voltar a falar comigo de novo. Mas não é assim tão simples, o que ela disse a respeito de Saul é terrivelmente mais perverso.

2
Jules

AS PALAVRAS DE HOLLY deixaram Jules perplexa, com dificuldades de respirar. Mas ela conseguiu se recompor:

— Eu não vim aqui pra você ofender a minha filha. Eu vim aqui pra pedir ajuda. Porque eu achava que a gente podia resolver isso juntas. Mas pelo jeito me enganei.

Ela se levantou impetuosa e saiu do escritório, os olhos doloridos, a garganta ardendo. Ao chegar no corredor, deu meia-volta. Colocou só a cabeça no vão da porta:

— E o Saul não vai ter emprego nenhum comigo. Nem preciso dizer que não quero que ele chegue perto da minha família de novo. Nem da minha loja.

— Jules, espera! — Holly disse, mas Jules foi embora sem olhar para trás.

Jules seguiu apressada pelos corredores silenciosos, logo abaixo de quadros retratando famosos ex-alunos de quem ela nunca tinha ouvido falar. Do lado de fora, atravessando a Russell Square, deu de cara com cardumes de turistas em direção ao museu nacional, todos carregando seus paus de selfie, e continuou nadando contra a maré, com medo de que, se parasse de andar, o choro viria e ela nunca mais teria controle sobre si mesma. Ela então tomou a trilha diagonal da praça, passando pela fonte central, onde várias crianças com galochas e elegantes cachecóis pulavam para dentro e para fora dos espirros da água, o que fez Jules se lembrar de como Saffie era uma daquelas crianças até bem pouco tempo, pulando em direção aos jatos d'água sem se importar de encharcar as roupas. Saffie sempre foi uma criança extrovertida e despretensiosa, realmente bem diferente da menina assustada de poucas horas antes. Os olhos arregalados de pânico e o rosto explodindo de ansiedade enquanto contava a Jules o que tinha acontecido. Será que Saffie voltaria a ser feliz no seu próprio corpo? Estupros arrancam o reconhecimento que a pessoa tem de si mesma, acabam com a segurança e o sentimento de identidade. Todo mundo sabe disso. Jules nunca deveria ter deixado a filha sozinha com Saul dentro de casa. Saffie foi violentada no lugar em que deveria se sentir mais segura, por alguém que ela confiava. E compreender o tamanho dessa violência só piorava a culpa que Jules sentia, ainda que ela não parasse de pensar: como é que alguém que a filha conhece desde o berço se torna uma pessoa tão perturbada a ponto de cometer o que Saul cometeu?

Quando Jules finalmente chegou ao metrô, sua garganta estava fechada. A cidade inteira parecia opressiva. O ar pegajoso em torno dela. Ela não conseguia enfrentar a multidão na plataforma de embarque, então voltou para King's Cross. Surpreendentemente, as ruas estavam vazias e, já perto da estação, ela se deparou com uma farmácia escondida em uma galeria de lojas e entrou.

A magricela mulher asiática atrás do balcão era discreta e prestativa. Mas ela só disse para Jules o que Jules, na verdade, já sabia lá no fundo da sua consciência, que era tarde demais para Saffie tomar a pílula do dia seguinte. Essa resposta potencializou o remorso de Jules, já que o seu desleixo pode ter contribuído para uma gravidez de Saffie. Um problema que poderia ter sido evitado se ela não estivesse tão bêbada, ou se Saffie tivesse contado para ela logo naquela noite. O que, ela sabia, também era mentira. Não teria acontecido nada era se ela tivesse escutado Saffie desde o início e não tivesse deixado Saul entrar dentro da sua própria casa.

Na noite do aniversário de Tess, Saffie ficou em pé no meio da cozinha vestindo seu uniforme da escola e segurando um biscoito cheio de manteiga de amendoim na mão, com seus imensos olhos azuis parecendo ainda maiores por causa das camadas de rímel e sombra esfumaçada, literalmente batendo o pé quando Jules contou que Saul iria para lá para poder usar a internet.

— Não estou entendendo o motivo de tanta resistência sua — Jules disse. — Vocês são praticamente irmãos.

— A gente era. Quando eu tinha cinco anos de idade.

— Você costumava chamar o Saul de irmão especial. Ele é seu amigo mais antigo.

— Não é, mãe. A Holly é *sua* amiga mais antiga. Não quer dizer que o Saul é meu amigo. Todos os meus amigos acham que ele é um esquisito.

— Como assim? Até a Freya acha isso? — a filha de Pete, Freya, passava vários fins de semana junto com Saul quando ia para a casa de Holly. E Holly nunca mencionou que a enteada detestava o meio-irmão.

— Não, a Freya, *não* — Saffie revirou os olhos, como se a mãe fosse muito devagar no raciocínio. — Mas todo mundo sabe que ela *precisa* ser legal com ele. Porque ele é o meio-irmão dela. Mas ela é a única. Todo mundo foge dele.

— Pois eu acho que é uma maldade com ele. E espero que você não exclua o Saul da sua vida só por ele ser meio diferente dos outros, ok?

Jules não tinha entendido a relutância da filha. Até porque os amigos de Saffie não estariam lá durante a noite, então ninguém iria ficar sabendo de nada. No final das contas, Saffie só concordou quando as duas combinaram que ela poderia passar o tempo inteiro trancada no quarto, sem nem precisar trocar uma palavra com Saul.

Essa parte da história ficou perdida na memória. Jules sabia o quanto Holly ficaria devastada ao saber o que os colegas da escola andavam falando sobre Saul, então ela omitiu certos detalhes na conversa do escritório. Mas por que ela poupou os sentimentos da amiga? É o que Jules não parava de pensar enquanto olhava as prateleiras da farmácia à procura de um teste de gravidez. Holly precisava saber sobre como os amigos de Saffie enxergavam Saul, talvez assim ela entendesse o quanto a acusação de Saffie não era tão descabida assim.

Naquele momento, a respiração de Jules parecia travar no meio da garganta. Holly não poupou os sentimentos *dela*. E ter a filha atacada é muito, muito pior do que receber uma crítica contra você mesma. Era como se seu centro gravitacional tivesse sido violentado. E era profundamente injusto. Se Jules pudesse mostrar para Holly o horror nos olhos de Saffie, Holly não teria chamado a filha dela de escrota nem de mentirosa. E Holly tinha a obrigação de acreditar em Saffie. Por ser a madrinha dela. Por ser uma mulher que defendeu durante anos — muito antes do furor causado pelos recentes casos famosos — que todas as denúncias de estupro devem ser tomadas como verdadeiras antes de qualquer julgamento.

Para piorar, uma ameaça de gestação. A vendedora da farmácia sequer olhou para Jules enquanto colocava o teste de gravidez dentro de uma sacola e entregava a compra para a cliente, o que Jules achou ótimo. Com a caixinha enterrada dentro do bolso do casaco, ela caminhou em direção à estação.

Ela não sabia se tinha feito a coisa certa, se deveria mesmo ter comprado o exame. Jules já tinha concordado em levar Saffie na médica da família, Donna Browne, em vez de irem num consultório ginecológico qualquer. E se — Deus proteja — sua pequena garota estivesse grávida *de verdade*, o melhor seria que eles descobrissem na presença de um médico, para que pudessem saber o que fazer o mais rápido possível, com o mínimo de estardalhaço. Mas ela precisava tomar alguma atitude, e comprar o exame dava a sensação de estar agindo para resolver o problema.

No trem de volta para casa, sem nem ter prestado atenção direito no caminho que a levou até a estação, Jules grudou seu rosto na janela e deixou as lágrimas escorrerem pelas bochechas. Ela não esperava que Holly aceitasse a acusação da maneira mais tranquila do mundo, mas também não imaginava que daria de frente com uma negação completa. Ou que Holly partiria para cima de Saffie. Holly sempre defendeu sua *filha especial*, mesmo quando Jules e Rowan estavam perdendo o juízo com ela. Saffie era explosiva, sempre foi, e às vezes também era emotiva. Só que ela nunca foi uma mentirosa, não era uma palavra que podia se aplicar a ela. Muito pelo contrário. Ela era uma menina bastante sincera, quase ingênua. E, ainda que tenha sido flagrada com aquelas maquiagens roubadas, o que Jules imaginava ter sido influência de uma amiga nada confiável, Saffie nunca demonstrou qualquer inclinação para falsidades. Ela não usava máscaras. Você via a verdade estampada no seu rosto. E ter a filha chamada de mentirosa era bizarramente injusto. De qualquer modo, ao passar pelo Palácio de Alexandra, quando os primeiros gramados de Hertfordshire apareceram na paisagem, Jules começou a se perguntar se poderia ter lidado melhor com a conversa com Holly. Ela repassou na memória a cena de Saffie contando para ela a história naquela manhã, e também a cena dela própria pedindo ajuda para Holly, e sua única conclusão era que seu esforço tinha sido um enorme desperdício.

Quando Jules chegou de sua corrida matinal, por volta das oito horas, encontrou Saffie encolhida no sofá, com o rosto inchado e todo borrado de rímel. Ela estava com o uniforme da escola, mas não tinha feito nenhum esforço para amarrar os sapatos ou pentear os cabelos.

— Que diabos está acontecendo aqui? — Jules perguntou, sentando ao lado dela. — Você está se sentindo bem?

Saffie tinha umas marcas ao redor dos olhos, como se não tivesse dormido nada. Seus lábios estavam colados em uma linha fina no meio do rosto, com os cantos da boca meio desfalecidos.

— Saffie, o que foi que aconteceu? — o coração de Jules começou a acelerar. Ela não via essa aparência de desamparo (ou seria de medo?) no rosto da filha desde quando ela era uma criança pequena e acordava desesperada no meio de um pesadelo. — Por favor, meu amor, você precisa me dizer qual é o problema.

— Eu não posso dizer — Saffie murmurou, afinal. Ela olhou para Jules. — É horrível demais, mãe.

— Horrível a ponto de você perder o ônibus da escola? — Jules sorriu. — Está quase na hora dele passar, você sabe.

Saffie nunca perdia a chance de encontrar as amigas no ponto de ônibus, para elas poderem fofocar sobre as últimas loucuras dos blogueiros ou das celebridades do YouTube.

— Eu não posso ir pra escola — a respiração de Saffie ficou ofegante. A mão que ela usava para segurar Jules estava pegajosa. — Estou com um problema muito sério.

— Me diz o que está acontecendo, Saff — Jules levantou a cabeça da filha e beijou o cabelo dela. — Lembra como você se sentiu muito melhor depois que contou pra mim e pra Holly sobre a história da maquiagem? Não tem nada que você possa fazer ou dizer que vai me chocar.

— Tem sim. Dessa vez vai.

— Bom, não vou te forçar a nada. Fale se e quando você se sentir preparada. Eu estou aqui pra te ajudar. Pra te ouvir.

Depois de um longo silêncio, Saffie suspirou alto e disse:

— Tá, assim... Mãe... Minha menstruação está atrasada — sua voz foi se quebrando enquanto ela dizia as palavras e ela começou a chorar baixinho.

— Ah, bom... — Jules disse, segurando o rosto da filha entre as mãos antes de falar. — Você sabe que o ciclo menstrual pode ser bem irregular na sua idade, né?

— Sei, só que agora o atraso está bem maior.

— Mas vários motivos podem provocar esse atraso — estresse, por exemplo, pensou Jules, lembrando o quanto Rowan pressionava a coitada da filha para ela se matricular em aulas extras depois da escola. Poderia muito bem ser esse o motivo para o atraso e, na mesma hora, Jules sentiu uma onda de irritação pela insistência do marido em cima do desempenho escolar da filha deles.

— Talvez eu esteja grávida.

Jules demorou a entender.

— Por que você acha que está grávida, filha? — Jules perguntou, com carinho. Até onde ela sabia, Saffie não tinha nem beijado um menino, quanto mais estar em algum tipo de relacionamento. E Jules sempre se orgulhou do fato de Saffie contar tudo para ela, desde sempre. Mesmo o incidente com as maquiagens. — Você sabe que é impossível engravidar sem ter um ato sexual completo, não sabe? — ela modulou o tom da voz.

— Eu sei disso, mãe. Você acha que eu sou o quê? Uma idiota?

Jules respirou fundo. De certa maneira, era até um alívio perceber que Saffie não tinha perdido sua recentemente descoberta capacidade de dar respostinhas malcriadas, mas o que espreitava por baixo da conversa fez o coração de Jules tropeçar nas batidas.

— Então, com quem você...?

— Não posso dizer.

— Saffie, vai ficar muito mais fácil se você me contar.

— Eu não quero que ele se complique.

Um arrepio correu da cabeça aos pés de Jules. Ela fechou os olhos. Tinha um *ele* envolvido, no final das contas. E pensar na sua filha transando com alguém era uma imagem asquerosa. Ela se lembrou da sua paixão juvenil por Jozef e do sexo desajeitado que fizeram. Quando aconteceu, Jules já era alguns anos mais velha que Saffie e, mesmo assim, parecia que tudo tinha acontecido cedo demais. Mas eles cresciam tão rápido nos dias de hoje. Era como se a infância da filha tivesse desaparecido em um gesto vertiginoso e incontrolável.

— Tá bom — ela disse. — A gente vai sentar na cozinha e eu vou fazer o cappuccino que você adora e você vai me dizer exatamente o que é que está acontecendo. Se você está tendo algum tipo de... relacionamento, e está se sentindo desconfortável com alguma coisa, então me conte. E depois a gente conversa sobre a possibilidade de você estar grávida ou não.

Na cozinha, Jules jogou um sachê de chá em uma xícara para ela mesma, ferveu água e depois encheu a máquina de café, pressionando o botão que controla a preparação do expresso. Em seguida, vaporizou o leite e ajeitou a espuma do jeito que Saffie sempre gostou. Foi o tempo necessário para ela poder pensar sobre a conversa. Jules estava determinada a não demonstrar o quanto tinha ficado abalada com a revelação de Saffie, e o quanto isso desestabilizou suas certezas em relação à educação da filha, que ela achava que conhecia melhor que ninguém. A filha que ela considerava extrovertida, iluminada, carinhosa, que ela considerava tão íntima de si. Com quem ela imaginava ter um diálogo autêntico. Além disso, Saffie não poderia saber o quanto a mãe tinha se sentido preocupada — ou melhor, assustada — com o fato de precisar lidar, do nada, com uma situação para a qual estava cem por cento despreparada. Saffie *transou* com alguém?

Jules então colocou a xícara de cappuccino na frente da filha e sentou no banquinho da cozinha, segurando as mãos da menina.

— Saffie, você tem um namorado que eu e seu pai não podemos saber?

Saffie pegou a xícara da mão da mãe, mas não bebeu nada.

— É pior que isso.

— Pior que ter um namorado na sua idade e estar grávida dele? Como é que pode ser pior?

— Porque eu... Porque ele não é meu namorado. E eu não queria que acontecesse.

Jules fechou os olhos.

— Você está me dizendo que alguém te forçou a fazer? Você está me dizendo que...? Deus do céu. Você precisa me contar o que aconteceu — Jules sabia que estava perdendo a compostura e que sua agitação poderia paralisar Saffie, mas ela não conseguia parar. — Me conte agora, Saff. Me conte quem foi que fez isso contigo.

— Ele me falou pra não contar nada pra ninguém.

— É claro que ele falou!

Saffie apenas olhou para a mãe, com os olhos cheios de lágrimas, a boca pálida, tentando segurar o choro o máximo possível.

— Você *precisa* me dizer — no último segundo, Jules conseguiu controlar o impulso de gritar o quanto ia correr atrás daquele escroto até levá-lo aos tribunais, e se obrigou a amenizar a voz. — Porque aí eu vou poder te ajudar — *e vou poder dilacerar a pessoa que tocou em você.*

— Eu tenho medo que você fique com raiva dele... Ele pode acabar fazendo alguma coisa.

— Saffie! Ninguém vai fazer nada contigo. Não enquanto eu estiver aqui. Ninguém vai ter essa coragem — Jules disse, e a agressividade na sua própria voz provocou nela uma forte sensação de espanto.

— Eu tentei continuar com a minha vida normal — Saffie mal

conseguia dizer. — E estava tudo normal, até que eu fiz as contas... Está quatro dias atrasada, mãe. E eu tô morrendo de medo.

— Foi alguém que a gente conhece?

— Não posso dizer.

— Se você não me disser, nós vamos ter que falar com a polícia.

— *Não!*

— É o que a gente precisa fazer. Se alguém abusou de você...

— Tá bom! — Saffie gritou. — Eu falo, mas só se você jurar que não vai contar pra mais ninguém.

Jules respirou fundo.

— Eu juro que vou fazer o que for necessário pra te proteger. Eu sou sua mãe. E estamos juntas pro que der e vier.

— Tá bom...

Mas as palavras saíram tão rápido da boca de Saffie que Jules não conseguiu nem entender.

— *O que* foi que você falou, Saffie?

— Eu falei que... Que foi o Saul.

— O Saul? O filho da Holly?

— Eu não queria contar — Saffie disse. — Ele vai ficar louco de raiva de mim. Vai acabar se vingando.

— Quando foi que isso aconteceu?

Saffie olhou para Jules quase implorando.

— A gente realmente precisa falar sobre isso?

— Eu preciso saber os detalhes, Saffie. Quando foi que aconteceu?

— Quando você acha que foi?

— Não sei... Foi na escola?

— Você não é uma idiota, mãe.

— Mas e quando foi então?

— É claro que não foi na escola. Foi quando...

Saffie parou de falar e Jules se percebeu vasculhando a memória das últimas semanas em uma tentativa angustiada de descobrir qual foi a oportunidade que Saul teve para se aproveitar de Saffie.

Quando Saffie voltou a falar, tudo se encaixou.

— Foi naquela noite que ele ficou aqui em casa.

— Quando o seu pai estava viajando? Na noite que eu saí com a Holly? Quando o Saul veio aqui pra usar a internet...

Saffie se encolheu e depois balançou a cabeça, relutante.

Que ironia! Jules estava no bar com todas aquelas mulheres, dando risada e conversando sobre os constrangimentos da primeira vez de cada uma, enquanto sua filha perdia a virgindade da maneira mais cruel possível.

— Você está me dizendo... Que você e o Saul estão tendo algum tipo de relacionamento?

— É claro que *não*, mãe. Que nojo. Foi você quem falou pra ele vir. *Não* foi uma ideia minha, se você não está lembrando muito bem.

Saffie olhou para a sua mãe através dos infantis olhos azuis, seus cílios grudentos de lágrimas. Alguma coisa nela tinha mudado, Jules agora entendia. Algumas mulheres não dizem que é fácil *perceber* quando a filha perde a virgindade? Estava estampado nos olhos dela, nas expressões faciais. Um tipo de endurecimento. Ou de sabedoria. Não, não era isso. Era a perda da inocência. De uma hora para outra, Jules entendeu o que tinha mudado na sua filha nas últimas semanas. E se repreendeu por não ter percebido antes.

— Me conte exatamente o que aconteceu.

— Eu não quero falar. Eu não quero ter que me lembrar.

— Eu sei que você não quer, meu amor. Mas você precisa me contar.

Um momento de silêncio e então Saffie disse:

— Eu achei que ele estava aqui embaixo usando a internet, mas ele...

— Ele o quê?

— Ele subiu pro meu quarto. Quando eu estava me arrumando pra deitar.

Um arrepio travou toda a perna de Jules dentro da roupa de ginástica que ela ainda não tinha conseguido trocar. Foi *ela* quem pediu para Saul conferir o horário de Saffie ir para a cama. Era tudo culpa *dela* então?

Jules abraçou a filha. E ajeitou um fio loiro da testa da menina. Saffie exalava um cheiro forte de perfume doce, como se tivesse se arrumado para uma noitada, e não para uma manhã na escola. Hoje em dia, todo mundo se enche de perfume e produtos para o cabelo e para a pele, tanto as meninas quanto os meninos, era esse o argumento de Saffie. Eram os sintomas dos tempos modernos. Algumas das colegas dela, inclusive, meio que já tinham *namorado* um ou dois anos atrás, mas elas obviamente não sabiam o significado do que estavam fazendo, mesmo que fingissem um grande conhecimento de causa, todas preocupadas demais em descobrir quem gostava de quem na sala, todas elas reclamando do cabelo e das roupas e das unhas assim que abandonavam a infância, imitando as celebridades com todos aqueles posts nas redes sociais. Jules não gostava daquele comportamento e sua indagação era sempre a mesma: existe alguma mãe que goste? A vontade dela era ver a filha praticando seus passos de balé em frente ao espelho, e não pintando as unhas e alisando o cabelo.

— Ele subiu pro meu quarto — Saffie repetiu. — Eu não vi que ele estava lá. Eu troquei de roupa e acho que ele ficou me olhando pela porta.

Jules se lembrou de Saffie falando como os colegas da escola achavam que Saul era uma pessoa esquisita. Será que era esse o motivo?

— Aí ele entrou no quarto e... — Saffie interrompeu o relato outra vez.

— Meu Deus, Saff!

— Ele entrou no quarto e... me empurrou na cama e me segurou. Primeiro eu achei que ele estava brincando. Eu disse *sai de cima de mim, Saul*, mas aí ele... me perguntou se eu não percebia que estava pedindo aquilo, porque eu tinha deixado ele me ver trocando de roupa. Eu não conseguia fazer ele parar e daí pensei que, sei lá, ninguém ia saber mesmo. Uma hora ia acabar e ninguém nunca ia saber do que tinha acontecido... Foi horrível e pesado e eu não queria. Mas agora isso... Minha menstruação está atrasada — a boca de Saffie despencou nos cantos e seu lábio inferior começou a tremer. — Não dá mais pra esconder, eu precisava te contar.

Jules tentava absorver o relato da filha. A imagem que ela tinha de Saul, de um menino doce, tímido, talvez um pouco desajeitado, se desfez em segundos. Coisas que Rowan e Saffie e até as colegas da filha falavam sobre ele de repente flutuavam nos limites do seu pensamento.

— Você está me dizendo que — ela disse depois de uma hesitação —, você está me dizendo que o Saul estuprou você?

Saffie desabou e começou a chorar baixinho, um gemido estridente enquanto ela se contorcia e segurava a barriga como se estivesse sentindo uma dor profunda.

— Você se machucou? Ele te machucou? Por que você não me contou antes, Saffie? Por que não me contou na mesma hora?

— Não sei... Eu estava com medo. E eu... Eu não sabia se você ia me escutar. E a Holly estava aqui também. Vocês tinham saído pra beber. Eu não queria estragar a sua noite.

Jules fechou os olhos outra vez:

— Você podia ter me dito, eu ia te escutar — ela disse. — Ou você podia ter me falado no dia seguinte. Ou em qualquer momento depois.

— Eu achei que você não ia acreditar em mim.

— É claro que eu vou acreditar em você. Você não mente pra mim, mente? Ainda mais sobre um assunto tão sério, né? — Jules observou a filha, e era óbvio que, até aquele momento, Saffie vinha se sentindo enclausurada. Aterrorizada pelo que aconteceria caso ela contasse, aterrorizada pelo que aconteceria caso ela não contasse. — Você é a minha filha — Jules voltou a falar. — Eu te amo. E é muito difícil saber que você não se sente confortável pra me contar algo tão doloroso logo depois que aconteceu.

Saffie de repente endireitou o corpo e enxugou os olhos.

— Mas é que você tem essa coisa com o Saul.

— Como assim?

— Você acha que ele é, sei lá, perfeito. Você não ia me escutar. Eu falei pra você que não queria ele aqui dentro de casa.

Jules respirou fundo. Um sentimento de culpa rasgou sua garganta. Era verdade. Ela ignorou as ressalvas da filha a respeito de Saul e deixou os dois sozinhos em casa. E depois se embebedou de espumante com as amigas e chegou em casa de um jeito que impediu Saffie de contar o que tinha acabado de acontecer. Que tipo de mãe ela era? Outra coisa que Jules não chegou a contar para Holly, a culpa que sentia. Por ter bebido tanto que a própria filha, quando elas chegaram, não se sentiu confortável para conversar sobre algo tão grave.

— Você já falou sobre isso com alguém? — Jules perguntou, tentando raciocinar direito. — Algum professor? Alguma amiga?

— Eu não quero que ninguém fique sabendo de nada. É horroroso e vergonhoso e eu quero simplesmente esquecer que aquilo aconteceu. Minhas amigas vão achar que eu estava tão desesperada que precisei ir atrás dele. De verdade. Se minha menstruação não tivesse atrasado, eu nunca ia nem tocar no assunto. Eu só falei pra você por causa disso — ela colocou a mão em cima do abdômen.

Jules olhou para sua pequena menina. Saffie passou o tempo todo tremendo, com uma das mãos sobre a boca, mordendo a própria pele. Ela estava chorando de novo e um ranho descia pelo seu nariz em direção à mão. Jules estava devastada em pensar no que a filha tinha sido obrigada a enfrentar, e como Saul fez ela sofrer.

— Eu vou resolver esse problema — Jules disse no final das contas. — O que o Saul fez contigo não é só uma violência, é um crime. Ele precisa tomar consciência da responsabilidade dele. E a escola precisa tomar uma providência a...

— Mãe, por favor. Não comente com ninguém, eu te imploro.

— Mas ele te *estuprou*, Saffie. Deus do céu, imagina o que a a Holly vai dizer quando souber.

— Não foi que... Eu não quero que ele se complique. Eu acho, sei lá, não acho que foi um estupro. Alguma parte *deve* ter sido minha culpa também.

— Por que diabos seria culpa sua, Saffie?

— Eu deveria ter fechado a porta, porque aí ele não ia conseguir me ver trocando de roupa.

— Não faz o menor sentido, Saffie. É revoltante que ele tenha invadido o seu quarto. E você precisa entender que, sim, o cara cometeu um estupro a não ser que você ativamente tenha concordado com a relação, e que você tenha dito que sim bem alto, e com toda a força do mundo, e desde que você estivesse em condições de determinar se você queria ou não! — Jules interrompeu o que estava falando. Ela estava apenas ecoando Holly, ecoando as aulas que Holly tinha ensaiado com ela para os seminários sobre consentimento. Como é que ela nunca conversou com Saff sobre esse assunto antes? Jules então modulou o tom de voz. — E você não vai entender esse sentimento até ficar bem, bem mais velha. O Saul cometeu um crime horroroso. Ele precisa saber disso. E precisa sofrer as consequências.

Jules olhou para Saffie, olhou para a expressão de desespero no rosto da filha. É claro que era informação demais para ela absorver de uma vez só. O estupro, o medo de estar grávida. A possibilidade de ser obrigada a explicar a situação para pessoas estranhas. No fundo, Jules não sabia nem se poderia discutir o caso com a direção da escola. E só percebeu depois de um segundo: ela não tinha a menor ideia de quem procurar para conversar a respeito.

— Eu não quero que o Saul seja castigado — Saffie repetiu. — Sério, mãe. Eu só vou ficar bem longe dele a partir de agora.

Jules decidiu não insistir, porque só estava piorando o estresse de Saffie.

— Precisamos ter certeza de que você não está grávida — ela disse em um tom bem suave. — Eu vou comprar um teste e a gente descobre rápido se está tudo certo com você.

— E o que a gente vai fazer? Se eu estiver grávida?

— Aí a gente pensa no assunto — Jules respondeu. — Ainda estaria no começo da gestação. Podemos ir numa clínica e eles vão cuidar de você...

— Não, mãe, por favor. Eu não quero ir numa clínica horrível que nem sei qual é. Todo mundo vai ficar sabendo. Não dá pra gente só ir na Dra. Browne, não?

— Você prefere uma consulta com a Donna?

— Acho que sim. Pelo menos eu conheço ela. E ela não vai sair contando, vai?

— Ela é uma médica. Ela não pode sair falando dos pacientes. Mas olha só. Eu não quero que você fique se preocupando à toa com essa história. Eu vou resolver, tá? O importante agora é cuidar de você. Você vai ficar em casa hoje. Você passou por uma situação muito difícil e precisa de tempo pra se recuperar.

— Você não vai falar com ninguém, né? — Saffie implorou outra vez, puxando a manga da camisa de Jules. — Eu não quero que ninguém fique sabendo.

— Nem mesmo o seu pai? — Jules perguntou.

O rosto de Saffie congelou, os olhos arregalados.

— *Principalmente* o papai — ela disse.

...

Jules sugeriu que Saffie assistisse um dos seus filmes preferidos da infância, *Operação cupido*, para se distrair um pouco. E, depois dela se acomodar debaixo de uma cobertinha no sofá, Jules voltou para a cozinha. Ela limpou as canecas e abriu o lava-louças para colocar tudo lá dentro, querendo reestabelecer algum senso de normalidade. Do lado de fora, uma pálida neblina de outono tomava conta do céu e iluminava a cozinha com uma luz amarela suave. Algumas vezes, aquela casa parecia flutuar em cima dos pântanos, com apenas uma fina camada de vidro e alvenaria protegendo seus moradores do clima da região. E, se ela tentou não exagerar nas reações na frente de Saffie, agora seus pensamentos estavam explodindo por todos os lados, tropeçando uns nos outros, em uma espécie de fervura.

Jules entendeu muito bem o porquê de Saffie não querer contar nada para o pai, devido ao temperamento de Rowan. Mesmo que a filha não soubesse nem da metade dos problemas, como o fato de Rowan já ter mandado um homem para o hospital, ela recentemente havia presenciado as reações dele contra um babaca aleatório que fez um comentário malicioso sobre o corpo dela no meio da rua. Jules mal teve tempo de impedir que o marido esmurrasse a cara do sujeito. E, se Rowan soubesse que a filha tinha sido abusada — ou melhor, *estuprada* —, que tipo de raiva ele iria sentir? Mas Jules precisava mesmo conversar com alguém.

Enquanto distraidamente limpava a mesa da cozinha, ela repassou uma lista mental de amigas. Tess tinha uma filha quase da mesma idade de Saffie. Mas as conversas entre elas quase sempre se tornavam competitivas, com as duas enaltecendo os feitos da própria filha. De fato, Tess não era a pessoa certa para você confessar inseguranças ou fracassos. Ela era a última pessoa para quem você contaria que sua filha está roubando lojas de maquiagem ou fumando ou chegando tarde da rua. Era a última pessoa do mundo para você pedir conselhos quando sua filha é estuprada pelo filho de uma amiga. Em relação às outras — Samantha, Jenny e Fiona —, apesar de serem simpáticas, Jules não sentia que fossem próximas o suficiente para uma conversa tão íntima. E tinha Donna também, claro, mas, sendo médica, ela volta e meia reclamava que as pessoas ocupavam suas horas livres como se estivessem conversando com um muro das lamentações.

Só restava então o grupo de mães com quem ela ia acampar. Jules não podia confiar em nenhuma delas para esse tipo de segredo. As fofocas corriam soltas na vila. As pessoas às vezes sabiam o que você ia fazer antes até de você mesma, e você não conseguia reverter as opiniões depois. Mesmo os que na aparência eram mais simpáticos podiam se revelar críticos terríveis nas horas mais inesperadas.

Claro, em outras circunstâncias, a primeira pessoa para quem Jules ligaria atrás de conselhos seria Holly. Não apenas porque Holly era a amiga mais próxima e antiga, seu porto seguro em termos de conselhos emocionais e morais, mas também porque Holly sempre dizia que Saffie era a filha que ela gostaria de ter posto no mundo. Isso para não falar em um detalhe ainda mais importante: os debates de Holly dentro da universidade sobre estupro e sexo consensual a colocavam na posição certa para lidar com a questão. Holly, com certeza, ficaria tão consternada quanto Jules a respeito do comportamento de Saul, esse comportamento que, inclusive, poderia se repetir. Não, pelo contrário,

Holly ia *querer* saber de tudo. Era um fato. Ela ficaria furiosa se descobrisse que Jules tinha escondido aquilo dela. Ela ia querer arrancar a verdade de Saul antes que ele se complicasse ainda mais. Que é o que iria acontecer se Jules ignorasse os pedidos desesperados de Saffie e fizesse o que seus instintos estavam mandando ela fazer, isto é, contar tudo para a escola e quem sabe até para a polícia. Mas ela estava tentando ser racional, seria mesmo muito melhor se ela e Holly pudessem resolver aquela confusão toda por debaixo dos panos.

Por isso Jules decidiu, ainda pela manhã, que devia conversar com Holly. Em um lugar neutro, onde elas poderiam falar com mais liberdade. Holly saberia a melhor abordagem para o problema. Elas conversariam com os filhos sem envolver mais ninguém, bem como Saffie queria. E decidiriam o que fazer com Saul, porque um menino que consegue estuprar uma menina dentro da própria casa dela enfrenta um transtorno muito maior do que mera timidez crônica. Holly precisava enfrentar a questão, precisava até mesmo procurar ajuda profissional para ele. E Jules iria também marcar uma consulta para Saffie com Donna. E elas iriam superar essa confusão, juntas. Elas iriam resolver tudo sem precisar envolver mais ninguém. Nem a escola, nem a polícia, nem homem nenhum. Exatamente como Saffie queria.

De mulher para mulher.

De mãe para mãe.

De mãe especial para mãe especial.

...

Saffie aceitou com relutância quando Jules explicou os motivos por que teria que conversar com Holly, alegando que só assim elas poderiam lidar com a situação sem ter que envolver mais pessoas.

— Pode deixar tudo comigo, tá? Você não precisa mais se preocupar com essa questão. Promete pra mim?

Que palavras inadequadas! Como é que Saffie não iria se preocupar... E, mesmo assim, Jules sabia que o único jeito da filha não desabar era ela mesma permanecer calma. Jules então ligou para Hetty, sua assistente no trabalho, e pediu para ela resolver sozinha as pendências do dia. Quando Rowan apareceu, ela disse que Saffie tinha faltado à escola por causa de uma disenteria e que precisava de descanso, por isso estava deitada na cama assistindo um filme. Rowan disse que cuidaria da filha e Jules falou ao marido que precisava encontrar um fornecedor, então pegou o próximo trem para Londres.

Assim que Jules chegou perto da universidade, no entanto, lá pela hora do almoço, começou a se perguntar se seria capaz de confiar em si mesma para ela e Holly terem a conversa no tom educado que ela imaginava ser o mais apropriado. Tranquilas, sem preconceitos. Era difícil ter qualquer tipo de certeza.

Uma vez, logo depois de Holly e Saul terem se mudado para a vila, Jules timidamente sugeriu que um corte de cabelo mais curto iria ajudar Saul a se enturmar — na verdade citando uma fala de Rowan, o que a fez se arrepender de imediato —, e Holly disparou contra ela na mesma hora: como é que Jules sabia o que era o melhor para o filho dela? A partir dali, Jules percebeu que, se Holly expressasse qualquer preocupação a respeito de Saul, o trabalho dela era discordar, pois Holly não aceitaria nenhuma crítica que não viesse dela mesma. E até esse momento, fora o escorregão do corte de cabelo, Jules tinha respeitado essa dinâmica. Uma sempre arranjava um jeito de tranquilizar a outra quando surgia alguma insegurança a respeito dos filhos, ao invés de estimularem a ansiedade que elas já sentiam naturalmente. Era um acordo tácito no qual elas sempre confiavam. Mas agora Jules ia quebrar as regras, e ia quebrar da pior maneira, revelando a atrocidade que o filho de Holly tinha cometido contra a filha dela, mostrando o quanto ele era muito mais problemático do que sua amiga imaginava.

Jules chegou na universidade de Holly no começo da tarde. A recepcionista deu para ela um crachá de visitante e indicou como chegar ao departamento de literatura, onde os corredores cheiravam a livros e poeira de papel. Para Jules, foi chocante perceber o quanto o mundo profissional das duas era diferente. O mundo dela revolvia em torno de lucros e prejuízos e dinheiro e uma sequência frenética de pedidos e prazos de entrega, notas fiscais, memorandos e verificações de estoque, enquanto o mundo de Holly girava em torno de discussões inteligentes entre livros, citações, pensamentos profundos e silenciosos estudantes. Jules, portanto, confiava que a habilidade de Holly para pensar com objetividade, como ela demonstrava ao preparar uma aula, ou quando coordenava as discussões sobre consentimento, faria com que elas pudessem tornar essa tragédia um pouco mais administrável.

Ela chegou ao escritório de Holly, mas a porta estava fechada. Jules poderia ter enviado uma mensagem de texto avisando que estava chegando, mas não conseguia encontrar uma justificativa para explicar sua visita e, no fim, decidiu que era melhor surpreender a amiga. Jules sentou em uma cadeira do lado de fora do escritório e esperou. Na frente dela, um pôster colado na parede.

Pergunte primeiro. Consentimento é tesão. Abuso, não.

Embaixo, a data e o local do próximo seminário sobre consentimento sexual. Consentimento. O assunto preferido de Holly, Jules pensou com amargura, para logo depois concluir que não poderia deixar esse tipo de pensamento se intrometer na conversa. Coitada de Holly, não tinha a menor ideia de que as palavras coladas do lado de fora do seu escritório seriam arremessadas com toda força na sua própria cara.

Até que Jules enxergou o corpo alto e magro de Holly se aproximando pelo corredor, atravessando as portas de mogno dos escritórios fechados. Holly estava imersa em pensamentos, com um café para viagem em uma das mãos, com seu jeito de caminhar levemente desengonçado, sua pele clara e sardenta, um punhado de cabelo castanho desgrenhado por cima do que Jules uma vez chamou de nariz aristocrático. Altiva, esbelta e elegante. Assim como todos os fragmentos de sua personalidade. Durante a universidade, elas costumavam dizer que Holly seguia os passos de sua musa, Virginia Woolf. Suas roupas eram sempre estilosamente casuais, uma jaqueta cinza de linho, um vestidinho azul, umas botas de couro macio, nada de saltos. E então Jules viu um breve sorriso, inconsciente, nos lábios de Holly. Ela estava mais feliz nos últimos tempos, depois de ter se mudado de Londres. Desde que começou a se relacionar com Pete. Como ela é bonita, Jules pensou, e sentiu uma vontade de chorar.

    Durante o encontro das duas, no entanto, a reação de Holly foi muito pior do que Jules esperava. E, quando Holly disse que Saffie estava se tornando uma menina escrota e mentirosa, Jules teve certeza de que aquela conversa não tinha futuro nenhum. Tratar um crime com um olhar desapaixonado era uma coisa, mas chegar ao limite de insultar os filhos uma da outra era uma situação bem diferente. E por isso, tanto para proteger Holly da sua raiva quanto para proteger seus próprios sentimentos, Jules precisou ir embora.

    Agora, no trem de volta para casa, já perto da vila, com aquela paisagem plana à sua frente, com aquele sentimento de alívio que Jules sempre sentia quando chegava na zona rural depois de ter saído da capital, como se estivesse livre para respirar de novo, ela cutucava o papel-celofane que envolvia o teste de gravidez no seu bolso. O pequeno tubo de plástico dentro da embalagem era a única possibilidade de convencer Holly a se retratar do que tinha dito. Porque era uma prova concreta de que Saffie não era nem mentirosa nem escrota. Claro, desde que o resultado fosse positivo, o que Jules rezava para não acontecer.

...

— O papai está em casa?

    — Ele deu um pulo na vila pra tomar uma cerveja com o pessoal. Disse que volta perto das seis.

    Saffie estava no quarto dela, sentada na cama com seu iPhone na mão. Dois borrões vermelhos no seu rosto denunciavam que ela tinha chorado de novo. Jules sentou no edredom ao lado da filha.

    — Como você está se sentindo? — Jules perguntou.

    — Acho que bem. O que foi que a Holly falou?

    — Que ela vai falar com o Saul.

Saffie respirou fundo, pálida:

— Ele nunca vai admitir.

— Depende da nossa abordagem — Jules disse, com palavras inócuas, mesmo para seus ouvidos. — A Holly e eu vamos fazer todo o possível para sermos bem sensíveis na conversa. E, você sabe, a Holly é acostumada a lidar com esse tipo de situação. É o que ela faz o tempo inteiro no trabalho. Agora, me diga, você está precisando de alguma coisa?

Saffie negou com a cabeça.

— Eu trouxe um teste — Jules disse.

— Ai, mãe. Eu estou com muito medo — o rosto de Saffie desabou outra vez. — Estou com medo de dar positivo... O que a gente vai fazer se der positivo? Como é que a gente vai falar pras pessoas?

— Você não precisa contar pra ninguém. A gente vai lidar com o problema imediatamente, com o mínimo de confusão possível — *você não deveria estar passando por algo assim*, Jules pensou.

— A gente pode esperar mais um pouco? Acho que eu vou morrer se der positivo. E é que nem você disse, a menstruação pode atrasar por vários motivos, pode ser que desça daqui a pouco. Pode vir hoje de noite até. Vamos esperar pelo menos até amanhã. Por favor, mãe... *Por favor*.

Jules segurou a mão de Saffie. Ela podia sentir o medo da filha, e podia entender o porquê dela não querer saber se o resultado daria positivo ou não. Mas, se desse negativo, o alívio das duas seria incalculável.

— Vamos esperar até amanhã então — ela disse enfim. — Se é o que você quer. Mas vou ligar pra Donna enquanto isso, marcar uma consulta com ela, só por via das dúvidas.

...

— A Dra. Browne está de férias até a próxima sexta-feira — a recepcionista disse, quando Jules ligou para a clínica, e ela sentiu como se o seu coração fosse parar de bater. — Se for urgente, posso te encaixar com o Dr. Alwin.

Jules, claro, não queria levar Saffie no Dr. Alwin, o único homem da clínica. Ele, inclusive, tinha uma reputação na vila de ser impaciente e sem tato. E só a possibilidade de sua menina tendo que explicar um estupro para um médico já era horrível o suficiente. Então ela marcou uma consulta com Donna para a sexta-feira.

— Se você mudar de ideia — a recepcionista disse, obviamente curiosa para descobrir qual era o problema —, pode ligar e marcar uma consulta de emergência com algum dos médicos substitutos que atendem pela manhã.

Saffie pareceu aliviada no momento que Jules contou que elas só poderiam ser atendidas por Donna na semana seguinte, e Jules deixou que a filha entendesse o gesto como uma pequena vitória. Mas, depois que Rowan chegou, ela logo percebeu o quão difícil era não cuspir a história toda na cara dele. Rowan tinha voltado para casa andando e estava bem animado, com o rosto rosado pelo ar frio da rua. Ele arremessou seu cachecol para dentro da sala já na porta da frente.

— Cadê minhas belíssimas meninas? — ele perguntou, abrindo bem os braços, apertando Jules e beijando a esposa nas bochechas. — Já fiz meu exercício do dia e mereço tomar uma cerveja e comer uns salgadinhos. Você quer tomar um vinho comigo, meu amor?

— Não, estou bem — Jules disse. — Vou esperar o horário do jantar.

— Saff — Rowan gritou em direção às escadas. — Você está melhor, meu bem? Desça aqui pra dar um abraço no seu pai.

Rowan foi para a sala de estar, se esparramou no sofá e abriu uma cerveja.

Saffie desceu do seu quarto ao ouvir o pai, mas balançou a cabeça, negando a comida que ele ofereceu. Rowan, de qualquer jeito, deu um abraço forte na filha e colocou ela no colo. Saffie parece grande demais para essa brincadeira, Jules pensou, ela ofusca Rowan como se fosse o bebê de um pássaro cujas penas espalhafatosas fazem os pais parecerem muito menores do que ele. Rowan, no entanto, passou o braço em volta da filha sem pensar na incoerência do seu gesto e espremeu Saffie contra si.

— Sua barriga está melhor, linda? — ele perguntou.

— Está normal — Saffie disse.

Jules só observou a filha, admirada com o corajoso esforço dela para parecer tranquila. Aí Rowan ergueu um tufo do cabelo loiro sedoso da filha e a beijou no pescoço, o que incomodou Jules, mesmo que os dois sempre tenham sido muito próximos, por causa de todo o estresse que Saffie tem passado nas últimas semanas.

— Se você já tiver terminado seu dever de casa — ele disse —, a gente podia assistir um episódio de *Sherlock*, o que você acha?

— Estou meio sem vontade, pai.

— Certo, mas e se for um episódio de *Chamem a parteira*? Eu faço esse sacrifício por você.

Puta merda, Jules pensou, não poderia ser mais irônico. Rowan sempre se negou categoricamente a assistir a essa série, que fala sobre enfermeiras na década de 1950 tentando lidar com todo tipo de gravidez, incluindo casos de adolescentes com gestações indesejadas. Ela quase abriu a boca para dizer *esse não, Rowan, pelo amor de Deus*, mas se segurou a tempo.

— Tem o que pra jantar, Jules? — Rowan perguntou. A mão dele, foi impossível para Jules não notar, estava descansando no quadril de Saffie.

Jules nem tinha pensado na comida. Precisava ser alguma receita rápida e fácil.

— Macarrão ao pesto — ela disse, caminhando em direção à despensa para abrir um pacote de penne. Foi Holly quem ensinou a receita para ela quando as duas eram estudantes, Jules se lembrou, abatida, enquanto abria o lacre da embalagem com os dentes, tentando fingir normalidade e se perguntando se estava conseguindo, a pior dúvida do mundo se você está tentando esconder um segredo.

— Mãe, acho que não estou podendo comer macarrão — Saffie desceu do colo de Rowan e entrou na cozinha. Ela puxou a manga da camisa de Jules. — Minha barriga ainda está meio ruinzinha.

Jules olhou para Saffie e sentiu o coração disparar ao ver a expressão assustada da filha.

— Tudo bem, querida — Jules beijou o cabelo de Saffie. — Você não precisa comer.
— Acho que vou voltar pro meu quarto, tá?
— Claro, daqui a pouco eu vou lá pra ver se você está melhor.
— Você não vai contar pro papai, né? — Saffie sussurrou no ouvido da mãe, o rosto contorcido de ansiedade.
— Não, se você não quiser que eu conte.
— Promete?
— Prometo.

...

Jules sabia que, se continuasse ocupada, cozinhando, limpando a casa, preparando as coisas para o dia seguinte, ela conseguiria se distrair e não contar para Rowan, assim que eles ficassem sozinhos, o verdadeiro motivo de Saffie não ter ido à escola. Por isso, enquanto ela ralava o queijo para o macarrão, ela se esforçava para lembrar que, diante da opinião de Rowan a respeito de Saul, era impossível esperar uma reação razoável caso ela contasse sobre o estupro.

— O Saul parece um viciado em drogas — Rowan disse uma vez para Jules depois de um jantar na casa de Holly no qual Saul mal conseguiu dizer oi. — Com certeza ele tem acesso a drogas com os contatos dele em Londres. Não quero ele andando com a Saffie. Manchando a reputação dela. Influenciando ela e os amigos.

Jules respondeu que Saul não era um drogado e que não deveria ser julgado daquela maneira. Até porque, mesmo que ele fumasse um pouco de maconha, o hábito dele não implicava na franca adesão ao vício por parte da população jovem do local.

— Você tem uma memória seletiva — ela provocou o marido.
— Você não lembra do que a gente usava no nosso maravilhoso passado, antes da Saffie? Quando nós trabalhávamos na capital?
— A gente não tinha dezesseis anos, Jules. A gente já tinha vinte e poucos anos e sabia o que estava comprando e o que era aquilo na nossa boca.
— Tanto faz, não acho que o comportamento antissocial do Saul tenha alguma coisa a ver com drogas. Você sabe que

ele passou por um período bem difícil — Jules disse. — Desde a morte do pai dele. Tem sido uma luta pra Holly criar ele sozinho. E ele sofreu bastante, desenvolveu ansiedade e fobia escolar logo que eles se mudaram pra cá.

— Fobia escolar? — Rowan debochou. — Quem foi que criou esse termo? Preguiçoso, isso sim. A Holly é indulgente demais com ele. Sempre foi. Ela tem tanto medo de foder com a cabeça dele que mima aquela criança sem parar. Ele precisa de um pulso firme. Um corte de cabelo, uma dieta correta e um exercício físico regular. Enquanto isso não acontecer, eu prefiro que a Saffie não fique andando com ele.

— Você não tem o direito de proibir ninguém, Rowan. Ele é o meu afilhado. E, já que eu sou a principal razão pra eles terem vindo morar na vila, é mais que justo que eu receba os dois de braços abertos.

Jules tinha decidido defender Holly e Saul de qualquer hostilidade do seu marido. Esse foi o motivo por que ela concordou em empregar Saul como seu assistente na loja durante os fins de semana, ela queria ajudá-lo a enfrentar o mundo real, dar para ele alguma experiência de trabalho para poder colocar no currículo. E esse também foi o motivo por que ela concordou que ele fosse usar a internet enquanto ela e Holly saíam para beber no aniversário de Tess. Agora Jules se perguntava se deveria ter escutado Rowan, se deveria ter recusado a presença de Saul dentro da sua casa. Quer dizer, se ela não deveria ter recusado a presença dele desde o primeiro dia.

3
Holly

EU PERMANEÇO SENTADA POR UM TEMPO depois de Jules ter saído do meu escritório, lutando para criar algum tipo de sentido para o que ela acabou de me contar. Preciso de vários e vários minutos de silêncio para processar a situação, mas Luma logo aparece na porta e me lembra que preciso estar às três no seminário sobre consentimento. E, antes que eu consiga falar qualquer coisa, antes que eu consiga abrir a minha boca para dizer que não tenho condições de ir, ela me diz que Hanya também anda recebendo tuítes de intimidação, que ela também está sendo chamada de feminázi. Hanya só tem dezenove anos de idade. Não dá. Luma está certa, ela precisa do nosso apoio.

Então eu me arrasto pelas escadas até o auditório onde Hanya vai exibir seu curta-metragem. O seminário atraiu um público basicamente composto por mulheres jovens, algumas pessoas que preferem se identificar como não binárias e apenas três homens. Jerome não apareceu, como eu suspeitava. Nem Mei Lui, para quem eu tinha entregado um panfleto na semana anterior. Hanya está, nesse momento, apresentando os temas da discussão, e eu me sento no fundo da plateia.

— A gente espera que todo mundo participe da discussão no final, ok? Pra podermos debater sobre o que está acontecendo ali — ela conclui, clicando no mouse para o filme começar a ser exibido no telão. Uma mulher vestida com minissaia, salto alto e uma jaqueta militar tropeça de bêbada no que parece ser um dormitório estudantil: cama de solteiro, roupas pelo chão, sacolas de comida em uma mesinha lateral. Um rapaz está mantendo a garota em pé. Na sequência, ela desaba na cama e desmaia de sono. O cara deita ao lado dela. A câmera se afasta e não dá para ver muito bem o que acontece, mas a cena sugere que o sujeito faz sexo com essa mulher quase inconsciente enquanto ela, sem muita energia, tenta empurrar o cara para fora da cama.

Na mesma hora, a expressão perturbada de Jules acusando o meu filho de estupro volta ao meu pensamento. Até tento imaginar Saul agindo como o ator no filme, mas não consigo. A voz em off da narração logo nos informa que o rapaz é ex-namorado da menina. E que ela pediu a ele que a acompanhasse até a sua casa, com a ressalva de que nunca houve um convite para que ele se deitasse com ela na cama.

— Bom, vamos lá. Vocês acham que o cara tinha o direito de achar que ela estava concordando com aquilo tudo? — Hanya pergunta, assim que os créditos aparecem na tela.

A discussão pega fogo imediatamente.

— Ela deixou ele entrar no quarto. Ela consentiu.

— Mas, se ela estava tão chapada que não conseguia nem dizer não, então não existiu consentimento. Ele estuprou ela.

— Eles claramente já se conheciam, saíram juntos pra beber, então não dá pra dizer que foi estupro.

— Você tem ideia do quanto essa sua frase é ofensiva? A mulher não concordou com nada, é claro que é estupro. Você não pode achar que uma pessoa quer transar contigo só porque vocês se conhecem de sei lá que época e aí saíram pra beber juntos.

— Ah, para com isso. Olha só, olha o jeito que ela estava vestida, é claro que ele ia achar que ela estava a fim de alguma coisa a mais, ainda mais porque eles eram ex-namorados — o comentário, como era de se esperar, parte de um dos garotos da plateia. — Ela deveria ter pensado nisso antes de deixar o amante entrar no quarto.

— Você só está sendo escroto com a menina.

— Mas o que é que o cara iria pensar — alguém pergunta —, se ela não estava completamente apagada?

— Não é esse o ponto. Ele estava se aproveitando dela e isso é abuso, porra. Os caras precisam aprender que eles não podem simplesmente sair por aí fodendo com qualquer pessoa a hora que eles quiserem.

Os caras no fundo do auditório começam a dar risada.

— A menina claramente estava com vontade também — um deles diz. — Ela só estava muito bêbada pra poder dizer.

O resto da discussão se transforma em um debate para saber se a mulher estava ou não em condições de dizer sim. E, se ela não estava, por que é normal que o rapaz entenda que pode transar com ela, apenas levando em consideração a história pregressa dos dois? O seminário foi um sucesso, no sentido de levar os estudantes a pensar, questionar e conversar a respeito.

Dessa vez, no entanto, não faço nenhuma tentativa de conduzir a discussão, como em geral acontece. Estou tão mergulhada em pânico durante o debate que considerações completamente insólitas terminam por invadir meu pensamento, me deixando atônita a ponto de quase simpatizar com os meninos no fundo do auditório. Não é compreensível que o rapaz só tenha entendido que estava tudo bem porque a garota deixou que eles fossem juntos para a casa dela? Como é que ele poderia saber que ela não queria sexo, se a menina, vestida com sua roupa minúscula, deixou que ele entrasse dentro do quarto? Como é que os caras conseguem descobrir se está tudo bem ou não? As mulheres, no final das contas, podem ser muito complicadas, às vezes até desonestas. E, de uma hora para outra, todas as nuances da situação me parecem muito mais confusas, tão diferentes do que eu costumava acreditar. Peço desculpas a Hanya e saio correndo da universidade, com as minhas próprias dúvidas esmagando a minha consciência no caminho de volta para a estação. *As mulheres são muito difíceis de entender! É muito fácil gritar* Estupro! *É só um jeito ardiloso de destruir um menino que vocês todos já odeiam.*

Esses pensamentos intrusivos continuam barulhentos. Eles sussurram sem descanso no meu ouvido, não me deixando baixar a guarda, me levando realmente à loucura. Ainda assim, ao desembarcar do trem, no início da noite, estou arrependida de ter xingado Saffie. Está escuro no caminho da estação para a vila. As únicas luzes são os reflexos das televisões através das janelas voltadas para a rua estreita. Antes de nos mudarmos, eu não imaginava quão longas seriam as minhas noites de inverno, o quanto eu iria ficar revoltada com essa escuridão da zona rural. É quando eu mais sinto falta da cidade grande, ao ver que a vila já está toda fechada às cinco da tarde. Sinto falta dos pubs e dos restaurantes, das estátuas iluminadas e das pontes cruzando o Tâmisa, os faróis dos barcos. As pessoas sentadas em mesas externas, mesmo no inverno, à luz de velas, no meio do amontoado de muros, praças, pátios e edifícios de Londres, enquanto, por aqui, todo mundo está escondido, encaixotado dentro de casa. Como, nesse momento, escolho não me lembrar dos engarrafamentos e dos metrôs lotados, nem do ar poluído, nem do barulho estridente das sirenes da polícia e do trânsito, é muito fácil pensar o que estou pensando: Londres é a minha casa, não esses pântanos escuros e calados. Ou talvez eu só esteja enfurecida por Jules ter despejado essa história de Saul em cima de mim. Estou descontando minha raiva na pequena vila para onde ela me incentivou a mudar.

Não demora e eu chego na minha porta. A casa também está toda escura, embora eu saiba que Saul já voltou da escola. Queria que Pete estivesse aqui. Preciso de uma segunda opinião adulta a respeito do que Jules me contou. Mas Pete só vai voltar de Bristol um pouco mais tarde. E, de qualquer jeito, Saul é meu filho, não é filho de Pete. Sou eu quem precisa lidar com a situação.

— Saul?

Não sei o que vou conversar com ele, mas preciso vê-lo. Ver se ainda conheço o filho que eu coloquei no mundo e criei mais ou menos sozinha desde que ele atingiu a puberdade. Ou se deixei passar algum detalhe importante. Algum detalhe que revele sua capacidade de estuprar a filha da minha melhor amiga enquanto nós duas aproveitávamos um espumante no bar.

Saul não me responde, então largo minha pasta de arquivos no chão, tiro meu casaco e me sento na mesa da cozinha, com o queixo nas mãos. Tento imaginar Saffie através dos olhos de Saul. Imaginar o que passou pelo pensamento do meu filho quando ele colocou a cabeça pela porta do quarto dela. Quando ele, de acordo com o relato de Jules, deu de cara com uma menina seminua. Saffie é bem desenvolvida para a idade dela, não é difícil notar. Como será que é ser um adolescente com hormônios em ebulição quando você se descobre sozinho em uma casa com uma menina que você conhece sua vida inteira e que agora está começando a parecer, em termos de corpo, com as mulheres que você provavelmente vê na internet? Será que Saul consome pornografia? Penso nele sozinho no seu quarto. Qualquer criança com um smartphone tem acesso a pornografia hoje em dia, sou obrigada a admitir. E, independente das minhas objeções a respeito de como a indústria do sexo representa as mulheres, todas elas plastificadas, turbinadas com silicone e depiladas até o último pelo pubiano (dentro de uma perspectiva contra a qual já conversei com Saul em vários de nossos jantares), ele é um produto dos tempos modernos. E eu preciso dar a ele o seu espaço de subjetividade, como Pete está sempre me lembrando.

Será que Saul, excitado, pediu um beijo para Saffie e ela, curiosa, aceitou? E será que ele argumentou que *seria legal saber como era, porque eles se conheciam desde crianças, e vamos lá, vamos tentar*? Será que, se isso aconteceu, Saffie seguiu com a brincadeira até se arrepender no meio do caminho? Será que ela ficou com medo do que seu grupinho idiota de amigos iria dizer caso descobrisse? Será que esse foi o motivo para ela classificar a relação deles como estupro?

Mas Jules garante que Saul entrou no quarto de Saffie sem ser convidado. Que, quando ele foi mandado embora, Saul inclusive teria falado que ela *estava pedindo*. E se o relato de Saffie for verdadeiro? Eu imediatamente afasto essa ideia, é muito doloroso pensar nessa possibilidade.

Só que não é assim tão simples. Quando, no meu tempo de estudante, fui voluntária no centro de apoio às vítimas de estupro, todas as atrocidades que eu escutava a respeito de violência sexual depois se confirmavam. A gente escutava relatos de estupros dentro de casa e em transportes públicos, em ruas escuras e em quartos de hotel muito bem iluminados, de noite e também à luz do dia. Muitas mulheres e às vezes até alguns homens. Algumas vítimas foram estupradas com uma faca no pescoço por desconhecidos, outras foram estupradas na sua própria cama pelos maridos ou namorados ou ex-namorados. Algumas sofreram estupro coletivo. Alguns casos envolviam membros da família. Todas as vítimas morriam de medo de denunciar os crimes. Por medo de serem desacreditadas ou de retaliações ou porque culpavam a si mesmas. Algumas apareciam no centro anos depois do estupro, quando o trauma provocado pela experiência ainda influenciava as suas atividades ou tinha voltado para assombrá-las. E eu aprendi desde cedo o quanto é complicado conseguir levar um agressor a julgamento, o quão tendencioso era o sistema judicial. Ou ainda é, se consideramos as últimas notícias nos jornais.

Portanto, estou enfrentando tudo o que conheço e acredito ao defender que Saffie está mentindo. E estou me esforçando para fazer isso. Eu realmente tento imaginar todos os cenários possíveis em que Saul tenha violentado Saffie. Mas eu não consigo acreditar nela. Saul até pode ter um metro e oitenta, mas ele não é muito mais que uma criança. Um ano atrás, ele ainda estava indo ao cinema comigo, para depois a gente ir comer no nosso restaurante japonês preferido. Um ano atrás, ele ainda estava me pedindo para levá-lo de carro até Londres para se encontrar com seu amigo Zak, só para as coisas voltarem um pouco ao normal, quando os dois comiam pizza assistindo a uma maratona interminável de séries. Pelo amor de Deus, ele ainda é uma criança.

Sem perceber, eu me levanto, vou até o fogão e olho para o cuscuz com amêndoas que eu tinha preparado hoje pela manhã, para acompanhar um cozido que eu fiz na intenção de receber as filhas de Pete no fim de semana. Cinco minutos depois, continuo parada no mesmo lugar.

E tomo uma decisão. Vou exigir que Saul me conte cada minuto daquela noite. E, além de provar a Jules que ele não estuprou Saffie, vou convencê-la a descobrir o porquê da filha ter mentido. Quais foram as razões para ela ter transformado o meu filho em um alvo. Porque é o que eu acredito que Saffie fez. Mesmo que, de modo geral, o bullying contra Saul tenha diminuído, eu vejo muito bem como todos eles evitam meu filho na espera do ônibus. Ele está sendo vítima de algum tipo de campanha vingativa. E, sei lá por qual motivo, Saffie se envolveu nessa história. No momento que chego a essa conclusão, escuto uma voz atrás de mim e levanto a cabeça, assustada.

— O que foi que você falou? — eu pergunto.

Saul tinha entrado na cozinha e quase arrancado a porta da geladeira. Uma caixa de leite cai no chão enquanto ele vasculha as vasilhas. Ele pega a caixa, deixando uma piscina branca debaixo dos armários, e continua encarando a geladeira. Saul, de fato, tem se tornado cada vez mais desajeitado, já que ainda não se deu conta de onde seus braços começam e onde terminam. Suas calças, que não conseguem acompanhar sua taxa de crescimento, estão penduradas no seu corpo magro. Um pequeno pedaço das costas expostas revela sua espinha dorsal, com as vértebras parecendo bolinhas de gude debaixo da pele. Tento imaginar o meu filho tentando coordenar esse corpo desajustado que ele mal consegue controlar dentro da cozinha em uma relação não consensual. Uma pessoa que sai derrubando os objetos pela casa e se batendo nos móveis porque está crescendo mais rápido do que a capacidade do seu cérebro de registrar a mudança. Mas, pelo menos para mim, é impossível imaginar, porque ultrapassa todo e qualquer limite de razoabilidade.

— Eu disse que não tem nada pra comer.

— Ainda não fiz o jantar. Daqui a pouco resolvo isso — eu digo, esfregando o chão e limpando o leite derramado.

— Nunca tem nada pra comer quando eu chego da escola. A despensa na casa da Jules está sempre cheia de comida pra você lanchar. A nossa está sempre vazia. Puta merda, eu estou desesperado de fome.

Eu fico absurdamente ofendida por ele estar me comparando com Jules bem quando eu, nos bastidores, tentava defendê-lo contra ela.

— Tem um pão aí pra comer. Dá pra você fazer uma torrada. Não ache que está acima das suas capacidades. Estou preparando um cozido e um cuscuz pra mais tarde.

— Que horas fica pronto?

— Umas sete e meia.

Quando olho para ele de novo, ele está segurando seu telefone e dando risada.

— O que foi?

— Que significado você acha que essa foto tem, mãe?

A foto na tela mostra um guarda de trânsito vestido com seu uniforme, um casaco fluorescente, segurando uma placa amarela indicando: *Cuidado, crianças*. Atrás dele, tem um arco-íris, atravessando o pântano de um lado a outro. O casaco fluorescente e a placa na mão diante de um arco-íris perfeito criam um quadro tão real quanto o mais arquetípico desenho infantil.

Eu dou risada.

— É genial.

— Fotografei no momento exato que ele pisou na rua pra organizar o trânsito. Quando o arco-íris estava mais brilhante. E o sol e a chuva estavam no ângulo exato, um virado pro outro. Só deu pra pegar o arco inteiro porque a terra aqui é essa planície completamente reta. Mas que significado você vê aqui na foto?

— Ela demonstra felicidade. Inocência. Demonstra sincronicidade.

— Exatamente.

— É uma ótima foto, Saul.

— Eu sei. E eu ouvi falar nessa universidade de artes onde você não precisa fazer uma graduação inteira, você pode só fazer um curso técnico em fotografia. O Sr. Bell disse que essa foto podia me render um prêmio. Ele disse pra eu colocar no meu portifólio e com certeza vou ser aceito lá nesse curso.

É a primeira vez que vejo Saul entusiasmado com alguma coisa nos últimos meses. Entusiasmado com uma foto que conversa com ele sobre infância, sobre inocência. Sobre a nostalgia de tempos mais simples. Porque no fundo ele ainda é uma criança. *Não tenho mais nada a acrescentar, meritíssimo,* eu sussurro, dentro de mim mesma.

Tudo o que posso fazer, no entanto, é me segurar para não começar um discurso sobre como ele pode, sim, tentar uma graduação na área, ou que ele pode tentar qualquer graduação que quiser, mesmo que seja em literatura inglesa, considerando o quanto foi arrebatado por John Donne. Saul detesta a escola e qualquer coisa que o deixe animado deve ser incentivada. Para demonstrar meu apoio, então eu enxugo as minhas mãos em um pano de prato e abraço o meu filho, maravilhada outra vez de como preciso abrir os meus braços para poder abraçá-lo, prestando atenção na sua respiração, nos seus ossos finos, no seu corpo tão magro, ainda que ele tenha ficado tão alto, tão largo. E ele me abraça de volta. É um gesto que sempre me surpreende quando penso que tenho um filho adolescente, que ele ainda pode ser carinhoso comigo. É raro, mas acontece. Ele ainda demonstra afeto quando está relaxado, quando está feliz.

— Agora eu só preciso me inscrever. E posso finalmente começar a minha vida.

— Estou empolgada por você, Saul.

Olho para ele, olho para o sorriso juvenil por trás da cortina de cabelo que esconde o rosto marcado por espinhas.

— Saul... — eu lavo o esfregão e guardo de volta no armário. Preciso tirar o elefante da sala, para que ele possa começar sua vida de fato, exatamente como ele diz. Cruzo os braços e me encosto na bancada da cozinha. — A Jules veio me ver hoje.

Espero por uma resposta.

— E aí?

— Eu só quero te perguntar uma coisa. O que você ficou fazendo naquela noite que você foi comigo na casa da Jules? Aquela noite que eu e ela saímos pro aniversário?

— Como assim?

Ele pegou duas fatias de pão e está empilhando uma série de recheios e complementos em cima delas. Manteiga de amendoim, queijo, abacate e uvas. Ele pega um pote de salgadinhos picantes e polvilha tudo por cima.

— Você chegou a conversar com a Saffie?
— Você já me perguntou isso. Ela nem apareceu na sala. Ela subiu pro quarto dela assim que vocês saíram — ele coloca a segunda fatia de pão no topo da pilha e amassa o sanduíche com as mãos antes de levantar aquele troço e dar uma mordida. E se vira na minha direção.
— Então o que é que você ficou fazendo a noite toda lá?
Minha voz é mais ríspida do que eu gostaria porque fui obrigada a estar na posição de interrogadora do meu próprio filho.
— Como assim, mãe? — ele torce o rosto e faz uma careta. — Eu fiquei a noite toda na internet.
— Você estava no andar de cima quando a gente chegou...
— Claro. Quando deu meia-noite e vocês ainda não tinham chegado, comecei a achar que a gente ia dormir lá. Então eu deitei num daqueles quartos de hóspedes desgraçados de grandes da casa. Porque você estava bebendo e eu sei como você fica quando está bêbada — ele meio que me devolve um sorrisinho.
— Pode parar por aí, por favor — eu digo. — Você está sendo um pouco cruel.
— Mas é verdade. Você fica conversando. Você fica bêbada e esquece da hora. Então achei que era pra eu ir dormir também. Mas aí você chegou logo depois — ele dá outra mordida de boca cheia no sanduíche.
— Você não foi conferir se a Saffie já tinha ido dormir, como a Jules te pediu?
— Ah, sim, claro, como se ela fosse gostar que eu ficasse de vigia — ele diz, cuspindo farelos. — Ela ia realmente me agradecer por eu tratar ela que nem uma criança. A luz do quarto dela estava desligada lá pelas onze e eu deixei por isso mesmo.
— Como você sabe, se você não foi lá conferir?
Meu coração está acelerado. Estou com medo de descobrir que ele está mentindo.
— Ih. Porque não tinha nenhuma luz debaixo da porta dela. Que horas que você disse que o jantar vai sair, hein?
— Assim que o Pete chegar com as meninas.
— Beleza.

Ele vira as costas e escuto seus pés esmagando as escadas.
E eu continuo no escuro.
Meu telefone vibra no mesmo minuto em que Saul vai embora. O tuíte do @Machistinha diz:
@Hollyseymore esperoquevocêsejaestuprada #feminazi #seminariodoconsentimento
Desligo o telefone e deixo o aparelho em cima da bancada.
E, para me distrair um pouco até Pete e as meninas chegarem, coloco um Leonard Cohen para tocar e encho uma taça com vinho branco suave. Tento me perder nas letras delicadas do disco, mas não paro de pensar na nossa época de estudante, quando Jules detestava as melodias sombrias na mesma medida em que eu me apaixonava por elas. Aí começo a dourar a carne na panela e um aroma de coentro e cominho sobe pela cozinha. Será que eu não deveria ter pressionado Saul mais um pouco? Será que eu não deveria ter perguntado diretamente se ele tentou transar com Saffie? Mas ele ficaria devastado só por eu considerar essa hipótese. Então quando já terminei de preparar o cuscuz com farelos de amêndoas, já coloquei uma tampa na panela para mantê-la aquecida e já arrumei cinco conjuntos de pratos e talheres na mesa da cozinha, escuto a chave na porta, junto com o habitual barulho que a madeira faz ao ser empurrada com força. Uma rajada de vento úmido entra pela casa e com ela vem toda a animação das vozes das meninas, além do cheiro dos casacos molhados e o movimento dos corpos entrando na cozinha, o que deixa meu coração um pouco mais quente. Eu adoro quando as meninas vêm passar o fim de semana. Quando eu e Pete nos casamos, reformamos o sótão para servir de quarto para elas, e eu quero muito que elas entendam esse lugar como uma segunda casa.
Thea, que tem apenas dez anos, me dá um abraço apertado e eu dou um beijo no topo da cabeça dela, sentindo seus fios de cabelo sedosos e escuros grudarem na minha boca. Freya, que tem treze anos, só me deixa mesmo dar um abraço simples em volta do seu tronco, todo coberto por um casaco impermeável, o que acaba molhando meu cardigã cinza com gotas de chuva.

Pete se aproxima e me dá um beijo na bochecha, com seus lábios se demorando um pouco mais que o necessário enquanto a mão dele descansa na minha lombar e se move um pouquinho mais para baixo. Um choque de desejo me atravessa. Eu estava sentindo a falta dele, de um jeito que eu nem imaginava.

— Assim que eu gosto de ver — ele me provoca. — Uma mulher recatada cuidando do fogão e servindo o chá na mesa.

Eu dou um sorriso.

Pete me aperta contra si.

— Que semana complicada. Eu teria cozinhado, claro, se tivesse conseguido chegar mais cedo.

— Amanhã o emprego é seu, meu querido — eu digo, com o estômago revirado. Como vou contar para ele o que Jules despejou em cima de mim? Ele me dá um olhar bem rápido para me dizer que está com vontade de transar mais tarde. E eu gostaria de devolver o olhar, como sempre faço, que a gente pudesse seguir compartilhando a deliciosa cumplicidade que faz a nossa relação funcionar tão bem.

— Puta merda. Que cheiro horroroso — Saul voltou para a cozinha ao ouvir as vozes. — Está cheirando como um bordel aqui.

— Saul!

— Sério. Está contaminando a comida. Você está querendo derrubar quem, Freya? — ele se aproxima da meia-irmã e bagunça o cabelo dela. Freya fica vermelha e dá um passo para trás. Thea, na mesma hora, puxa o cabelo de Saul e ele segura a mais nova com toda a força do mundo, o que termina provocando nela uma mistura de choro e risada.

— O seu perfume é ótimo — eu falo para Freya. — Qual é o nome?

— Chama Juicy Couture — ela diz, ficando vermelha de novo. — Minha mãe comprou pra mim — Freya chega mais perto do fogão e levanta as tampas, dando uma olhada nas panelas. Ela é da mesma idade de Saffie, mas nem de perto é tão desenvolvida, com seu corpo infantil debaixo da camiseta e do jeans de cintura alta. Ela até cresceu um pouco nos últimos meses e começou a usar rímel, mas ainda é mais criança do que adolescente, é uma menina desajeitada e pueril. A simples ideia de uma criança da idade dela se envolvendo em um ato sexual, mesmo por vontade própria, é abominável, para dizer o mínimo. Pensar no assunto faz com que eu me contorça por dentro e dou um abraço nela.

— Eu adorei o cheiro — eu digo, apesar de achar que o aroma de frutas tropicais realmente ultrapassa o limite do aceitável. — Você já falou pro Pete sobre o seu curso? — eu pergunto para Saul, que está jogado sobre a mesa.

— Que curso? — Pete pergunta.

— É um curso técnico de artes que estou me inscrevendo. Pra estudar fotografia.

— Acho uma boa ideia. Depois vou querer saber mais sobre ele. Porque agora, adivinha só, companheiro? — Pete abre uma garrafa de cerveja. Ele balança a cabeça. — Toma uma aqui comigo.

— Um brinde, Pete.

— Eu comprei os ingressos pra gente ir assistir os Slaves em março, lá no Fórum.

O rosto de Saul se anima de imediato.

— Mentira!

— Eu sabia que você ia gostar.

Pete dá uma risada, suas bochechas rosadas se expandem e a pele ao redor dos olhos se dobra em rugas. O prazer que ele sente em agradar Saul foi um dos primeiros motivos para que eu me apaixonasse por ele. E, nesse momento, me faz amá-lo ainda mais. A gente vai resolver essa confusão toda juntos. Eu sei que vai.

— Eu devo ter uma grana amanhã de noite e aí posso pagar a minha parte no ingresso — Saul serve um pouco da cerveja de Pete no seu copo ao sentar direito na cadeira.

— Com que milagre? — Freya pergunta. — Você nunca tem dinheiro.

— Porque agora eu consegui um emprego. Na loja da Jules. Começo amanhã.

Eu apoio a mão na bancada para poder me controlar, enquanto Saul, alegremente desavisado, continua:

— Por que você acha que eu vou acordar às oito da manhã num sábado? Ah, inclusive. Vou precisar de uma carona amanhã, mãe. Tenho que estar lá às nove.

— Saul... — eu enxugo minha mão em um pano de prato. — Eu me esqueci de te falar. A Jules pediu muitas desculpas, mas ela acabou calculando mal as contratações. Ela não vai poder te dar um emprego agora. Espero que você entenda.

— Sério? Que merda.

— Eu sei. Mas você vai acabar achando alguma outra coisa...

— Não está mais tão rico assim, hein? — Freya provoca, e Saul responde com uma careta.

— Pelo menos não vou mais precisar acordar cedo no sábado.

— Você ficou chateado? — eu pergunto, ansiosa.

— Só por causa do dinheiro mesmo.

— Você não se importa de renunciar à inestimável experiência de vender botinhas e pijamas de bebês? — Pete pergunta. Saul fica vermelho e sorri para ele. — E você não precisa pagar o ingresso. Eu que estou convidando.

— Você nunca ia acordar na hora certa — Thea diz para Saul. — Você é um preguiçoso.

Saul levanta e corre atrás dela para fora da cozinha, gritando, e Freya vai atrás. Eu sirvo um pouco de vinho para Pete. Ele está sentado à mesa verificando sua correspondência. Segundos depois, respiro outra lufada do perfume de Freya e entendo que o efeito dele em mim não é pelo fato dele ser tão marcante, e sim porque eu já senti aquele cheiro antes. Ele me traz associações desconfortáveis. A última vez que senti aquele cheiro foi na casa de Jules, quando Saffie desceu as escadas. Ela estava usando aquele perfume na noite em que ela diz ter sido estuprada pelo meu filho. Saffie e Freya são amigas. É compreensível, na idade delas, que queiram usar o mesmo perfume. Mas agora estou me perguntando o que uma conta para a outra. Estou me perguntando o que é que Freya fala para Saffie a respeito de Saul. Ou, mais importante, o que é que Saffie diz para Freya. Eu me pergunto se a tal acusação de estupro pode se tornar ou não um material para as fofocas da escola.

— Você está bem? — Pete pergunta, olhando para mim. — Você parece chateada com alguma coisa.

— Mais tarde eu te conto — eu digo.

...

Depois do jantar, quando as crianças já se esconderam nos seus quartos, meu telefone vibra outra vez. Eu acho o aparelho ao lado do fogão, onde eu tinha deixado mais cedo. É um tuíte.

@Hollyseymore é umaputaquemereceserestuprada #feminazi

— Ah — eu digo em voz alta.

— O que foi?

— Nada — eu coloco a mão em cima da tela.

— O que foi? — Pete faz uma expressão séria. — Eles ainda estão te sacaneando? Holly? Você precisa me falar. Me deixa ver.

Eu entrego o telefone para ele.

— Puta merda — ele diz.

O telefone vibra de novo. Dessa vez o tuíte diz:

@Hollyseymore gostadaputaria #feminazi

Pete lê a mensagem e depois coloca meu telefone na mesa.

— Essa merda já passou dos limites — ele diz. — Quem será que está fazendo isso?

Freya entra na cozinha bem na hora, perguntando onde estão os seus fones de ouvido, seguida por Thea, que reclama que Freya não quer brincar com ela. E Freya acaba se trancando no quarto para poder escutar música. Então é só no nosso quarto que eu e Pete conseguimos um momento de privacidade.

Eu me sento na beirada da cama. Pete me toca e eu sinto aquele pulso elétrico que o toque dele sempre me provoca. Mas dessa vez afasto a sua mão e a coloco de volta na coberta.

— Eu estava tentando me convencer de que preciso resolver essa situação sozinha, mas não consigo.

Já estou perto das lágrimas outra vez, como uma idiota. O que é que está acontecendo comigo? Eu não tenho costume de chorar. Mas desde a visita de Jules, e depois de toda aquela acusação, as lágrimas estão muito bem posicionadas, preparadíssimas para desaguar. E eu fico ali tentando colocar as palavras para fora.

— Vem cá — Pete diz, a mão dele no meu ombro agora, me puxando na sua direção.

Eu puxo minhas pernas para debaixo da coberta e me encolho perto dele.

— Não dá pra te julgar por ficar chateada — ele diz. — É realmente nojento, essa porcaria da internet. Será que não seria melhor você não frequentar mais esses debates sobre consentimento?

— Não posso abandonar — eu digo. — Eles são importantes. E os estudantes não podem coordenar tudo sozinhos. Mas nem é isso que está me deixando chateada agora, Pete. É outra coisa. Muito pior — eu fecho os olhos. — Eu queria resolver tudo com a Jules, mas parece que ela já se decidiu a respeito do Saul. E é isso que está me dando mais raiva. Que ela realmente acredite que ele é capaz de fazer aquilo.

— Ei, ei. Calma aí. Estou meio confuso. Uma coisa de cada vez.

Respiro fundo e me viro para ficar de frente para Pete.

— Duas semanas atrás, quando eu e a Jules fomos naquele aniversário, o Saul ficou na casa dela pra poder usar a internet. E a Saffie está dizendo que... Bom, olha, antes de continuar, eu preciso que você saiba que eu não acredito nela...

— O que ela está dizendo? — Pete pergunta.

Eu olho para os olhos verde-claros de Pete, tentando avaliar suas possíveis reações. Ele é o melhor ouvinte. Foi o que mais me atraiu quando eu o conheci na casa de Jules e Rowan. Quando eu descobri que podia falar e falar e que ele nunca ia demonstrar estar entediado. Mesmo quando eu derramava nele todas minhas preocupações a respeito de Saul, ou meus sentimentos ambíguos sobre a mudança de Londres, Pete só mexia a cabeça e continuava me escutando. Ele não julga. Ele não reage. Então eu posso falar para ele.

— A Saffie está dizendo que o Saul estuprou ela.

Pete afasta a coberta e senta.

— *Ela o quê?* Nossa senhora... Espera um pouco aí — ele diz.

— Mas essa é uma acusação muito séria.

— Eu sei. Você sabe. A Jules sabe. Mas eu não sei se a Saffie entende o quão séria essa acusação pode ser.

Pete pede que eu conte para ele todos os detalhes. Eu despejo nele toda a história que Jules me contou, incluindo o momento que Saul supostamente disse que Saffie *estava pedindo* aquilo.

No fim, Pete suspira e diz:

— E você acha que é mentira?

— Claro! Como é que você pode perguntar uma coisa dessas? É claro que é mentira. Só não consigo entender o *porquê* dela estar mentindo. A Saffie conhece o Saul a vida inteira. Eu sou a madrinha dela. Por que ela vai dizer algo assim sobre o Saul, se eles brincam juntos desde crianças, caramba? Eles são como irmãos. Eu não consigo entender o porquê dela inventar algo assim.

— Você perguntou pro Saul? Se alguma coisa aconteceu entre eles?

Eu engulo a saliva e olho para Pete:

— Eu tentei. Sondei o assunto.

— Você sondou o assunto? — Pete endireita o corpo. — Você precisa perguntar direito pra ele, Holly. Você precisa confrontar cada detalhe com a história que a Saffie está contando.

— Eu não posso contar pro Saul que a Saffie está acusando ele de estupro. Ele vai ficar devastado.

— Você está superprotegendo o seu filho, Holl. Você precisa ser cem por cento direta com ele.

— Não, eu não tenho obrigação nenhuma. Ainda mais no momento que ele está. Ainda mais quando o bullying com ele acabou não tem muito tempo. E ele se sente completamente solitário aqui. Ele vai ficar revoltado com uma acusação tão desprezível sendo feita contra ele. Principalmente por estar vindo da Saffie. Vai destruir ele.

— Se ele não tem nada pra esconder, então ele pode nos contar e a gente vai até o inferno pra resolver esse problema.

Eu coloco meu rosto entre as mãos.

— A Saffie contou pra Jules detalhes muito íntimos — digo através dos dedos. — Ela fez tudo parecer muito verossímil. Ela não vai recuar agora.

— Caralho.

— Mas não é verdade. O Saul passou a noite toda na internet.

Além do quê, ele nunca teve uma relação sexual com ninguém. E, quando tiver, eu sei que ele vai ser respeitoso com a pessoa. Ele mora comigo, caramba. O Saul sabe melhor do que ninguém sobre sexo, amor, afeto mútuo. Ele nunca ia cometer uma loucura dessas.

Eu paro. Será mesmo que já tive a tal *conversa* sobre sexo, como muitas mães gostam de chamar? Ou apenas dei uma passada ao redor, supondo que o meu filho absorveu tudo o que precisava saber só pelo fato de morar comigo? Só porque eu discuti meus debates sobre consentimento com Pete durante o jantar?

— Por que a Saffie iria contar uma mentira tão violenta?

Eu dou de ombros:

— Ela tem andado meio estranha ultimamente. Quem sabe?

Tanto eu quanto Pete ficamos em silêncio por um instante. Então Pete fala:

— Puta que pariu. Que confusão de merda.

— Eu sei.

Eu olho para ele, sentado na cama, sem conseguir interpretar o que o seu rosto está me dizendo.

— Pete, eu preciso saber que você não acredita na Saffie, você acredita?

Sua expressão muda, indo da perplexidade para o desamparo.

— Não, eu não consigo imaginar que o Saul tenha esse monstro dentro dele — ele diz, no final das contas. — É claro que eu não consigo imaginar isso. Mas é uma acusação muito violenta. Que diabos pode ter servido de gatilho?

A sensação que me dá ao olhar para Pete é a de estar diante de um buraco enorme se abrindo no chão, justo quando eu tinha começado a me sentir segura e estável outra vez.

...

Eu deito e continuo acordada, só consigo dormir já perto do sol nascer. Quando abro os olhos, são oito da manhã. Um cheiro de café e de massa frita está subindo da cozinha. Eu afasto a coberta, visto um roupão e vou lá para baixo. As meninas de Pete estão vestidas para sair, comendo panqueca na mesa da cozinha.

— Não é muito cedo pra vocês estarem acordadas no sábado pela manhã, não, mocinhas? — eu pergunto, enchendo a chaleira. — Você não tem balé hoje de manhã, tem, Thea? E você já terminou o período de provas, Freya. Vocês podiam aproveitar pra dormir mais um pouquinho.

As janelas estão embaçadas pela condensação do calor da cozinha. Está frio do lado de fora. Eu esfrego a mão na janela úmida. Os vestígios da geada brilham na grama, nas roseiras e também nos galhos da macieira do nosso pequeno e maltrapilho jardim. Folhas amarelas estão espalhadas pelo gramado. Eu me esqueci de recolhê-las e agora elas estão começando a apodrecer.

— Estamos indo pra casa da mamãe — Freya diz.

Eu tomo um susto, me viro e olho para elas:

— Mas esse é o fim de semana de vocês aqui — eu digo. — Como assim vocês vão pra casa da Deepa?

— O papai que mandou — Freya se encolhe.

Pete entra em casa pela porta da cozinha. Ele está vestido com calça jeans e seu casacão de frio.

— O que está acontecendo, Pete? — eu pergunto. — É o fim de semana das meninas aqui.

— Ah, eu estava só limpando o carro. Teve uma geada. A Deepa pediu pra elas irem pra lá. O pai dela veio de surpresa de Nova Délhi. Ele chegou ontem de noite e ela me mandou uma mensagem falando pra elas irem lá ver o avô. Você não liga, né? Você não tinha planejado nada com elas, tinha?

Balanço a cabeça dizendo que não. Mesmo que eu tenha planejado. É claro que eu tinha planejado. Eu sempre faço planos para os fins de semana em que elas estão aqui.

— Nada de especial. É só que... Eu queria poder passar um tempo com elas. Tinha pensando na gente comer uma pizza e assistir um filme hoje de noite.

Meu estômago está revirado. A conversa com Pete na noite anterior está voltando para me aterrorizar.

— Ah, ia ser muito legal — Thea está falando. — A gente precisa mesmo ver o vovô, papai?

— Fica quieta, Thea — diz Freya. — A mamãe pediu pra gente ir. Você vai magoar os sentimentos dela se a gente não for.

— Mas, se a gente *for embora*, a gente vai magoar os sentimentos da Holly — Thea diz.

— Está tudo bem, meu amor — eu passo os dedos pela sua bochecha. — Eu não estou magoada, não, só foi uma surpresa mesmo. Eu não sabia que ele estava vindo pra cá bem nesse fim de semana.

— Foi meio inesperado — Pete responde. — A Deepa, inclusive, pediu desculpas. Por não ter avisado. Vamos lá, meninas, comam rápido. O vovô vai ficar bem pouco tempo aqui e ele quer aproveitar o máximo com vocês.

Antes que eu perceba, ou assim me parece, elas já levantaram da cadeira, pegaram os casacos e as mochilas de fim de semana e Pete está apressando as duas para porta afora. Pete se vira na minha direção enquanto elas entram no carro:

— A gente conversa mais tarde, tá?

— Você também vai passar o dia com o pai da Deepa?

Tento não soar rancorosa. Até agora, nós conseguimos lidar de maneira civilizada com essa mistura de famílias. Eu tolero que Pete passe alguns feriados com Deepa e as meninas, e Deepa tolera que elas venham aqui quase todo fim de semana. Ela também deixou que as filhas passassem o último Natal com a gente, o segundo que eu e Pete passamos juntos. E eu aceito que, às vezes, elas vão preferir não vir para cá, que a decisão é das meninas, especialmente quando um encontro familiar aparece pelo caminho. Mas Pete concordou em conversar comigo sobre Saul assim que conseguisse processar toda a informação, e agora parece que vou ser obrigada a passar o dia sozinha, me torturando com o problema.

— Vou ficar um pouco por lá. E pensei em depois dar um pulo na biblioteca e adiantar um pouco a minha pesquisa, mas volto ainda hoje de noite — Pete diz. Ele agarra minha cintura, me puxa na sua direção e me beija rapidamente na boca. — Te amo — ele diz. E então se vira e entra no carro, e eu observo o movimento do veículo até chegar na estrada e ir embora, com as meninas no banco de trás.

Na sequência, eu limpo a cozinha de repente vazia: os pratos, a caneca de café pela metade, a panela de panqueca que ainda está fumegante.

— Cadê todo mundo? — Saul entra na cozinha, pega a cafeteira e serve uma xícara para ele.

— Pete precisou levar as meninas pra verem o avô delas. Ele fez uma visita surpresa. Você quer uma panqueca? Tem um bocado de massa sobrando.

Eu faço as panquecas e ele engole duas com bacon e xarope de bordo, uma atrás da outra, depois levanta e diz que vai pedalar pelo rio e tirar umas fotos.

— Sério?

— Eu quero fotografar a paisagem depois da geada. E, de qualquer jeito, estou precisando de um exercício. Fico muito tempo sentado.

— É uma grande verdade — eu provoco. — Só me pareceu incomum da sua personalidade. Você podia ter dormido mais, já que não vai precisar trabalhar.

— Eu preciso me mexer.

— Bom, mas se agasalhe então — eu falo para o nada enquanto ele se manda.

É uma felicidade ambígua ter uma casa com uma vista ampla de onde posso acompanhar as movimentações de Saul. Não consigo me controlar e vou até a janela da sala, para observar sua postura esbelta quando ele se abaixa para encher o pneu da bicicleta. Sua figura solitária quando ele pedala para longe, vestido com suas calças de trilha e o gorro afundado na testa. Eu me pergunto se essa repentina demonstração de energia é um sinal do seu entusiasmo com o futuro, agora que ele descobriu seu caminho na fotografia. Ou se ele está com algum peso na consciência.

Depois que ele vai embora, fico ali parada, olhando pela janela. O gramado da praça está brilhando com a umidade e os troncos das árvores se parecem mais com andaimes industriais do que com organismos da natureza, um cinza radiante, as folhas congeladas e pintadas de branco. As janelas das casas amareladas lá do outro lado, naquele estilo de Cambridge, estão todas escuras. Mais adiante, onde a próxima cidade começa, os carros e as janelas meio opacas por causa do gelo são um indicativo de que o contingente de trabalhadores que vai a Londres todos os dias está em casa para o fim de semana. No fim, eu dou as costas para a janela e preciso me controlar para não telefonar para Jules. Sábado é o dia que ela me convence — a corredora relutante — a ir fazer um treino no parque com ela. Eu sinto falta da sua ligação matinal, a insistência dela de que vou me sentir melhor depois, os cafés que iríamos tomar como recompensa pelo exercício. Difícil não me perguntar se ela também está sentindo a minha falta.

Jules e eu quase nunca passamos mais de dois dias sem nos falarmos. Uma vez, em um feriado com Archie e Saul na Escócia, onde não existia sinal de telefone, nós nos escrevemos cartas. Longas cartas, escritas à mão, enviadas em envelopes com selos pomposos. Jules tem sido minha caixa de ressonância para quase todos os meus pensamentos nos últimos vinte anos e, até onde eu saiba, eu sou a caixa de ressonância dela. Ainda que as coisas ditas ontem, em Londres, no meu escritório, tenham criado um abismo insuportável entre nós duas.

...

Antes que eu me dê conta, já estou abrindo a porta do quarto de Saul. Minha compulsão por descobrir evidências do crime, imagino eu, parte da mesma lógica de uma esposa quando alguém *bem-intencionado* conta para ela que o seu marido está tendo um caso. Ela pode não acreditar, ela pode até não *querer* encontrar os indícios que vão confirmar os seus piores medos, mas ela segue procurando dentro da carteira, nos bolsos, investigando os recibos, as faturas, as mensagens do celular, os e-mails, o que aparecer pela frente. Nem é tanto uma busca por evidências, na verdade, é mais uma tentativa desesperada de descobrir algo que contradiga a acusação. Portanto, aqui estou eu no quarto de Saul procurando uma prova de que Saffie está mentindo. Ou talvez eu só esteja procurando um indício que me mostre quem *é* meu filho no momento. Agora que Saul é um adolescente, ele está se afastando de mim, o que, como Pete diz, é como as coisas devem ser. No entanto, ele continua sendo meu filho. E eu sei que no fundo ele ainda é a criança que eu vi nascer, que eu alimentei, que cuidei e eduquei sozinha desde que ele tinha dez anos de idade. Preciso descobrir quem essa pessoa está se tornando para que ela possa continuar sendo a pessoa por quem eu sacrificaria a minha vida.

Os móveis no quarto de Saul estão cobertos por uma grossa camada prateada de poeira, daquelas que você consegue escrever seu nome em cima. Eu não faço uma faxina aqui há semanas. Mas Saul é até organizado para um adolescente. Já ouvi muitas mães descrevendo o quarto dos filhos como um lixão ou como um esgoto, um buraco purulento, e não é o caso aqui. Saul é metódico, seus cadernos da escola estão alinhados sobre a escrivaninha, os discos de vinil e os CDs estão muito bem acomodados em prateleiras, as roupas estão todas guardadas nas gavetas. Ele colou alguns pôsteres nas paredes, algumas fotos de Kurt Cobain, por quem ele desenvolveu um recente fascínio, e também algumas imagens de bandas contemporâneas, além de ingressos dos shows que ele foi em Londres antes de nos mudarmos. Tem uma pilha de revistas de fotografia ao lado da cama. E um livro com textos de John Donne, aquela coletânea que eu deixei no banheiro.

O computador de Saul é um computador antigo que Pete deu para ele depois de comprar um novo. Tento logar no sistema, digitando a senha que Pete costumava usar: Arsenal2014. Mas nada acontece. Faço mais algumas tentativas e recebo sempre a mesma resposta: *A senha que você digitou não foi reconhecida.*

Não é nenhuma surpresa. Qualquer adolescente que se preze vai mudar a senha para poder se proteger. Desisto do computador e abro seu guarda-roupa, com todas aquelas gavetas e compartimentos. Nos últimos anos, eu simplesmente jogo a roupa limpa na sua cama e nem chego mais perto do armário. E é uma sensação maravilhosa ver o quanto ele é organizado sem que eu tenha ensinado qualquer coisa nesse sentido, porque eu mesma não sou nada organizada. Ele dobrou as cuecas e dispôs uma do lado da outra, e as meias estão em uma gaveta separada, enroladas em bolinhas. No gavetão de baixo, ele guarda as camisas e os moletons. Eu pego as malhas e levo ao nariz para cheirar o amaciante que uso desde que ele era bebê.

É um perfume que me faz recordar os dias que passamos juntos na nossa casa em Londres depois da morte de Archie, com Saul encolhido do meu lado, me dando um chão quando tudo parecia se desintegrar, quando minha segurança parecia ter ido embora. Ele gostava de alisar as duas rugas que eu supostamente tinha na testa. E volta e meia checava se estava tudo bem comigo, sempre se esforçando para que eu estivesse sorrindo e dando risada. Será que eu fiquei dependente de Saul? Será que me apoiei demais nele, de um jeito excessivo e pesado? Será que ele está, no final das contas, tentando se separar de mim?

Na sequência, eu abro a gaveta maior, a que fica embaixo, e termino paralisada, quase em estado de choque. Porque acabo de descobrir que é onde ele guarda um pote de proteína em pó e um par de halteres. Saul nunca foi um garoto muito preocupado com a forma física. Mas era mesmo de se esperar, já que, hoje em dia, não são só as meninas que sofrem com as pressões em relação à aparência. Os meninos são bombardeados com imagens de homens malhados, com braços tomados de músculos e troncos bronzeados e depilados. Se Saul tem se preocupado com sua aparência, eis aí uma completa novidade para mim. É o que está por trás do seu súbito interesse por ciclismo então? Será que, ao contrário do que eu imaginava, ele está se esforçando para se adaptar aos grupos da escola? Será que eu deveria ter sido mais atenta, matriculado meu filho em uma academia, será que eu deveria encorajá-lo a frequentar os eventos esportivos que os garotos da região frequentam?

Eu não conhecia esse lado do meu filho. Mas por que ele achou que precisava esconder isso de mim? Eu vasculho as gavetas menores. Na metade do caminho, quando estou olhando sua pilha de camisetas cuidadosamente dobrada, eu paro. Acabei de encontrar um minúsculo saco plástico contendo o que parece ser maconha. Eu abro e reconheço aquele cheiro característico que me transporta de volta para os tempos de estudante. Aquele cheiro rico, orgânico e inebriante. Uma onda de calor me rasga inteira. Meu coração acelera, batendo forte contra o meu peito. Meu filho, de fato, tem uma vida paralela sobre a qual não sei nada a respeito.

No impulso, escondo o pacote de volta na pilha de camisetas e aí, com o coração ainda galopante, continuo a vasculhar o quarto. Dei para Saul, certo tempo atrás, seu próprio cesto de roupa suja e estou agora revirando esse cesto, até que acho o casaco cinza de lã que ele estava usando na noite em que foi comigo na casa de Jules. Me lembro da corrente de orgulho que eu senti naquele dia, pensando em como, apesar do seu corpo encurvado e descoordenado, ele vai ficar tão bonito quanto Archie. E, instintivamente, começo a cheirar o casaco. Está lá. A fragrância açucarada e inconfundível que Saffie estava usando na noite em que deixamos os dois sozinhos. Juicy Couture. Eu fecho os olhos, sentindo os batimentos acelerarem ainda mais.

A partir daí, reviro suas gavetas com menos cuidado. Eu não deveria me surpreender que meu filho guarda umas fotos pornográficas arrancadas de revistas masculinas entre as páginas dos seus cadernos escolares. Jules diria, antes de toda essa confusão, que eu deveria me surpreender era se ele não tivesse nenhuma foto escondida. Jules é, e sempre foi, muito mais aberta do que eu em qualquer assunto relacionado a sexo. E não é nada muito explícito, ainda que, sim, seja pornografia. Mas eu *estou*, com certeza, surpresa. Estou nervosa e com raiva de mim mesma por ter aberto essa caixa de Pandora, sendo obrigada a encarar de frente certas verdades que eu insistia em não acreditar. No fim, antes de sair do quarto, dou uma olhada no iPad de Saul. A tela mostra que ele estava escutando alguns discos no iTunes e, quando eu clico no ícone, a música que começa a tocar e me dá um tapa bem no meio da cara é uma do Nirvana. É uma música chamada *me estupre*: *Rape me*.

4
Jules

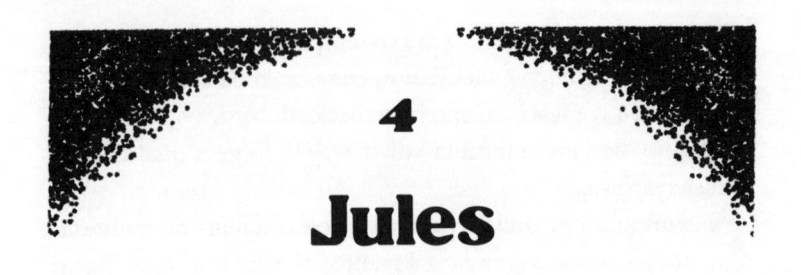

À NOITE, HORAS DEPOIS de ter conversado com Saffie, deitada completamente insone ao lado do seu musculoso marido, Jules não conseguia parar de pensar no calvário da filha.

Ela descobriu que era como tentar arrancar as ervas daninhas do jardim: quando você acha que terminou de limpar o terreno, percebe que deixou passar um matagal inteiro ali no canto e é preciso retomar todo o trabalho. Para começar, obviamente, tinha a angústia de Saffie. Ela não sofreu nenhum machucado físico, de acordo com seu relato, mas o trauma psicológico poderia ser irreparável. E pesava também o problema da possível gravidez. Ou talvez coisa pior, pois era impossível saber se Saul não andava transando com qualquer uma por aí. Elas presumiam que ele era um solitário e que nunca tinha existido uma namorada, ou um namorado, mas quem poderia garantir? Rowan, por exemplo, achava que Saul usava drogas. Saul também podia estar à solta pela vila, chapado e transando sem parar. Ele podia ser portador de todo tipo de DST e nem saber nada a respeito, já que a maioria delas sequer apresenta sintomas.

Para Jules, era curioso se ver tão distante de todo esse mundo de riscos provocado pelo sexo. E era um alívio perceber o quão monogâmica e delicada sua relação com Rowan tinha sido nos últimos vinte anos, tirando aquele pequeno incidente que ela sempre se esforçou para esquecer. Agora ela precisava se informar a respeito, com urgência. Será que não seria melhor levar Saffie para fazer uns exames?

Jules se revirou de um lado para o outro e tentou dormir.

Mas o sono não chegava nunca. Ela sentou e olhou para Rowan, que continuava roncando, feliz na sua ignorância. Jules então levantou e foi para a cozinha preparar um chá de camomila. Tomou seu chá sentada na bancada, torcendo para que ele provocasse algum tipo de sonolência, o que não chegou nem perto de acontecer. Ela subiu de volta para o segundo andar e abriu a porta do quarto de Saffie para dar uma conferida na filha. Saffie estava dormindo. Jules voltou para o seu quarto e deitou na cama, encarando o teto. Elas já deveriam ter feito o teste de gravidez, para ir logo atrás de uma solução caso o teste desse positivo, mesmo que Saffie estivesse, compreensivelmente, assustada com o resultado. Péssima notícia saber que era fim de semana e que Donna Browne só iria retornar na próxima sexta-feira.

Logo depois, Jules começou a pensar em Holly e no significado que tudo aquilo teria para ela. Alguma coisa muito errada devia estar acontecendo com Saul para ele achar que podia violentar Saffie e não sofrer nenhuma consequência por isso, como se, na cabeça dele, o ato nem pudesse ser classificado como estupro. Naquela noite do pub, Holly tinha mesmo mencionado suas preocupações de que Saul não conseguisse socializar com ninguém da região, mas era evidente que os problemas do garoto eram muito mais profundos. E nem era muito difícil imaginar a origem da questão. Holly sempre foi muito próxima de Saul. Na teoria, essa proximidade entre mãe e filho pode ser uma conexão benéfica, mas, com Holly, não funcionava tão bem assim. Às vezes, o sentimento entre eles era quase edipiano. Será que essa relação não impediu Saul de desenvolver um interesse natural e saudável por mulheres? Será que não impediu que ele aprendesse a ler os sinais que elas estavam, de fato, enviando para ele? Será que ele não reprimiu todos os seus instintos sexuais por causa de Holly e esses desejos agora estavam brotando de uma maneira predatória e perversa? Os pensamentos flutuaram pela cabeça de Jules até que, horas mais tarde, quando ela já podia divisar as primeiras luzes azuis clareando as nuvens escuras através dos pântanos e do rio, e quando seus olhos já estavam secos pela falta de um descanso apropriado, o relógio dela avisou que eram sete e meia da manhã.

Incapaz de permanecer imóvel na cama, Jules levantou, pegou seu moletom rosa, as calças de ginástica e os tênis e prendeu o telefone no suporte de braço. Rowan apenas se espreguiçou, deitado na cama gigante e olhando para ela com carinho enquanto Jules se arrumava para sair.

— Você vai pra onde?

— Resolvi dar uma corrida pelo parque. Vou parar no supermercado também, comprar alguma coisa pro café da manhã.

— Antes você do que eu — ele disse. — Parece que está congelante lá fora.

— Você é um corredor terrível que só corre em dias ensolarados — ela disse. — É melhor ainda quando está gelado. É revigorante e faz você correr muito mais rápido. Você quer tomar um chá ou um café antes de eu sair?

— Uma pena que você não consegue convencer a Saffie a ir junto — Rowan disse. — Não faria mal pra ela perder um pouco de peso.

— Para com isso. Nem deixa ela te escutar falando assim — Jules prendeu o cabelo com uma faixa. — Não quero que ela desenvolva uma dismorfia corporal. E o problema dela não é o peso, Rowan. Ela só está crescendo.

— A Holly vai correr contigo?

Ela podia ver o marido pelo espelho. Rowan agora estava sentado e folheando o catálogo de acessórios para piscina que mantinha ao lado da cama. A ideia era que, no próximo verão, eles já tivessem uma piscina autolimpante cem por cento construída, o que seria uma grande conquista. Rowan tinha sido despedido alguns meses atrás e Jules ficou preocupada de seguirem com o projeto, mas o marido insistiu que de jeito nenhum ele iria mudar seu estilo de vida só por ter levado um chega pra lá da firma, até porque ele não planejava ficar muito tempo longe do mercado de trabalho. Por isso o catálogo, que Rowan continuava folheando enquanto Jules se acalmava por não notar nele nenhum sinal de preocupação com a filha, com exceção do comentário sobre o peso dela, uma recorrência que Jules entendia ser uma inabilidade em aceitar que Saffie tinha desenvolvido quadris e peitos e estava se tornando uma mulher, como ele era obrigado a reconhecer toda vez que a colocava no colo na frente da televisão.

— A Holly não vai essa semana.

— Desistiu, ela?

— Não sei. Ela deve ter tido uma semana estressante no trabalho.

— Ela ainda está sendo perseguida no Twitter?

— Eu... Quer dizer, não sei.

— Olha, se você me perguntar, eu vou dizer que ela atraiu esse inferno pra ela — Rowan disse. — Ela deveria manter suas opiniões no âmbito privado ao invés de ficar espalhando essas merdas pela internet.

— Se o idiota tivesse tido a decência de ler o artigo da Holly, ele iria perceber que as preocupações dela são pra proteger tanto os homens quanto as mulheres — Jules disse, pensando que, apesar de tudo, sua reação instintiva continuava sendo a de defender a amiga.

— Meu ponto é: ela afasta os homens com essa besteirada feminista.

— Rowan, você está sendo injusto com ela.

Jules sentiu seu estômago revirar. Ele não tinha a menor ideia. Ela queria contar ao marido que ela e Holly tinham brigado, mas estava com muito medo. Claro que, sem nem querer saber os detalhes, ele diria *eu te disse, vocês são duas frutas completamente diferentes.*

E ela ficou sem saber o que fazer. Rowan e Holly se tratavam com civilidade, mas Rowan nunca entendeu a amizade de Jules com ela. Ele sempre reclamava que Holly era sincera pela metade, e que Jules a colocava em um pedestal só porque ela trabalhava em uma universidade e porque publicava artigos. Pelas costas, Rowan inclusive zombava de Holly quando ela perdia o controle nas discussões sobre os direitos das mulheres, e volta e meia ele soltava um comentário venenoso dizendo que eram os homens que precisavam de proteção quando Holly estava por perto. Rowan também não tinha muito apreço por Pete, mesmo que tenha sido o elo comum que fez Pete e Holly se conhecerem: Saffie é muito amiga de Freya e, depois que Pete e Deepa se separaram, Rowan apresentou Pete a Holly em uma das festas de verão.

— Pobre Holly — Rowan brincou, quando descobriu que os dois tinham virado um casal. — Perder o Archie e ter que se contentar com o Pete.

Archie também era muito diferente de Rowan, mas ele pelo menos tinha a vantagem, aos olhos de Rowan, de ser um arrojado advogado vindo do norte de Londres, com uma formação intelectual. Eles se entendiam em uma espécie de mútuo respeito masculino, conseguindo passar o tempo juntos conversando sobre críquete apesar de terem visões opostas de política, de economia e de mundo. Pete, em gritante contraste com Archie, era sedentário e acima do peso. Um preguiçoso, se comparado a Rowan e aos outros homens da região, que estavam todos envolvidos com ciclismo, golfe, críquete e futebol. Holly até deu risada quando Jules perguntou qual esporte Pete praticava e admitiu que talvez ele não mexesse outros músculos além dos faciais: *Quer dizer, mesmo os músculos do rosto não dá pra ele movimentar muito*, ela gargalhava. *É um pré-requisito da profissão.*

Pete não tinha nenhuma paixão, nenhum projeto de vida, de acordo com Rowan. E, para piorar, ele ainda era do pior tipo de liberal em cima do muro. Pete também não seria a escolha de Jules para Holly: Archie era alto, elegante e letrado enquanto Pete era baixo, gorducho e simplório, com um rosto que, no máximo, você podia chamar de gentil, porque rotular de bonito seria um exagero considerável. Jules chegou a pensar que Rowan estava mesmo certo, que Pete não era um bom substituto para Archie. Mas, como Jules acabou admitindo, ele era carinhoso e honesto, e essas características eram suficientes para agradar a Holly, especialmente depois dela ter se tornado viúva, o período em que esteve mais frágil e vulnerável. Holly pelo menos não estava mais sozinha agora. E bom, de fato, não dava para negar, os dois claramente se adoravam.

...

Jules fez as compras de mercado em transe, empilhando as mercadorias no carrinho sem prestar muita atenção. Eram quase nove horas quando ela voltou para seu reluzente carro novo, comprado no mesmo mês em que ela transformou sua marca de roupas infantis em uma franquia, e então seguiu para o parque.

Agora Jules se perguntava se deveria ter contado sobre o estupro para Rowan logo de cara. Ter uma filha em fase de crescimento significava entrar em um território desconhecido onde sua lealdade às vezes terminava sendo testada, o que, em um momento como este, se tornava um dilema angustiante. Era justo que Rowan não fosse avisado de algo que, como ele iria argumentar, era seu direito saber? Esconder segredos dele parecia contraintuitivo. Ele e Jules compartilhavam tudo (quer dizer, quase tudo, já que ele nunca saberia, ou nunca *poderia* saber, do caso dela com Rob), e sempre foi assim desde que os dois se conheceram no baile da universidade tantos anos atrás. Mas Saffie implorou para que Jules não contasse nada para Rowan, e ela precisava respeitar as vontades da filha. Não precisava? E se ele descobrisse por outros meios? Ele nunca iria perdoar Jules pelo silêncio. No seu papel de pai devotado (e ele, Jules pensou, sempre se excedia na devoção a Saffie, como se não existisse um limite possível), Rowan tinha o direito de saber a respeito do abuso sexual sofrido pela filha. Saffie, no seu desespero, com seus pedidos angustiados, tinha colocado Jules em uma posição complicadíssima.

Na entrada do parque, Jules estacionou seu carro e atravessou a lama até o início da pista. Ela sempre adorou a atmosfera comunitária do lugar, todo mundo passeando com a família e os cachorros, conversando e de bom humor, tudo tão agradável que Jules chegou a sentir uma pontada de nostalgia do tempo em que Saffie a acompanhava, antes de entrar na adolescência.

Era uma manhã fria. Dava para ver os vestígios da geada em alguns pontos, uma frágil camada de gelo por cima de algumas poças d'água. Um vento soprava pela região, chacoalhando as folhas menores das árvores. Jules estava se posicionando perto da marca de trinta minutos, apesar do seu objetivo ser baixar o tempo para menos de vinte e cinco, quando ela viu Saul passar de bicicleta. Era impossível não notar aquela figura por cima das cabeças das famílias. Ele estava com fones de ouvido e usava um gorro, e seu corpo esquelético se destacava ainda mais dentro daquelas calças de trilha à medida que ele ultrapassava os corredores que se reuniam para a largada. Uma náusea se apossou do estômago dela ao vê-lo por ali, pedalando com toda a tranquilidade do mundo depois do que ele fez com Saffie, depois de todo o trauma que provocou. Jules sentiu uma mistura de emoções borbulhando através do seu corpo. Raiva e incômodo e indignação e perplexidade. Ela não duvidou de Saffie em nenhum momento. Mas, ainda assim, por um segundo, enquanto ela o observava, o antigo afeto veio à tona e, pela primeira vez, ela se perguntou: será que ele poderia realmente ter *estuprado* Saffie? Será que eles não estavam, na verdade, tendo uma relação por debaixo dos panos? Quem sabe eles não aproveitaram a oportunidade de usar a casa vazia para transar e Saffie acabou entrando em pânico quando a menstruação atrasou, desesperada para que os amigos dela não soubessem de nada... Só que aí Jules se lembrou da discordância furiosa que a filha demonstrou no exato instante em que ela avisou que Saul ia aparecer para usar a internet, com Saffie inclusive chamando seu irmão especial de esquisito, uma resposta bem diferente da que teria uma menina apaixonada. E as dúvidas inundaram seu pensamento outra vez.

    Jules, no fim, se deu conta de que não fazia a menor ideia do tipo de pessoa em que Saul tinha se transformado nos últimos anos. Ela sentia uma ânsia de ir lá falar com ele, de questionar diretamente o que aconteceu, já que Holly com certeza não tinha questionado ele, como dava para notar muito bem pela postura indiferente de Saul.

    — Jules? — alguém disse, e ela se virou. Tess estava cruzando o parque na sua direção, acompanhada das duas filhas. — Como você está? — Tess perguntou, agora andando ao lado dela.

    — Vou bem, obrigada — Jules mentiu.

    — Vim tentar quebrar o meu recorde pessoal — Tess disse. — E você?

— Só queria sair um pouco de casa, pra falar a verdade — Jules respondeu. — Vou pegar mais leve hoje.

O apito indicando o início da corrida ecoou pelo parque. Jules olhou ao redor. Saul tinha desaparecido.

— Vejo você no final — Tess disse.

Jules começou a correr e tremia com seus sentimentos reprimidos. Ela ligou a música no telefone e disse a si mesma que o exercício iria ajudar. Um bando de patos alçou voo do lago assim que Jules contornou a curva da pista e avistou a paisagem de depósitos. Mas ela continuava presa no mesmo pensamento: o problema era que conhecia Saul desde as primeiras respirações dele no mundo.

Não demorou e ela se viu ruminando as lembranças do dia em que acompanhou Holly à maternidade para ajudar a amiga a ter o filho. Archie, ao contrário da maioria dos homens da época, tinha dito que preferia não estar presente durante o parto. E Holly estava bastante chateada com essa ausência. Até que Jules convenceu ela a perdoar o marido, argumentando que só as gerações mais novas é que entendiam como regra essa história do homem acompanhar os partos das crianças.

— O bom é que ele reconhece as próprias limitações em vez de se forçar a aceitar um sentido espúrio do que um *novo homem* deve ser, pra testemunhar uma cena com a qual ele não vai conseguir lidar — Jules disse para Holly um pouco antes do grande dia.

— Então quer dizer que eu vou ficar lá sozinha — Holly respondeu. — Eu estou assustadíssima, Jules. Não quero entrar em trabalho de parto sozinha.

— Eu posso ficar lá com você — Jules disse, e Holly olhou para ela com gratidão.

— Ah, Jules, eu estava torcendo pra você dizer isso. Eu não queria perguntar pra você não se sentir obrigada. Se você realmente quiser ir comigo, vou te agradecer até a eternidade.

A partir daí, os três programaram juntos os planos para o parto: Jules, Holly e Archie. Jules leu sobre técnicas de parto natural e como ajudar uma mãe em caso de complicações. Elas até brincavam que Jules estava muito mais animada do que os próprios pais de primeira viagem. Mas Jules não estava preparada para o quão emocionada iria ficar com aquela experiência. Quanto amor ela sentiria pelo filho recém-nascido da sua melhor amiga. A obstetra tinha enrolado aquele corpinho aquecido e melecado em uma toalha e o colocado nos braços de Jules enquanto a equipe médica precisava lidar com o cordão umbilical e com a placenta, e Jules agora se lembrava do maravilhamento que sentiu quando a pele azulada de Saul começou a ganhar um tom rosado, e o quão *viva* ela se sentiu, quão quente, encharcada e iluminada. Emocionada. E verdadeira. Ele tinha uns olhos que procuravam curiosos por ela, tinha uma boquinha vermelha que estava molhada quando ele abriu os lábios pela primeira vez. Ele cheirava a pão que acabou de sair do forno. E ela se apaixonou por Saul antes mesmo da mãe dele poder segurar o filho no colo. Foi Saul quem convenceu Jules a ter um filho também. Ela realmente sentiu um amor incondicional por aquela criança recém-nascida.

Mas os bebês crescem. E é difícil para qualquer pessoa conseguir aceitar que o seu lindo bebê acabou se transformando em algo bem diferente do que você imaginava quando ele era uma página em branco, uma massinha de modelar para você brincar à vontade. O que, de qualquer jeito, é uma concepção equivocada. Você não pode moldar uma criança. O que você deu para ela comer ou ler ou as coisas que você falou fazem alguma diferença essencial no final das contas? Um sistema de coações e recompensas para que Saffie se matricule em aulas extras nunca vai fazer com que ela se torne um *Gênio infantil*, por mais que Rowan queira, Jules pensou. Para ela, a educação doméstica era apenas uma pequena parte do processo de criar um ser humano, um verdadeiro tiro no escuro. O segredo era você aceitar o seu filho sem tentar mudá-lo, encorajar suas qualidades em vez de forçá-lo dentro de um molde no qual ele não vai nunca se encaixar.

Eles criam sua própria personalidade assim que a partida começa. Você precisa deixá-los ser quem eles são. Você pode orientá-los, pode dar limites e pode fazer o seu melhor para servir de exemplo. Mas, se o resultado é bem diferente do que você imaginava, se, no meio do caminho, por causa de alguma coisa que você inconscientemente disse ou acabou fazendo, ou, se por causa de alguma herança genética bizarra escondida no DNA de um de seus ancestrais mais longínquos, você termina produzindo um psicopata, um terrorista ou um estuprador, bom, o seu papel então não é ter que lidar com esse problema? Lidar com o problema ao invés de enfiar sua cabeça na areia e viver em negação? Como Holly estava fazendo com Saul?

Saul *tinha* um jeito gentil e silencioso, de risada fácil, curiosamente respeitoso para uma criança pequena. De fato, ela e Holly só precisavam se abaixar na altura dos olhos dele e fazer umas caretas para conseguir distraí-lo durante aquela terrível fase dos dois anos de idade. Uma vez, quando Jules precisou correr para a casa de Holly em prantos por causa de mais um aborto espontâneo, Saul trouxe a boneca que ele estava brincando (pois Holly insistia para que ele ganhasse bonecas de presente) e colocou o brinquedo no colo dela, como se ele soubesse de tudo. Ele não tinha mais que dois anos, mas já demonstrava ter algum tipo de intuição, uma sensibilidade natural, era um menino bastante cuidadoso. E continuou assim por toda a infância. Sempre quieto, sempre feliz, ainda que estivesse brincando sozinho. Com exceção de alguns estranhos momentos de agitação, em que ele parecia muito mais velho do que realmente era. Será que aquela criança sobreviveu mesmo à adolescência?

A lista de músicas de Jules acabou e ela configurou o programa para tocar no aleatório. James Taylor começou a cantar *You've got a friend*, uma das músicas preferidas de Holly. *Você tem um amigo*. Que ironia, Jules pensou. Holly sempre foi a amiga mais empática do círculo social de Jules, mas existia um lado nela que Jules ainda não conhecia tão de perto, e esse lado é que aflorava por completo quando ela era confrontada. Tanto que Holly não se dava nada bem com sua irmã mais velha, Suzie. As duas se afastaram anos atrás por causa de uma frase que Suzie disse logo depois da morte de Archie. Suzie vivia agora bem perto da mãe delas, em Glasgow. Holly nunca perdoou a irmã, e raramente as visitava. Ou seja, Jules sabia muito bem como Holly era capaz de cortar as pessoas da sua vida se se sentisse contra a parede.

E, mesmo assim, Holly amparava Jules sempre que as coisas com Rowan davam uma estremecida. Sem Holly, Jules ficaria sozinha na próxima vez em que o marido tivesse mais um de seus ataques. Ela era a única pessoa com quem Jules podia contar quando Rowan estava explodindo de agressividade, já que Jules não queria que o resto da vila conhecesse o lado sombrio do sujeito afável que todo mundo adorava. Somente Holly sabia a respeito. Porque ela entendia que era apenas uma pequena parcela de Rowan que, às vezes, se inflamava, não era a sua essência. Porque, diante de todas as crises em que Jules considerou desistir do marido, Holly sempre esteve presente, ela sempre ajudou Jules a se lembrar dos motivos para aquele casamento continuar. Não à toa, Jules muitas vezes se perguntou ao longo dos anos de quem ela precisava mais, se do marido ou se da melhor amiga. Agora, no entanto, ela entendia com todos os detalhes o quão destrutiva tinha sido aquela conversa no escritório.

O que ela deveria fazer? Jules passou tanto tempo queimando esses pensamentos dentro da cabeça que chegou ao final do circuito sem nem perceber, e olhou ao redor, inquieta. Ela teve seu código de barras escaneado pela equipe do parque, deixou sua credencial na caixinha e foi pegar uma água na cafeteria. Tess estava lá com as filhas, Gemma e Daniela. Na mesma hora, as palavras de Rowan a respeito de Saffie ecoaram nos seus ouvidos: *Não faria mal para ela perder um pouco de peso*. Por que algumas famílias conseguiam passar a impressão de que ter filhos era a coisa mais relaxada do mundo? Gemma e Daniela pareciam felizes por continuarem a correr com a mãe, mesmo com ambas já sendo adolescentes. Elas eram as estrelas de todos os shows e todas as peças da escola, tiravam nota máxima em todos os testes, eram naturalmente bonitas, o pacote completo.

— Oi, Jules — Gemma acenou. — Como você está?

E elas estavam cem por cento tranquilas com a vida que levavam.

Jules pensou em todas as horas que Saffie desperdiçava na frente do espelho, com aquele tanto de maquiagem e cremes de cabelo. A filha dela não sentia qualquer confiança na sua beleza natural. E Jules sentiu as lágrimas querendo voltar aos olhos, angustiada com o que Saffie estava enfrentando ao se tornar uma mulher. Será que a filha dela estava *tentando* atrair a atenção dos meninos? Será que Saul poderia realmente levar a culpa por achar que Saffie estava flertando com ele? É claro que um joguinho de sedução não justificava um estupro. Mas era tudo tão complicado. Será que, no final das contas, a culpa não era dela e de Rowan por fazerem Saffie achar que não tinha nenhum problema em se vestir do jeito que se vestia? Com aquelas minissaias que ela usava na escola e os botões abertos da camisa? Sim, Saffie se vestia de um jeito sensual, mas, era preciso admitir, com aquele corpo, o difícil seria *não* ser sensual. Era uma herança de Jules. Rowan sempre admirou o corpo arredondado e em forma de ampulheta de sua esposa. E, quando era jovem, Jules aproveitou bastante a atenção que as pessoas dispensavam a ela. Ela gostava de vestir camisas apertadas e vestidos curtos e adorava receber olhares elogiosos dos homens. Bom, as coisas, na verdade, nem mudaram tanto assim de lá para cá. É um direito das mulheres se vestirem como quiserem. No entanto, Jules pensou, com certeza era muito mais fácil ter uma filha como as filhas de Tess, confortáveis na própria pele, que não se importavam muito com maquiagem ou com sutiãs de bojo. Que estavam mais interessadas em ultrapassar seus limites pessoais ou em estudar para as aulas de piano, e não na aparência física.

Ainda em pé, Jules sentiu uma raiva gigantesca atravessar seu corpo ao pensar no que Saul fez com a sua filha, e também no que ele fez com *ela*, na sua autoconfiança na condição de mãe. Ela deveria ter ido falar com ele quando o viu passando de bicicleta. Deveria, mas não foi. E, agora, furiosa, Jules se viu imaginando uma cena na qual segurava Saul pelos ombros e começava a sacudi-lo de um lado para o outro, gritando o quanto ele era sortudo por Saffie não querer que ninguém soubesse de nada, berrando contra aquele rosto vazio e vidrado. Ela queria que Saul fosse obrigado a reconhecer que, sim, *ela* sabia o que tinha acontecido, mesmo que ninguém mais soubesse, o que também significava dizer que ela detinha o poder de levar a denúncia adiante.

Não era justo, Jules pensou, ao observar Tess tão contente, que, enquanto ela precisava lidar sozinha com o fato da filha ter sido estuprada, Holly e Saul, os dois responsáveis por toda essa história perversa, não sofriam sequer alguma ameaça de punição.

Ela então pagou sua garrafa de água no caixa e sentou com Tess.

— Você está parecendo exausta — Tess disse. — Você está se sentindo bem, Jules?

— Muita coisa na cabeça — Jules disse. — Pensei que a corrida ia me dar um pouco mais de ânimo.

— Ah, antes que eu me esqueça. Queria saber se posso confirmar sua doação das roupas pro leilão da igreja.

— Claro — Jules disse. — Sim, claro, vou doar umas peças do estoque da loja.

— A Saffie não veio correr? — Gemma perguntou, chegando à mesa. — Ela faltou à escola ontem.

— Ela estava meio doente. Algum problema no estômago. Está de repouso.

— Que pena. A manhã está ótima pra correr.

— Você realmente está um pouco pálida, Jules. Espero que você não esteja doente também. Você não está precisando comer alguma coisa doce pra repor a energia da corrida, não? — Tess perguntou. — Eu tenho uma barra de chocolate aqui na minha bolsa.

— Não, não, estou bem. Um pouco preocupada, mas tudo certo.

Jules iria contar para Rowan, ela decidiu. Não sobre a possível gravidez, pois seria informação demais, mas sobre o estupro. Porque Rowan iria saber como resolver a situação. Ele iria falar o que Jules não tinha coragem de falar. Ele iria fazer o que ela não tinha coragem de fazer. Que era confrontar Saul sobre o que é que tinha acontecido e deixar que ele e Holly sofressem um pouco da angústia que ela e Saffie estavam sofrendo agora. Sim, a corrida *tinha* esclarecido algumas coisas para ela. Rowan precisava saber, independentemente de Saffie gostar ou não da ideia, porque Rowan não ia deixar as coisas passarem despercebidas.

Ele iria mobilizar toda a confusão, a mágoa e a indignação que Jules estava sentindo e iria tomar uma atitude.

...

Quando Jules entrou em casa, Rowan já tinha levantado e estava vestido com sua calça preta de moletom, uma camisa polo azul e seus tênis brancos.

— Jules — ele disse, pegando uma caneca do armário —, eu estava pensando, a gente podia fazer uma festa em volta da fogueira em novembro. A gente chama todo mundo, chama até as crianças, e aí a gente compra uns fogos de artifício gigantes, prepara umas panelas de sopa e acende a fogueira. O que você acha? Se a gente começar a planejar agora, dá pra ter uma festa enorme. Chamar a vila inteira.

— Parece uma boa ideia — Jules disse, com o coração acelerado.

— A Saffie vai adorar. A gente compra umas estrelinhas pra ela, coloca uns gazebos lá fora. Chama todos os amigos dela. Chama todos os nossos amigos.

Rowan assobiava enquanto enchia de café a gigantesca máquina de expresso, comprada quando eles reformaram a cozinha. Jules estava apreensiva de estragar o bom humor do marido, mas não aguentava mais carregar aquele pesadelo sozinha.

— Rowan, a Saffie ainda está dormindo?

— Claro. Apagadíssima da última vez que dei uma olhada no quarto dela.

— Eu preciso conversar contigo — Jules desandou a falar sem conseguir fechar a boca. — A Saffie me pediu pra não falar nada, mas eu analisei a situação durante a corrida e decidi que você precisa saber a respeito. Pensei muito sobre o assunto. Acho que, como casal, nós temos a responsabilidade de resolver isso juntos — ela disse, e sentou em um banquinho.

Rowan se virou e entregou um café para ela.

— Agora não — ela disse, afastando a caneca. — Vou tomar um banho antes, obrigada. Ro, você precisa prestar atenção no que eu vou te falar.

— Manda bala — ele disse, apoiando a leiteira na bancada para poder derramar espuma no seu cappuccino.

— Mas não vá perder o controle. Nós precisamos lidar com isso de uma maneira calma e razoável se quisermos chegar até o centro do problema e tomar as atitudes corretas pra esse momento. Umas duas semanas atrás, quando você estava viajando e eu saí com minhas amigas, o Saul veio aqui em casa. Ele precisava usar a internet, então eu deixei ele aqui com a Saffie.

— Misericórdia!

Ela olhou para o marido, mas Rowan estava brincando. Ele achava que a história terminava aí. Que Jules tinha se sentido mal por deixar Saul entrar na casa deles. Rowan não tinha a menor ideia do que ela iria despejar em cima da sua cabeça.

— Não é isso, Rowan. Quer dizer, não é só isso.

— Como assim? — a expressão dele se transformou, com rugas aparecendo na sua testa. — Não me diga — ele se adiantou, sua expressão animada já esmaecida —, não me diga que ele ofereceu maconha pra Saffie?

— Não é isso, Rowan. É... Bom, é bem pior que maconha.

Jules não podia mais recuar. Ela podia sentir o calor do seu marido, podia sentir a raiva dele entrando em ebulição. Ela deveria ter pensado melhor sobre o assunto. Deveria ter esperado um tempo, pelo menos até ela mesma se acalmar, esperar aquele momento que ela já não estivesse mais pensando em Saul andando de bicicleta ou naquele encontro com as filhas perfeitas e imaculadas de Tess. Porque, sim, claro, eles precisavam tomar uma atitude, mas a que ponto Rowan poderia chegar? Ele já estava há um tempo sem suas explosões nervosas, estava bem mais sereno desde seu aniversário de quarenta anos. A situação, no entanto, era bem diferente agora, não era o tipo de problema que produzia respostas racionais.

— Bota pra fora então — Rowan disse.

— Ele... — ela fechou os olhos. — A Saffie não queria que eu falasse contigo. Eles transaram. Quer dizer, *ela* não transou com ele. Ele transou. Ele... — não dava mais para voltar atrás. — Ele... Bom, ela disse... A Saffie disse que ele estuprou ela.

Jules não sabia por que tinha colocado as coisas naqueles termos. Por que simplesmente não disse *Saul estuprou ela* em vez de falar como se existissem perguntas não respondidas na história. Mas conversar com Rowan sempre pareceu um gesto arriscado demais, qualquer menção a respeito de Saul deixava Rowan irritadíssimo. Portanto, como ela estava morrendo de medo de desencadear uma reação ainda mais danosa do que o problema inicial, ela introduziu um elemento de dúvida no seu relato.

Rowan colocou o café na bancada. Ele se virou para encarar Jules, com os punhos fechados. Seu pescoço começou a ficar vermelho e a cor subiu bem devagar para o rosto, o que fez Jules se afastar. Ela não deveria ter falado para ele. Saffie não queria que ela falasse. Ela deveria ter previsto essa reação, como Saffie previu.

— Me diga que isso não é verdade — as íris de Rowan pareciam duas pedras pálidas, as pupilas retraídas até virarem dois pontos minúsculos no meio dos olhos.

— A Saffie diz que é. Mas nós precisamos agir como adultos aqui, Rowan...

— A Saffie não queria que você me contasse? Por que diabos ela não queria?

— Acho que ela está com vergonha. Ela acha... Bom, garotas em situações assim quase sempre acham que a culpa é delas, pelo menos em parte.

— Jesus Cristo — ele começou a andar pela cozinha amassando o cabelo. — Eu vou pegar aquele escroto imbecil e vou cagar ele de porrada. Vou arrancar os testículos dele fora. Ele vai se arrepender. Meu Deus, isso não pode ser verdade.

— Calma, Rowan — o coração de Jules estava acelerado. — Eu estou tão chateada quanto você e concordo totalmente que o Saul precisa enfrentar as consequências dos seus atos, mas nós precisamos tomar cuidado nessa abordagem. A gente não sabe com certeza o que aconteceu.

— Nós precisamos registrar uma queixa na polícia.

— A Saffie não quer envolver a polícia.

— *Como é?*

— Rowan, ela está realmente assustada. Ela acha que eles vão interrogar ela, que vão examinar seu corpo, e eu acho que precisamos ajudar a Saffie um passo de cada vez. Ela está muito estressada no momento — Jules preferiu não falar nada sobre a menstruação atrasada. — E a gente não precisa complicar a situação ainda mais colocando pressão pra ela fazer uma coisa que não quer. Já é traumático o suficiente, já é humilhante o suficiente. Ela me pediu com todas as letras pra não prestar queixa na polícia e eu acho que devemos respeitar o desejo dela. Pelo menos por enquanto.

— Você conversou com a escola? A escola precisa saber que um de seus alunos é um predador sexual.

— Não sei se é uma boa ideia, Rowan. Sério, eu acho que devemos resolver essa questão entre a gente mesmo — Jules ainda estava pensando em Saffie, no pedido dela para que não contasse a ninguém. Mas, de novo, ela se perguntava se estava tomando a decisão correta ao concordar em manter a situação em segredo. Rowan terminou de dar a volta na ilha da cozinha e sentou em um dos banquinhos, suas pernas bem abertas, o rosto escondido pelas mãos. Jules falou com ele do jeito mais carinhoso possível: — A Saffie não quer que *ninguém* saiba. Mas eu não sei se o melhor não seria a gente procurar algum centro de apoio independente. Talvez a Estupro Nunca Mais ou alguma coisa parecida. Ver que tipo de assistência eles podem nos dar.

Rowan afastou as mãos do rosto:

— A porra da Estupro Nunca Mais, Jules? Aquele grupinho que a Holly usa para brincar de gente grande?

— Não, ela não está mais envolvida. Já saiu. A Holly só serviu como voluntária alguns anos atrás, quando era estudante.

— Pois que se foda. Eu não vou ficar aqui esperando um bando de feminázis cabeludas virem enfiar o nariz nos assuntos da minha filha. Como ela está? — ele perguntou. — Ele machucou ela? Ela está com algum ferimento? Está sangrando? Ah, coitada da minha filha — ele sentou e colocou a cabeça de volta nas próprias mãos.

Rowan estava chorando? Jules se aproximou dele e colocou a mão bem delicadamente no seu pescoço. Estava suado.

— Está tudo bem com ela — Jules disse. — Ela não está tão mal assim. Ela obviamente está magoada, mas está tentando seguir com a vida normal.

— E o que a Holly falou pro Saul? — ele perguntou.

— Não sei se ela já conversou com ele, mas...

— Espera um pouco aí — Rowan levantou a cabeça, seus olhos brilhando com as lágrimas. — Você está me dizendo que o Saul vai se livrar dessa merda sem nem receber uma bronca da mãe dele?

— Sim. Bom, talvez. Não sei — o rosto angustiado de Holly no escritório voltou à memória de Jules. As palavras dela. *O Saul está numa situação que ele não pode ter uma bomba dessas jogada no colo de uma hora pra outra.* E Jules teve certeza absoluta, pela expressão relaxada de Saul no parque, que Holly não tinha falado nada com ele.

— E nós aqui, porra, vamos ficar calados vendo a infância da nossa filha ser arrancada dela? Tá bom. Eu vou lá agora mesmo.

— Rowan, não, por favor.

— Eu vou esmagar o cérebro daquele idiota.

— Sério, não é a melhor maneira de lidar com a situação.

— A Holly vai ter que me ouvir. Toda aquela arrogância de teorias feministas, todo aquele discursinho sobre os direitos das mulheres, e o filho dela é um estuprador — ele disse, também colocando para fora um som que era meio risada, meio rosnado.

— Eu vou quebrar a cara dele. E depois vou ter uma conversinha com a Holly.

— Ro, você precisa se acalmar. Lembra das técnicas pra controlar a raiva?

Veio um silêncio. Eles raramente comentavam sobre o curso de controle das emoções que Rowan precisou assistir depois de esmurrar e colocar um cara no hospital, por ele ter tentado paquerar Jules dentro de um pub. Rowan foi notificado pela polícia e aconselhado a frequentar o curso. Desde então, ele nunca mais teve nenhuma explosão de raiva, mesmo tendo chegado perto algumas vezes (Jules lembrava, por exemplo, do quanto o marido se estressou com o rapaz que fez uma piadinha sugestiva a respeito de Saffie). Ela foi muito estúpida de não ter previsto a reação de Rowan antes de contar sobre Saul, que, convenhamos, cometeu um erro *muito* pior do que o sujeito do pub.

— Eu preciso conversar com a Saffie antes.

— Ela não queria que você soubesse. E eu não quero que ela saiba que eu te contei... Ro!

— Ela é minha filha — ele disse. — Eu vou lidar com isso da forma que eu achar melhor.

— Ela ainda deve estar dormindo. Por favor, seja carinhoso. Ela está assustada. Está traumatizada. Não faça a Saffie achar que a culpa é dela — *ela pode estar grávida, inclusive*, as palavras não ditas gritavam nos seus ouvidos. E Jules sentiu como se sua vida inteira estivesse se despedaçando. Ela tinha prometido a Saffie que não iria contar para Rowan e fez exatamente o contrário. Saffie iria se sentir traída, e sabe lá Deus que atitude Rowan pretendia tomar.

— Fazer a Saffie se sentir culpada? — Rowan disse. Ele se virou para a esposa. — A vítima não é a culpada em circunstâncias assim. Como a Holly vai dizer bem rápido naqueles artigos dela. A Saffie é a vítima de um crime sexual. E eu vou dizer ao Saul que nunca mais chegue perto dela. Ou de qualquer outra menina, se depender de mim.

Os dois ficaram em silêncio outra vez. Depois de alguns segundos, Rowan disse que precisava dar uma caminhada para poder espairecer e que voltaria mais tarde e saiu, batendo a porta atrás. A imagem do homem que Rowan espancou no pub por causa de um comentário infantil voltou ao pensamento de Jules. O sujeito terminou a noite com um olho inchado e a mandíbula toda fraturada. Em pânico, Jules pegou o telefone e ligou para Holly.

— Você já conversou com o Saul? — ela perguntou e, com a resposta negativa de Holly, emendou: — Por favor, converse logo com ele. Porque eu contei pro Rowan. É a filha dele, Holly. Se você não tomar alguma atitude a respeito, o Rowan está ameaçando esmagar o cérebro do Saul.

— Muito maduro da parte dele.

Não foi nada fácil para Jules escutar a voz gentil da sua amiga expressando certo sarcasmo. Não parecia a mesma pessoa. Mas, quando Holly modulou a fala e implorou para que elas pudessem discutir a questão como amigas, Jules respondeu em um tom de voz que ela reservava somente para fornecedores atrasados na entrega ou para clientes com dívidas acumuladas.

— Converse imediatamente com o Saul. Pergunte a ele o que aconteceu naquela noite. Diga que ele precisa se explicar. Antes que o Rowan cumpra a promessa ou que chame a polícia. É o máximo que eu posso te dizer agora. Ele não vai desistir. Então converse com o Saul. E que tal arranjar alguma ajuda psiquiátrica pra ele? Me surpreende que o Pete ainda não tenha sugerido nada nesse sentido.

— Você está querendo mandar no jeito que eu lido com o meu filho?

Jules perdeu a voz. Ela imaginava que, a essa hora, Holly já teria admitido que precisava confrontar Saul. As palavras seguintes saíram sem que ela tivesse qualquer controle do que estava falando:

— Eu realmente fico aqui me perguntando se a sua recusa em admitir que o Saul pode ser um estuprador tem a ver com o que isso poderia causar na sua reputação.

— Oi?

— Sua reputação, Holly. No trabalho. Sendo uma mulher que protege outras mulheres de homens abusadores.

Depois que Jules desligou o telefone, ela ficou em pé sem se mexer por vários minutos. Como as coisas chegaram nesse ponto? Ela nunca, jamais, tinha falado com Holly daquela maneira. Mas as palavras de Rowan ainda ecoavam na sua cabeça. E não dava mesmo para dizer que ele estava errado. Holly era a pessoa que dava conselhos sobre consentimento sexual na universidade. A obrigação dela era *justamente* admitir o crime do filho. E resolver a porra do problema.

...

— Por que você fez isso comigo?

Saffie apareceu na entrada da academia da casa, ainda de pijama, com o cabelo despenteado, os olhos vermelhos de tanto chorar. Atônita, como era de se esperar de uma criança que tinha acabado de escutar a briga dos pais, e também a batida da porta quando Rowan saiu de casa. Jules já estava no seu décimo alongamento, tentando se acalmar. Ela pretendia completar mais uma rodada de abdominais e de exercícios para os glúteos e depois planejava tomar um banho quente.

— Eu não consigo acreditar que você contou pro papai — Saffie disse. Os círculos escuros ao redor dos seus olhos estavam muito mais profundos e sua expressão assustada indicava que ela não tinha dormido muito bem, que ainda estava sofrendo os efeitos do abuso e a ansiedade de saber se estava grávida ou não. — Você me prometeu que não ia contar. Você fez tudo pelas minhas costas e você... Você me decepcionou. Eu nunca devia ter te contado nada. Eu não posso confiar em você. Eu... — Saffie estava surtando, sua voz atingindo um tom histérico. — Você não podia ter contado *nunca* pro papai. Eu não devia ter te contado nada.

Jules desligou a trilha sonora, secou a testa e sentou no sofá, o mais perto possível da filha.

— Vem cá, meu amor. Me escuta. Ele é o seu pai. Ele se importa profundamente com você e tinha o direito de saber. E você precisa entender que tanto eu quanto ele queremos o melhor pra você. Nós queremos te proteger.

— E agora ele quer chamar a polícia... É o que eu mais tinha medo. Eu não quero envolver a polícia... Eu não queria que ninguém soubesse de nada. Só você, e eu só te disse porque minha menstruação está atrasada. Eu só quero que as coisas voltem ao normal — Saffie estava tremendo.

— Meu amor — Jules disse, alarmada com o nível de estresse de Saffie por ela ter contado o segredo ao marido. A filha parecia muito mais nervosa do que quando contou a Jules. — Tente se acalmar. Você não precisa ficar tão abalada por causa disso.

— Você me prometeu.

Jules suspirou:

— Eu te prometi fazer o que pudesse pra cuidar de você. E, depois de pensar sobre o assunto, eu entendi que o correto era contar pro seu pai. Se você realmente não quer envolver mais ninguém na história, então eu vou me esforçar pra ele não passar desse limite. Mas você precisa deixar que a gente resolva o assunto. Você é muito nova pra ter que lidar com um problema tão grande.

— Mas o papai fica muito louco de raiva — Saffie murmurou.

— É compreensível. O que aconteceu é muito revoltante.

Elas ficaram sentadas em silêncio até a respiração de Saffie voltar ao normal.

— Eu queria que *você* resolvesse tudo, mãe — Saffie disse, baixinho. — Porque você é amiga da Holly. Eu pensei que você poderia falar com ela que não ia mais deixar o Saul vir aqui e que a Holly ia ensinar o Saul sobre as aulas que ela dá, sobre consentimento e tudo mais. Fazer ele entender quando uma menina quer sexo e quando não quer nada. E que aí vocês duas poderiam continuar sendo amigas.

— Se a vida fosse assim tão simples... — Jules disse.

— Mas por que não deu certo, mãe? Por que você e Holly não resolveram tudo sem precisar contar pra mais ninguém?

— Porque... — Jules não sabia o quanto podia revelar a Saffie sobre a reação de Holly, que tinha dito que Saffie era uma escrota, uma mentirosa. E Holly era uma pessoa que Saffie deveria confiar. Sua tutora, caso alguma coisa acontecesse com Jules e com Rowan. Seria um golpe na confiança de Saffie em relação aos adultos que sempre estiveram lá para ela. E Saffie ainda não tinha idade suficiente para entender que, quando um dos seus filhos é acusado de um crime, a racionalidade da mãe voa pela janela. — Holly está esperando o melhor momento pra conversar com Saul — foi tudo o que Jules disse. — É difícil pra ela também. Escutar o que o filho fez. Mas a gente vai chegar lá, meu amor, a gente vai chegar lá.

— E o papai não vai na polícia?

— Não se eu falar pra ele não ir — Jules disse. — Até onde eu sei, ele vai fazer o que eu disser pra ele fazer — ela sorriu e abraçou a filha.

— Você não falou pro papai que minha menstruação está atrasada, falou?

— Claro que não. Ela ainda não desceu?

Saffie deu uma leve balançada na cabeça.

Jules se lembrou do teste de gravidez guardado no andar de cima, escondido na sua gaveta de calcinhas:

— Eu acho que seria melhor a gente saber logo se você está grávida ou não, meu amor. Quanto antes, melhor. Se o teste der negativo, a gente pode pelo menos relaxar um pouquinho mais.

— Mas e se der positivo? — Saffie esmagou a mão de Jules com sua mão quente e úmida.

— Aí Donna vai saber o que a gente deve fazer. Ela vai indicar uma pessoa pra você poder conversar sobre tudo o que você está passando.

No fim, Saffie concordou e, como ela fazia aos seis, sete, oito anos de idade, seguiu a mãe até o andar de cima.

...

No banheiro, Saffie obedeceu as orientações da mãe e urinou no palitinho, que Jules colocou de volta na embalagem para esperar o resultado aparecer. Saffie fechou os olhos com força, e Jules colocou o braço em volta dela.

— Independente do que acontecer — ela sussurrou no ouvido da filha —, eu estou aqui pra te ajudar. Você não precisa se preocupar com nada.

Quando terminou o tempo que o teste levava para ficar pronto, Jules sentiu seu pulso acelerar. Ela estava prestes a saber se sua filha estava grávida ou não. O que, na verdade, só representava metade do problema, porque, em paralelo, ela seguia tentando reprimir o pensamento que invadia sua cabeça, o de que, se o teste desse positivo, ela iria mostrar a Holly de uma vez por todas que Saffie não era uma *menina escrota e mentirosa*. Que Saul é quem enfrentava sérios problemas psicológicos, e não Saffie.

Que situação terrível, Jules se pegou pensando, com uma boa dose de amargura: como é que uma possível gravidez adolescente acabou se tornando uma guerra entre duas amigas?

5
Holly

AINDA É SÁBADO PELA MANHÃ e eu continuo no quarto de Saul, com o iPad dele na mão e olhando desolada para as palavras *me estupre*, quando o toque do telefone fixo me interrompe e eu corro para o andar de baixo para poder atender a ligação.

É Jules. Ela está me dizendo que, se eu não conversar com Saul imediatamente, Rowan está ameaçando *esmagar o cérebro* do meu filho.

Uma vez, na época em que Jules estava tentando engravidar sem muito sucesso, ela sentou na minha cozinha à beira de um colapso. Saul não devia ter mais que dois anos de idade. Ele veio com a boneca que eu e Archie compramos para seu segundo aniversário e colocou o brinquedo no colo de Jules. Nós nem tínhamos falado para ele o porquê dela estar chorando. Ele sabia. Saul era sensível e generoso e sempre teve — e continua tendo — um grau extraordinário de empatia. Mais ou menos um ano depois, quando Saffie já tinha nascido e nós fomos visitar aquele pacotinho embrulhado em uma coberta de tricô, Saul, com apenas três anos, colocou seu próprio ursinho de estimação no berço dela para que Saffie pudesse dormir melhor.

— Um menino como Saul é uma joia rara — Jules murmurou, pegando seu bebê no colo e sussurrando no ouvido dela: — Saffron, minha menina, Saul é um futuro marido perfeito, nunca se esqueça do que sua mãe está te falando.

Saul tinha apenas dez anos quando o pai dele morreu. Naquelas semanas em que eu mergulhei dentro de uma neblina de tristeza, ele era o meu conforto. E, se não me engano, Saul desabou em choro somente uma vez, no dia em que viu um homem com profunda dificuldade de fala pedindo esmola na rua e insistiu para entregarmos ao mendigo todo o dinheiro que ele tinha guardado para comprar figurinhas para seu álbum da Liga Inglesa. Ele era, e ainda é, um dos meninos mais gentis e compassivos que eu já conheci. E ele acabou de descobrir um propósito na vida.

Jules e Rowan não têm o direito de estragar o futuro de Saul. Eu não posso permitir esse absurdo. Faço então uma promessa solene: descobrir o que está por trás da acusação de Saffie. É minha única conclusão no momento. Custe o que custar, eu vou descobrir a verdade.

...

Quando Jules conheceu Rowan, no nosso último ano na universidade, ela se apaixonou por ele tão loucamente que eu achei melhor colocar de lado qualquer reserva que pudesse ter. Mas sempre senti um desconforto em relação à sua personalidade, por ele ter uma espécie de brutalidade dentro de si, um quê de intolerância.

Rowan não era esperto ou afetivo ou sensível como Jules. Ele se ofendia com comentários bobos dos amigos e às vezes se envolvia em brigas idiotas. E teve aquela confusão em que ele quebrou o queixo de um cara no pub, levando uma notificação da polícia logo em seguida. Jules, no entanto, estava apaixonada, atraída por ele em um nível físico, sexual, e aparentemente faria qualquer coisa para agradá-lo. Com o tempo, depois de conhecer Rowan um pouco melhor, eu consegui entender o que ela tinha visto nele: tirando sua beleza óbvia, os cabelos loiros, a pele bronzeada, os olhos azul-claros e o corpo musculoso, ele cultivava algumas características bastante sedutoras. O jeito cortês de tratar os amigos. O entusiasmo. A hospitalidade. Atributos que ultrapassavam as atitudes que eu considerava detestáveis. Como seus comentários pejorativos sobre os imigrantes, o que eu torcia para ser somente uma abordagem sarcástica, já que a família de Jules vinha da Polônia e ele mesmo tinha uma avó sérvia. Ele também era muito bem-sucedido, trabalhando por anos em uma empresa de software onde ganhou, se não milhões, um dinheiro considerável, muito mais do que eu ou Pete vamos ganhar na nossa vida inteira. Alguns meses atrás, Rowan foi despedido, mas a demissão não abalou o seu orgulho. Ele continua a sustentar o estilo de vida que Jules e Saffie adoram.

Outro ponto positivo é que Rowan sempre teve uma ótima noção do que é uma festa de verdade, ele sempre recebeu as pessoas em casa de um jeito muito amistoso. Para não falar na sua determinação em construir uma mansão para a esposa e para a filha, sua determinação em oferecer para elas a melhor vida possível. Ele amava Jules e, com o passar dos anos, meu amor por ele também cresceu. O que me foi útil, porque eu suspeitava que, se revelasse minhas reservas em relação a Rowan, Jules escolheria o marido e me deixaria para trás, independente do seu temperamento violento, que volta e meia provocava nela uma forte tensão (um assunto, aliás, sobre o qual nós nunca falamos, pois temos um acordo tácito de que eu faça vista grossa para os defeitos de Rowan, ignorando o fato dele ter sido obrigado a assistir a um curso sobre controle das emoções após o incidente do pub e ficando aliviada por ele nunca ter batido em Jules).

Rowan também era obsessivamente orgulhoso de Saffie. Ele exaltava a beleza dela com frequência, o que às vezes me parecia excessivo, colocar tanta ênfase na aparência de uma menina quando ela mal tinha chegado na adolescência. E ele, na minha opinião, mimava demais a filha, comprando para ela todos os presentes possíveis, mesmo quando Saffie ainda era um bebê. Eu me lembro bem de um Natal, por exemplo, em que passamos juntos as festas de final de ano: eu e Archie compramos para Saul uma ou duas lembrancinhas, um presente educacional ou alguma coisa cuja proposta era relembrar brinquedos do passado, e Jules e Rowan encheram Saffie com as últimas loucuras das lojas, todas aquelas bonecas esqueléticas com seus vestidinhos chiques, um par de patins e um patinete, uma casa de bonecas gigante e vários outros acessórios para o quarto. Ela demorou horas para conseguir abrir todos os presentes, enquanto Saul não levou mais que alguns segundos. Mas eu sabia que, por trás de toda aquela adoração de Rowan, existia uma boa dose de tristeza. Rowan e Jules planejavam ter uma família enorme. *Nós vamos transar até conseguirmos uns quatro filhos pelo menos,* Rowan costumava brincar no início do casamento. Esse projeto, no entanto, não se tornou realidade. E, com isso, Rowan, e Jules em certa medida, colocaram todas as suas expectativas, sonhos e ambições em cima de Saff.

Um pouco depois deles se mudarem para a vila, quando eu ainda morava em Londres, Jules conheceu um microbiologista chamado Rob, que se virava sendo pai solteiro, e teve um caso com ele. Só eu sei dessa história. Rob parecia ser o oposto de Rowan, um acadêmico silencioso que Jules achava intrigante e gentil. Na época, por causa de um cartão do restaurante onde Jules e Rob foram jantar uma noite, Rowan começou a suspeitar da traição. Jules foi me encontrar em pânico completo, com medo de Rowan ter descoberto, porque ele, na melhor das hipóteses, poderia machucar Rob de alguma forma. Eu concordei em acobertar ela, dizer que Jules estava comigo na noite em que tinha saído para jantar com outro homem. Na sequência, ela terminou o caso e consertou as coisas com Rowan. E esse assunto se perdeu no limbo junto com o curso de controle das emoções, uma decisão que continuo a respeitar, apesar de secretamente desejar que ela tivesse trocado Rowan por Rob. Por isso, no momento que ela me conta sobre a ameaça de Rowan, eu não entendo como se fosse apenas uma brincadeira. Eu sei do que ele é capaz. Conheço muito bem a intensidade dos seus sentimentos em relação a Jules e à sua única filha.

Não existe a menor possibilidade da reação de Rowan ser tranquila e ponderada.

A sua resposta-padrão para lidar com emoções fortes é simplesmente explodir.

...

Saul entra em casa logo depois do meio-dia. Escuto seus passos nas escadas, a batida da porta e o barulho do chuveiro quando ele começa a tomar banho. Ansiosa, espero até ele voltar para o quarto e se vestir. Não é por causa dos segredos que descobri no seu quarto, não é como se eu estivesse começando a acreditar na acusação de Saffie. Não é por isso que eu subo as escadas com meu coração acelerado. É pelo medo de que, se eu não conversar com ele, agora que Jules contou tudo para Rowan, as coisas possam ficar muito, muito ruins para todos os envolvidos na história.

— Saul?

Estou do lado de fora do quarto. O clima mudou mais uma vez: o céu ficou nublado e a chuva está batendo no telhado. Às vezes essa casa parece uma caverna. Tem a ver com o fato de que antigamente as terras da região eram submersas, com as casas sendo construídas poucos metros acima do nível do mar. Em Londres, você precisava subir uns degraus para chegar à nossa porta. Aqui, você precisa descer para poder entrar em casa.

Vejo uma luz brilhando por baixo da porta de Saul.

Bato de novo. Escuto um ruído contínuo, de objetos sendo levados de um lado para o outro ou então escondidos. E aí um grunhido:

— O que foi?

Abro a porta. Ele está deitado na cama, com os fones de ouvido, seu iPad descansando em cima das coxas. O livro de John Donne está aberto, virado para baixo em cima da coberta.

— Saul, a gente precisa conversar — ele tira os fones e fecha sei lá qual aplicativo no iPad. Eu sento na cama. — Onde você foi? De bicicleta?

— Ali pela borda do rio. Até encontrei os grupos de corrida.

— Os grupos de corrida? Você encontrou com alguém? Jules provavelmente estava lá.

— Não, ninguém. Por quê?

— Nenhum motivo em especial. É que alguns dos seus amigos da escola correm lá na pista.

— Amigos da escola? Eu não tenho *amigos da escola*, mãe — e depois ele acrescenta: — Muito menos algum amigo que corre na pista. Eu vi Jules, mas acho que ela não me viu.

— Ah.
Ele não leva a conversa adiante.
— Você quer comer alguma coisa? Ou uma xícara de chá?
— Comi um donut na cafeteria do parque — ele responde.
— Querido, você precisa comer de maneira mais saudável. Você não pode depender só de carboidratos.
— Eu não estou dependente de nada.
Minha reação imediata seria dizer *bom, você deveria se preocupar*. No entanto, mordo meu lábio:
— Saul, eu não sei bem como começar. Mas tem um assunto que nós dois precisamos conversar. E estou puxando esse assunto pro seu próprio bem, preciso que você entenda isso. Eu só quero evitar qualquer tipo de boato que possa correr por aí — eu me sento perto dele na cama.
— Agora você está me assustando — ele diz, piscando. Quando ele sorri, duas pequenas linhas, bem parecidas com colchetes, aparecem na lateral dos seus lábios. Ele tem essa marca desde que era bebê. E, por alguns segundos, o garotinho que eu conheço e adoro vem à tona. Em essência, Saul ainda é aquela criança, não importa o que me digam sobre ele. Lá no fundo, ele ainda é o menino carinhoso, adorável e amoroso que sempre foi. Não importa o que esteja acontecendo com ele no momento, independentemente da dificuldade que esteja encontrando para se adaptar aqui, ou das mudanças que estejam ocorrendo nessa passagem da infância para o mundo adulto.
Mas não posso ignorar a ameaça de Rowan. Eu preciso descobrir se alguma coisa aconteceu entre Saul e Saffie naquela noite. Preciso descobrir se foi somente uma pegação juvenil ou, mesmo que eu ainda não consiga acreditar na história, se algum demônio entrou dentro da cabeça do meu filho e o forçou a passar do limite que ele pretendia respeitar. Então eu continuo a conversa.
— Aquela noite que você foi na casa de Jules e Saffie — eu começo, observando suas reações, que, no entanto, não revelam nada. Ele apenas franze a testa e olha para a tela na sua mão. — Pra usar a internet...
— O que é que tem?

— Você... Você e a Saffie estão tendo algum tipo de relacionamento?

— Você está brincando comigo, né? — ele diz, me olhando, uma total descrença inscrita na sua testa. — Ela está na oitava série — as bordinhas dos seus lábios se contorcem como se ele quisesse dar risada, mas sua expressão se transforma quando ele percebe a minha.

— Não seria nada inédito — eu digo. — Mas esse não é realmente o ponto. O que eu preciso saber é se você por acaso tentou beijar a Saffie naquela noite.

Estou criando uma grande confusão. Por que diabos vou perguntar para meu próprio filho se ele tentou beijar uma menina? Em uma circunstância normal, eu não teria nada a ver com isso.

— Mãe, eu acabei de te dizer, ela está na oitava série. Ela tem *treze* anos. Eu não consigo nem acreditar que você está me perguntando isso.

— Não sou eu quem está perguntando — eu digo, tropeçando nas palavras, torcendo para que Pete estivesse aqui comigo, com sua experiência profissional em lidar com todos os tipos de dificuldade. — É um negócio que a Saffie falou pra Jules.

— Mas o que foi que a Saffie *falou* pra Jules? — ele diz, com a voz que ainda não está cem por cento modulada e que vez ou outra sobe alguns decibéis, o que faz com que ele se encolha, envergonhado.

— Você não sabe do que eu estou falando?

— Não vou saber se você não me falar. Como é que eu vou saber?

Meus músculos relaxam um pouco. Meus ombros se soltam. Se ele não sabe do que eu estou falando, então não pode ser verdade. Não aconteceu. E eu posso respirar e falar para Jules que Saffie inventou essa história para prejudicar Saul por algum motivo que só ela sabe. Como eu suspeitava desde o começo. Que Jules precisa descobrir o porquê. Eu fecho meus olhos.

— Ela disse... A Saffie disse... Saul, só me prometa, tá bom? Que você não tentou... Que você não tentou transar com a Saffie naquela noite.

— Eu nem vou responder essa pergunta.

— Você sabe o que é consentimento, né? O que essa palavra significa?

— Quem você acha que eu sou, mãe? Que eu sou um tipo de monstro, é isso? Você está realmente me ofendendo.

— Algumas vezes os limites podem ficar meio confusos. Algumas vezes pode parecer que a menina quer quando na verdade ela não quer e aí pode ser meio... Complicado... Ou... — eu digo, já reconhecendo que esse é um discurso bem diferente do que eu faria no passado. Antes, eu teria dito de maneira direta: somente um *sim* significa um *sim*. E, como Saul parece perceber, Saffie é jovem demais, em termos jurídicos, para ser responsável pelo seu consentimento. — É muito fácil que os garotos acabem interpretando mal o desejo de uma garota. Por causa das roupas dela ou por causa do comportamento...

— Caralho. Eu não estou acreditando que você está me falando essa merda.

— Se você me disser que nada aconteceu entre vocês dois, a gente pode tentar descobrir o porquê da Saffie ter falado o que ela falou. A gente pode avaliar onde o desentendimento começou e...

Ele fecha os punhos:

— Se a Saffie foi estuprada, ela estava pedindo isso. Ela se veste como uma vagabunda.

— Saul, eu...

— Sai do meu quarto. Só sai do meu quarto.

Eu fecho a porta e me encosto na parede do corredor. Suas palavras repercutem pela minha cabeça. As mesmas palavras que Jules me disse.

Pedindo isso.

E ele não fez o que eu queria que ele fizesse. Não me disse com todas as palavras que não estuprou Saffie.

...

Sábado à noite, Pete acabou de chegar. Estou magoada por ele ter me abandonado. Nós estamos na cozinha, um frango assado ainda está no forno. Saul se recusou a descer, mesmo depois de saber que o jantar estava pronto.

— Essa conversa teria sido muito melhor se você estivesse aqui pra me ajudar — eu digo. — Não lidei muito bem com a coisa. Ele está indignado por eu ter sequer sugerido que ele e a Saffie estavam tendo algum tipo de relacionamento, quanto mais que ele forçou a Saffie a transar com ele. Ele ficou enojado, na verdade. Nem sei o que fazer, Pete. Ele não quer falar comigo.

— Onde ele está agora?

— Lá em cima. Está trancado o dia inteiro. Não quer descer.

— Normal, eu diria até que é um comportamento saudável de adolescente.

— Como é que você tem coragem de me dar uma resposta tão idiota? Ele foi acusado de estupro! Não é nada normal você sofrer uma acusação assim. Ele está possesso. Comigo. Ele está ofendido e magoado.

— Você fez a coisa certa. Você precisava mesmo confrontar ele. Você não podia ficar esperando essa coisa simplesmente desaparecer. E ele está levando um tempo pra conseguir absorver o que a Saffie disse. Ele está processando todo um conjunto de emoções.

Pete vai até o armário, vasculha as prateleiras e volta com uma garrafa de gim. Aí ele vai na geladeira, pega a cuba de gelo e bate em cima do escorredor. Ele coloca as pedras em dois copos e serve uma dose considerável de bebida.

— Nós dois estamos precisando de um drinque.

— Eu imaginava que ele fosse dizer que não tinha nem chegado perto da Saffie. Alguma coisa que a gente pudesse responder pra Jules, e aí ela iria tentar descobrir o porquê da Saffie ter inventado a história. Mas, pelo contrário, ele me disse que eu estava insultando ele e que a Saffie não deveria andar por aí vestida como uma vagabunda.

— Ele disse *o quê?*

Pete bate a porta da geladeira com uma força desnecessária.

— Que a Saffie se veste como uma vagabunda. Eu disse a ele que isso não tinha nada a ver com o assunto.

— Holly, eu sei que você não quer acreditar que o Saul tem essa questão dentro dele, mas essa frase foi completamente misógina.

— É só uma frase, Pete — eu digo, preferindo não falar que Saul também disse que Saffie estava pedindo aquilo.

— Você sabe melhor do que eu que não é *só uma frase*.

— Ele estava sendo um adolescente. Deliberadamente me provocando. Provocando nós dois.

Escuto um chiado quando ele coloca tônica nos copos e os gelos se quebram da maneira correta. Ele corta uma lima em fatias e joga dentro da bebida, depois me entrega um copo e toma um gole enorme do seu:

— Vou lá conversar com ele.

— Pra dizer o quê?

— Vou explicar que vamos tentar resolver essa confusão toda, mas que precisamos que ele seja aberto e sincero a respeito. Que não é aceitável que ele chame uma menina de vagabunda. Que usar esse tipo de linguagem é revoltante. Vou perguntar a ele o que aconteceu naquela noite e alertar ele que precisa ser totalmente transparente sobre o caso.

— Ele não vai confessar algo que não fez.

Pete suspira, como se estivesse começando a se decepcionar comigo.

— Nós precisamos entender de verdade a história, Holl. Pro bem de todos os envolvidos. Nós somos os pais dele. É claro que a gente não acredita que ele é capaz de cometer um estupro. Mas precisamos perguntar a ele o que pode ter motivado a Saffie a fazer uma acusação desse porte.

— O que você está querendo dizer com isso?

— Eu estou dizendo que é importante a gente ouvir o lado do Saul na história. E que depois a gente deveria procurar algum tipo de ajuda. Pro bem de todos os envolvidos.

— Você é terapeuta, Pete. Você deve conhecer alguém pra indicar.

— Não estou falando desse tipo de ajuda.

— E de que tipo de ajuda você *está* falando?

— Eu acho que a gente deveria procurar alguma assistência jurídica — Pete diz. — Alguém pra consultar no caso da Jules e do Rowan prestarem queixa.

— Oi? Não, eles não vão prestar queixa. A Jules me disse que a Saffie não quer tornar a coisa oficial. Ela quer manter o assunto entre a gente.

— Holly. Seja realista. O Rowan já sabe?

A voz de Jules ao telefone volta de imediato à minha cabeça: *O Rowan está ameaçando esmagar o cérebro dele. Diga que ele precisa se explicar. Antes que o Rowan cumpra a promessa ou chame a polícia.*

— A Jules ligou mais cedo. Ela conversou com ele. Ele não reagiu muito... Tranquilo.

Eu sento outra vez, encarando meu copo.

— Caralho — ele diz. — Era o que eu temia. Não consigo imaginar o Rowan não envolvendo a polícia num assunto como esse, independente do que a Saffie implore pra ele. E a Saffie obviamente vai manter a sua versão da história, o que indica que o Saul precisa estar preparado pra se defender ou ele vai ser indiciado. E, se eu não me engano, homens condenados por estupro enfrentam uma pena de sete anos na prisão. No mínimo.

— Você não acha de verdade que vai chegar nesse ponto, acha? — estou em pânico ao falar.

— É melhor você se preparar pro pior. Você conhece alguém na área jurídica?

— Bom, conheço. Consigo pensar em alguns nomes pelo menos — eu mentalmente repasso a lista de advogados amigos de Archie. — Tinha uma colega do Archie com quem eu costumava conversar. Uma advogada. Philippa. Ela trabalha em casos de abuso sexual. Mas com certeza a gente não vai precisar chegar... — mal consigo acreditar que usei a expressão *abuso sexual* em um assunto relacionado ao meu filho.

— Talvez seja uma boa ideia ter uma conversa com ela — Pete diz. — Só por via das dúvidas.

...

Pete e eu já estamos na cama quando escuto Saul abrir a porta do quarto, depois os passos na escada, um barulho na cozinha.

De manhã, encontro a carcaça do frango e é um alívio ver que Saul comeu tudo, limpando até a carne dos ossos.

...

No domingo à tarde, Pete está de volta do supermercado, depois de ter comprado os ingredientes do jantar que me prometeu preparar. Ele se inclina na mesa da cozinha, onde estou corrigindo provas, tentando me distrair um pouco, e pega na minha mão.

— Como ele está?

— Ainda não quer falar comigo.

— Eu... Olha — ele diz. — Acho que você consegue compreender que eu precisei contar para Deepa sobre essa situação toda. E ela, de uma maneira bastante razoável, se você parar para pensar, me disse que não quer que as meninas venham aqui nos fins de semana até tudo se esclarecer melhor.

Eu tiro minha mão das mãos de Pete:

— *Oi?* Você falou pra Deepa? Por quê? Por que você contou pra ela?

— Porque ela obviamente tem o direito de saber que o meio-irmão das filhas dela está sendo acusado de estupro. A segurança das meninas é uma prioridade pra ela.

Eu olho para Pete por um instante. Pete é ótimo no seu trabalho. Eu sei que ele é ótimo porque muitas pessoas já me falaram o quanto ele é conceituado nos círculos psicoterapêuticos. E um dos motivos para ele ser tão bom no seu trabalho é que, às vezes, seu rosto consegue se tornar uma máscara impenetrável. É uma postura profissional que ele precisa assumir, ele é obrigado a não demonstrar nenhum tipo de emoção em certas situações. E eu estou olhando agora para uma máscara impenetrável.

Meu marido apenas me devolve o olhar, mas não faço ideia do que ele está pensando, o que coloca Pete em uma vantagem injusta.

— Ninguém sabe o que aconteceu direito, e você vai lá e conta pra Deepa?

Pete olha para baixo. Um tremor quase imperceptível passa pelo seu rosto. E as peças do quebra-cabeça se encaixam.

— Foi uma decisão sua levar as meninas de volta pra casa da Deepa ontem de manhã, não foi? — eu pergunto. — Nunca teve nenhuma visita de avô nenhum, né?

Ele solta o ar através dos dentes.

— Pete!

— Eu ia conversar contigo sobre essa questão, é óbvio.

— Então foi uma decisão *sua* levar as meninas embora? Você levou as duas pra casa da mãe delas porque *você* não queria que elas ficassem na mesma casa que o Saul? E você tomou essa decisão antes da Deepa saber de qualquer coisa? É o que você está me dizendo?

— Não foi bem assim. Eu sabia o que a Deepa iria pensar a respeito. Eu apenas me antecipei, só isso. Mas não faz diferença na resolução do problema, faz?

— Pois faz uma diferença enorme — eu digo, quase sem conseguir respirar. — Porque isso me diz que *você* não confia no Saul. Que você não confia no seu próprio enteado para ele ficar perto das suas filhas. É muito... É muito doloroso.

— Olha, Holly. Não é tão simples assim.

— O que é que você está querendo me dizer?

— Que é uma questão que não envolve somente o que o Saul fez ou deixou de fazer com a Saffie. Depois que você me falou, eu passei boa parte da noite acordado e me dei conta de que eu também preciso pensar nos meus pacientes. Na minha reputação profissional. Como você também precisa, na verdade. As pessoas precisam ver que estamos tomando as atitudes corretas.

— Eu não consigo sequer acreditar que você está jogando esse discurso em cima de mim.

— Eu trabalho com adolescentes em situação de vulnerabilidade, Holl. Se meus pacientes descobrem o que está acontecendo, minha credibilidade pode sofrer ataques severos, assim como a sua também, e todo o trabalho que você está fazendo com os seminários sobre consentimento. As pessoas, no mínimo, precisam ver que estamos sendo prudentes nas nossas decisões.

— O Saul não é um estuprador. Então nós não precisamos de porra nenhuma de prudência.

— Como é que você está tão cega? — Pete parece exasperado. E eu sei que parte da sua irritação é provocada pela culpa de não poder nos dar cem por cento do seu apoio. — Não é uma questão de saber se essa loucura realmente aconteceu ou não. É uma questão de como os boatos saem do nosso controle. As pessoas são muito rápidas em julgar os outros.

— A menos que você acredite totalmente na inocência dele — eu murmuro. — Eu não quero te ver aqui.

— Você continua insistindo que não aconteceu nada entre os dois. Mas você precisa aceitar a possibilidade de que, sim, talvez alguma coisa tenha acontecido.

— Ôôô, espera um pouco aí. De que lado você *está*, hein? Puta que pariu, Pete. Como é que você tem coragem? Você é o padrasto do Saul. Você deveria estar apoiando o Saul incondicionalmente. Você é o meu marido, porra, ou pelo menos eu achava que fosse. Agora eu já estou me perguntando qual é o significado dessa história toda pra você. Você desaparece quando eu preciso de você. Você não permite que as meninas durmam aqui em casa — e aí um pensamento terrível me atravessa a cabeça. — Você acredita nela. Você acredita na Saffie, não é isso, Pete?

Ele está prestes a responder quando uma sombra passa pela mesa e eu olho em direção à porta, antes de escutar o rangido de sempre na escada de madeira.

— Saul?

Ele está na escada, subindo para o segundo andar. Estava atrás da porta, ouvindo a nossa conversa. Ele segue para o quarto dele e eu vou atrás.

— Saul, desculpa pelo que você teve que escutar — eu digo, em pé na entrada do seu quarto.

— O Pete acha que a Saffie está falando a verdade — ele diz.

Eu quero que Saul negue o estupro, de uma forma clara e irrefutável. De uma vez por todas. Então eu insisto, dando uma de advogada do diabo, torcendo para que ele morda a isca.

— Olha, não é difícil entender por que todo mundo acredita nela, né? O cheiro do perfume dela no seu moletom...

— Do que você tá falando?

— Dá pra sentir o perfume de Saffie no seu moletom. E você estava ouvindo uma música chamada *Rape me* no seu iTunes, como se estupro fosse uma piada qualquer.

Saul de repente derruba uma pilha de livros da sua escrivaninha no chão:

— A música tem uma letra toda irônica, você vai perceber se por acaso se der o trabalho de escutar — ele grita. — E fale pra Saffie que, se eu fosse tentar pegar alguém, seria uma mulher bonita, e não ela. Ela é feia pra caralho.

— Nós só estamos um pouco preocupados, é só isso — eu arrisco, dando um passo na direção dele. Minha vontade é dar um abraço apertado em Saul, dizer que vai ficar tudo bem. Que eu sei que ele nunca iria tocar nela e que as coisas estão ficando meio fora de controle.

Mas ele se afasta, erguendo a mão:

— Para. Não chega perto de mim. *Eu* não estou preocupado — ele diz. — *Eu* estou ótimo. Todo mundo aqui é a mesma coisa. Um monte de gente correndo atrás de fofoca pra animar a desgraça de vida horrível que esse povo tem. Então eles que façam a festa. São umas merdas de uns doentes. A Saffie. Os colegas dela na escola. O grupinho inteiro.

6
Jules

JULES ESCUTOU ROWAN CHAMAR, mas, na verdade, não ouvia nada. Estava na hora de conferir o resultado.

— Você está preparada, Saff?

— Tô.

Com cuidado, ela retirou o teste de gravidez da embalagem de plástico e olhou.

A palavra *grávida* estava estampada na minúscula tira do exame.

Os ouvidos de Jules pareceram entupidos com algodão e o mundo dela se encolheu. Era como estar em uma estufa, apartada do ataque de emoção que estava prestes a explodir em cima dela. Em cima das duas. Ela segurou a borda da pia para poder se manter em pé, e depois sentou na banheira, enquanto analisava todas as implicações. Saffie olhou para ela.

— Mãe! — ela gemeu.

Como era possível: sua filha de treze anos, sua menininha, carregando um bebê? Um bebê concebido da pior maneira possível.

— Está tudo bem, Saff — ela se ouviu dizendo. — Eu já marquei uma consulta com Donna. E vamos resolver. A única coisa que você precisa fazer agora é descansar, ficar firme. Ah, meu amor, eu sinto muito, eu sei que não é fácil.

Saffie sentou na tampa do vaso sanitário.

— O que isso quer dizer? O que é que eu vou fazer?

— Você não precisa fazer nada — Jules disse, enquanto, em silêncio, contava os dias desde aquela noite em que Saul esteve na casa delas. Saffie estava com mais ou menos duas semanas de gestação.

— Eu não posso ter um bebê! Eu não quero ter um bebê!

— Você não precisa nem pensar nessa possibilidade, se você não se sente bem com ela. Donna vai te passar uma pílula, é só tomar essa pílula e sua menstruação vai voltar ao normal, tá certo?

— Papai vai ficar sabendo? Já dá pra ver minha barriga?

— Não, meu amor. Não dá pra ver. Ninguém vai ficar sabendo a não ser eu e você.

— Você tem certeza?

— Sem dúvida nenhuma.

Saindo do banheiro, Jules sentou na cama de Saffie e deixou a informação amadurecer dentro dela. Saffie se encolheu debaixo da coberta, dizendo que queria permanecer na cama o resto da manhã. O ursinho que Saul deu para Saffie quando ela era bebê dormia ao lado do travesseiro. Já tinha perdido um olho a essa altura. E, no fim, Jules precisou virar o bicho de costas, para que ele não continuasse piscando para elas.

A culpa era de Jules, claro, por ter deixado Saul ir lá e usar a internet mesmo quando a filha tinha sido expressamente contra a visita, mesmo quando o marido dela discordava da presença do menino na casa. Jules fechou os olhos e respirou fundo. Os sentimentos que a atravessavam nesse momento não eram muito diferentes dos sentimentos do marido ao ficar sabendo do estupro. De repente, a própria Jules queria esmagar o cérebro de Saul.

...

Domingo foi um dia impossível de viver. Jules sabia que precisava manter aquela informação para si mesma a qualquer preço, para o bem de Saffie. A única pessoa para quem ela contaria seria Donna Browne. E claro, em algum momento, quando conseguisse se acalmar, ela contaria para Holly. Só para provar que Saffie não era, nem nunca foi, uma menina escrota e mentirosa.

...

Rowan continuava enfurecido, ameaçando ir à polícia, ameaçando punir Saul de todas as maneiras possíveis por ele ter tocado na sua filha virgem e inocente, perguntando a Jules o que ela tinha feito a respeito, se iria confrontar Holly outra vez, uma série de imprecações. Saffie permaneceu o tempo todo no seu quarto. E, quando Jules encontrou uma brecha no palavrório raivoso no marido, subiu para conversar com a filha.

— Olha, acho que deveríamos ir imediatamente numa clínica resolver logo essa questão da gravidez.

— Não, mãe, por favor. Eu não quero que um desconhecido mexa comigo.

— É um procedimento sigiloso, meu amor. Eles lidam com esse tipo de problema o tempo todo. E são muito discretos.

— Mas a gente precisa mesmo ir num médico? Não dá só pra tomar a pílula que você falou?

Jules suspirou e, por cima dos ombros de Saffie, olhou os livros infantis e as revistas adolescentes amontoados na estante da filha. Lembrou de uma frase que há décadas não ouvia ninguém falar: *Muito velha pra ser criança, muito nova pra ser adulta.* O que foi que aconteceu com essa fase na vida das meninas?

— Mesmo que a gente possa comprar as pílulas, não é seguro tomar sem acompanhamento — ela disse, se arrependendo de imediato. Ela não queria assustar Saffie, ou insinuar a existência de qualquer tipo de risco. — Sem falar que é importante você ter alguém pra poder conversar, com privacidade, sobre o que aconteceu com você. Donna só vai voltar ao trabalho na sexta. Você vai conseguir esperar até lá?

— Se for pra falar com ela, eu prefiro esperar.

— E você vai continuar indo na escola nesse período?

— Eu não estou doente — Saffie respondeu. — Se eu não for na escola, as pessoas vão querer saber o motivo. A não ser que dê pra perceber minha barriga... Tem certeza que não dá pra notar?

— Cem por cento de certeza.

— Então eu espero pra poder conversar com Donna. Tomar o remédio e me livrar dessa... Dessa... Dessa coisa aqui e voltar ao normal. Eu estou me sentindo bem. Holly vai conversar com

Saul, não vai? Espero que ele nunca mais tenha coragem nem de falar comigo.

— Ela vai conversar, pode ficar tranquila — Jules disse no fim.

— É claro que ela vai conversar com ele.

...

No início da noite, Rowan parecia ter se acalmado e eles sentaram e assistiram juntos um drama de época na televisão, em silêncio completo, antes dele dizer que ia dormir mais cedo. Na manhã seguinte, segunda-feira, Rowan já estava de pé quando Jules acordou, o que não acontecia desde seu último dia de trabalho na empresa.

— Vou levar a Saffie na escola — ele disse. — Já que ela está insistindo em ir. O Saul pega o mesmo ônibus e eu não quero que aquele menino chegue perto dela.

— Sim, acho que é uma boa ideia — Jules disse. — Se ela concordar.

Mais tarde, na cozinha, enquanto Saffie terminava de comer seus sucrilhos, Rowan disse:

— Vou te levar de carro pra escola, Saffie.

— Por quê? — Saffie derrubou a colher na tigela.

— Porque eu quero ter certeza de que aquele menino não vai chegar perto de você.

— Pai, você vai me *matar* de vergonha — Saffie disse, se remexendo na cadeira e devolvendo para ele o olhar mais desolado que uma menina de treze anos consegue dar. — Todo mundo vai querer saber por que você está me levando na escola, já que você nunca me levou antes. Por favor, não faz isso comigo.

— Então vou contigo até o ponto de ônibus. E eu vou esperar até você subir naquele ônibus em segurança.

— O Saul não vai agir como um estuprador bem no meio da manhã, pai, com todo mundo indo pra escola. Você está complicando tudo!

— Eu estou te protegendo — Rowan disse. — Sendo o seu pai, me parece que é um comportamento bem compreensível, não acha?

— Saffie, você precisa entender o quanto nós estamos preocupados com toda a situação — Jules disse.

Saffie empurrou para longe seu café da manhã pela metade e levantou da cadeira:

— Se vocês começarem a fazer confusão e o Saul perceber, ele vai descontando em mim. Eu vou andando pro ponto de ônibus e encontro com a Gemma no meio do caminho.

— Você vai de carro — Rowan disse. Seu rosto estava vermelho, revelando a frustração com a conversa que estavam tendo. — Se você não quer deixar a gente prestar queixa contra ele, então precisa deixar que a gente resolva o assunto do jeito que acharmos melhor.

Jules olhou irritada para ele, torcendo para que Rowan percebesse que o nervoso dele não estava ajudando Saffie em nada. Mais uma vez, ela desejou enxergar as coisas com mais clareza, que ela pudesse descobrir qual a melhor atitude a tomar. Rowan, no entanto, se recusou a entender a mensagem silenciosa. Ele calçou suas botas e, da porta, Jules apenas assistiu enquanto ele e uma revoltada Saffie entravam no carro e saíam pela estrada em direção à vila.

...

Rowan ainda não tinha voltado quando Jules terminou o banho e se vestiu, então ela conferiu na bolsa se não estava esquecendo de nada — carteira, celular e cosméticos (os três Cs, o mantra que ela e Holly criaram para se lembrarem dos itens essenciais para o dia a dia) — e entrou no seu carro compacto para dirigir até a estação. A ideia era bem simples: estacionar o carro, pegar o trem para a loja e mergulhar no trabalho até tarde da noite. Nada melhor que o trabalho para poder distrair a cabeça.

Um parquinho estava sendo montado na praça. Caminhões e máquinas estacionavam no gramado, e Jules precisou parar para deixar passar um carro com reboque atrelado. E aí, em uma conveniente reviravolta do destino, enquanto aguardava o trânsito voltar ao normal, ela viu sua amiga e médica, Donna Browne, saindo da mercearia com um jornal na mão, vestindo calça de ginástica, tênis e um casaco impermeável. Jules abaixou o vidro do carro e se inclinou para fora. Ela sabia que não seria uma consulta profissional, mas precisava saber se as duas poderiam conversar antes de sexta.

— Eu poderia te atender agora, mas estou me arrumando para viajar — Donna disse. — Nós vamos pegar o Eurostar hoje à noite e passar dois dias em Paris. Você quer que eu marque uma consulta de emergência com o Dr. Alwin?

Jules olhou para o rosto saudável e claro de Donna Browne, um rosto emoldurado pelo cabelo escuro muito bem cortado, que conversava perfeitamente com seu corpo alto e atlético, e se perguntou como as pessoas conseguiam seguir com a vida normal quando ela se sentia jogada em uma paisagem alienígena, sem placas indicativas ou sequer mapas para ajudar na navegação. Ela respirou fundo:

— A recepcionista já me ofereceu essa possibilidade, mas eu preciso conversar com você, Donna.

Donna olhou por cima do ombro e deu um passo em direção à janela do carro:

— É alguma coisa que você está precisando desabafar?

Diante da discrição de Donna, Jules lembrou mais uma vez das ressalvas da amiga sobre atender pacientes fora do consultório. Mas as filhas de Donna eram da mesma idade de Saffie. Ela e Jules já tinham feito várias corridas de pais e filhos nos eventos da escola. Elas já entornaram várias garrafas de vinho juntas. E se encheram de espumante naquela noite do pub. Saffie tinha dito que só queria conversar com Donna a respeito do que tinha acontecido. E Jules, além de estar desesperada para saber o que fazer em relação à gravidez da filha, confiava em Donna. Então ela abriu a porta do carro para a médica, que sentou no banco do passageiro.

— Eu vou estacionar ali na frente — Jules disse, indicando uma vaga disponível na rua. — Não sei mais com quem conversar.

Donna sorriu:

— É uma vida engraçada essa de ser médica da família. Eu acabo atuando como padre, conselheira e organizadora de leilões. Além de prescrever as receitas. Pode falar, Jules, eu não vou te julgar. Se é que tem alguma coisa para julgar.

Depois de estacionar o carro, Jules botou para fora.

— É uma questão com a Saffie.

— Ah.

— Ela foi estuprada — Jules disse.

Falar as palavras de uma forma tão abrupta fez com que ela sentisse uma vontade terrível de chorar. Jules precisava tanto colocar aquilo para fora que não havia planejado nada. E, desorientada, ela apenas piscou forte para poder controlar as lágrimas. Terminou engolindo o choro.

— Fico muito triste em ouvir isso. Eu sei como deve estar sendo difícil para vocês duas — Donna disse, cortês e profissional, como Jules esperava que ela fosse. Uma reação neutra.

— Você quer me falar os detalhes?

Jules espremeu o volante, sentindo o suor debaixo dos dedos:

— É ainda mais complicado porque o menino que cometeu o abuso é amigo da família. Ele estava lá em casa. Aconteceu dentro da nossa casa.

— Foi a Saffie quem te contou?

— Sim. Demorou um pouco pra contar. Ela não queria contar pra ninguém. Estava assustada. De complicar a situação do menino. Ou que ele tentasse algum tipo de retaliação. Mas aí a menstruação dela atrasou.

— O... k. Você já registrou queixa na polícia? Já falou com alguém sobre o estupro?

— A Saffie não quer que eu faça nada. O menino é filho de uma amiga minha. Eles estudam na mesma escola e ela está com medo dos colegas descobrirem.

O rosto de Donna revelou certa emoção, mas Jules não conseguiu entender qual era. Um movimento quase imperceptível na sobrancelha. Será que Donna estava se perguntando se ela também conhecia o culpado, já que ele era um morador da região?

— Mas esse não é o assunto que eu quero tratar com você. Como eu disse, a menstruação dela atrasou... E... Nós fizemos um teste de farmácia. Deu positivo. Eu achei que era melhor saber logo se ela estava grávida e... Bom, a verdade é que eu precisava de uma comprovação. Eu sei, é uma coisa horrível de se falar...

— É uma situação que pode mesmo ser bem ardilosa. Mesmo com a gravidez. Por causa de todas as variáveis envolvidas. Com quem foi? Foi consensual? As duas partes estavam conscientes do que estava acontecendo? Etc., etc. E, com uma criança da idade de Saffie, pode ser que ela se sinta culpada só pelo fato de estar transando com alguém. Chamar de estupro às vezes pode ser uma desculpa para um ato que ela acha que não deveria estar fazendo.

Jules olhou para a médica. Ela realmente disse que *chamar de estupro pode ser uma desculpa*? O que Holly responderia para uma frase assim antes do filho dela ser acusado? Ela estaria revoltada. *Apenas 0,5% das acusações de estupro são falsas*, Jules lembrou de Holly falando em certa ocasião. *O que quer dizer que 99,5% dos casos denunciados são verdadeiros. E quantos estupradores são de fato condenados? Quase nenhum. Por causa dessa cultura misógina em que a gente vive.* E olhe para Holly agora, Jules pensou. Veja como a mãe dentro dela renegou todos aqueles anos de campanhas para que as acusações de estupro fossem levadas a sério.

— Eu não queria uma comprovação por achar que Saffie estava mentindo — Jules disse. — Eu acredito nela. Ela claramente estava infeliz por algum motivo. Traumatizada. Sem comer. Sempre exausta. Cem por cento fora de si. E, de qualquer jeito, por que ela iria mentir? Não, não era uma desconfiança minha, eu precisava de uma comprovação porque a mãe do menino não quer acreditar que o filho dela cometeu o estupro. Eu precisava de uma comprovação para forçar ela a assumir sua responsabilidade.

— Mas, obviamente, um resultado positivo não prova *quem* é o responsável — Donna disse, sendo bem objetiva. — Só prova que Saffie teve relações com *alguém*.

Jules rangeu os dentes:

— A Saffie nunca teve nem um namorado — ela sibilou. — Ao contrário de algumas meninas da idade dela.

Donna colocou a mão em cima da mão de Jules:
— Desculpa — ela disse. — Eu só estava comentando que...
— Não pode ter sido outra pessoa. E a mãe dele precisa dar algum tipo de resposta prática. Só assim pra impedir o Rowan de levar essa coisa adiante e acabar contando tudo pra polícia, que é o que a Saffie menos quer agora. E preciso arranjar um aborto pra ela o quanto antes pra Saffie não ter nem tempo de se preocupar e a gente poder enfim se concentrar no que fazer com esse pesadelo.

Ao falar, Jules se perguntou o que Donna estava pensando a respeito de como ela estava lidando com o assunto. Claro, todas as suas atitudes só tinham um único objetivo, que era proteger Saffie. E proteger ela mesma. Mas, como se Donna pudesse ler a mente de Jules, ela disse:

— Existem limites para a proteção que conseguimos dar para os nossos filhos, Jules. Limites para o que podemos controlar na vida deles. Quando foi que aconteceu?

— Mais ou menos duas semanas atrás. Uma sexta à noite.

— Não dá mais para usar a pílula do dia seguinte. Se é o que você estava planejando.

— Não, eu sei.

— Mas, se as datas estão corretas e a menstruação dela está atrasada há poucos dias somente, ela está dentro do prazo para realizar um aborto.

— Eu pesquisei um pouco sobre o assunto.

— Então você sabe que é só tomar uma determinada pílula. Três doses, na verdade, com alguns dias de diferença entre uma e outra. É bem simples. Ela vai tomar os comprimidos e vai ter um sangramento.

— E quando ela pode tomar?

Donna se endireitou, desconfortável no banco do passageiro:
— Em teoria, agora mesmo. Mas, ainda que a gravidez seja resultado de um estupro, você não pode simplesmente decidir *por* ela. A Saffie vai precisar de um acompanhamento antes. Precisa conversar com alguém a respeito do que está acontecendo dentro do corpo dela, até para ela poder concordar ou não com o procedimento.

— Ela vai concordar — Jules respondeu. — Eu já conversei com ela. Mas não quero que ela se preocupe mais que deveria. Você não pode conseguir a medicação pra mim hoje?

— Olha, eu não consigo imaginar quão desesperador deve ser ver a própria filha enfrentando um trauma tão violento — Donna disse. — E eu acho que você está certa em facilitar o máximo possível para a Saffie. Mas, ainda assim, é o corpo dela. Ela precisa ter uma voz na questão, mesmo que, tanto para mim quanto para você, esteja muito óbvio que é uma gravidez indesejada, uma gravidez não planejada. Você precisa dar um tempo para ela poder absorver o que aconteceu. Para ela poder considerar todas as consequências das suas decisões a partir de agora.

— Ela tem treze anos. Ela não pode ter esse filho.

— E eu não acho que ela deva ter. Mas ela precisa ter o poder de agência, Jules. Você não pode achar que tem controle total sobre a vida da Saffie. Infelizmente, não é uma competência sua tomar essa decisão por ela. E você sabe que precisamos ter o consentimento de um segundo médico, não é só o meu. Isso se ela decidir abortar, é uma exigência legal para qualquer tipo de aborto. Leve a Saffie no meu consultório assim que eu voltar ao trabalho na sexta. Ainda vamos ter tempo para seguir com os procedimentos médicos. Até lá, eu vou encontrar um acompanhamento adequado para ela, pode ficar tranquila.

Mas, sem perceber o que estava prestes a acontecer, Jules desabou em lágrimas. Donna deixou que ela chorasse.

— É compreensível que você esteja tentando prevenir que ela sofra ainda mais que já sofreu.

— Não é isso — Jules disse, olhando para Donna através das lágrimas. — O difícil é pensar na criança que a Saffie está carregando. Um filho da Saffie e do Saul.

— O Saul? Saul Seymore?

— Sim, o filho da Holly.

Donna Browne se surpreendeu. Ela realmente não esperava descobrir a identidade do estuprador, e Jules não parecia querer revelar.

— A Holly e eu sempre sonhamos em dividir um neto — Jules disse. — E agora vamos ter um neto. De um jeito bem diferente do que a gente imaginava.

...

O trabalho de Jules teria sido bem mais fácil naquela manhã se não envolvesse desempacotar remessas de roupinhas de bebê costuradas à mão, botinhas e cobertores para carrinhos. Quando ela começou a empresa, suas motivações eram puramente práticas. Ou é o que ela se dizia. Holly, por exemplo, uma vez perguntou se aquele era mesmo o tipo certo de negócio para ela, diante do seu histórico de gestações interrompidas. Mas Jules respondeu que faltava para Cambridge uma loja com roupas sofisticadas para os bebês. E que ela sabia, através das pesquisas de mercado, que, na região, moravam muitos pais esfomeados pelos produtos que ela queria vender. Sua escolha de negócio, portanto, não tinha nada a ver com sentimentos pessoais a respeito dos filhos que ela teve ou deixou de ter. E todo mundo ficou surpreso com o tamanho do sucesso da loja.

Depois da conversa com Donna Browne, Jules tentava seguir com sua vida normal. Ela conferiu pedidos, pagou algumas faturas, fez uma contagem do estoque. A loja ficava silenciosa na segunda pela manhã e Jules separou um tempo para si mesma até a hora do almoço. Ela gostava da vista da sua janela, que dava para uma rua proibida para carros, ainda mais com a luz de outono iluminando as calçadas e as paredes das faculdades, para não falar nas pessoas caminhando em busca do primeiro café da manhã. Quando Hetty chegou, um pouco depois, Jules pôde se concentrar na arrumação do estoque enquanto a assistente cuidava do caixa.

— Estou pensando em arrumarmos uma vitrine especial pra estação — ela disse para Hetty naquela tarde. — Quero dar destaque pra nova coleção. Olha isso aqui — ela disse, segurando alguns vestidinhos costurados à mão, que seriam expostos ao lado de meiões opacos e minúsculos sapatos com fivelas de couro. — Pensei em preparar um fundo cheio de abóboras e algumas folhas de outono bem coloridas.

— Adorável — Hetty disse.

Mas, quando Jules começou a arrumar a vitrine, ajeitando um pequeno colete em um manequim infantil, de repente se sentiu meio nauseada e precisou sentar. O colete era feito com um tecido de algodão extremamente macio, revestido por dentro e com um coelho bordado no peito. E ela ficou ali sentada olhando para o minúsculo pedaço de roupa nas suas mãos. Por um segundo, Jules imaginou o peso do bebê que vestiria aquela roupa, a pele lisa, a cabeça aveludada, talvez com cachinhos, e a moleira suave e pulsante. Ela imaginou os olhos brilhantes, a boca firme, o nariz do tamanho de um botão. Há muitos anos que ela não se perdia nesse tipo de pensamento e precisou apoiar a mão na parede para se endireitar e conseguir levantar de novo. Enquanto guardava o colete, Jules se viu pensando: é exatamente por isso que Saffie precisa fazer esse aborto o quanto antes. Se ela tiver tempo para pensar no bebê dentro dela como uma vida, interromper a gravidez pode ser um evento muito mais traumático. Jules só não sabia se esse lembrete era para ela ou para Saffie.

Depois de um tempo, Jules não conseguiu mais ter estômago para arrumar as roupinhas e foi para o escritório no fundo da loja. Ela também não conseguia se concentrar nas planilhas. E percebeu, no final das contas, que, na sua cabeça, ela realmente imaginou que um teste de gravidez positivo iria trazer Holly de volta. Chegou até a fantasiar que Holly, confrontada com a evidência de que Saffie não estava mentindo, não só iria pedir desculpas como também iria se oferecer para acompanhar Jules na conversa com Donna Browne e segurar a mão de Saffie durante toda a consulta. A realidade, no entanto, era que o teste poderia afastar as duas ainda mais. O teste, como Donna comentou, não provava de jeito nenhum que foi Saul quem engravidou Saffie. E era bem mais fácil lidar com o problema quando não existiam provas de que Saffie tinha, de fato, experimentado uma relação sexual, quando ainda existia uma chance de que Saffie confessasse estar inventando toda aquela história horrorosa (embora fosse impossível imaginar quais motivos ela teria para criar uma mentira tão cruel). Seria tudo tão mais simples se fosse mentira. Holly e Jules, e Saul em algum momento, iriam perdoá-la, é claro que iriam perdoá-la, e elas poderiam voltar a ser amigas de novo.

Agora Jules precisava contar a Holly sobre a gravidez. E, mesmo que ela ainda se recusasse a acreditar que Saul estuprou Saffie, ela não teria outra escolha a não ser obrigar o filho a revelar o que aconteceu naquela noite. Jules sabia que o mundo de Holly iria virar de cabeça para baixo quando Saul confessasse, o que ela esperava que ele já tivesse feito. Holly ficaria devastada ao descobrir que seu filho é um pouco mais desajustado do que ela imaginava. E iria procurar uma ajuda profissional, ainda que isso pudesse atrapalhar seus estudos mais uma vez. Quer dizer, que poderia atrapalhar, não, que poderia *destruir* o futuro dele.

Assim, ao invés de aliviada com o resultado, Jules se viu arremessada em um furacão interno ainda mais violento. Mesmo que elas seguissem o que Jules tinha planejado, que era iniciar o procedimento abortivo no minuto em que Donna voltasse a trabalhar na sexta-feira, Saffie ainda precisava enfrentar um trauma que nenhuma outra garota de treze anos precisava enfrentar. E Saul, por outro lado, precisava, enfim, sofrer as consequências dos seus atos, primeiro pela polícia, depois pelo sistema judiciário. E aí Jules deu corda para sentimentos tão confusos que não conseguia sequer definir um nome para eles. Raiva por Saul ter provocado uma dor tão destrutiva ao mesmo tempo que sentia um desejo profundo de reverter as duas últimas semanas. Não ter saído para beber no aniversário de Tess. Não deixar Saul ir para sua casa. E, acima de tudo, o que Jules mais queria: impedir que sua relação com Holly fosse destruída por um estupro, como a palavra *grávida* impressa naquele teste de gravidez acabava por confirmar.

7
Holly

SEGUNDA DE MANHÃ, logo cedo, vejo que um parquinho está sendo montado na praça. Caminhões e trailers rodam de um lado para o outro e as pessoas se aglomeram descarregando maquinário e erguendo barracas. Uma montanha-russa em miniatura acaba de chegar. Os pedaços de uma pista de bate-bate. Um caminhão trazendo os cavalos de um carrossel. Placas começam a aparecer. *Derrube o pato. Prêmios toda hora, Algodão-doce de duas cores, Bonequinhos de açúcar.*

Eu olho para essa cena através da janela da minha sala de estar, com o café na mão, enquanto as crianças a caminho da escola reorganizam seus grupinhos, intimidados pelo modo como o parquinho ocupou o espaço que eles acreditavam ser deles. É um cenário todo diferente e os estudantes são obrigados a se espremerem nos cantos da praça, empurrados pelos brinquedos e pelas máquinas.

Saul não fala quase nada no café da manhã, mas come uma quantidade enorme de comida, o que eu entendo como sendo um bom sinal.

— Saul, nós vamos resolver essa questão — eu digo ao vê-lo correr para a porta. E aí falo um: — Eu te amo — assim que ele sai de casa. Como sempre, minha vontade era que ele não precisasse ir à escola. Ainda mais agora que tem uma acusação pairando sobre sua cabeça. Mas eu confio que Jules e Rowan vão cumprir o combinado com Saffie e não vão prestar queixa. Porque a última coisa que eu quero no mundo é que a boataria e o bullying comecem tudo de novo, pois dessa vez seria pior. Muito, muito pior.

E está na minha hora de sair. Em silêncio, reúno meu material e tomo meu caminho de sempre, seguindo através da vila até a estação para pegar o trem para Londres.

No trem, dou uma olhada no meu Twitter. Mais alguns ataques do @Machistinha aparecem na minha linha do tempo. O de sempre, aquela conversa de que eu quero ser estuprada, mas que ninguém vai se dar ao trabalho e por aí vai. Apenas ignoro as mensagens e encosto minha cabeça na janela. Pelo menos esse @Machistinha não tem como descobrir que o meu filho foi acusado de cometer justamente o crime que aquele troll de merda não aceita que eu queira combater.

...

Hoje de manhã, no entanto, eu não vou direto para a universidade, sigo por um caminho diferente depois de sair da King's Cross. Passo pelo Coram's Fields, onde vozes infantis ecoam do parquinho e dos gramados, desço pela estreita e segmentada Lamb's Conduit, com suas lojas chiques e prósperas, cruzo a High Holborn e o lado norte da Lincoln's Inn. Em poucos minutos, chego no café onde marquei de encontrar a advogada que era colega de Archie.

Philippa senta na minha frente, colocando sua bolsa em cima da mesa.

— Está tudo bem contigo? — ela pergunta com um sorriso irônico. — Como está se virando com as lavouras?

— É outra vida. Leva um tempo pra acostumar.

— Posso imaginar — ela diz, procurando uma garçonete.

Está uma confusão ao nosso redor. Filas de advogados vestindo ternos esperam ao longo da bancada para poderem pegar seus paninis e frittatas para viagem. O som do lugar é uma mistura entre o burburinho das conversas, o barulho da louça e o chiado da máquina de expresso.

Philippa é mais velha do que eu. Ela tem um cabelo cinza platinado cortado bem rente e está usando uns óculos escuros com armação de tartaruga que escondem seus inteligentes olhos castanhos. Ela é uma advogada especializada em crimes sexuais, com um escritório na Lincoln's Inn, bem perto de onde Archie trabalhava. Eu não encontrei muito com ela depois que ele morreu, até porque, de tempos em tempos, eu me pergunto se ela não tinha outros sentimentos por ele além dos profissionais. O que não seria nenhuma surpresa. Além da beleza e da sua capacidade como advogado, Archie tinha um tipo de elegância do passado. Jules costumava rir dele, inclusive: Archie se levantava sempre que alguém entrava na sala, abria todas as portas, sentava na ponta da mesa durante as refeições, todo aquele manual de etiqueta que muitas mulheres, ainda que não admitam, acham irresistível. Ele era magnético e, nesse momento, ali na mesa, estou mesmo me perguntando se a morte repentina dele foi tão chocante para Philippa quanto foi para mim. Se é essa a razão pela qual nós nos encontramos tão pouco nos últimos anos.

Agora Philippa está me olhando, com rugas de preocupação despontando na testa:

— Então, quais são as novidades? — ela me pergunta.

— Estou com um problema — eu digo a ela. — O Pete me incentivou a conversar contigo. Pedir um conselho. Só pra garantir mesmo.

A garçonete deixa os pedidos na nossa mesa.

— É um problema com o Saul, na verdade.

Philippa não fala nada, só derruba um pacote de açúcar mascavo na sua xícara.

— Ele tem enfrentado uma barra-pesada desde que nós nos mudamos. Ansiedade, fobia escolar. Ele sofreu todo tipo de intimidação dos colegas no ano passado. Os meninos da região não conseguiram entendê-lo muito bem. Apelidaram ele de *emo*, o que o Saul odiou. E aí ele acabou ficando meio solitário e estou preocupada de que também esteja um pouco depressivo — eu limpo a garganta. — Ele começou a ler Donne, as meditações, e...

Philippa dá uma bela risada:

— Uma professora de escrita criativa preocupada que seu filho começou a ler John Donne?

— Me parece um caminho meio depressivo, introvertido demais.

— Aconteceu mais alguma coisa, não aconteceu?

Eu empurro meu expresso e bebo um gole de água:

— Ele... Bom, ele anda bem envolvido com fotografia e finalmente achou um curso em que quer se inscrever. Quer fazer um curso técnico. As coisas parecem estar melhorando pra ele depois de muitos anos de inércia. E aí, bem no meio de todas essas novidades, bam! Um soco na cara. Uma colega da escola fez uma acusação contra ele. É horrível, estou assustadíssima. Continuo sem entender como eles conseguem ser tão cruéis.

Philippa suspira. Ela se inclina sobre a mesa e toca meu pulso com dedos delicados:

— Tudo o que você me disser será mantido sob sigilo.

— Ele estava com uma amiga de treze anos de idade... — eu digo, sentindo um pigarro preso na garganta. — Na casa dela enquanto eu e a mãe dela estávamos na rua. Ela está acusando o Saul de...

— Pode falar.

— De estuprar ela.

— Estupro? — ela pergunta, e os olhos de Philippa agora estão arregalados.

— É só uma acusação, vinda de uma menina ingênua com treze anos de idade.

— Espera um pouco — ela diz. — Eles estavam tendo relações? Eles eram um casal?

— Não, nada. Não eram um casal. Não aconteceu nada entre eles. Nunca. Eu simplesmente não consigo entender qual é a motivação dela pra inventar essa história.

— Hum...

— Assim. Parece até que obrigaram a menina a jogar mais merda na cabeça dele ou então ela...

— Calma aí, Holly. Me explica os detalhes. Que tipo de relação eles têm?

— Eles só são amigos. Bom, hoje nem amigos mais. Os dois se conhecem desde que eram bebês. A mãe dela é minha amiga. Você já encontrou com ela. Jules. Loira, bem bonita. Ela é, ou era, minha melhor amiga. A gente estava sempre em contato.

— Eu me lembro dela. Tá, então você está me dizendo que eles estavam na casa dela e você duas tinham saído.

— O Saul tinha ido lá pra usar a internet — eu dou uma pausa. — A Jules pediu pra ele dar uma olhada no quarto da Saffie pra ter certeza de que ela tinha ido dormir no horário certo. De acordo com a Saffie, ele olhou e flagrou ela... Seminua. Ela diz que ele entrou no quarto, que agarrou ela. E que, quando ela tentou empurrar o Saul pra longe, ele disse que ela estava *pedindo* aquilo — eu digo, até engasgando ao falar as últimas palavras.

— Até onde ela já foi com essa acusação?

— A Saffie pediu pra mãe não apresentar queixa. Ela não quer envolver a polícia, não quer que ninguém saiba.

— Certo. Bom, essa é uma reação bem comum. As meninas têm medo de...

— De que ninguém acredite nelas.

— Sim, isso, mas também do interrogatório, às vezes até dos exames médicos. É uma situação humilhante, os procedimentos que elas precisam enfrentar, e geralmente pra nada. É muito difícil conseguir condenar alguém por estupro.

— Eu sei bem do que você está falando, Philippa, nem se preocupe. Nossa, eu passei metade da minha vida ajudando mulheres a reconhecerem que estão sendo silenciadas por causa de argumentos falaciosos. Que elas estavam bêbadas ou que a roupa era muito curta, que elas no fundo desejavam aquilo. Incentivando todas elas a prestarem queixas. Tentando fazer os homens entenderem o que é consentimento. As mulheres não mentem a respeito de estupro. Eu sei. Mas, nesse caso, eu simplesmente não consigo acreditar na Saffie.

— Mas isso não tem a ver com o fato do acusado ser o seu filho? — Philippa diz, e coloca sua xícara na mesa. Por uma fração de segundo, eu sinto raiva dela, das suas roupas caras, do seu rosto tranquilo. O que é que ela sabe? Ela sequer tem filhos. Ela não tem a menor ideia do que é ser mãe e descobrir o quanto o seu filho está sofrendo. — Que motivo a menina teria pra mentir, se não aconteceu nada? — ela insiste.

— É o que eu não consigo entender.
— Eles estavam drogados, por acaso? Tinha alguma droga envolvida?
— Não. Nem bebida. Quer dizer. Saul pode ter bebido um pouco de cerveja — eu digo e me lembro de Jules comentar que algumas garrafas tinham mesmo desaparecido da geladeira.
— Vamos recapitular um pouco — Philippa diz. — Se eles não vão prestar queixa, o que é que a família da menina *quer* que você faça?
— Jules quer que eu force o Saul a confessar. Ela acha que nós podemos lidar juntas com ele. O que é pior é que ela insinuou que o meu filho tem problemas de sociabilidade e que eu nunca procurei a ajuda certa pra ele — eu digo, engolindo a saliva. — Philippa, o motivo pra eu ter te procurado na verdade é que conversei com o Saul e ele, como era de se esperar, ficou muito ofendido por eu ter apenas perguntado a ele sobre o assunto.
— Claro.
— E agora o pai da menina está nos ameaçando. Dizendo que vai à polícia. Estou com medo de que a coisa ganhe outra proporção e acho que eu pensei... Pete pensou... Assim, que o melhor seria nós nos prepararmos pra defender o Saul caso ele precise de ajuda.
— O que você está me dizendo é que o Saul nega qualquer tipo de culpa? — Philippa pergunta.
— Ele ficou revoltado só por eu questionar sua inocência. Porque ela está na oitava série. Eles têm códigos muito rígidos contra uma relação assim. Sem falar que eu eduquei meu filho pra ele respeitar as mulheres. As meninas. E ele sempre fica inseguro perto de qualquer garota. Não é da personalidade dele — eu acrescento, meio desnorteada. — Ele não teria esse tipo de comportamento.
— Vamos dizer que a acusação dela *seja* verdadeira — Philippa diz, ignorando meu último comentário. — Pela lei, o Saul cometeu um crime — a voz dela assume uma rispidez profissional. — Ele pode ser condenado a no mínimo cinco anos de prisão.
— É por isso que eu te procurei. Se a Saffie não retirar as acu-

sações, e o pai cumprir o que está ameaçando fazer, o Saul pode parar na cadeia por um crime que ele não cometeu — minha voz está tremendo profundamente, mesmo com todo o esforço que estou fazendo para me manter firme.

Philippa me olha por cima do seu café.

— Eles com certeza não estavam num relacionamento?

— De acordo com o Saul, não.

— Existe alguma evidência? Alguma comprovação de que eles transaram?

— Tipo o quê?

— Camisinhas, alguma roupa ou uma calcinha rasgada. Ou melhor, sendo bem direta, algum hematoma?

Eu penso por um instante no perfume de Saffie no moletom de Saul. Nas imagens pornográficas no quarto dele. Na música *Rape me*, que ele insiste que é irônica. Penso nele me falando as mesmas palavras de Jules: *ela estava pedindo aquilo*. No fim, balanço minha cabeça:

— Nada do ponto de vista forense, até onde eu saiba. A Saffie só contou pra Jules duas semanas depois.

— A Jules encontrou algum indício de briga entre os dois?

— Não que eu saiba.

Philippa está me olhando impassível. De repente sinto como se estivesse enfiando os dedos em um esgoto muito sujo. Uma sujeira que vai grudar em mim e que eu não vou conseguir lavar. Philippa está me fazendo o tipo de pergunta cujo propósito é desacreditar as pessoas que alegam terem sido vítimas de estupro. O tipo de questão íntima e insidiosa que é usada para humilhar a vítima e desmerecer a sua história, até que elas retirem as acusações. Será que eu deveria mesmo estar aqui? Procurando ajuda para *invalidar* um suposto estupro? E aí um pensamento ainda mais desconfortável me ocorre: será que Philippa está agindo assim deliberadamente? Por que ela está jogando essa luz em cima do que Saffie iria sofrer caso eu insista em negar sua versão da história? Será que ela está me desprezando por eu querer defender meu próprio filho?

Ela suspira:

— Holly, eu sei como isso deve ser difícil pra você. Você criou o Saul sozinha. Por muito tempo tem sido só você e ele. E você provavelmente pensa que o Saul ainda é aquela criança que ele era. Mas as crianças mudam quando chegam na adolescência. Algumas vezes de um jeito catastrófico. O melhor... Bom, a *única* coisa que você pode fazer é alertar o Saul de que o pai da menina vai tomar as medidas legais se ele não explicar direito o que aconteceu e, caso seja necessário, se ele não aceitar uma ajuda profissional. O que também deve envolver a escola e os serviços sociais. Talvez aí ele entenda que o melhor mesmo é resolver esse assunto entre vocês.

— Mas ele não cometeu crime nenhum.

Ela levanta uma sobrancelha.

— Mesmo assim, acho improvável que o pai dela ache essa resposta suficiente. Você acharia? Se fosse a sua filha?

— É por isso que eu te procurei. Philippa, minha pergunta é a seguinte: você poderia defender o Saul caso eles decidam envolver a justiça na situação?

Ela bebe seu café bem devagar.

— Acho que eu conheço alguém que poderia ser...

— Precisa ser você, Philippa. Eu te conheço. Eu confio em você. Eu não quero uma pessoa estranha que não faz a menor ideia de quem o Saul é. Alguém que pode inclusive humilhar o meu filho — eu digo, e, de novo, me vem aquela sensação esmagadora de que estou, em vários sentidos, sujando minhas mãos. — Não quero uma pessoa que pode, no final das contas, humilhar tanto o Saul quanto a Saffie — eu acrescento. — Sob o argumento de estar tentando descobrir a verdade.

O rosto dela se contorce com o máximo de discrição. Ela está desconfortável.

— Você lembra como o Saul era, não lembra? Você lembra a criança doce que ele era, não se lembra? Ele ainda é essa criança.

Ela afasta sua xícara. Pela primeira vez desde que chegou aqui, Philippa parece realmente contrariada.

— Vai ser a palavra dela contra a dele — eu imploro. — Eu preciso de alguém que tenha confiança absoluta nele.

— Eu não posso representar o Saul — ela diz. — Seria... Vamos apenas dizer que ele vai estar melhor com outro advogado atuando na defesa dele.

— Porque você acredita na Saffie.

— Não vem ao caso, se eu acredito ou não — o tom da sua voz está alterado. — Não seria adequado por uma série de razões.

— Eu não vejo o porquê de não ser adequado.

— Eu sou amiga da família. Existe um conflito de interesses.

— Philippa, a gente mal se viu nos últimos anos... Ninguém vai fazer essa associação.

Por que estou com uma sensação de derrota? Um aperto no peito, como se minha vida estivesse prestes a desabar? Todas as minhas crenças a respeito do meu filho, da minha família, do meu passado, estão contra a parede, cambaleantes.

— Vou te passar os telefones de alguns colegas que eu sei que vão ser absolutamente profissionais.

— Eu não quero um estranho. Não quero impor ao Saul o estresse de conversar com alguém que ele não conhece. Já tem sido difícil o suficiente.

— Vai ser alguém com muita experiência no assunto.

Eu olho para ela:

— Eu achava que você iria se dispor a ajudar — eu digo. — Pela amizade do Archie, no mínimo. Mas dá pra ver que você não quer. Vamos esquecer o assunto então.

Para minha surpresa, Philippa empurra a cadeira dela para trás, pega suas luvas de camurça e se arruma para ir embora. Lágrimas brotam nos cantos dos meus olhos. Eu não me levanto. Agi como uma idiota, não sustentei minha linha de argumentação e agora o calor esquenta meu rosto. Não quero falar para ela que estou desesperada por Pete ter levado as meninas de volta para a casa da ex-mulher. Que estou com medo de que ele também acredite em Saffie. Que estou me sentindo sozinha. Que Archie nunca acreditaria na acusação porque ele conhecia o filho dele muito bem. E que eu, portanto, imaginei que Philippa, sendo uma amiga de Archie, nos apoiaria sem ressalvas. Quando ela começa a ir embora, eu seguro a sua mão:

— Desculpa — eu digo. — São nesses momentos que eu mais sinto falta do pai do Saul, é bastante doloroso.

— Você não é a única que sente a falta dele, Holly — ela diz, olhando para mim. — Todo mundo sente a falta dele.

E aí eu sinto a lã áspera do seu casaco arranhando a minha bochecha enquanto ela bica o ar por cima do meu ombro e foge pela Lincoln's Inn de volta para o trabalho.

A abrupta saída de Philippa me deixa devastada. Eu queria me sentir menos emotiva, queria não tê-la incomodado. E não consigo encarar o trabalho agora. Então, como não tenho nenhuma orientação até mais tarde, vou caminhar pelo canto norte da Lincoln's Inn e ando em direção ao museu Sir John Soane, o que, no fim, é um erro. A área está coalhada de memórias. Já vejo, inclusive, uma fila na porta do lugar. Anos e anos atrás, Saul adorava vir a esse museu para ver a coleção de esculturas e artefatos, porque a luz fraca do prédio provoca uma atmosfera de mistério e Saul era fascinado pelos murais que você pode abrir e descobrir pinturas escondidas, como se fossem miniteatros. Ele ficava intrigado pelas portas secretas, aquelas portinholas debaixo das escadas, que levam a passagens secretas, e se arrastava por espaços minúsculos atrás dessas portas para brincar de se esconder. Ele também teve uma fase, talvez na época em que estudou os egípcios na escola, em que morria de curiosidade pelas urnas funerárias conservadas no acervo do museu. E pelos grilhões horrorosos que representavam as condições de vida dos escravos. Saul ficava escandalizado, não conseguia acreditar que seres humanos tinham os braços acorrentados àqueles minúsculos aros de metal. Volta e meia, ele me pedia para retornarmos aqui, para olharmos aqueles grilhões, e na saída me pedia para contar outra vez como foi que John Soane ajudou a libertar os escravos.

Da porta do museu, sem ter para onde ir, eu me viro e passo alguns minutos olhando para a Lincoln's Inn, tentando não imaginar o lugar onde Archie sofreu o infarto.

Quando Saul ainda era bem novo, nós costumávamos andar pelo gramado daqui até o escritório de Archie para encontrá-lo na saída do trabalho. Esperávamos debaixo da abóbada da capela e eu lia em voz alta os epitáfios das lápides dispostas no chão. Saul achava curioso que a gente podia andar por cima das covas de pessoas mortas. A maioria dos enterrados tinham sido advogados e juízes, mas algumas lápides mais antigas mostravam também os nomes de serventes que trabalharam no tribunal. Saul gostava especialmente da lápide do servente William Turner, que era identificado como *protetor de janelas e vasos sanitários*, e implorava para que eu lesse as palavras de novo, que sempre o levavam às gargalhadas.

Em outros dias, Saul e eu saíamos para comer uma pizza no café da Lincoln's Inn e esperávamos lá por Archie. Algumas vezes, quando Jules estava montando seu negócio, eu trazia Saffie junto. Quase sempre, quando Archie finalmente chegava, o café já estava quase fechando. Eu gostava de me sentar com Saul e Saff enquanto eles tomavam sorvete ou iam lá fora brincar debaixo das árvores. Observando os dois, eu bebia uma taça de vinho e meu coração cantava quando eu via Archie vindo na nossa direção, com seu terno comprido e elegante. Uma ou duas vezes, ele trouxe Philippa, e Saffie ou Saul ou os dois dormiam no nosso colo enquanto os três adultos sentavam em uma mesa e conversavam até tarde.

Então, por que ela não quer representar meu filho no processo? Não sei. Saio da Lincoln's Inn desejando não ter voltado lá, recordar daqueles dias inocentes não é o que preciso na minha vida agora.

...

Mais tarde, no caminho para casa de volta do trabalho, descanso a minha cabeça na janela do trem assim que ele sai de King's Cross. O encontro com Philippa me deixou exausta. Ela foi tão fria, tão inflexível. A única pessoa que eu acreditava que seria simpática à situação e agarraria de imediato a chance de me ajudar e ajudar Saul se recusou a prestar o auxílio mais significativo possível nesse momento.

Acordo ouvindo um barulho já na estação de Cambridge, percebendo que dormi quase o caminho inteiro. Os quatro últimos vagões do trem são desatrelados e só os quatro vagões da frente seguem para as outras estações da região. É um gesto que me parece simbólico, o trem da cidade se separando logo depois de Cambridge. Um lagarto perdendo seu rabo para se proteger dos predadores. A partir daqui, nós entramos em território desconhecido. *Tomem cuidado com os dragões*. Uma região bucólica que fecha os olhos para o mundo moderno, onde a calma e contida racionalidade de Philippa não tem vez. As vilas aqui isoladas, cercadas por pântanos, casas construídas em cima de estruturas de madeira para protegê-las dos avanços das marés. Antes da terra ser povoada pelos germânicos, os seres mitológicos tomavam conta da região, e as histórias se espalhavam tão rápido quanto a malária, que era endêmica no período. Me pergunto o quanto realmente mudou desde então.

São quase sete horas quando estou andando pela estrada, saindo da estação debaixo de uma garoa. Um carro passa por cima de uma poça d'água e molha meu casaco, minha calça e minhas botas de couro macio. Minha roupa da cidade. Eu xingo o motorista até perder o ar, mas a verdade é que estou à beira das lágrimas outra vez, sentindo o frio invadir a minha pele. *O mundo inteiro está me perseguindo e perseguindo o meu filho.*

Claro, a culpa é minha por estar molhada. Pete vive dizendo que eu preciso comprar roupas mais adequadas para uma vida no campo, comprar um casaco impermeável e galochas. E eu continuo em negação. Continuo vestindo roupas mais adequadas para ônibus lotados, metrôs e escritórios bem aquecidos. Roupas que eu vestia durante o doutorado, quando tinha grandes planos para o meu futuro enquanto professora. Quando eu me via, talvez com certa insolência, como parte do cenário profissional da urbe. Preciso deixar aquela imagem ir embora. *Nós nos mudamos há dois anos*, digo a mim mesma. Dois anos. E seis anos desde a morte de Archie. Hora de seguir em frente.

A caminhada me renova. O ar, apesar de úmido, é revigorante depois que você sai da poluição de Londres. Dá para sentir o cheiro de madeira queimada se misturando com o solo e a chuva. Penso então que o motorista não tinha a intenção de me encharcar. E que é melhor esquecer, ficar chateada com o mundo não é o melhor caminho para se seguir.

Na praça, o parquinho está a todo vapor. Música tocando alto, o barulho dos geradores, as crianças gritando com os giros do carrossel, meninos e meninas sendo arremessados para o alto, rodando de um lado para o outro, deslizando pelos brinquedos.

Um ônibus passa por mim e estaciona logo depois. A estudante que pula do veículo e para bem na minha frente é Saffie. Eu me lembro de ter dito a Jules no caminho para o pub que Saffie devia estar passando por uma montanha-russa emocional, e lembro de Jules me respondendo que a vida da filha parecia muito mais um carrinho de bate-bate. Nós duas fazendo piada no carro a caminho do bar, sem saber o buraco onde estávamos prestes a cair. Agora, vendo Saffie andar em direção ao verdadeiro carrinho de bate-bate, em direção à verdadeira montanha-russa, eu penso o quão louco é deixar que a história de Saffie nos afaste. E aí me vem um pensamento súbito. Eu mesma vou conversar com Saffie. Saffie é quem melhor pode me explicar o porquê de ter inventado essa fantasia de abuso. Sim, com certeza. Quando ela entender que pode dizer a verdade sem se meter em um problema gigante por isso, toda essa situação será resolvida. Nós não vamos precisar envolver Philippa ou qualquer outro advogado. E eu vou explicar a Saul que tudo não passou de um terrível erro infantil da minha afilhada.

Saffie e eu sempre fomos próximas uma da outra. Eu costumava chamá-la de filha que eu nunca tive, e ela sabe do meu carinho por ela. Esse foi o motivo por que Saffie me procurou, em vez de procurar Jules, quando roubou as maquiagens pouco tempo atrás, e fui eu quem a convenci de que todo mundo comete erros, que o melhor era que ela confessasse o roubo para os pais, que aprendesse a lição para não terminar se complicando por uma bobagem.

Quando Jules e eu costumávamos nos encontrar aos sábados para um café da manhã no parque, ainda em Londres, antes dela se mudar para cá, Saul andava de bicicleta e Saffie, bem pequena, pedia para sentar no nosso colo. Eu carregava ela e a levava para ver os patos ou os cervos. Muitas vezes, ela dormia lá em casa, ou então eu a levava para o teatro infantil, ou, como meu encontro mais cedo me lembrou, ela ia comigo e com Saul comer uma pizza na Lincoln's Inn. Por algumas horas, eu fingia que ela era minha filha, e imaginava como seria ter uma filha e um filho ao mesmo tempo. Eu amava aquela ideia. Eu amava Saffie. Minha linda filha especial.

Nós precisamos conversar. Eu acelero o passo, mas, assim que chego perto de Saffie, ela para no meio-fio, olha para os dois lados e atravessa a rua em direção ao parque. Uma sombra surge de trás de um quiosque e uma menina aparece para abraçá-la. As duas conversam por um instante e pequenas luzes surgem no rosto delas. Elas estão fumando. E continuam em pé no escuro quando me aproximo da mercearia e entro na loja. Compro leite, um cereal para Saul comer pela manhã, algumas barras de um chocolate horrível e salgadinhos para aplacar sua reclamação de que nós nunca temos o tipo de comida que Jules estoca em casa. No momento em que saio da loja, Saffie está atravessando de volta para o meu lado da rua.

— Oi — eu digo. — Você está voltando tarde da escola.

— Aula extra de matemática — ela diz, claramente envergonhada por me ver.

Procuro por sinais de trauma no seu rosto. Mas, caramba, como é que você consegue *enxergar* um trauma no rosto de uma menina? Garotas de doze, treze, quatorze anos, elas mudam a cada segundo, as suas expressões faciais são incrivelmente voláteis. Eu sei muito bem.

— Saffie, a gente pode, por favor, conversar um pouco?

— Eu preciso ir pra casa — ela diz, e eu fico ali me perguntando se os olhos arregalados que ela me mostra antes de me dar as costas revelam medo ou arrogância.

...

No momento em que abro a porta, minha casa está com aquela atmosfera fria que as construções ficam depois de passarem algumas horas vazias. Saul vai para o laboratório da escola às segundas para revelar os filmes das câmeras antigas que eles estão sendo ensinados a manusear, ainda deve demorar bastante.

Acendo as luzes, sentindo uma pontada de ressentimento por Pete ter levado as meninas de volta para a casa da ex-mulher. Mesmo que seja dia de semana, quando elas normalmente não estão aqui, elas teriam vindo para brincar no parquinho. E nunca senti tanta vontade de vê-las como agora.

Pete chega por volta das sete e meia. Estou na frente do fogão, preparando um arroz, com uma taça de vinho ao lado.

— O cheiro está ótimo — ele diz, pendurando o casaco nos ganchos que prendemos na porta da cozinha porque o corredor é muito estreito para acomodar os casacos de cinco pessoas. — Você está cozinhando o quê?

— Risoto de cogumelos. Resolvi cozinhar pra me distrair um pouco.

Mas, ao contrário do alívio que eu imaginava sentir ao ver Pete em casa, termino irritada. Como ele consegue agir como se nada estivesse acontecendo? Nós nem conversamos direito depois da briga por ele ter afastado as meninas de mim. Por ele ter afastado as meninas de Saul.

— Holly, eu queria te pedir desculpas — ele diz. — Eu errei. Estou conseguindo entender melhor o assunto. Foi uma reação intempestiva. A primeira coisa que pensei foi que precisava mostrar pra Deepa como eu me esforço pra proteger as meninas. E acabei não pensando direito no que você estava sentindo. Ou como o Saul iria entender minha reação. Você me perdoa?

Eu mexo o arroz na panela, jogo um pouco de vinho, acrescento o caldo. Perdi todo o interesse no jantar. Estou cozinhando somente para Saul, não é para mim nem para Pete.

— O que você de fato *disse* pras meninas? — eu pergunto para ele. — Como é que você explicou que elas não vão poder vir aqui por... Por, sei lá, quanto tempo mesmo?

— Foi só nesse fim de semana — ele disse. — A menos que a situação acabe se arrastando.

— O que diabos você quer dizer com isso?

— Caso a Saffie não confesse que está mentindo. Pra podermos seguir em frente.

— A Saffie não vai confessar nada — eu digo. — Acabei de encontrar com ela no meio da rua. Ela não quis falar comigo direito. Imagino que ela agora esteja com medo de recuar.

Pete não me responde. Eu sei o que ele está pensando. Que ela não vai recuar porque a acusação dela talvez seja verdadeira. Eu retomo a conversa:

— Só espero que a Freya e a Thea não achem que levar as duas de volta pra casa da mãe foi uma ideia minha. Eu me esforcei bastante pra conseguir a confiança delas, como madrasta, e essa relação pode simplesmente desaparecer de uma hora pra outra.

Também estou torcendo para que Pete não tenha contado a elas sobre a acusação de estupro. Elas são meninas muito novas ainda. Freya estuda na mesma escola de Saffie. Elas não vão conseguir guardar segredo.

— Eu deixei bem claro que era um pedido da mãe delas. Pra elas poderem ver o avô.

— E ele realmente estava lá?

— Sim, estava. Eu não iria mentir pra elas sobre algo assim.

Eu desligo o fogão e sento. Pete está ansioso. Ou com medo. De mim?

— Muito conveniente pra você, Pete. O que é que você iria dizer se ele não estivesse lá? Espero que você não tenha falado pra elas o motivo real da fuga.

— Claro que não falei nada. Eu também não quero que essa história se espalhe por aí, Holly, tanto quanto você. Se Umish não estivesse lá, eu teria inventado outra desculpa. Tente se colocar no meu lugar, Holly, sendo o pai delas — ele está andando pela cozinha à procura de um drinque. — Onde é que o Saul está no final das contas? — ele pergunta.

— Por que é que você está tão interessado em saber? — eu digo. — Você quer mesmo saber onde é que ele está? Será que você não prefere que ele esteja sob custódia policial?

— Deus do céu. Não, não prefiro. Qual é o problema contigo, Holly?

— Encontrei com a Philippa hoje — eu digo a ele. — Ela se recusou a defender o Saul caso, Deus nos proteja, ele enfrente um julgamento. Acho que ela também acredita na Saffie.

— Nossa, Holly — Pete chega mais perto e senta na cadeira ao meu lado. — Olha. Eu andei pensando. Me deixa falar com o Saul. Como eu sugeri ontem. Me deixa oferecer pra ele um ombro amigo, de homem pra homem. Eu vou dizer que, se for necessário, eu vou encontrar um advogado pra ele.

— Porque você acha que meu filho é um estuprador...

— Não é isso, Holly. É pra dar um apoio pra ele. Depois de todo o assédio moral que o Saul passou na escola, se ele se tornar alvo de novo, vai precisar de ajuda.

— Nas segundas, ele fica até mais tarde na escola pra poder usar o laboratório de fotos — eu digo, mal-humorada. Mas estou agradecida por Pete, pelo menos, dar a Saul o benefício da dúvida. — Vou mandar uma mensagem pra ele. Dizer que o jantar já está pronto.

Pete abre uma cerveja e eu noto pela primeira vez a careca que está aparecendo na parte de trás de sua cabeça: me dá vontade de puxá-lo na minha direção, dar um beijo nele. E me dá vontade de chorar. A vulnerabilidade que a situação traz. E ele está se esforçando bastante, eu sei, eu não queria ter me irritado tanto com ele. E aí eu penso: Archie nunca ficou velho o suficiente para ter a chance de ficar careca. É um pensamento banal, mas são esses pensamentos ridículos e efêmeros que terminam me asfixiando.

...

Mesmo nos dias de laboratório, Saul geralmente chega em casa antes das oito. Então, quando dá oito e meia e ele ainda não me respondeu a mensagem, telefono para ele e a ligação cai direto na caixa. O que até não é incomum: Saul costuma deixar o telefone no fundo da mochila e quase nunca atende. Mas, ainda assim, começo a me preocupar e acabo enviando outra mensagem para ele. *Onde você está? O jantar está pronto há horas. Risoto de cogumelo.*

— Por que ele não está respondendo?

— Ele vai entrar por essa porta a qualquer minuto e dar risada de te ver tão ansiosa — Pete diz. — Vem cá. Já somos amigos outra vez?

— Eu não consigo me concentrar em outra coisa agora, Pete. Pelo menos não até eu descobrir onde o meu filho está.

Às nove, eu pego o meu telefone e confiro se chegou alguma nova mensagem.

— Por que ele não está me respondendo? Onde será que ele está?

— Ele deve estar a caminho — Pete diz. — Quem sabe ele não foi pro parquinho com algum amigo?

— Pelo amor de Deus, Pete — eu digo. — Você agora desaprendeu quem o Saul é?

— Você vai achar ruim se eu me adiantar e comer alguma coisa? Estou morrendo de fome. E você deveria comer também. Já está tarde — Pete enche seu prato com risoto.

— Não vou conseguir comer se eu não descobrir onde ele está — eu respondo.

À medida que os minutos passam, tento agir com naturalidade, porque, se eu agir com naturalidade, Saul vai voltar para casa, como ele sempre volta. Depois de nove e meia, no entanto, não consigo mais me conter.

— Estou com medo, Pete. Com medo de que alguma coisa tenha acontecido com ele.

— Não seja boba — Pete diz, levando seu prato para a pia. — Ele deve ter saído com os amigos e se esqueceu da hora.

— Eu sei que muitos meninos fariam isso — eu insisto —, mas Saul não é assim, você conhece ele. Ele não tem amigos. Ele é solitário. Para ele não ter chegado em casa ainda é porque alguma coisa aconteceu.

Pete se aproxima e massageia meus ombros. Eu o afasto.

— Com certeza tem a ver com o que você falou. Ele ficou arrasado de ouvir que você acreditava na Saffie. Ele deve ter sentido como se não tivesse mais nenhum aliado. Ele te ama, Pete. O Saul tem você como exemplo. Ele acha que você é uma pessoa interessante, porque gosta de música e de ir em festivais e todas essas coisas. E agora ele está decepcionado contigo.

— Eu vou lá ver se ele está no parque.
— Eu vou contigo. Não consigo mais só esperar aqui parada.

...

Atravesso a rua em direção à praça, andando entre caminhões e trailers, pisando em fios e baterias portáteis para tentar chegar ao centro do parque. O verde e o rosa desbotados que eu vi mais cedo nas barracas agora estão lúgubres com a iluminação em neon. Uma música alta vem de algum lugar, com o grave funcionando como um soco no meu estômago. O ar está tomado por gritinhos alegres de adolescentes e o barulho dos carrinhos de bate-bate e do carrossel. Crianças que eu reconheço do ponto do ônibus se movimentam em bandos, observando as barracas, tentando a sorte no *Pegue um pato*. Eles engolem cachorros-quentes ou maçãs do amor e me olham com desconfiados olhos adolescentes. O parque inteiro cheira a óleo de máquina misturado a cebola frita e caramelo queimado. Lembrancinhas balançam nos ganchos pendurados no alto das barracas. Uma criança se estica de um jeito desproporcional no Salão dos Espelhos.

— Você viu o meu filho? — pergunto a uma mulher na barraca de tiro ao alvo. Ela me olha de cima a baixo, com sua pele cor de cereja iluminada pelas luzes brilhantes. Eu me sinto patética e pálida, implorando por ajuda. — Ele não voltou para casa. Ele é alto, cabelo preto comprido...

— O parque está lotado de adolescentes — ela diz, e se vira para atender um grupo de meninas com as mãos cheias de moedas. — Ele é algum daqueles ali? — ela aponta para uma fila de meninos prestes a atirar com rifles de brinquedo.

Abro minha boca para dizer que Saul não é um menino que costuma andar em grupos, que ele está sempre sozinho, mas ela já foi atender seus novos clientes. Outro grupo de adolescentes esbarra em mim enquanto corto caminho para chegar nos carrinhos de bate-bate. Vou atrás deles. O homem cuidando do brinquedo, no entanto, mal me olha quando tento chamar sua atenção. Ele sobe em um dos carrinhos e mexe seus quadris junto com os giros do volante. Uma menina de avental, não muito mais velha que Saffie, enfia um pedaço de algodão-doce dentro de um plástico no momento em que eu pergunto se ela viu meu filho. Ela balança a cabeça. O grupo que ela está atendendo me olha e segue em frente, um grudado no outro, gargalhando. Eu vou andando, passo pelo trem-fantasma, com suas caveiras e crânios macabros, passo pela tenda da cartomante. Atrás de mim, escuto uma gritaria, uma briga acabou de estourar. Na mesma hora, me lembro de Jules contando que essa vila costumava ter um *festival* de três dias no verão, com barracas servindo de prostíbulos temporários e que a bebedeira, a obscenidade e o consumo de ópio acabavam levando a bate-bocas e brigas. É o que de repente me leva a pensar em duas perguntas cuja resposta eu talvez nunca tenha capacidade de responder. Será que um terreno pode, por acaso, absorver a atmosfera da sua história? Será que eu e Saul um dia vamos nos adaptar a esse lugar?

...

— Vou precisar ligar para a Jules — eu falo para Pete, depois de chegar em casa, fechar a porta e tirar minhas botas. — Vou descobrir se a Saffie viu o Saul no ônibus hoje pela manhã. Não conheço mais ninguém pra quem eu possa perguntar. E a escola está fechada agora.
— Você quer que eu ligue pra ela?
— Não, não precisa.
Meus dedos tremem enquanto eu digito o número de Jules. Ela atende rápido.
— Jules, sou eu. Eu preciso que você pergunte pra Saffie se o Saul estava no ônibus escolar hoje pela manhã.
Ela não me responde.
— Ele ainda não chegou em casa — eu falo com o silêncio. — Eu não ia ligar, mas estou desesperada de preocupação. Tentei conversar com ele sobre... Sobre o que a Saffie nos falou, e agora ele desapareceu. Não tenho mais ninguém pra perguntar.
É revoltante o quão dependente de Jules eu sou, o tempo que está levando para que eu possa construir a minha própria rede de contatos na região. Se eu estivesse em Londres, teria vários amigos

para quem poderia ligar. E então eu penso que, se eu ainda estivesse em Londres, toda essa situação horrorosa sequer existiria.

— Por favor — eu me escuto implorar. — Estou com muito medo, Jules. Estou com medo de que ele tenha feito alguma coisa estúpida. Você poderia pelo menos perguntar pra Saffie? Se ela viu o Saul hoje pela manhã?

Outro silêncio, mas dessa vez abafado, porque ela está com a mão tampando o bocal do telefone.

— A resposta é não.
— Mas só tem esse ônibus da escola vindo pra vila?
— Sim.
— Então pode ser que ele nem tenha ido pra escola hoje?
— Eu não faço a menor ideia, Holly.
— Por que ele não me avisou de nada?

Estou quase esperando que a antiga Jules me tranquilize, então é meio doloroso quando ela me responde:

— Talvez por que ele tenha dezesseis anos de idade? Talvez o melhor seja você mesma perguntar pro seu filho o porquê dele estar procurando um jeito de chamar a sua atenção.

Respiro fundo:

— Eu não tinha mais ninguém pra ligar — eu digo. — Não conheço os colegas de classe dele, ou algum outro pai...

Mas ela já desligou o telefone.

...

Eu vasculho a lista de contatos no meu telefone e de repente me lembro de Samantha me dando seu número no pub, quando ela me perguntou sobre as graduações da universidade (queria ter me lembrado disso antes de ligar para Jules). Samantha é esposa do tutor de Saul. Ele vai saber se Saul foi hoje para a escola ou não. Minhas mãos tremem ainda mais enquanto digito o número. Ela atende e eu explico que preciso falar com seu marido a respeito de Saul.

— Claro, ele está aqui do lado — Samantha diz. — Vou passar pra ele.

A primeira coisa que eu faço é pedir desculpas por ligar para

Harry Bell fora do seu horário de trabalho, e ainda por cima pelo telefone da esposa.

— O Saul não estava hoje na chamada — ele diz. — Mas é bem possível que ele tenha chegado atrasado e assinado a presença na recepção. Vou checar os horários dele aqui e perguntar pros professores do dia. Te retorno daqui a pouco.

— É muito gentil da sua parte.

Pete entra na sala e levanta sua sobrancelha em uma pergunta silenciosa. Eu balanço minha cabeça. Quando o telefone toca de novo, eu atendo de imediato.

— Acabei de conversar com os professores de história e de artes do Saul. Ele não estava em nenhuma das aulas — Harry Bell diz. — Eu sinto muito. Se ele fosse mais novo, a recepção teria ligado pra vocês. Mas, com os mais velhos, nós confiamos que eles mesmos vão nos avisar quando não puderem comparecer às aulas. Se eles não avisam, fica registrado como uma ausência injustificada e acompanhamos caso a caso. Me avise, por favor, quando você tiver alguma notícia dele, sim?

Assim que ele desliga, eu me viro para Pete:

— Ele não foi na escola. Ele fez alguma besteira, tenho certeza de que ele fez alguma besteira.

— Não pense assim — Pete diz. — O Saul está atravessando uma fase difícil. Como eu te disse, ele precisa de um tempo sozinho pra poder processar tudo. Pra poder enfrentar o que a Saffie disse a respeito dele.

Pete tem um rosto doce, prestativo, quase infantil, mas, de repente, sinto uma falta violenta de Archie. Pete não é o pai de Saul. Ele não se preocupa ou não conhece meu filho da mesma forma que Archie conhecia. Ele não compartilha do mesmo DNA. Ele não coloca Saul como sua maior prioridade, do jeito que Archie colocava e continuaria a colocar. Pete não entende que Saul não voltar para casa é um evento absolutamente incomum. Saul não iria nunca, jamais, sumir assim sem me avisar. A menos que estivesse muito machucado pelas coisas que foram ditas sobre ele. E não só isso. Saul não iria nunca, jamais, usar de violência para forçar uma pessoa a ter uma relação sexual com ele.

Então, quando eu volto a falar, falo sem pensar nas minhas palavras e sem pesar as consequências:

— Você não entende o Saul de verdade — eu digo a Pete. — Você nunca entendeu. Você só se importa mesmo é com as suas filhas. Nós estamos em lados opostos de uma muralha gigante e nunca vamos conseguir atravessar essa barreira.

— Não seja injusta — ele fala, baixinho. — Eu amo o Saul como se ele fosse meu próprio filho.

— Você diz que ama ele, mas leva as suas filhas embora porque você acredita na acusação que fizeram contra ele. E isso me faz realmente questionar qual é sua posição em relação a mim e qual é sua posição em relação ao Saul.

— Eu já pedi desculpas por esse erro — ele diz. — E o Saul não sabe por qual motivo eu levei as meninas de volta pra casa da mãe. Poderia ser por qualquer outra razão.

— O Saul não é a porra de um idiota, Pete. Ele viu as irmãs sendo arrastadas de volta pra casa da mãe bem no dia em que ele descobre que está sendo acusado de estupro. Pense no quanto isso afetou a confiança dele na estrutura da nossa família. Mas esse nem é o assunto principal. O assunto principal é que você *acreditou* nela. Você acreditou na Saffie, e não no Saul. Você me mostrou pra quem você devota a sua lealdade, e não é nem pra mim nem pro Saul.

Ele se encolhe, claramente machucado.

— Olha, eu acho que você está me subestimando — Pete diz, e o seu olhar é de indignação. — Você está nervosa. Vamos conversar depois que você se acalmar e começar a ver as coisas com mais racionalidade.

— Eu estou sendo perfeitamente racional — eu digo, com minha voz rouca por causa da explosão de segundos atrás. — Estou sendo racional da cabeça aos pés. E o mais complicado é que, agora que estou sendo racional, eu consigo analisar com clareza em que ponto nossa relação está. E, bom, sinceramente? Não sei se consigo enxergar um futuro pra nós dois.

E não posso mais recuar. Exatamente como no dia em que Jules me visitou no escritório: uma vez que as palavras são ditas, é impossível apagá-las do mundo.

8
Jules

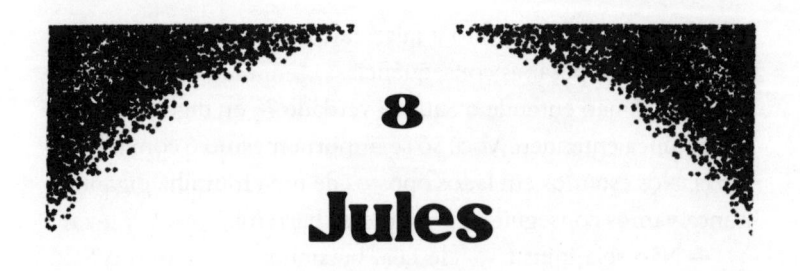

ROWAN SE ADIANTOU E ESTAVA COZINHANDO o jantar quando Jules chegou em casa, mais tarde do que o normal, na segunda-feira à noite. Saffie também tinha acabado de entrar: ela colocou um avental por cima do uniforme da escola e começou a trabalhar como ajudante de cozinha de Rowan. Com frequência, Saffie gostava de ajudar na cozinha e dessa vez estava claramente se esforçando para levar a vida dentro de uma normalidade. Ela estava descascando as batatas. Mas as olheiras no seu rosto e o seu comportamento, que se desdobrava em uma nova postura hipervigilante, em que ela tremia por causa de qualquer barulho mais alto e tratava a si mesma com certa intransigência, eram muito significativos. O coração de Jules perdeu o compasso.

— Como você está, Saff? — ela perguntou.

— Estou bem — Saffie respondeu.

Jules e Rowan trocaram olhares.

— Porra, por que vocês precisam ficar me perguntando se está tudo bem comigo, hein? Eu quero esquecer o que aconteceu — ela disparou, e dobrou e desdobrou as mangas da sua camisa, outro tique nervoso recém-adquirido.

— Saffie, você precisa entender que...

— Você está vendo que eu estou ótima, mãe. Eu achei que você ia gostar de me ver ajudando na cozinha.

— Mas eu estou adorando — Jules suspirou.

— Pensamos em te fazer uma surpresa — Rowan disse. — Não foi, Saff? É um bife wellington com purê de batata.

— O cheiro está ótimo. Apesar de ser meio calórico, né?

— Mãe, para de reclamar com o papai — Saffie disse. — Ele achou que você ia estar cansada. Só está tentando ajudar.

Jules, de fato, se sentia exausta. Tensão é uma das principais causas de fadiga, e ela passou o dia inteiro tensa, pensando na gravidez de Saffie. E na conversa que teve com Donna Browne, quando entendeu que é impossível controlar o corpo da filha ou a vida da filha ou sequer tomar decisões por ela.

Saffie estava cortando as batatas com mais força do que o necessário e jogando as fatias de qualquer jeito dentro de uma panela, todo um esforço para conseguir se distrair. Jules passou um tempo observando a filha, tentando descobrir sinais visíveis da gravidez, indícios que Rowan por acaso pudesse perceber. Mas, tirando a barriguinha que Saffie adquiriu nos últimos meses, era impossível notar qualquer mudança. E ainda estava nos primeiros dias de gestação, como Donna Browne tinha comentado mais cedo. Jules então tentou se acalmar, embora seu único desejo naquele momento fosse que Saffie concordasse em ir logo a uma clínica, para resolver esse assunto o quanto antes.

— Onde foi que você encontrou essa carne orgânica vendida por produtores locais? — Jules disse, lendo o rótulo da embalagem em cima da bancada.

— No mercado de Ely — Rowan disse.

— Uau.

Jules olhou para Rowan, mas o rosto dele estava virado para o outro lado. Ela estava prestes a perguntar por que diabos ele tinha resolvido ir ao mercado de Ely, lá na porra do condado de Cambridgeshire, quando Saffie disse:

— Ah, sim. Tem um parquinho na praça. Posso ir lá depois do jantar? — ela disse, juntando as cascas de batata em um montinho.

— Deixa que eu jogo as cascas fora — Rowan respondeu. — Você vai acabar jogando na lixeira errada. E não, você não pode ir no parquinho.

— Eu só estava tentando ajudar — Saffie já estava quase chorando. Suas emoções pareciam muito à flor da pele e qualquer alteração na rotina se transformava em uma tempestade. — Mas vocês não me ajudam de volta. Vocês querem destruir a minha vida. Vocês só querem se intrometer. E, quando eu peço alguma coisa, vocês sempre me dizem que não pode!

— Já está muito tarde pra ir no parquinho — Rowan disse.

— Você não vai sair pra praça depois de tudo o que aconteceu contigo e ponto final. A comida vai ficar pronta em meia hora e você pode esperar o jantar revisando o seu trabalho de francês.

Saffie deu as costas e correu pelas escadas, batendo a porta do seu quarto com o máximo de força possível.

— Que pesadelo — Jules disse, olhando para Rowan. — Ela não entende o quanto está traumatizada.

— Eu sei — Rowan disse. — Falei pra ela que nós vamos resolver o assunto. Que estamos avaliando o melhor caminho a seguir — Rowan parecia surpreendentemente calmo, ao contrário de no fim de semana. — Vai tomar um banho, Jules, vou abrir um vinho pra você tomar durante o jantar.

No andar de cima, Jules abriu a porta do quarto de Saffie e foi conversar com a filha. Saffie estava com o rosto enfiado no edredom.

— Sei o quanto isso tudo é estressante pra você — Jules disse.

— Não, você não sabe.

— Eu e o seu pai estamos fazendo tudo o que está ao nosso alcance pra podermos resolver logo essa situação.

— Eu só quero que as coisas voltem ao normal — Saffie disse, com a voz abafada pelo travesseiro. — Eu quero ir no parquinho com a Gemma e com os meus outros amigos, eu quero que as coisas voltem a ser o que elas eram antes. E já estaria tudo normal de novo se eu não tivesse contado nada pra você.

Jules suspirou:

— Meu amor, veja. Depois do que você passou, você precisa entender que estamos muito preocupados com a sua segurança lá fora.

— E o papai saber dessa história só piorou tudo. Todo mundo vai perceber que tem alguma coisa errada.

— Você tomou a atitude correta, Saff. Você precisava nos contar. Nós estamos aqui pra você, meu amor, e as coisas vão melhorar logo, logo, prometo pra você.

— Como é que elas vão melhorar? Se eu estou *grávida*?

— Eu conversei com a Donna Browne hoje e nós temos uma consulta marcada pra próxima sexta-feira. Já estamos com a vida começando a se acertar.

— As coisas não vão voltar a ser como eram antes! — Saffie começou a chorar, baixinho. — Parece que a minha vida acabou. Que tudo o que era bom agora é horrível.

— Ah, Saff.

— Eu gostava de ir pra escola. Você deixava eu me encontrar com os meus amigos. Agora acabou tudo.

Jules levantou a mão de Saffie e a apertou:

— É normal essa sensação de que tudo acabou. Mas você vai superar esse obstáculo e seguir em frente.

— O que foi que a Holly falou pro Saul? — Saffie perguntou, após um breve silêncio, esfregando os olhos e endireitando o corpo para sentar.

— Ela está conversando com ele. Você não precisa se preocupar. Vai dar tudo certo, Saff. Pode parecer que não, mas a gente vai resolver esse assunto. Ele vai passar por um tratamento e não vai mais chegar perto de você. Eu prometo. Mas, até tudo se resolver, nós precisamos garantir a sua segurança. Tente entender, por favor, nós só estamos querendo te ajudar.

Saffie abraçou a cintura da mãe com força.

— Vai ficar tudo bem — Jules disse outra vez.

E Saffie, com o rosto afundado no peito da mãe, disse alguma coisa que Jules não conseguiu escutar.

— O que você falou, Saff?

— Eu disse que não consigo acreditar. Que não acho que vai ficar tudo bem de novo.

— Eu sei que você está muito machucada. E é completamente normal se sentir assim. Mas vai passar. As coisas vão se acertar outra vez, você vai ver.

No fim, Saffie deu um leve, fraco e pouco convincente sorriso.

...

Depois de Saffie se acalmar, Jules foi tomar o banho que Rowan tinha sugerido que ela tomasse. Assim que ela sentiu o calor reconfortante da água, ela pensou na mudança de temperamento do marido, como ele tinha dramaticamente se acalmado depois do acesso de raiva no fim de semana. Ninguém imaginaria que, um dia antes, ele estava ameaçando espancar Saul. Talvez ele precisasse mesmo de um tempo para poder processar as notícias. Ou talvez ele estivesse jogando tudo para baixo do tapete, que era seu outro jeito de trabalhar as emoções com as quais não conseguia lidar. Se era isso que estava acontecendo, então era quase certo que o assunto voltaria a assombrar a cabeça de Rowan, para cravar os dentes na pele de todos eles.

Em seguida, quase como uma marcação teatral, depois do bife wellington e de uma panna cotta que Rowan comprou no supermercado, o telefone fixo tocou. Era Holly. E Holly nem deu a chance de Jules falar, já foi logo perguntando se Saffie tinha visto Saul no ponto de ônibus naquela manhã.

Por alguns segundos, Jules sentiu sua garganta toda paralisada. Ela não conseguia sequer responder, absolutamente chocada de Holly, diante das circunstâncias atuais, ter tido a coragem de ligar para perguntar o que Saffie viu ou deixou de ver.

— Ele ainda não chegou em casa — Holly estava dizendo. — Eu não ia ligar, mas estou desesperada de preocupação. Tentei conversar com ele sobre... Sobre o que a Saffie nos falou, e agora ele desapareceu. Não tenho mais ninguém pra perguntar.

Jules queria desligar o telefone na mesma hora. Porque, convenhamos, se Saul resolveu sumir por não saber lidar com o que ele tinha feito a Saffie, então, além de um predador, ele era também um covarde.

— Por favor — Holly disse. — Estou com muito medo, Jules. Estou com medo de que ele tenha feito alguma coisa estúpida. Você poderia pelo menos perguntar pra Saffie? Se ela viu o Saul hoje pela manhã?

Jules hesitou, mas botou a mão em cima do bocal do telefone:

— Rowan — ela chamou.

Rowan veio da cozinha. E ela:

— Eu sei que você não quer escutar o nome dele no momento, mas só um *sim* ou um *não* já vai ser o suficiente. Você viu o Saul hoje de manhã quando foi deixar a Saffie no ponto de ônibus?
— Não, não vi. Pra sorte dele — Rowan disse.
— A resposta é não — Jules disse ao telefone.
— Mas só tem esse ônibus da escola vindo pra vila? — Holly perguntou.
— Sim.
— Então pode ser que ele nem tenha ido na escola hoje? — a voz de Holly estava desesperada, mas Jules não se deixou afetar. Ainda mais depois de ter visto o estresse de Saffie poucos minutos atrás.
— Eu não tenho a menor ideia, Holly.
— Por que ele não me avisou de nada?
— Talvez por que ele tenha dezesseis anos de idade? Talvez o melhor seja você mesma perguntar pro seu filho o porquê dele estar procurando um jeito de chamar a sua atenção.
— Eu não tinha mais ninguém pra ligar. Não conheço os colegas de classe dele, ou algum outro pai...
Jules não conseguia mais escutar e, antes que pudesse mudar de ideia, bateu o telefone no gancho.

...

Jules não disse a Holly que Rowan insistiu para levar Saffie no ponto de ônibus e esperar até ela entrar no transporte da escola, e que, portanto, se alguém viu Saul, esse alguém só poderia ser Rowan. Mas ela estava convencida de que, de todo jeito, as preocupações de Holly por Saul não ter chegado em casa até aquele horário eram só mais um sintoma do que Pete chamava de *angústia de separação*. E que adolescente, no final das contas, perdia tempo mandando mensagem para a mãe quando saía com os amigos para passear? Ainda mais um adolescente como Saul, que estava claramente se rebelando de uma maneira que Holly se recusava a enxergar.

Não, Holly que cuidasse da vida dela, Jules já tinha muito com o que se preocupar. No fim da noite, depois de limpar a cozinha, Jules levou um chocolate quente em uma caneca para Saffie, conferiu se ela estava arrumada na cama e então foi se encolher ao lado de Rowan no sofá para os dois assistirem ao noticiário das dez horas. Ela queria sentir os braços largos de seu marido em volta do seu corpo. Ela queria, no fim, sentir aquela sensação que ela só experimentava através do contato físico com ele. Seu calor. Sua sinceridade.

— Rowan, eu sei, eu sei que você não quer mesmo escutar o nome dele, mas você realmente não viu o Saul hoje pela manhã quando foi levar a Saffie no ponto de ônibus?

— Por que eu ia querer ver aquele merdinha?

— Eu sei — Jules disse. — Eu também não quero ver aquele menino nem de longe no momento. É só que... A Holly disse que ele ainda não voltou pra casa.

Rowan não respondeu. E, consciente de que essa resposta não viria, Jules suspirou e disse:

— Rowan, eu acho que a gente precisa conversar sobre o que aconteceu de uma maneira adulta. Sem nenhum tipo de irritação — *sem você saber que a sua filha está grávida*, disse uma voz dentro da sua cabeça.

— Não existe uma maneira adulta de lidar com um monstro como o Saul — Rowan disse. — Um comportamento animal exige uma resposta animal.

— Meu amor, acho que, se você continuar a ter uma reação tão extrema, nós deveríamos procurar algum tipo de orientação profissional.

— Com quem? A Saffie não quer que a gente fale com a escola nem com a polícia. Nós estamos com as mãos amarradas!

Jules se controlou para não falar que Saffie também não queria que Rowan se envolvesse, e que isso não significava que ela estava certa. Em vez disso, o que ela perguntou foi:

— Onde é que você *foi* hoje de manhã, depois de deixar a Saffie no ponto? Você ainda não tinha voltado quando eu saí pro trabalho às nove e meia.

— Fui no mercado comprar as coisas pro jantar — ele disse.

— Pra eu poder cozinhar pra você. Você parecia muito cansada e estressada hoje de manhã, e eu quis fazer alguma coisa pra ajudar — ele se virou para ela. Colocou seu braço em volta do pescoço de Jules, puxou o rosto dela para perto e deu um beijo na bochecha.

— Claro. Muito obrigada, Ro. Foi um gesto muito carinhoso, eu realmente gosto quando você cozinha. Mas, olha, Rowan, não fique irritado comigo, mas eu estava pensando se o melhor jeito de resolver essa situação, o estupro, claro, já que não vamos envolver a polícia, e já que você não quer entrar em contato com a Estupro Nunca Mais, então acho que nós poderíamos ir atrás de uma terapia familiar ou pelo menos de uma orientação. Pra Saffie poder desabafar sobre o assunto e pra gente entender os nossos sentimentos. O que você acha?

Rowan jogou o controle da televisão no sofá e sentou para dar uma boa olhada em Jules:

— As únicas pessoas que precisam de terapia familiar são a Holly, o Saul e aquele brocha do Pete. Ele claramente não faz terapia nele mesmo, ou teria resolvido direito essa porra com o Saul. Teria pelo menos dado uma ralhada de verdade naquele merda, já que a Holly não tem colhão pra fazer isso. Não é o papel dele como padrasto? Mas ele é uma florzinha. Eles é que deveriam procurar terapia. Foram eles que deixaram o filho deles destruir a minha filha.

— Ela é a *nossa* filha, Rowan.

Jules olhou para seu marido: loiro, alto, forte. Ele engordou nos últimos anos e começou a desenvolver uma barriga há alguns meses, mas continuava bonito. Continuava com uma estrutura forte, musculoso e masculino. Por isso era tão difícil vê-lo com lágrimas nos olhos enquanto ele repetia:

— Ele destruiu a Saffie, Jules. E eu estou tentando encontrar um jeito de lidar com essa desgraça, mas não estou conseguindo.

Jules se inclinou e fez um carinho na nuca dele, onde o cabelo caía suave e aveludado:

— Mas ela não está destruída, meu amor. Você está subestimando a resiliência da sua filha. A Saffie está confusa e muito chateada com o que aconteceu. Principalmente agora, enquanto ainda estamos tentando resolver o assunto. Mas ela não está destruída.

— O Saul acabou com a infância dela — ele murmurou. — E eu estou fazendo tudo o que eu posso pra não ir lá amassar a porra da cabeça do Pete por não ter educado direito aquele menino. Eles já tomaram alguma atitude a respeito?

Jules não respondeu essa pergunta. O que ela respondeu foi:

— Rowan, o que me preocupa é o quanto você fica tomado pela raiva.

— Mas e quem é que não fica com raiva com uma merda dessa?

— Você tem certeza de que não viu o Saul hoje de manhã? — Jules perguntou de novo, tentando se tranquilizar. Dessa vez, Rowan não respondeu. Ele apenas se levantou e saiu da sala, dando um tapa no braço do sofá de couro antes de sair.

9
Holly

ONZE E MEIA DA NOITE e Saul ainda não voltou para casa. Não é mais uma mera preocupação. Tentei contactar todas as pessoas possíveis, inclusive seu amigo Zak, de Londres, mas ninguém sabe dele. O parquinho na praça já está fechado e silencioso. As famílias que trabalharam sem parar desde o início da manhã estão nos seus trailers ou voltaram para casa. Pete, que desapareceu no andar de cima depois da minha explosão, voltou para a sala.

— Ele não chegou ainda? — ele pergunta, e até ele parece preocupado agora.

— Será que não é melhor ligar pra polícia?

— Talvez seja melhor pelo menos registrar a nossa preocupação — ele diz. — Pode deixar que eu ligo, Holly.

Me sento e escuto sua conversa ao lado, agradecida por ele tentar ajudar.

— Desde hoje de manhã — escuto ele falar. — A última vez foi hoje às oito, quando ele saiu pra escola... Não. Ele não foi pro colégio. A mãe dele confirmou com os... Isso... Ele estava com a mochila quando saiu hoje pela manhã. Acho que sim — ele se vira para mim. — Você viu o Saul saindo hoje?

— Pete, me passa o telefone.

Eu digo para a policial que, sim, eu vi Saul saindo pela porta hoje.

— E o ponto de ônibus é bem perto da nossa casa. Mas estavam armando o parque na praça e eu não consegui ver se ele entrou no ônibus ou não. O que é até irônico, porque eu sempre observo o ponto de ônibus da minha janela da sala. Eu sempre vejo o meu filho atravessando a pista... Só pra poder observar mesmo — eu não digo que olho para poder conferir se alguém vai falar com ele ou não.

— Vocês têm parentes em algum outro lugar? Um amigo que ele talvez tenha ido visitar?

A policial tem uma voz aguda, bastante feminina.

— Já falei com todo mundo que eu conheço. Por favor — eu digo. — Ele está correndo algum tipo de perigo, tenho certeza.

— Ele não está namorando ou algo assim? Saindo com um novo grupo de amigos? Ele tem trocado mensagens com alguém diferente na internet?

— Não que eu saiba. E ele nunca foi de sumir assim. Ele sempre me diz onde vai.

— Você sabe se ele tem recebido uma atenção inapropriada de alguém? Se ele está sendo vítima de algum tipo de bullying ou de perseguição?

A acusação de Saffie. O assédio moral que ele sofreu no nosso primeiro ano aqui, com os meninos o chamando de *emo* e vários outros xingamentos piores.

— Eu... Nós tivemos meio que um desentendimento no domingo à noite — é tudo o que eu digo.

— Ainda é muito cedo então — ela diz. — É bastante comum que alguns garotos da idade dele desapareçam por algumas horas depois de uma briga na família. Eu vou registrar uma notificação aqui. Procure a gente de novo se ele não tiver aparecido amanhã de manhã.

Eu me viro para Pete.

— Ela disse pra voltar a ligar se ele não tiver aparecido até amanhã de manhã — eu digo. — Amanhã de manhã! Com certeza já vai ser tarde demais.

Nós esperamos acordados. Eu ando de um lado para o outro, atenta a todos os sons, o vento batendo na caixa do correio, o rangido dos canos, na esperança de ouvir a chave de Saul na fechadura. Pete tenta nos distrair ligando a televisão, mas a gritaria insana dos apresentadores me leva à loucura. Mando outra mensagem para

Saul. Ele não responde. Eu tento telefonar. A ligação cai direto na caixa. Porcaria de celular. Eles te enganam fazendo você acreditar que, por causa dos telefones, você pode acompanhar mais de perto a vida dos seus filhos. Às três da manhã, eu não consigo mais esperar e Pete, em silêncio, liga de novo para a polícia.

— Eles vão mandar alguém aqui — ele diz.

...

A polícia chega às cinco da manhã. Um homem, de uma idade meio difícil de identificar, uma vez que ele tem a arrogância da experiência e uma pele marcada cor de oliva. E uma mulher, com olhos pálidos e um cabelo loiro acobreado bem fino, além de uma pele branca delicada, daquelas que mancham com facilidade. Eles se apresentam como sendo os detetives Carlos Venesuela e Maria Shimwell.

— Você se importa se a gente sentar? — Venesuela pergunta, apontando o sofá que volta e meia quero jogar fora, o que me dá uma sensação curiosa, porque de repente decido que nunca vou jogar esse sofá fora: é onde eu amamentei Saul e onde eu e Archie costumávamos nos sentar, com meus pés no colo dele, para assistir televisão quando Saul ia dormir.

Os policiais sentam lado a lado e a mulher me dá um sorriso rápido e ansioso, me fazendo notar um pequeno círculo rosa no queixo dela. Imagino que ela sofra de algum tipo de alergia. Eu me lembro que Saul, quando era pequeno, sempre explodia de brotoejas depois de comer morangos, com várias bolinhas rosas surgindo nos braços macios e nas pernas rechonchudas, além dos lábios, que ficavam vermelhos e irritados nos cantos da boca.

Eles fazem várias perguntas. Perguntam sobre os horários, o que ele estava vestindo, onde ele estava indo, o que ele disse ao sair de casa. Eu digo tudo o que eles precisam saber. E também os sinais que podem ajudá-los a identificar meu filho: uma dobrinha no lóbulo da orelha esquerda; polegares articulados, que ele costuma arquear para trás só para me assustar; uma marca de nascença com o formato da Itália na sua coxa direita.

Eles perguntam: algum piercing, tatuagens, cicatrizes?

Nada. Meio incomum para um adolescente.

Eu digo tudo isso a eles. Não digo, no entanto, que, quando ele era criança, as curvas dos pés quentes dele se encaixavam perfeitamente nas minhas coxas quando a gente deitava no sofá. Ou que a nuca dele cheirava a amêndoas. Ou que, quando ele era novinho, você conseguia deixá-lo radiante com facilidade, como se a risada dele estivesse ali sentada esperando para explodir. Eu não digo a eles, ainda, sobre sua recusa em ir à escola no nosso primeiro ano aqui na vila, não conto nada sobre a perseguição dos colegas de sala, os apelidos, sobre como foi difícil adaptá-lo à região, o quanto ele ainda é um menino muito solitário. Que ele é sensível e artístico e poético e o garoto mais carinhoso que você pode imaginar, mas que essas características dificultam a vida de muitos adolescentes.

Eles perguntam se podem subir para dar uma olhada no quarto de Saul e eu mostro o caminho.

Ele pegou o telefone e o seu iPad. Mas o computador continua lá.

O detetive Venesuela senta na cadeira e pede a senha de Saul.

— Eu... Eu não sei dizer.

— Não tem problema — ele diz. — A gente tem como descobrir. Só vai acelerar o processo, se você souber.

— Desculpe, mas realmente não sei. Ele mudou a senha.

— Ok. Bom. Vou precisar de um tempo — ele diz. — Se você puder esperar aqui comigo... — ele diz para Pete.

A mulher pede que eu a acompanhe lá para baixo. Ela quer aprofundar a nossa conversa inicial.

— Ele não tem saído com nenhuma pessoa nova, você disse?

E eu explico outra vez como ele é solitário, que é uma preocupação minha desde que nos mudamos para cá.

— E quando foi que vocês se mudaram?

— Dois anos. Recém-completos. Foi meio difícil pra ele... trocar de escola, mudar de Londres. Ele não se adaptou bem.

— Ele tem algum amigo em Londres que mantenha contato?

— Sim, tem. Um amigo só. Pensei que ele pudesse ter ido encontrar com ele, mas o amigo me disse que não.

— Algum nome? Contatos? Nós vamos conferir outra vez. Aconteceu alguma outra coisa de anormal que possa ter disparado esse comportamento inesperado de fuga?

— O pai dele morreu seis anos atrás — eu digo a ela. — E eu me casei de novo no ano passado. Mas ele sempre se deu bem com o Pete.

Saffie não quer que o estupro seja denunciado às autoridades. E uma parte de mim, a parte que é madrinha dela, se pergunta agora se estou sendo justa com Saffie, já que ela pediu à mãe, de maneira muito clara, para não prestarem queixa na polícia. Ou eu estou, de forma inconsciente, protegendo Saul ao não contar nada para a detetive? Seria, com certeza, uma informação bastante negativa contra ele, independentemente do quão alto eu grite não acreditar nessa história. Portanto, o que eu respondo para ela? Como essa informação pode ajudá-los a encontrar meu filho? Qual é a relevância para o problema? E aí, de novo, a voz de Jules volta ao meu pensamento: *Rowan está ameaçando esmagar o cérebro do Saul*. Meu filho foi ameaçado por causa da acusação de Saffie. A polícia precisa saber do perigo que ele está correndo.

— Pouco tempo atrás — eu digo —, meu filho foi falsamente acusado de estupro por uma menina da escola.

— Certo... — ela diz. — Bom, talvez seja melhor você me contar um pouco mais sobre essa acusação.

— Você quer...? Posso te preparar uma xícara de chá?

— Muito obrigada.

Ela me segue até a cozinha. Sinto como se estivesse vendo minha própria casa pela primeira vez. O calendário com pinturas de Matisse e todos os meus horários e os horários de Pete marcados nas páginas. Convites e cartas não respondidas amontoadas em cima da mesinha que em algum momento do passado foi de minha mãe. Lembretes para não nos esquecermos de levar o lixo para fora, os papéis fixados no quadro de avisos de cortiça. A bagunça de Saul na bancada: garrafas plásticas de água, um farol de bicicleta, o emaranhado de carregadores de celular. Todos os objetos estão ganhando um novo significado. *Olhem para nós*, eles parecem me dizer. *Nós somos de um tempo em que você achava que nós seríamos seus para sempre, de um tempo em que tudo parecia seguro e previsível. Você nunca se importou em perceber a nossa existência até que foi tarde demais.*

— Nós precisamos eliminar a possível conexão entre esse desaparecimento e a acusação — a detetive Shimwell me diz. — Me coloque a par do que está acontecendo. Até porque, se estamos falando sobre estupro, nós precisamos, obviamente, garantir a segurança das outras mulheres envolvidas no caso.

Proteger outras mulheres? A detetive Maria Shimwell acredita que o meu filho é um risco para outras mulheres. Ela precisa conhecer o meu filho. Ela precisa vê-lo e não formar uma opinião baseada na acusação de uma menina de treze anos.

— Ele ficou revoltado quando falei pra ele o que a menina tinha dito — eu digo para a detetive. — Revoltado por eu apenas considerar a possibilidade. Eu trabalho com estudantes, dou aulas a respeito de consentimento sexual. Ele sabe o quanto eu desprezo qualquer tipo de comportamento misógino.

— Mas qual foi o motivo pra essa tal menina inventar uma história assim?

— Não sei, realmente não sei que motivo levou a Saffie a começar com essa mentira — eu digo. — Eu sei que, em acusações de estupro, devemos conceder o benefício da dúvida às vítimas. É um assunto extremamente importante pra mim. E eu recebo inúmeros ataques por defender essa posição. Eu cheguei a ser perseguida no Twitter por expressar o que penso sobre esse assunto. Mas não é da personalidade do Saul. Ele não é esse tipo de garoto.

— É o que todos eles dizem — Shimwell responde, com um sorriso debochado no rosto. — Você lembra do menino que viralizou com aquela história do *É assim que um estuprador se parece*?

— O Saul é o meu filho. Eu não estou falando sobre o que ele se *parece*. Estou falando sobre quem ele é. Eu *conheço* essa pessoa que está sendo acusada.

— Mas então por que dizer a ele o que a menina disse se você estava tão certa de que ela estava mentindo?

— Porque me pareceu justo ouvir a versão dele da história — eu digo. — Descobrir se eles não estavam, sei lá, tendo algum tipo de namorinho adolescente.

— Pra saber se ele na verdade não *entendeu* quando ela pediu pra parar?

Meu rosto esquenta. Eu acabei de falar para ela... Já lidei um milhão de vezes com cenários como esse que ela está me descrevendo.

— Não, não é o que eu estou falando. Eu precisava ter certeza de que nada estava acontecendo entre eles, alguma coisa que a Saffie podia estar escondendo.

— E por que ela precisaria esconder? — Shimwell diz e levanta sua xícara, sem nem encostar a boca nela, o que me deixa na dúvida se ela realmente queria tomar o chá ou não.

— O Saul... As pessoas fogem dele na escola. Ele não é bem-vindo na multidão. Talvez ela queira, não sei, preservar as aparências?

Maria Shimwell parece refutar minha teoria.

— Você não acha que é possível que ele tenha se chocado com o próprio comportamento e, quando percebeu que você, a mãe dele, alguém cuja opinião ele claramente valoriza, que você sabia da história, talvez isso tenha disparado o gatilho que o levou a...

— Que o levou a quê?

— A fazer seja lá o que ele fez.

Eu olho para ela. O que ela acha que ele *fez*?

— Como eu disse, ele ficou revoltado quando eu contei da acusação da Saffie. Horrorizado, na verdade. E aí, escondido atrás da porta, ele ouviu o Pete dizer que tinha levado as filhas de volta pra casa da ex-esposa por causa dessa confusão. O que, com certeza, deve ter devastado o Saul. Pensar que o Pete está tentando proteger as meninas dele.

Ela me observa por um instante. E então:

— Mas por que perguntar ao seu filho sobre o assunto? — ela me interroga de novo. — Se você estava tão certa de que a menina está mentindo?

Já não passamos por essa pergunta? Ela não vai desistir nunca?

— Porque — eu explodo, perdendo o controle —, o marido da Jules, o pai da menina, ameaçou o Saul. Ele disse que ia resolver ele mesmo a situação se eu não resolvesse, se eu não conversasse com o Saul. Ele precisava me ver tomando uma atitude ou ele iria cumprir a promessa.

Agora ela coloca a xícara de volta na bancada.

— Ele te falou isso? O pai da menina?

— A mãe dela. A Jules. Ela me disse. Ela me avisou que, se eu não conversasse com o Saul, o marido dela ia conversar por mim.

— Essas foram as palavras exatas dela? Você consegue se lembrar com exatidão?

— Ela disse... — eu rebobino minha memória, tentando me lembrar das palavras com o máximo de precisão possível. *O Rowan está ameaçando esmagar o cérebro do Saul.*

Eu relato a frase a Shimwell, que me olha através dos seus olhos pálidos.

— Esse foi o motivo pra eu conversar com o Saul a respeito da Saffie. Eu estava tentando proteger o meu filho. As coisas estavam saindo do controle. Eu queria dizer à Jules e ao Rowan que ele negava categoricamente a acusação. Cheguei a pensar que nós poderíamos forçar os meninos a conversarem. Até com a presença de um mediador, se fosse esse o caso. Qualquer coisa que levasse a Saffie a confessar o porquê dela ter inventado essa mentira, e que pudesse impedir o Rowan de fazer justiça com as próprias mãos.

— Você acha que esse... Rowan... Iria cumprir a promessa? Ou é uma daquelas ameaças vazias que qualquer pai faz ao saber que a sua filha de treze anos acabou de ser estuprada?

Eu penso em Jules, no amor dela por Rowan. Em todos os momentos em que, em silêncio, pensei no quanto ela deveria abandoná-lo. Se ele representasse um risco real para ela, eu teria insistido para que ela procurasse ajuda, é claro que eu teria insistido. Mas, apesar de tudo, ele nunca encostou um dedo em Jules. E ele a faz feliz. E eu sei que, quando você ama alguém, você não quer que a sua amiga fique no seu ouvido dizendo o quanto você está errada. Você não quer ouvir que o seu namorado não é quem você pensa que ele é. Jules ama Rowan. Se eu expressasse minha opinião em voz alta, eu a teria perdido. E eu não ia aguentar uma perda tão insuportável. Será que suporto agora?

— O Rowan tem estado bem nos últimos tempos — eu digo a Shimwell.

— Nos últimos tempos?

— Ele já precisou assistir um curso de controle das emoções. Ele costumava ser muito explosivo. Tem uma medida de restrição contra ele ou algo assim, por ter espancado um cara dentro de um pub. Mas isso foi anos atrás.

— E você estava com medo de que ele espancasse o seu filho então por achar que o seu filho cometeu um crime contra a filha dele?

— Foi o que ele ameaçou. A filha deles se recusou a prestar queixa na polícia. Ela está inflexível quanto a isso. E a mãe dela, que é minha amiga, queria que nós resolvêssemos juntas o assunto. Mas, depois que ela contou pro marido, eu percebi que a situação ia se complicar. Eu levei a sério a ameaça dele. Conversei com o Saul sobre essa acusação de estupro pra impedir que o Rowan tomasse uma atitude intempestiva. Eu queria escutar o meu filho me dizendo que não tinha cometido crime nenhum. E imaginei que ele pudesse ter alguma teoria que explicasse os motivos da menina mentir, o que eu iria relatar de volta pros pais dela. Mas eu nunca acreditei que ele fosse culpado, nem por um minuto sequer.

— Bom, muito obrigada — ela disse. — Com certeza vai ajudar na nossa investigação — Shimwell se levanta e eu me impressiono com a magreza dela. Admiro a sua força de vontade, de verdade, não dever ser fácil atuar em uma profissão que a coloca em várias situações de risco, ignorando essa aparência de fragilidade. — Eu gostaria de dar uma olhada nesses tuítes que você comentou. Vou preparar um relatório e nós voltamos a conversar.

...

Enquanto Maria Shimwell arruma seus pertences, Venesuela desce as escadas com Pete:

— O seu filho já manifestou alguma tendência suicida? — Venesuela pergunta, entrando na cozinha.

Minha cabeça fica imediatamente pesada:

— Por quê?

— Acho que você precisa dar uma olhada no computador dele.

Eu subo as escadas e entro no quarto de Saul, onde Pete acabou de sentar em frente ao computador, encarando comigo a frase que está estampada na tela: *I hate myself and want to die — eu me odeio e quero morrer.*

— É o título de uma música — eu digo, mas minhas palavras soam frágeis, imateriais, porque eu sei o significado da frase. — É uma música, não é?

Venesuela não me responde. Ele dá um clique no mouse e abre uma nova janela. A página de um fã-clube do Nirvana. É uma postagem sobre os métodos alternativos de suicídio que Kurt Cobain poderia ter usado ao invés de dar um tiro na própria cabeça. As dosagens certas para cada tipo de remédio, como acertar a veia correta ao cortar os pulsos, as melhores cordas para você se enforcar. E Venesuela não me deixa descansar. Ele clica no histórico e o bilhete de suicídio de Cobain aparece na tela, com toda sua angústia revoltada, com toda a empatia que ele sente em relação ao sofrimento humano, e como essa percepção o levou a não tolerar mais a vida. Saul sempre teve um excesso de empatia. Quando ele soube que Jules tinha perdido um bebê. Quando ele percebeu o quanto eu precisava de apoio depois da morte de Archie. Será que toda essa empatia se tornou intolerável para ele? Será que é um peso adicional, que reforça a dor de ser tão incompreendido pelos colegas?

— Nós vamos acionar o departamento imediatamente — Venesuela diz. — Vamos iniciar uma busca pela região.

Ele retira um objeto preto e retangular do bolso e o aproxima da boca:

— Suicida em potencial, adolescente, um metro e oitenta de altura, cabelo escuro.

Essas palavras vão ricochetear dentro da minha cabeça para sempre.

...

A polícia vai embora às seis e meia da manhã. Eles analisaram meu histórico no Twitter e olharam o computador de Saul mais uma vez e disseram que vão entrar em contato assim que tiverem alguma nova informação. Meus olhos estão secos e irritados pela falta de sono. Pete está na cozinha preparando um chá doce que eu não quero tomar.

Às oito, vinte e quatro horas depois de Saul ter desaparecido, eu tento lembrar do momento exato em que ele saiu de casa, para, supostamente, pegar o ônibus da escola. Deixei de notar algo de diferente nele? Ele me respondeu quando eu disse que o amava? Ele olhou para trás?

Pela primeira vez, eu não olhei pela janela. O parque roubou o espaço de Saul na praça com todos aqueles caminhões e barracas. Eu preferi não ver meu filho ser empurrado dentro da multidão da escola contra sua própria vontade. E agora estou aqui, me perguntando se ele estava agasalhado o suficiente. Saul sempre reclama dos casacos, porque ele acha tudo quente demais. Mesmo nos dias em que o vento está vindo direto do Ártico. Será que ele estava com a mochila da escola? Ou alguma coisa mais pesada, com mais mantimentos? Será que ele planejou fugir? Nunca vou conseguir me lembrar de todos os detalhes.

Do lado de fora, na ponta da praça, onde o parquinho deixou um pequeno espaço perto do ponto de ônibus, as crianças se misturam como grupos de passarinhos arrulhando, vestidas nos seus uniformes pretos, com as mochilas nas costas e garrafas de água na mão. Saffie está lá, ostentando sua minissaia preta, sua camisa branca e sua gravata, como se fosse uma modelo de revista. E está cercada por um bando de admiradoras, nenhuma tão bonita quanto ela. Um menino alto, que eu já vi uma vez na praça, se aproxima dela e fala alguma coisa no seu ouvido. Saffie faz uma careta e se afasta dele, respondendo por cima do ombro. O menino corre atrás e, no fim, ela se vira e dá um grito, o que faz o garoto cair na risada. É uma cena estranha. Eu lembro, dos meus tempos de Estupro Nunca Mais, que as vítimas de estupro não denunciam somente uma violação do corpo, e sim uma violação da sua personalidade, do seu poder de agência, de quem elas são. Saffie, me parece, não está assustada, nem abatida, nem tomada pela culpa, ela não parece que vai explodir toda vez que um garoto chega perto dela. O único sinal de que ela não está feliz consigo mesma é o seu tique nervoso de dobrar e desdobrar as mangas da camisa com frequência, um costume que ela adquiriu há bem pouco tempo. Mas interrompo esse fluxo de pensamentos o quanto antes, porque eu sei que estou fazendo o que não deveria fazer: generalizando. Fazendo suposições sobre a aparência das vítimas de estupro. Suposições que, muitas vezes, são repetidas nos tribunais, quando a verdade é que não existe um modelo que indique como uma vítima deve se comportar. Cada pessoa tem a sua própria particularidade. Cada pessoa lida da sua maneira com o abuso sofrido. Você não pode julgar o comportamento de uma vítima.

Quando o ônibus da escola passa e leva todas aquelas crianças embora, eu telefono para o trabalho e explico a Luma que, diante das circunstâncias, não tenho a menor condição de ir à universidade hoje. Ela é compreensiva, diz para eu nem me preocupar com as aulas. Mas aí o dia se abre inteiro na minha frente, arrastado e vazio.

— Não quero, Pete, muito obrigada — eu afasto a xícara de chá. — Eu preciso sair e procurar ele.

— Deixa a polícia fazer o trabalho dela, Holly — Pete diz. — Eles sabem o que estão fazendo.

— Como é que eles sabem? Eles nem conhecem ele.

Na mesma hora, me lembro da conversa que eu e Saul tivemos a caminho da casa de Jules naquela noite. Quando Saul me disse que adorava o céu da região e também os filhotes de cisnes e os cervos-latidores. Talvez, ao invés de pegar o ônibus, Saul tenha ido caminhar em uma das trilhas que atravessam os pântanos, em direção ao rio. Se ele estiver perdido na zona rural, faz sentido que ninguém tenha visto ele.

E Saul me disse que gosta de passar um tempo sozinho, que é uma questão de escolha.

É bem a cara de Saul, na verdade. Querer ficar sozinho depois de ouvir Pete dizer que precisava proteger as meninas dele. Lembro bem do que ele me disse quando tentei forçá-lo a negar a acusação de estupro de uma vez por todas: *Todo mundo aqui é a mesma coisa. Um monte de gente correndo atrás de fofoca pra animar a desgraça de vida horrível que esse povo tem. Então eles que façam a festa. São umas merdas de uns doentes. A Saffie. Os colegas dela na escola. O grupinho inteiro.*

Não me surpreende que ele queira fugir.

— Vou sair pra procurar — eu digo a Pete. — É a única coisa que posso fazer agora. Eu preciso me mexer. Você pode ficar aqui pra me avisar caso ele volte pra casa?

Pete parece ansioso, mas concorda em ficar em casa, diz que tem trabalho para fazer:

— Te ligo assim que souber de alguma novidade.

Eu visto um casaco, calço meus tênis e bato a porta. Assim que começo a andar, pego o caminho de saída da vila, seguindo pela passagem elevada que leva à ciclovia, ladeada pelas várias mudas de árvores com suas folhas amarronzadas pela estação, e chego ao rio na altura da antiga ponte do pedágio. Começo a caminhar em direção ao norte, na trilha que vai dar em Ely. Está tudo vazio. Essa trilha avança por um platô lamacento, de onde posso ver os pântanos se espalhando por todos os lados. Mais ou menos um quilômetro depois, a gigantesca e moderna casa de Jules e Rowan toma conta do horizonte, com sua cozinha conjugada e seu jardim espaçoso. Tento imaginar o que Jules está sentindo, o que ela está pensando, agora que já teve tempo para refletir sobre a acusação de Saffie. Eu ia adorar ir lá na sua casa e conversar com ela, como eu antes já teria feito. Pedir um conselho seu a respeito de Saul. Penso na segurança que ela sempre me transmite. E me lembro de nós duas conversando no carro naquela noite, indo para o pub. A última vez que conversamos com afeto, como amigas.

Mas apenas sigo adiante. Nessa região, você consegue enxergar quilômetros e quilômetros à frente, por causa do terreno plano. Terreno que, no passado, estava submerso. Um pantanal, onde as comunidades se sustentavam entre juncos e salgueiros, vimes, gravetos e turfas. É uma área imensa, com um céu exuberante. De repente, as nuvens se abrem, permitindo a passagem de uma pálida luz do sol. Os juncos na parte rasa do rio ficam brancos. Eu passo pela estação de bombeamento e pelos canos grossos que formam um emaranhado de fios marrons pelos campos, além de todas aquelas valas que transportam água pela região, refletindo o brilho do céu. O tempo afastando Saul cada vez para mais longe de mim. Será que os canos engoliram meu filho? Arrastaram meu filho na direção do estuário de Wash? Para as profundezas do mar do norte, bem distante dos pântanos?

No dia em que visitei Jules pela primeira vez na sua nova casa, eu e Saul tínhamos acabado de voltar de uma semana na Itália, onde visitamos as comunas de Cinque Terre. Tudo lá era vertical, rosado, com os palácios de terracota empilhados em cima das nossas cabeças. Vinhedos escalando encostas de penhascos. Paredões de pedra caindo até o azul transparente das águas. Os picos das montanhas subindo bem perto das nuvens.

Eu não conseguia acreditar no contraste. Como a nova vida de Jules era cem por cento horizontal, como se a paisagem que nós vimos na Itália tivesse sido virada de lado e esticada até ficar reta, toda cortada por linhas e listras. As plantações que, de longe, parecem veludo marrom, os canos que lembram faixas finas de cetim, os salgueiros achatados desfiando na margem do rio. Fios de telégrafo cruzando o céu infinito. Os trilhos da ferrovia desaparecendo no horizonte. Eu não entendia como Jules conseguia aguentar tamanha exposição. Saber que não existe nada ali a não ser o que os seus olhos estão vendo. Só agora eu entendo que mesmo essa paisagem aberta esconde alguns segredos. Sua grandiosidade é uma falácia.

Eu continho andando. Em determinado momento, me vejo entre finos troncos de faias, com uma luz entrando através dos esparsos galhos prateados. Um ninho de cisnes, um grande círculo de gravetos arrumados como uma cesta, foi construído em um buraco nos juncos ao lado do rio. Será que esse era o ninho a que Saul se referia? Ele veio por aqui para procurar os filhotes? Eu abro meu caminho através dos juncos, assustando um pequeno pássaro. O ninho está vazio, abandonado. Não acho mais nada aqui, nenhuma pista, nenhum sinal. Uma garça salta no ar, com suas asas abertas formando uma sombra na superfície da água enquanto ela segue a trajetória do rio.

O vento está gelado, o cheiro é de chuva. Sinto um leve gosto de sal na brisa vinda do mar, talvez de Hunstanton ou de Brancaster, ou do estuário de Wash. Nuvens escuras se acumulam no horizonte e começam a vir na minha direção.

Eu quero andar para sempre. Mas na realidade sei que só estou andando para tentar manter a minha própria sanidade. Porque eu não vou encontrar Saul assim. E já andei muito, estou tonta, tremendo, preciso ingerir um pouco de açúcar. Portanto, dou meia-volta e resolvo ir para casa, pegando a longa estrada que vai dar na vila depois de cruzar a linha férrea ao norte da estação, perto da casa da minha ex-melhor amiga. O problema é que não dá mais tempo de fugir quando percebo que a mulher vindo na minha direção é, de fato, Jules. Em uma estrada tão aberta, encravada em um platô elevado, é impossível fingir que a gente não se viu. Quando ela se aproxima, nossos olhos se encontram e eu vejo que ela também andou chorando. Meu instinto é correr para cima dela, abraçá-la, dizer o quanto ela é importante na minha vida. Prometer que vamos resolver esse problema juntas. Que a nossa amizade é inestimável, mesmo agora.

— Estou procurando o Saul — eu digo quando ela me alcança. — Ele ainda não voltou pra casa. Ficou fora a noite toda. Não sei mais o que fazer.

— Fico triste de saber disso, Holly. Com certeza ele vai voltar. E estou feliz de ter te encontrado por aqui.

— Eu também.

— Porque eu tenho uma prova. De que ele estuprou a Saffie.

Eu me assusto com sua voz ríspida, quando eu começava a esperar por uma reconciliação.

— A Saffie está grávida.

— *Como é que é?* — eu escuto as palavras, mas elas não parecem fazer sentido.

— A Saffie está grávida. Então não temos mais nenhuma dúvida do que aconteceu. E eu quero que você retire o que disse a respeito da Saffie, sobre ela ser uma escrota. Aquilo foi doloroso, Holly, além de ser uma mentira.

Atrás dela, a terra é roxa-escura até onde a vista alcança, um fértil solo aluvial da cor do chocolate mais escuro e sofisticado. Os moradores costumam dizer: enterre uma semente nesse solo e ela brotará em segundos, plante umas mudas nessa terra e você terá uma colheita na semana seguinte. Saffie concebeu uma criança. Fácil assim. Quando mulheres com o dobro ou o triplo da sua idade, desesperadas para engravidar, como a sua própria mãe, enfrentam tantas dificuldades.

A chuva que eu vi se aproximar mais cedo de repente nos atinge com uma rajada, explodindo em cima de nós duas. Jules puxa o capuz do seu moletom e aperta as cordinhas, deixando somente os olhos, o nariz e a boca à vista.

— Não é prova de que foi estupro — eu digo. — E também não garante que foi o Saul. Fico triste de que ela esteja grávida. Mas pode ser de qualquer pessoa.

Jules me olha horrorizada:

— Você está dizendo que a Saffie anda por aí dormindo com qualquer pessoa?

Abro a boca para explicar que só estou afirmando que o fato dela estar grávida não comprova o envolvimento de Saul, mas Jules continua a falar:

— A Saffie só tem treze anos de idade, Holly! Ela nunca saiu por aí dormindo com ninguém. E essa gravidez bate exatamente com a data que ele estuprou ela. Eu não consigo mais nem dormir à noite, só de pensar no tamanho da dor que deve ser pra minha filha. A responsabilidade. E ela não quer que ninguém saiba. Aliás, além de Donna, você é a primeira pessoa pra quem eu estou contando essa maravilhosa novidade. Você não tem ideia do peso que é.

Eu pressiono meu casaco em volta do corpo, me perguntando se as lágrimas nos olhos de Jules não são mais provocadas pelo vento que pelo choro.

Jules não para:

— O seu... Filho... Está transformando a nossa vida num inferno e você deixa ele sair andando por aí, livre, leve e solto, sem sofrer nenhum tipo de consequência e sem assumir nenhuma responsabilidade pelo que cometeu.

Por causa da chuva, cada vez mais torrencial, espancando a estrada e escorrendo pelo meu rosto, não dá mais para conversar sem gritar uma com a outra. O barulho de um trem piora ainda mais a cacofonia do ambiente. Eu olho para trás, para ver o trem passar, com suas janelas iluminadas, os quadrados amarelos cintilando na escuridão. E decido ignorar a pausa que ela fez antes de dizer *filho*, independente do epíteto que ela pensou em aplicar a ele.

— O Saul não tem nada a ver com essa gravidez — eu digo com toda a dignidade que consigo reunir. — E ele fez alguma coisa estúpida contra si mesmo. Por causa de tudo que foi dito contra ele. Eu não teria nem questionado o meu filho se não fosse a ameaça do Rowan. Queria agora ter tido a coragem de ignorar essa ameaça. Mas não dava, porque o seu marido é um animal.

— Ele está apenas defendendo a própria filha — dá para notar o quanto Jules está chocada por me ver atacando Rowan.

— Você consegue imaginar o que ele fez com o Saul? A polícia acha que o meu filho pode ter se matado pelo desespero de saber que todo mundo, que você, o Rowan e o Pete, que vocês todos julgaram ele da pior maneira possível.

Não sei se ela me devolve um olhar de preocupação, mas, se aconteceu, foi efêmero.

— Talvez ele tenha fugido porque não quer enfrentar as consequências de estuprar a minha filha — ela diz. — Se ele estivesse por aí, iria perceber que engravidou uma menina de treze anos de idade, que agora vai precisar passar por um aborto. Ela está dizendo que a vida dela está arruinada. Bom, eu acho, você não concorda, que ele também deveria sofrer um pouco com essa merda toda? Acho que a vida do Saul também deveria ser um pouquinho arruinada, já que foi isso que ele fez com a vida dela. E você não fez nada pra resolver essa situação!

Eu quero fugir dessa conversa. Parece que, quanto mais a gente fala, mais irreversível se torna o nosso distanciamento. Nós estamos afundando em uma areia movediça verbal.

— O Saul não é um covarde — eu digo a ela. — Ele nunca vai fugir de nada, se perceber que está errado. Mas saber que estão fazendo falsas acusações contra ele, depois de todas as porcarias horrorosas que falaram dele na escola, aí sim que é um *inferno*. É com isso que ele não conseguiu lidar — eu sinto outro ataque repentino, quase insuportável, de saudade de Archie. — Seria diferente se o pai dele estivesse vivo. Ele estaria aqui defendendo o Saul, ajudaria ele a enfrentar toda essa confusão. E eu nunca senti tanto a falta dele quanto agora.

De certa forma, eu queria não ter dito essa última frase. Estou começando a soar condescendente comigo mesma, e parece que estou tentando fugir do assunto principal. Mas eu disse, e a frase flutua no ar enquanto a chuva cai com força no acostamento da estrada. Jules fica em silêncio por alguns instantes, com a boca aberta, como se estivesse planejando o que dizer em seguida. Ela volta a falar, no final das contas.

— Na verdade — ela diz, baixinho. — Eu não tenho toda essa certeza de que o Archie iria defender o Saul, porque *justiça* era um conceito importante para ele.

— Sim, com certeza, ele se importava com a justiça das coisas. Ele saberia que o filho dele é inocente. E ele iria lutar pra provar essa inocência. Ele conhecia o filho dele.

Jules franze a testa:

— Ah, pelo amor de Deus, Holly! Para de colocar o Archie num pedestal. Ele tinha outras preocupações quando o Saul era criança. O Archie estava tão presente na vida do Saul quanto o Pete está agora.

— O que você quer dizer com isso?

Ela para por um segundo. Então, como se tivesse tomado uma decisão, ela fala bem baixo, quase em um sussurro:

— Como é que você acha que o Archie chegou tão rápido no hospital, hein? Quando ele sofreu o infarto? Quem estava com ele? A Philippa já contou essa história pra você?

— Eu não sei do que você está falando, Jules. O que a Philippa tem a ver com a história?

— Você está em negação — Jules diz. — Em negação a respeito do Archie, em negação a respeito do seu filho.

Eu olho para Jules. Minha amizade com ela, que eu considerava o relacionamento mais estável da minha vida, acabou de entrar em um território completamente desconhecido. Porque as amizades não são imutáveis, como um dia eu imaginei, e porque a resposta de Jules para a acusação da sua filha está me revelando uma mulher bem diferente da que eu achava que conhecia. Uma mulher que está perseguindo o seu filho especial como se antes só estivesse esperando pela oportunidade certa. Que, na intimidade, recrimina a forma como eduquei o meu filho. Uma mulher que está mais que preparada para insultar o meu falecido marido.

Eu me afasto dela em direção à vila e Jules anda na direção da sua casa, atravessando a linha férrea, com as cancelas do cruzamento se fechando logo depois dela passar.

...

No passado, eu e Jules quase quebramos a amizade uma única vez. Logo depois que Archie morreu, Jules veio me visitar. Saul, que tinha dez anos na época, e Saffie, com sete, estavam brincando no andar de cima enquanto eu mostrava umas fotos para Jules, das férias que passamos todos juntos em Aldeburgh. Nós alugamos uma casa de frente para a praia, com vista para os barcos de cabeça para baixo no mar, deitados e esturricados por um céu inclemente. Passamos vários dias perambulando para cima e para baixo pela rua principal, parando para tomar café ou para comer peixe empanado com batatas fritas. Eu e Jules procurávamos por delicatessens e lojas que vendessem badulaques com temática marinha, além de sebos e livrarias, enquanto Archie e Rowan saíam para pescar e beber cerveja no pub local.

Saul e Saffie vinham atrás da gente implorando por sorvetes, ou então queriam ir no fliperama e comer mais batatas. Clássicas férias inglesas. Nada de especial, nada de memorável.

Até que eu me dei conta de que nunca mais teria uma viagem como aquela.

— Olha — eu disse, debruçada sobre as fotos no meu computador, admirando um Archie sorridente, com o cabelo preto esvoaçante por cima da testa, os olhos protegidos pelos óculos escuros, uma caneca de cerveja na mão, dentro do jardim de um pub. — Nós estávamos lá sentados e não pensamos em nenhum momento que o Archie estaria morto semanas depois.

— Não pense assim — Jules me consolou. — É muito melhor pensar nas boas memórias. Pensar nas lembranças como algo a ser celebrado.

Eu me encolhi nos seus braços:

— Como é que você pode saber — eu disparei — qual é o sentimento de perder alguém?

Fechei a tela do meu computador com força. Eu não queria olhar para aqueles dias felizes, tão recentes e, ao mesmo tempo, infinitamente distantes. Por um segundo, eu não conseguia conversar com Jules, cuja incompreensão me deixou mais desolada do que antes. Eu saí de perto dela e fui para a cozinha digerir minha própria raiva.

Quando encarei Jules de novo, mais ou menos meia hora depois, ela me olhou melancólica.

A tristeza, em parte, derivava do fato de eu ter sido egoísta e ácida com ela, que só estava tentando me ajudar. Mas também era, como eu descobri na sequência, por ela ter, *sim*, perdido alguém. Quando ela me disse que tinha sofrido mais um aborto espontâneo, logo depois daquelas férias, o terceiro depois do nascimento de Saffie, eu não consegui falar nada por pura vergonha.

— Eu realmente queria te pedir desculpas — eu disse em algum momento. — Estou me sentindo terrivelmente volátil e autocentrada depois da morte do Archie. Estou olhando tanto pra dentro de mim que me esqueci que as outras pessoas também sofrem tragédias pessoais. O que eu disse é inadmissível.

— Está tudo bem — ela disse. — Você está de luto. Não me surpreende que fique com raiva quando as pessoas te dizem coisas estúpidas. E o que eu disse foi meio estúpido mesmo.

— Não foi. Foi um conselho muito sincero. Você estava me dizendo pra celebrar o que eu tive. Só é muito difícil colocar essa ideia em prática.

Talvez a conversa tenha tido aí uma pequena pausa que, naquele momento, não me dei ao trabalho de registrar. A única coisa que lembro é dos belos olhos azuis de Jules me observando com uma intensidade que eu entendi como sendo de empatia pela minha perda.

— Eu também não consigo enxergar muita beleza na vida desde que perdi mais esse bebê — ela murmurou.

— Você também está de luto.

— Estou. Minha última chance de ter outro filho — ela tentou sorrir.

— Mas não é a sua última chance. Você não pode pensar dessa maneira. Você pode tentar de novo. Você *precisa* tentar de novo.

— Não é assim, Holly — ela disse. — Eu já tinha decidido que, se perdesse esse, não ia querer passar por esse processo de novo. E a Saffie já é uma menina perfeita, de todo jeito. Ela é saudável, linda, e eu sou muito agradecida por ter ela como filha.

— Se te serve de consolo — eu disse —, o Saul também é o único filho que eu vou ter. Não quero ter um filho com outra pessoa agora que eu perdi o Archie.

Nós nos sentamos à mesa por um tempo e enxugamos o resto de uma garrafa de vinho branco, reclamando da vida, e deu para perceber que ela já tinha me perdoado pela explosão. Esse é o tipo de amiga que Jules era comigo.

Saul e Saffie desceram as escadas fazendo bagunça, Saffie vestida de super-heroína e Saul sacudindo um sabre de luz contra ela. Eu servi um suco para eles, mas Saul abriu a porta do jardim e Saffie saiu correndo em perseguição.

— Não seria legal, e meio que o melhor dos mundos — Jules disse —, se o Saul e a Saffie tivessem um filho quando eles fossem adultos? Seria um neto que iríamos compartilhar.

Então escutamos um barulho e um grito e Saul veio até a porta dizendo que Saffie tinha acabado de empurrá-lo de cima do trepa-trepa. Saffie, vinte centímetros mais baixa, três anos mais nova, com as bochechas rosadas, veio atrás, dizendo que Saul disse que ela era uma banana e que, portanto, ele merecia. Eu e Jules nos olhamos e caímos na gargalhada. Para encerrar a celeuma, sugeri que deveríamos assistir todos um filme e, quando eles ficaram quietos assistindo, eu falei para Jules:

— O bebê deles vai ser o bebê que nós não tivemos.

Ela colocou sua mão em cima da minha mão e apertou meus dedos, e eu percebi que a nossa amizade, apesar das dificuldades, continuava intacta. Que permaneceria sempre intacta.

Agora, na estrada molhada, voltando para casa na esperança de descobrir alguma notícia de Saul, me parece que o nosso grande sonho de eternizar a amizade, através de um neto compartilhado, é o que está nos destruindo.

— Vovó Holly e vovó Jules — Jules me disse naquele dia. — Se as crianças não se matarem antes, claro.

...

— A polícia está reassistindo todas as gravações das câmeras de vigilância da vila — Pete diz da cozinha, quando eu entro em casa. Eu tiro o casaco e deixo em cima de uma cadeira. — Eles estão interrogando os funcionários do parque. Já foram na estação de trem conversar com os passageiros. Também já bateram de porta em porta. Dois meninos falaram que viram o Saul sair de casa ontem pela manhã.

— Não é uma informação exatamente útil. Eu também vi o Saul sair de casa. O que aconteceu depois que é importante.

Pete quase não reage ao meu mau humor. Ele não sabe que estou tentando me recuperar de outro golpe violento, que minha cabeça está um turbilhão. Saffie grávida? Archie não se importar com Saul? O que é que Jules queria me dizer?

— Os investigadores me disseram que é bem difícil ver qual direção ele tomou — Pete continua. — Isso por causa do parquinho na praça. Ninguém viu o Saul no ônibus. Eles estão no momento checando os motoristas que saíram da vila ontem pela manhã.

— Eu acabei de falar com a Jules — eu digo a Pete. Estou sentada na mesa da cozinha, me abraçando. Balançando para frente e para trás na cadeira. — A Saffie está grávida.

— Ela está *grávida*?

— Isso não prova nada, a não ser que ela está transando com alguém.

— Deus do céu. Coitada.

— Por que você continua simpatizando com a Saffie? O Saul está desaparecido e você continua a acreditar que ela é a vítima.

— Mas ela está grávida — Pete diz. — Talvez seja a hora de começarmos a considerar que ela pode estar falando a verdade. Talvez se a gente der apoio a eles, eles vão nos dar apoio de volta, e nós podemos trabalhar juntos para descobrir onde o Saul está e também quem sabe...

Ele nem tem tempo de terminar a frase. Sem pensar no que estou fazendo, pego uma taça de vinho, o primeiro objeto que vejo pela frente, e arremesso com violência, vendo a taça se estilhaçar no chão da cozinha. Na mesma hora, penso em Saul levantando o iPad como se fosse arremessar o troço do outro lado do quarto enquanto eu me arrumava para sair com Jules. Frustração, angústias: todos nós temos nossos pontos fracos.

— Ela até pode estar grávida, mas a culpa não é e nunca foi do Saul — eu grito. — Ele fez alguma coisa terrível contra si mesmo justamente por ter essa acusação falsa berrando na cabeça dele.

E, mesmo assim, não parece que estou defendendo meu filho o suficiente. Quero acrescentar que Archie nunca iria duvidar de Saul, mas as palavras de Jules continuam vívidas na minha cabeça: *Ele tinha outras preocupações quando o Saul era criança.*

Pete apenas segura minha mão antes que eu pegue o próximo objeto, um pote de geleia, e também o arremesse no chão. E eu termino soluçando de tanto chorar, batendo os meus punhos no peito de Pete até ele me conter com um abraço firme.

— Se acalme — ele sussurra no meu ouvido. — Ele está bem. Vai ficar tudo bem com o Saul.

...

À noite, os jornais locais já estão noticiando o desaparecimento de Saul. A cobertura mostra moradores da vila procurando o meu filho ao longo do rio, nas valas de esgoto, nos campos lamacentos e em afastados imóveis rurais. Reconheço a família que administra a mercearia da vila. O bartender do Cisne Branco. Todos ele estão lá tentando ajudar, fazendo o que podem fazer.

— Ele é um cara mais na dele — diz um menino apresentado como Noel, o menino alto e bonito que eu vi correndo atrás de Saffie na praça. — Ele é, sei lá, meio calado. Tira umas fotos muito boas.

O pai do menino, Rob, aparece na tela. Eu sei quem ele é. O nome me é familiar. E aí tomo um susto ao me dar conta de que ele é o homem com quem Jules teve um caso, logo depois de se mudar para cá. O microbiologista.

— Nós todos estamos consternados — Rob diz. — Qualquer pessoa com um adolescente em casa sabe como é. E vamos fazer o que for possível pra encontrar o garoto — ele é magro, moreno, com uma voz equilibrada. Consigo entender o porquê de Jules ter se apaixonado por ele. Ele é o oposto de Rowan.

— O Saul é um dos nossos estudantes mais comportados e compenetrados — Harry Bell, o tutor de Saul, fala para a câmera. — É um ótimo aluno. Um aluno que valorizamos bastante. Todos na escola estão realmente chocados em saber do desaparecimento dele.

A diretora do colégio, Joanna Blackwell, surge na tela, falando como estão todos devastados com a notícia e tentando fazer o possível para ajudar. Só que eu não consigo mais assistir, pego o controle e desligo a televisão como se o aparelho estivesse me adoecendo. Pete se levanta e vai para o andar de cima sem dizer uma palavra. Ainda estamos sem nos falar, a tensão pairando no ar desde cedo. E estou prestes a ir atrás dele para pedir desculpas pelo meu surto e explicar que não estou conseguindo lidar com a dor, que estou no meu limite, quando escuto um bipe no meu celular. É uma mensagem de texto, de um número desconhecido. Eu abro e leio. E fico ali encarando aquelas letras por um tempo, com minha cabeça latejando de dor.

Fui ficar mais perto do papai. Te amo, mãe. Beijo, Saul.

— Pete! — eu grito, finalmente.

Ele não me responde.

Eu olho outra vez para o telefone.

Fui ficar mais perto do papai. Te amo, mãe. Beijo, Saul.

Meus dedos tremem enquanto eu digito uma resposta: *Saul, estou desesperada de preocupação. Onde é que você está?*

Assim que eu pressiono *enviar*, um aviso aparece na tela: *Sua mensagem não pôde ser enviada.* Ligo para o número então, mas a operadora diz que está bloqueado para chamadas.

Eu vou para a base da escada, chamo Pete:

— Vem aqui embaixo, por favor. Olha isso, essa mensagem

— Acho que precisamos informar a polícia — Pete diz. Ele está segurando o meu telefone, olhando fixo para o aparelho. — Vou ligar pra eles. Passar esse número pros detetives.

— Mas o que ele está querendo dizer? O que é *ficar perto do papai*?

Pete me devolve uma expressão séria.

— Você acha que, sei lá, talvez ele tenha ido visitar o túmulo do Archie? Ele não está no cemitério de East Finchley?

Eu olho para Pete, alívio escorrendo pelo meu corpo, agradecida por ele ter me apresentado uma explicação plausível, por ver que, no final das contas, Pete está fazendo tudo o que ele pode.

— Isso! Pode ser que você esteja certo.

— Você precisa descansar, Holly. Vou te preparar um drinque. Essa pode ser justamente a notícia que nós estávamos esperando — ele me puxa na sua direção e me dá um beijo. Por alguns segundos, eu deixo que o calor do corpo dele contra o meu afaste a tensão, o medo e a ansiedade para longe de mim. A mensagem de Saul mostra que ele está vivo. Que nós vamos encontrá-lo. Que tudo vai ficar bem.

Pete me traz uma taça de vinho e eu fico olhando pela janela da sala enquanto ele telefona para a polícia. Está escuro lá fora e as folhas das árvores, iluminadas pelas luzes da rua, parecem ter duas cores, branco embaixo e vermelho em cima. A grama, preta em alguns lugares e prateada pela iluminação pública, está revirada agora que o parquinho foi embora. E era tudo tão óbvio: se Saul fugiu por causa do que nós falamos sobre ele, é claro que ele ia procurar um lugar que o deixasse mais perto de Archie. Como é que não pensei nisso antes? Pete volta para a sala e me abraça.

— Shimwell me disse que eles vão enviar alguns policiais pra dar uma olhada no cemitério. E que vão fazer o possível pra rastrear o número.

— Deus do céu. Obrigada, Deus. Obrigada, Pete — eu viro meu rosto para ele, me aconchegando no seu abraço.

— É uma ótima notícia — ele diz no meu ouvido. — Eles vão achar ele, Holly. Eles vão achar.

...

Mais tarde, esmagada pelo cansaço, eu vou deitar na cama. O rosto de Jules aparece e desaparece na minha frente, não paro de pensar no jeito que ela me olhou naquela estrada debaixo da chuva, implorando para que eu compartilhasse o trauma do aborto com ela. Mas, em algum momento no meio da noite, consigo dormir.

Logo depois da morte de Archie, eu costumava ter um sonho no qual as pessoas descobriam que ele não estava morto, que ele só tinha desmaiado por um tempo. Quando eu acordava, a sensação de tê-lo ao meu lado na cama, com o peito subindo e descendo, era quente e reconfortante. Se eu esticasse a mão, conseguia tocar seu ombro, suas costas, me aconchegar nele. E sinto essa mesma sensação de alívio ao acordar agora. Que Archie está ao meu lado, uma fonte de calor. Que Saul está sentado na cama. Se eu esticar a mão, posso tocar nele. Por alguns minutos, antes de acordar totalmente, eu sinto uma espécie de completude. Não perdi meu marido. Saul voltou para casa. Saffie retirou as acusações contra o meu filho. Jules e eu voltamos a ser amigas.

Então alguma coisa me tira do transe, o vento sacudindo as vidraças, o barulho de ratos no telhado, e a realidade entra no quarto com toda a força do mundo.

Olho para o relógio no lado de Pete da cama. São três da manhã. E eu não estou em Londres, e sim em uma região cujos terrenos antigamente viviam debaixo do mar. Archie está morto. Saul não está em casa.

Eu chacoalho Pete até ele acordar:

— A polícia ligou de volta? Eles foram no cemitério? Eles acharam o Saul?

Pete me envolve em um abraço:

— Ainda não, calma — ele diz. — Eles prometeram me ligar assim que tivessem qualquer novidade. Eu estou deitado, mas não estou dormindo totalmente, então, se o telefone tocar, pode deixar que vou atender.

A mensagem de Saul flutua pela minha memória e eu pego o meu telefone para ler a frase de novo.

Fui ficar mais perto do papai.

Eu chacoalho Pete mais uma vez.

— Eu sei o que Saul está querendo me dizer. Ele fez, Pete. Eu tenho certeza. *Fui ficar mais perto do papai.* O pai dele está *morto*, Pete. É o que a polícia suspeitava desde o começo. Que outro significado pode ter? É claro que ele vai tentar se matar, não é isso?

10
Jules

ESBARRAR EM HOLLY NA ESTRADA fez Jules se sentir desolada. Holly não foi nada compreensiva. Pelo contrário, ela se recusou a demonstrar qualquer tipo de empatia. Jules conseguia entender a angústia de Holly por não saber do paradeiro de Saul. Mas Holly sequer tentou acolher o nervosismo *dela* ao descobrir que Saffie tinha engravidado de Saul. É como se elas fossem duas mulheres muito diferentes daquelas que eram melhores amigas até alguns dias atrás. Jules precisava que Holly se desculpasse pelo que falou a respeito de Saffie, era uma necessidade quase física. Tanto que, sonhando com essa reconciliação, ela chegou a criar a expectativa de que as duas iriam se ajudar, de que Holly concordaria em compartilhar o peso emocional de se enfrentar um aborto. Mas, para que esse pacto pudesse acontecer de verdade, Holly primeiro precisava parar de negar a responsabilidade de Saul, um reconhecimento que ela insistia em se recusar a dar.

Claro, Jules nunca tinha pensado em falar para Holly aquelas coisas sobre Archie. Ela sempre acreditou que o melhor era que a amiga celebrasse suas memórias, que seguisse enxergando em Archie um marido perfeito e um ótimo pai. Mas Holly forçou Jules a tomar aquela atitude, com sua teimosia de pensar que, se Archie estivesse vivo, ele iria de alguma forma provar a inocência de Saul. Não dava mais para continuar julgando Archie a partir de uma lente cor-de-rosa, era ridículo (o que, na verdade, podia ser só uma bravata de Jules, já que ela não conseguia admitir para si mesma, pelo menos por enquanto, que talvez sua reação também tivesse a ver com o fato de Holly ter chamado Rowan de animal). E aí a armadura de Jules se despedaçou, e ela acabou contando para Holly a única coisa que tinha jurado não contar. Que Archie, no final das contas, não era esse menino dourado. Que estava na hora dela encarar a realidade: os homens da vida de Holly não eram tão superiores a Rowan, como ela gostava de acreditar.

Eram bem inferiores, na verdade.

Enquanto voltava para casa, sendo a única figura humana naquela paisagem rural encharcada, que se estendia até o horizonte, Jules percebeu que, sem Holly para dividir o sofrimento que estava enfrentando, ela se sentia mais sozinha do que nunca na vida.

...

Mais tarde, Jules encontrou Rowan largado na frente da tevê. A polícia e um grupo de voluntários locais estavam vasculhando a região, verificando cada pedacinho do rio à procura de Saul. Rostos conhecidos apareciam tão grandes na televisão gigante da sala que aparentemente estavam todos no mesmo cômodo, e não lá fora, no mundo real, rastejando na lama molhada dos pântanos. As pessoas boas e amigáveis da vila. Pessoas que Rowan e Jules conheciam muito bem. Pessoas com quem eles já tinham bebido juntos no pub ou com quem já tinham conversado no parquinho quando Saffie ainda estava no jardim de infância.

— Nós estamos aqui pra ajudar o menino — disse Tina, da mercearia, ao repórter do jornal. — Estamos aqui pra ajudar a encontrar ele.

— Não estamos excluindo nenhuma linha de investigação — disse o detetive Venesuela, inspetor responsável pelo inquérito. Ele olhou para a câmera. Era um policial novo e parecia estar se divertindo com seus quinze minutos de fama. Ele falava com um tom autoindulgente, estufando o peito. — Estamos no processo de interrogar algumas testemunhas. Temos algumas evidências de que o adolescente pode ter tentado se machucar, mas ainda não são provas conclusivas.

Jules sabia muito bem o que o detetive queria dizer com *tentar se machucar* e se incomodou bastante com esse eufemismo patético. Uma mistura de choque e de raiva, em igual medida. Com certeza, Saul sugerir que estava pensando em suicídio era angustiante, mas, ao mesmo tempo, era profundamente manipulador. Como Saffie iria reagir a algo assim? Jules resolveu tomar todas as precauções para manter sua filha o mais longe possível do noticiário.

— Holly pelo menos cumpriu o pedido da Saffie e não contou pra ninguém sobre o estupro — Jules disse, sentando perto de Rowan.

— Ela está com medo do filho se transformar no assunto principal das fofocas — Rowan disse. — É o único motivo.

— Talvez seja uma estratégia da polícia. Quer dizer, sei lá, pode ser que o desaparecimento do Saul não tenha nada a ver com o que ele fez com a Saffie. Mas o principal é que — Jules disse — as pessoas estão todas ajudando a tentar descobrir onde ele está.

Em um instante, ela se convenceu de que Saul iria aparecer em breve. E que, quando ele de fato aparecesse, ela iria forçá--lo a finalmente assumir seu erro. E todos eles iriam dividir esse trauma de ter que passar por um aborto. Aí, depois da situação se resolver, Saffie teria um acompanhamento psicológico e Saul passaria por um curso de controle das emoções ou qualquer coisa parecida, tal como Rowan passou, e as duas famílias poderiam seguir em frente com a vida.

Rowan, no entanto, não estava preparado para seguir em frente.

— Ótimo estudante, um caralho — ele rosnou, ao ver Harry Bell, o tutor de Saul, aparecer na tela para falar sobre o comprometimento e a seriedade de Saul com os estudos, para falar sobre o aluno tão precioso que ele era. — Esse menino é um vagabundo. Todo mundo sabe disso. E olha essa cambada de anjinho querendo ajudar — Rowan segurava uma cerveja na mão e sentou e xingou todas aquelas pessoas de quem ele já tinha comido a comida e bebido a bebida, xingou as pessoas com quem ele já fez churrascos e com quem já dançou nos bailes, xingou todos eles por tentarem salvar a vida de um estuprador. — Por que eles estão desperdiçando a porra do tempo deles? Esse menino merece qualquer merda que tenha acontecido com ele.

— Rowan, por favor — Jules disse.

Rowan não respondeu. Quando o noticiário terminou, ele apenas disse que ia ao pub para poder se *acalmar*. Mais ou menos trinta minutos depois da sua saída, a campainha tocou. Dois oficiais de polícia estavam em pé na frente da porta, duas silhuetas contra o pôr do sol esverdeado ao fundo, o que dava a eles uma aparência estranha e sobrenatural.

— Nós gostaríamos de conversar com você sobre o desaparecimento de Saul Seymore — disse o homem. — Essa é minha colega, detetive Maria Shimwell. Eu sou o detetive Carlos Venesuela.

Os mesmos rostos que Jules tinha acabado de assistir na tevê, agora vivos na frente dela. Venesuela e Shimwell deram uma boa olhada na ampla sala de estar de Jules, na sala com a janela panorâmica cuja vista revelava um pântano enorme na direção do rio. Toda aquela paisagem, os campos encharcados, os salgueiros podados perdendo suas folhas, os troncos atarracados e seus agitados novos galhos, estava sendo banhada por aquela luz verde que parecia saída de uma garrafa.

Jules logo percebeu que a beleza da sua sala impressionou a detetive. Porque o rosto pálido dela mudou de cor tão rápido quanto um papel de tornassol quando Shimwell começou a examinar a televisão gigante, as fotos ampliadas de quando Saffie era bebê, e que eles mandaram emoldurar, o sofá creme enorme, o outro sofá menor, em couro macio cinza, era mesmo uma bela sala.

— Fomos informados que a sua filha fez uma acusação de estupro contra o menino que desapareceu na segunda-feira pela manhã — Maria Shimwell disse, finalmente dando as costas para a janela e olhando para Jules.

Jules encarou a policial, observando sua magreza. Eles tinham se esforçado tanto para manter a acusação em segredo e com certeza — com certeza! —, como ela tinha dito a Rowan,

Holly não iria contar à polícia uma história capaz de abalar a imagem de Saul.

— Você se importa da gente conversar com ela? — Shimwell continuou.

— A Saffie não quis registrar a queixa do estupro — Jules respondeu. — Ela estava com medo de vocês não acreditarem nela. Que vocês fossem fazer exames invasivos pra poder comprovar a acusação. Nós decidimos que iríamos atender o pedido dela. E me parece melhor não estressar a minha filha ainda mais.

— Nós não pretendemos causar nenhum tipo de estresse — a mulher sorriu, tranquilizadora. — Nós temos um protocolo especial para investigações envolvendo crianças em situações de abuso sexual. Mas, no momento, só queremos conversar com ela. Essa não é uma investigação sobre o estupro. É um inquérito sobre uma pessoa desaparecida. E nós vamos ter todos os cuidados com ela, você não precisa se preocupar. Eu sou a detetive Maria Shimwell, mas ela pode me chamar de Maria.

— O que vocês sabem a respeito? Do estupro, eu digo.

— O menino, o menino que está desaparecido, sofreu uma acusação de estupro, de acordo com o que a mãe dele nos contou. Ela também não quer que essa situação se torne pública. E estamos tomando as medidas necessárias pra afastar a mídia.

Jules encarou os policiais, tentando digerir a informação. As palavras de Holly algumas horas mais cedo explodiram nos seus ouvidos: *A polícia acha que o meu filho pode ter se matado pelo desespero de saber que todo mundo, que você, o Rowan e o Pete, que vocês todos julgaram ele da pior maneira possível.* Ela devia ter imaginado. Holly entregou para a polícia toda a fotografia do caso. Era compreensível, Jules pensou. A prioridade de Holly era achar Saul e, portanto, mais que natural que ela quisesse fornecer qualquer informação que pudesse ser útil. Ser acusado de estupro podia, inclusive, ter dado uma motivação para a fuga, por ser a melhor forma de evitar as consequências.

— Vou buscar a Saffie no quarto — Jules disse para Maria. — Mas, por favor, seja delicada com ela. Ela já está estressada o suficiente.

— Com certeza.

Jules subiu para o quarto de Saffie. A filha estava lendo um livro e olhou para Jules quando abriu a porta.

— Saffie, escuta. A polícia está aqui...

— *O quê?* — Saffie deu um pulo da cama e se afastou de Jules.

— Não, mãe... Não. Você prometeu que não ia contar nada pra polícia. Você *prometeu*.

— Eu não falei nada pra eles, Saff. Eles não estão aqui por causa do estupro. Eles estão aqui porque o Saul sumiu de casa, estão tentando encontrar ele. E só precisam de algumas informações sobre ele.

— Que tipo de informação? *Eu* não sei onde ele está. Como é que eu vou poder ajudar eles? Não, mãe. Por favor, não me obrigue a falar com eles.

Saffie começou a tremer visivelmente, os dentes pressionados uns contra os outros.

— Se você preferir, posso pedir pra mulher vir aqui em cima. Ela é bem nova e parece realmente uma boa pessoa. E eu vou estar aqui com você. Ela não vai te perguntar nada constrangedor ou esquisito, eu prometo. E, se ela perguntar, eu vou estar aqui pra impedir, tá certo?

— É uma mulher?

— Sim. Jovem. Uma mulher bem simpática.

Saffie seguiu Jules em silêncio até o andar de baixo e sentou sem falar nada no canto do sofá.

Maria se agachou na frente dela. Jules não conseguiu evitar o pensamento de que Saffie não parecia tão mais nova que a loira e pálida Maria Shimwell. As coxas de Saffie, Jules notou, queriam pular das calças de ginástica que ela estava usando, e a sua camiseta estava apertada por causa dos seus seios cada vez maiores. Aquele corpo era um sintoma físico do que estava acontecendo dentro dela, aquilo que só ela, Donna Browne e agora Holly sabiam? Pensar no assunto fez Jules querer chorar. Pela criança que a filha ainda era. Por não ter protegido Saffie.

— Eu sei que você deve estar assustada, meu bem — Maria disse. — Mas não é nada contigo, tá certo? Nós só precisamos te perguntar algumas coisas porque um colega seu da escola está desaparecido. Nós vamos conversar com todo mundo que conhece ele, não só com você. Estamos tentando entender o cenário até o dia em que ele não voltou pra casa. Você se importa se eu chamar o meu colega pra conversar também? Ele é um detetive. Mas eu posso pedir pra ele sair, se você preferir.

— Sim, por favor — Saffie disse. — Prefiro que ele fique lá fora.

— Mas sua mãe pode ficar aqui, se você quiser que ela fique.

— Quero, sim.

— Tá, eu vou te fazer algumas perguntas sobre um menino chamado Saul. Saul Seymore. Você sabe de quem eu estou falando?

— Eu não quero falar pra ninguém o que ele fez comigo, se é por *isso* que você quer conversar — Saffie explodiu. — Se é por isso que você, que a polícia, veio aqui. Mas minha mãe falou com a mãe dele. E agora eu estou ferrada...

— Não, calma. Você não está ferrada de jeito nenhum — Maria disse. Ela era muito mais assertiva que a sua aparência deixava transparecer. — Você *não* está ferrada. Não precisa se preocupar. A gente só quer se saber se você tem alguma ideia de onde ele pode ter ido.

— Não sei, não faço a menor ideia.

— Você conhecia ele bem?

— Sim, conhecia bastante. Ou pelo menos conhecia, quando ele era mais novo.

— Você não anda com ele na escola? Ou nos fins de semana?

— Só se eu fosse louca. A gente nem conversa. Eu só conheço o Saul porque ele é afilhado da minha mãe. Quer dizer, não é afilhado, porque ela e Holly não são religiosas de verdade. Elas dizem *filho especial*. Mas ele é três anos mais velho que eu na escola. E todo mundo acha...

— Todo mundo acha o quê?

— Todo mundo acha que ele é maluco. Por causa do comportamento dele.

— Qual comportamento?

— Ele meio que só anda sozinho e às vezes ele fica... Encarando as pessoas.

Jules se encolheu ao ouvir Saffie cuspir essa descrição de Saul. Ele fica *encarando*. Como é que ela nunca percebeu antes?

Maria escreveu copiosas notas no seu iPad.

— Mais alguma coisa? — ela perguntou.

— Ah, e o jeito que ele se veste e o cabelo, sei lá. Ele é um emo e... Bom, meio que ninguém na escola gosta de emos.

— E o que seria um *emo*?

— Ele tá sempre depressivo e mal-humorado e calado. E sempre sozinho.

— Certo, e você consegue me descrever um pouco melhor o seu relacionamento com ele?

— Eu nunca tive um relacionamento com ele — Saffie se revoltou com a insinuação.

— Ele era amigo de algum dos seus amigos?

— Não, não era.

— Você acha que ele pode ter ficado com a impressão de ter algum relacionamento contigo?

— Não faço a menor ideia. A gente nem conversa. Nem anda junto nem nada.

— Mas ele estava aqui na sua casa umas... Duas semanas atrás?

— Ele veio usar a internet — Jules interrompeu. — Eu me sinto tão mal agora... Confiar em deixar Saul sozinho em casa com a Saff. Mas ele é filho da minha amiga mais antiga, e eu conheço ele desde que ele era bebê. Ou eu achava que conhecia. Assim, eu considerava o Saul quase como um segundo filho quando ele era mais novo. E, pra ser sincera, não me ocorreu nenhum motivo pra não confiar nele.

— Certo, entendi — Maria disse, virando o rosto para Saffie outra vez. — Então você falou primeiro que não quer falar o que ele fez contigo. Me explica melhor o que você quis dizer com isso?

Saffie olhou para Jules. Jules devolveu para ela um sorriso de encorajamento, comunicando para a filha que estava tudo bem contar para essa policial o que tinha contado para a mãe antes.

— Tá. Bom, quando eu estava me arrumando pra dormir, percebi que ele estava olhando pra dentro do meu quarto. Eu falei pra ele sair dali. Mas ele não saiu. Ele...

— Ele o quê? — Maria incentivou com muito cuidado.

— Ele veio direto no quarto e me agarrou. Aí... Eu não quero dizer.

— Vai ser muito útil pra nossa busca se você puder falar — Maria disse, dando uma olhada rápida em Jules.

— Tá. Ele me obrigou a fazer sexo com ele.

— Ele te obrigou a fazer sexo com ele?

— Isso. Eu pedi pra ele parar, pra ele sair do quarto, mas ele... — a voz dela estava tão fraca que a policial precisou se inclinar na sua direção para escutar. — Ele disse que eu estava pedindo aquilo. Porque eu estava tirando a roupa pra me arrumar pra dormir. E talvez porque eu me esqueci de trancar a porta. Ele me derrubou na cama. E eu não consegui tirar ele de cima de mim.

— Nossa, coitada — Maria disse. — Deve ter sido muito, muito assustador.

Saffie concordou com um gesto simples. Ela estava puxando as mangas da camiseta para cima e para baixo, seu novo e frenético tique nervoso que vinha desenvolvendo depois do estupro.

— Certo — Maria disse, e escreveu mais algumas notas. — Não vou te fazer mais nenhuma pergunta sobre isso agora, tá? Eu sei como é difícil pra você. Mas você lembra do que aconteceu depois? Saul foi pra casa? Ele ficou por aqui? Ele pareceu nervoso pelo que fez contigo? Qualquer informação vai ser muito útil, Saffron.

— Eu... Eu não me lembro — pela primeira vez, Saffie soava indecisa. Ela olhou de novo para Jules. — A minha mãe e a Holly chegaram em casa, eu acho.

— E onde ele estava quando a sua mãe chegou?

— Eu acho que ele estava... Não sei — Saffie disse. — Acho que ele estava aqui embaixo na sala, já que passou a noite toda assistindo tevê.

— E o que você fez? Quando sua mãe chegou?

— Eu não fiz nada. Eu não queria falar pra ela. Ele me avisou pra não falar. E a mãe dele estava junto. E eu não achei que elas fossem acreditar em mim.

— Você ouviu quando elas chegaram?

— Claro. Eu não consegui dormir depois do que ele fez comigo.

— Você lembra que horas eram?

— Umas onze horas, eu acho. Não me lembro.

— Certo. Muito obrigada, Saffie. Você me ajudou bastante e eu quero reforçar que você não precisa se sentir culpada de jeito *nenhum* pelo que aconteceu.

— Eu só queria que ninguém mais descobrisse — Saffie disse de novo. — Eu não queria que ninguém soubesse. Principalmente meu pai. Porque ele fica muito louco.

Maria olhou para Jules. E depois para Saffie:

— Como assim o seu pai fica muito louco?

— Eu sei que ele fica todo superprotetor. Por isso que ele quis me levar de carro pra escola no dia que ele descobriu. Eu não queria deixar. Mas ele me obrigou a ir com ele até o ponto de ônibus. Foi muito constrangedor.

— E, além de sua mãe, você conversou com mais alguém sobre o assunto? Algum dos seus amigos está sabendo?

Saffie balançou a cabeça.

— Se eles souberem que aconteceu alguma coisa comigo e com o Saul, vão achar que eu estou desesperada.

— Certo, escuta, Saffie. Você já nos ajudou muito na nossa investigação. Você foi ótima. Pode deixar que seus pais vão te ajudar a resolver esse problema. Tá certo? Agora, você se importa se eu conversar um pouco sozinha com a sua mãe?

Saffie se levantou e foi para o quarto sem nem olhar para trás.

— A Saffie não te contou de imediato o que aconteceu com ela? — Maria perguntou, repassando suas anotações.

— Ela estava dormindo quando eu fui me deitar.

— Mas ela disse que não conseguiu dormir.

— Talvez ela tenha ficado acordada até a hora que a gente chegou, não sei. Aí eu preparei um chá pra mim. Ah, sim, estou lembrando. Saul estava no andar de cima. Ele estava descendo as escadas quando nós entramos, um pouco depois da meia-noite. Ele tinha cochilado num dos nossos quartos de hóspedes.

— Certo.

— Mas eu demorei um pouco pra subir pra cama e, quando fui, a Saffie já estava dormindo, com certeza. Ela só me contou duas semanas depois. E só porque a menstruação dela atrasou. Ela estava com medo de estar grávida.

Maria levantou as sobrancelhas, como se esperasse que Jules continuasse a história. Jules sentiu o pânico tomar conta dela. Ela não contou a Rowan sobre o teste, então seria correto falar tudo logo para essa policial com cara de neném?

— O teste deu positivo — ela disse em algum momento. — Foi assim que eu descobri que Saffie não estava mentindo sobre o estupro. Não que eu achasse que ela estava mentindo, nem por um minuto sequer. Por que ela iria mentir, né? Por favor, não diga pra ela que eu te contei. Estamos lidando com o assunto da maneira mais rápida, mais discreta possível, com o mínimo de confusão.

Maria apenas olhou para ela:

— Com certeza deve ser muito doloroso pra vocês todos — ela disse. — Ainda mais pra uma menina de treze anos, ter que lidar com um peso tão grande, de uma coisa totalmente fora do seu controle.

— Saffie realmente não quer que a gente preste queixa. Ela quer manter o assunto em segredo.

— É o que elas sempre pedem — Maria disse. — Coitada. Elas pensam que a culpa é delas. As meninas. Elas acham que atraíram aquela violência contra elas. Ou ficam com medo de que ninguém acredite. Ou se culpam por estarem bêbadas ou por terem deixado o menino entrar no quarto ou por aceitarem uma carona ou por se vestirem de determinada maneira. Mesmo hoje em dia, elas ainda pegam a culpa pra si com uma velocidade inacreditável. Ainda que a gente continue dizendo que não foram elas que forçaram alguém a fazer algo contra a sua própria vontade.

Jules encarou Maria Shimwell. Ela estava começando a gostar da detetive. Por uma fração de segundo, chegou a pensar em quanto Holly também iria gostar dela.

— Mas a nossa tarefa no momento é encontrar o menino — Maria disse. — Com certeza o estupro tem a ver com o desaparecimento.

— Como assim?

— Por culpa? Medo de ser descoberto? Não querer ser exposto? Medo da humilhação? São várias possibilidades. Se a Saffie quiser levar a acusação adiante é um assunto pra mais tarde, é uma coisa pra se e quando nós acharmos ele.

Se? Com certeza não era um caso de *se*. Eles precisavam encontrar Saul. Quando Holly disse *se*, na conversa delas durante a tarde, Jules afastou a ideia para bem longe. Era uma questão de *quando*. Não era?

— Olhe — Maria disse, pescando um cartão sabe-se lá de onde. — Aqui estão os nossos contatos caso a sua filha decida levar a acusação adiante. Ela pode estar achando que superou o que esse menino fez. Se é que foi ele mesmo. Mas, às vezes, um abuso volta mais tarde pra atormentar a vítima.

— Nós não estamos questionando quem foi. Não tem como ter sido outra pessoa.

— Sim, sim. Bom, ela precisaria conversar com a nossa equipe Safira, numa unidade especial chamada Refúgio. Nada pra se preocupar. Eles são muito experientes e extremamente sensíveis. E, claro, você pode acompanhar a sua filha durante a conversa.

— Obrigada — Jules disse. Era um alívio enorme ter, enfim, alguém em quem confiar. Desde que Saffie concordasse com a investigação.

— Só mais uma coisa antes de eu sair — Shimwell disse, olhando seu iPad. — Ela disse alguma coisa sobre o pai dela ficar muito *louco* por saber do estupro.

— Bom, sim. A Saffie não queria que eu falasse pra ele. Ele é muito protetor. Como qualquer pai é quando tem uma filha tão nova. Você sabe que ela só tem treze anos, não sabe?

— Sim, claro.

— Mas eu decidi que ele precisava saber também. Entendi que ele poderia lidar melhor com a situação que eu. A mãe do Saul é minha amiga mais antiga. Caramba, eu estava lá durante o parto do menino. Eu não conseguiria fazer uma acusação contra ele assim, cara a cara. Me parece muito violento, eu acho, acusar um menino que eu vi nascer. Eu já falei com a Holly, a mãe do

Saul, mas ela não quis acreditar que ele estuprou a minha filha. Então nenhuma de nós duas estava conseguindo tomar uma atitude. E eu senti que o Rowan iria saber como agir.

— E ele soube? Ele soube como agir?

Jules olhou para Maria. Tão jovem e tão leve e, ainda assim, tão afiada. Ela não ia deixar passar nada. Jules não podia revelar para ela as exatas palavras que Rowan disse quando soube. Sua resposta de que *vou esmagar o cérebro daquele idiota*.

— Não, não acho que ele encontrou a resposta — Jules disse. — Ele ficou bastante nervoso, é óbvio.

— Ele não sugeriu denunciar o crime no departamento?

— A Saffie implorou pra ele não denunciar. Pelas razões que eu te disse. Ela estava com medo de ser examinada, das pessoas ficarem sabendo. Aliás, o pai dela ainda não sabe que ela está grávida. Nós, eu e a Saffie, achamos que seria informação demais pra jogar em cima dele agora.

— E o Rowan não tomou nenhuma atitude a respeito? Ele não foi conversar com ninguém, com um professor, por exemplo?

— A Saffie não queria realmente nenhuma confusão em torno do assunto. Ela foi bastante inflexível a respeito. E nós dois, bom, talvez pela ótica errada, decidimos atender o pedido dela. O Rowan só bateu o pé que queria levar a Saffie na escola, na verdade, em vez dela pegar o ônibus. Proteger ela do menino. A Saffie ficou abaladíssima, ela achava que as pessoas iam perguntar qual era o problema. Mas no fim acabou deixando que o pai levasse ela no ponto de ônibus na segunda pela manhã.

— Ontem?

— Isso.

Shimwell escreveu uma anotação no seu iPad.

— O Saul costuma esperar o ônibus nesse mesmo ponto?

— Sim, todos os alunos. O ponto fica na praça central. Logo em frente à casa do Saul, na verdade — Jules se sentia caindo em uma armadilha, mas não conseguia encontrar um jeito de fugir.

— E ele, o Saul, pega o mesmo ônibus que a Saffie pega? No dia a dia?

— Claro.

— Mas ele não entrou no ônibus ontem pela manhã — Shimwell disse. — Ele saiu de casa e não voltou mais. Você viu o seu marido depois dele ter deixado a Saffie no ponto?

Jules entendeu bem onde a detetive pretendia chegar. Rowan não voltou na hora que deveria ter voltado. Do ponto para casa, não se leva mais que quinze minutos de carro e, depois de uma hora, Jules desistiu de esperar e saiu para o trabalho. Ela encontrou com Donna no meio do caminho, Jules se lembrou. As duas ficaram dentro do carro, conversando. E nenhum sinal de Rowan até aquela hora.

— Jules?

— Não, não. Ele ainda não tinha voltado. E precisei sair pra trabalhar. Eu já estava na rua quando ele voltou pra casa.

— E os horários? Que horas ele saiu? E que horas você saiu?

Jules disse um horário mais ou menos próximo do que Rowan e Saffie saíram de casa. E aí, sem querer complicar Rowan ainda mais, ela disse que saiu uns quinze minutos depois dos dois. O problema é que Maria não deixava nada passar:

— Eu gostaria de conversar com o seu marido também. Quando ele estaria disponível pra uma conversa?

— Acho que ele deve chegar a qualquer instante — Jules disse. — Ele já deveria ter voltado. Ele saiu, mas me disse que não ia demorar.

— Você se importa se a gente esperar por ele então? Aliás, tudo bem eu pedir pro Venezuela entrar? Preciso passar pra ele as informações que você e Saffie me contaram.

Jules se sentiu esgotada. Como a família dela foi se enrolar tanto com a polícia, se não eram culpados de nada?

— Vou preparar um café — ela disse.

Jules logo viu a silhueta alta de Rowan através do painel de vidro da porta da frente, que era visível da cozinha conjugada. Ela ouviu a porta ser aberta e observou enquanto ele entrava em casa, enquanto Rowan tirava as botas e parava na entrada da sala de estar. Ele deve ter visto a viatura lá fora e agora descobriu os dois policiais dentro da sua casa.

Em seguida, ela entregou as xícaras de café para os policiais e Rowan murmurou uma interrogação para Jules, perguntando o que eles estavam fazendo ali. Ambos tinham concordado em não denunciar o estupro à polícia, para atender o pedido de Saffie, então ele estava claramente surpreso de vê-los na sala, em pé no seu belo tapete de pele de ovelha, bebendo um café feito pela sua enorme e sofisticada cafeteira.

— Você se importa? — Venesuela sinalizou para Jules que gostaria de conversar sozinho com Rowan.

Maria Shimwell acompanhou Jules até a cozinha, para que os dois homens pudessem conversar.

— O que ele vai perguntar pro meu marido? O Rowan não sabe mais que eu sei. Ele não estava aqui na noite do estupro, estava viajando — Jules começou a tremer, inexplicavelmente. Talvez pelo estresse de ter a polícia dentro de casa. Ou talvez por ter bebido café demais. Maria falou para Jules que ela não precisava se preocupar, eles estavam, nesse ponto da investigação, apenas eliminando as suspeitas.

— Eliminando o quê? — Jules perguntou, embora soubesse bem quais suspeitas eram. Porque a mesma desconfiança passou pela sua cabeça logo depois de Holly telefonar para avisar que Saul tinha sumido. Quando Rowan disse que tinha ido até o mercado de Ely, depois de levar Saffie no ponto de ônibus no dia anterior. Por que ele não voltou direto para casa? Rowan levou Saffie no ponto exatamente na mesma hora que Saul saiu de casa para a escola. Mas Saul não voltou. E Jules não se permitiu mais pensar no assunto. Ela não conseguia suportar essas peças todas se encaixando, a raiva de Rowan, sua gritaria, o seu *eu vou esmagar o cérebro daquele idiota*. Ele levando Saffie de carro e aí, na mesma manhã, Saul desaparecendo a caminho do mesmo ponto de ônibus.

Era confuso demais para Jules conseguir entender.

Ou melhor, era confuso demais para Jules *querer* entender.

Então Venesuela entrou na cozinha e disse que pediu a Rowan para acompanhá-los até a delegacia para poderem conversar melhor.

— Você vai levar o meu marido pra delegacia? — Jules perguntou, bastante chocada.

— Só pra poder auxiliar na investigação. Já que ele está disposto a nos acompanhar — Maria disse. — Não é nada de preocupante. O detetive Venesuela com certeza só precisa esclarecer alguns pontos, e lá vamos poder conversar melhor.

— Mas...

— Ele deve estar de volta daqui a uma hora.

...

Sozinha, Jules subiu para conferir se Saffie estava bem, e disse para a filha que Rowan estava no pub com alguns amigos do golfe e que iria voltar mais tarde. Saffie respondeu que estava cansada depois do interrogatório e que queria ter pelo menos uma boa noite de sono.

— Mãe — ela chamou, assim que Jules começou a fechar a porta.

— O que foi, meu bem?

— Eu estou bem assustada — ela colocou a mão na barriga.

Jules hesitou. E depois disse:

— Só mais alguns dias e nós vamos ver a Dra. Browne. Ela vai resolver tudo. Tente não pensar no assunto, a sua cabeça já deve estar cheia o suficiente.

— Não é só isso. É por causa do Saul também. Se alguma coisa acontecer com ele, a culpa vai ser minha? Porque eu contei pra você, quando ele me avisou pra não contar?

Jules suspirou:

— Meu amor, você nos contar foi a atitude correta. E não é sua culpa de jeito nenhum. Ele só está dando um tempo porque não consegue encarar o que fez. A responsabilidade é dele, não é sua.

— Mas... — Saffie não parecia convencida, e Jules sentiu uma súbita nostalgia dos dias em que seus maiores problemas eram lidar com joelhos arranhados e ursinhos rasgados.

— Tente dormir — Jules torceu para soar equilibrada o suficiente a ponto de Saffie parar de se preocupar tanto, pelo menos por essa noite. Ela cruzou de volta o quarto para dar um beijo de boa noite na filha, abraçou Saffie bem forte, deu outro beijo, roçou sua bochecha no cabelo macio da menina. Como as coisas chegaram nesse ponto? Como foi que seu marido foi parar na delegacia? Como foi que seu afilhado desapareceu? Por que sua filha está sendo obrigada a enfrentar uma gravidez? E ela não tinha nem a quem recorrer, porque sua melhor amiga também já não falava mais com ela.

...

Já era bem tarde e Jules estava no seu quarto, espalhando o creme que deveria proteger sua pele de virar uma borracha flácida, quando ela ouviu o carro estacionar lá fora e o barulho da porta da frente se fechando, o que significava que Rowan tinha enfim voltado para casa. Ela escutou o marido andando direto para a sala, ouviu a televisão sendo ligada e aí o murmúrio de vozes de algum programa de entrevistas da madrugada. No espelho, Jules observou os tendões do seu pescoço relaxando pouco a pouco e percebeu o quão tensa estava, o quanto estava assustada por pensar que a polícia iria prender Rowan. Jules desceu as escadas e seguiu para a sala.

— Uma xícara de chá? — ela perguntou. — Ou alguma coisa mais forte?

Rowan olhou para ela:

— Bom, agora que você ofereceu, eu aceitaria uma cerveja.

Jules entregou para ele uma garrafa bem gelada que estava no freezer e sentou ao lado do marido. Ele continuou encarando a tela, que exibia uma roda de debate sobre a crise migratória.

— Então o que foi que te perguntaram? — Jules falou para a lateral do rosto do marido. Os olhos dele estavam injetados de sangue. Uma rede emaranhada de veias tinha aparecido nas bochechas e ela não tinha certeza se já estavam lá antes ou não. Jules, de imediato, começou a se preocupar com a pressão arterial de Rowan.

— Queriam saber onde eu estava na segunda de manhã — ele disse sem olhar para ela.

— E aí?

— E aí eu disse.

— Ro, é súper compreensível que você esteja revoltado com o Saul — Jules disse. — Qualquer pai iria se sentir da mesma maneira. Mas você não...?

— Eu não o quê? — ele disparou. — O que é que você está querendo me perguntar, Jules? Eu acabei de passar por duas horas de interrogatório na polícia. E isso enquanto a pessoa que eles deveriam interrogar está por aí montando um teatrinho de desaparecimento. Então nem comece.

— Eu só quero ter certeza — Jules disse. — Ou melhor, eu quero que você me dê a certeza de que não tomou nenhuma atitude intempestiva.

— Tipo o quê?

— Não sei. Tipo punir o Saul de alguma maneira — ela não pôde dizer o que realmente passava pela sua cabeça, o que estava cada vez mais convencida de que o marido era capaz de fazer. Jules não conseguia admitir nem para si mesma que precisava saber se Rowan tinha por acaso arrastado Saul para algum lugar desconhecido. Se Rowan tinha feito alguma coisa contra ele. Alguma coisa da qual Rowan poderia se arrepender.

— Eu já falei tudo pra polícia — Rowan respondeu. — Já falei pra eles que não vi o Saul naquela manhã. Falei que eles precisavam interrogar era a porra daqueles ciganos na praça e não um dos cidadãos mais respeitados da cidade.

Normalmente, Jules iria pedir para Rowan repensar aquele comentário tão preconceituoso, mas nada na situação deles era normal. Pelo contrário, o que ela disse foi:

— Você sabe que eu te amo. E você sabe que prometemos nunca esconder um segredo do outro — o que a deixou um tanto quanto amargurada, já que, no momento que as palavras saíram da sua boca, a palavra *grávida* explodiu dentro da sua mente.

Rowan dessa vez observou a esposa de relance:

— Por favor, Jules, me deixe um pouco em paz. Eu preciso me desconectar de toda essa confusão.

Sem ter o que fazer, Jules desistiu e subiu as escadas. No caminho para o quarto, parou para dar outra olhada na filha. Ela estava dormindo. Será que Saffie estava mesmo dormindo quando elas voltaram do pub naquela noite? Jules se lembrava de ter olhado Saffie logo depois das duas terem chegado em casa e ela estava do mesmo jeito, em um sono profundo. Por que Saffie falou para a detetive Shimwell que não conseguiu dormir? Talvez a memória de Saffie estivesse nublada pelo trauma provocado pela experiência. Ou talvez ela tenha caído no sono ao ouvir Jules e Holly entrando pela porta. Ou talvez a própria memória de Jules esteja confusa por causa de todo o espumante que ela tomou naquela noite. Quer dizer, todas essas questões eram até meio irrelevantes, pois o que Jules queria mesmo era que Saffie tivesse contado a ela na própria sexta-feira. Uma pílula do dia seguinte e Jules não ia ser obrigada a lidar com uma gravidez agora. E ela não seria a pessoa mais hipócrita da história, dizendo ao marido que eles não escondem segredos um do outro. Ela não precisaria esconder do marido que a filha deles estava grávida. Nem precisaria jogar essa história em cima de Holly para provar que Saffie não era uma menina escrota e mentirosa. O que, de qualquer maneira, nem chegou a funcionar. Quão mais escrota *ela* conseguiria ser? E aí Jules se viu pensando sem parar na besteira que ela mesma cometeu ao deixar escapar o que sabia a respeito de Archie e de Philippa, e veio forte na lembrança o rosto perplexo de Holly debaixo da chuva.

As atitudes de Saul estão revelando o pior de cada pessoa, Jules pensou. Incluindo o pior dela mesma.

11

Holly

EM QUAIS OUTRAS CIRCUNSTÂNCIAS a gente conta as horas em vez de contar os dias? É o que acontece quando a gente acabou de ter um filho, eu acho, para tentar saborear cada momento do desenvolvimento do bebê. Mas agora, medindo uma ausência e não uma presença, eu sei que estou querendo que o tempo pare por um motivo completamente diferente. Já se passaram quarenta e oito horas desde que Saul saiu pela porta e pouco a pouco desapareceu da minha vida. Eu preciso parar o tempo, impedir que ele se desfaça. Quarenta e oito horas, no contexto de uma vida, não soa tão agressivo quanto dizer *dois dias*.

Eu pego meu telefone, leio a mensagem de Saul pela milionésima vez.

Será que é *mesmo* uma mensagem de Saul? Ou será que ela foi enviada por um espírito de porco, talvez até o escroto do Twitter, alguém que sabe do seu desaparecimento e quer me torturar?

— Não conseguimos identificar a localização por uma questão técnica — Maria Shimwell me diz por telefone. — E nossos colegas de East Finchley fizeram uma busca no cemitério, mas não encontraram nenhuma informação útil. Existe uma comunidade de moradores de rua na região, então os policiais responsáveis conversaram com o pessoal. Ninguém viu nada, também não encontraram nada. Tem algum outro lugar que ele poderia ter ido? Algum lugar onde ele poderia ficar perto do pai?

Escutar as palavras em voz alta só reforça a minha certeza. Ele não foi para nenhum lugar físico. Eu sinto vontade de vomitar e é impossível falar o que estou realmente pensando.

...

A história de Saul agora está sendo apresentada no noticiário sob uma nova abordagem.

Procurado pelas autoridades desde segunda-feira, o menino foi acusado de estuprar uma garota de treze anos de idade apenas alguns dias antes do seu desaparecimento. E a polícia ainda não descarta uma possível conexão entre os dois eventos. De acordo com a vítima, o rapaz de dezessete anos, que é amigo da família, cometeu o abuso dentro da casa dela num momento que os pais da menina não estavam presentes.

Ou seja, o meu filho de dezesseis anos agora tem dezessete, segundo os jornais.

E é um estuprador.

Shimwell me liga mais tarde e diz que eles continuam no escuro. O clima está muito pior, uma chuva implacável que já dura o dia inteiro. Os rios transbordaram e toda a região está alagada, e os grupos de voluntários inclusive interromperam as buscas. Por causa do clima? Ou por que eles agora acreditam que o meu filho estuprou uma menina de treze anos de idade?

Quando estou subindo as escadas, meu telefone toca outra vez. Eu nem me arrisco mais a esperar que seja Saul entrando em contato para me dizer que está bem e protegido.

— Holly — alguém diz, e meu coração desaba no chão. Não é Saul, obviamente — Como estão as coisas? — é Luma, do trabalho.

— Terríveis. Estava pensando em ir trabalhar amanhã. Tirar minha cabeça dessa espera interminável, toda a preocupação, essa ansiedade. É exaustivo, Luma.

— Na verdade, Holly, nós estávamos pensando se não seria melhor você tirar umas férias. Estamos recebendo algumas respostas bem violentas das redes sociais. E os boatos estão correndo soltos por aí — a voz de Luma é suave, conciliatória.

— Que boatos?

— Você não entrou nas suas redes sociais? O que eles estão falando de você é bastante cruel. Estão te chamando de hipócrita. Alegando que você classifica todos os homens como estupradores em potencial, mas que entra em negação quando o seu filho é acusado. Está horrível. Tem aquele Machistinha, claro, mas ele tomou a frente de uma série de outros abusadores. E eles estão marcando a universidade em todas as postagens.

— Como é que eles souberam? — eu digo, e choro. — Como é que eles souberam do que o Saul foi acusado?

— A história está espalhada pela internet inteira, que ele desapareceu e que existe uma acusação de estupro atrelada ao caso.

— Quem é essa porra desse Machistinha? — eu pergunto, impotente.

— Talvez a gente nunca descubra. O fato é que esses tuítes agressivos estão destruindo todo o seu esforço nos seminários sobre consentimento. E, se os estudantes tomarem conhecimento das acusações contra o seu filho, e uma hora eles vão acabar descobrindo, eles também podem perder a confiança em você como orientadora. Então achamos que o melhor seria mesmo que você tirasse umas férias agora.

Os rostos dos meus alunos aparecem na minha mente. Eleonora. Tudo o que conversamos sobre a escrita do seu romance, o quão perto ela está de concluir o texto. Mei Lui. Minha vontade é arrancá-la de qualquer situação de merda que ela por acaso esteja envolvida. Eu preciso estar lá. Eu sempre estive lá para meus alunos: é quem eu sou, é o que eu faço.

— Estou no meu limite, desesperada para saber o que aconteceu com o Saul — eu digo. — Não sei bem o que fazer. Não sei pra onde eu deveria ir. Trabalhar pode ser uma solução. Iria me distrair, pelo menos.

— Desculpa, Holly, mas poderia prejudicar a imagem da universidade, se as pessoas acharem que não estamos tomando uma atitude a respeito. Ainda mais nesse momento, que acabamos de abrir as inscrições pro próximo ano.

— Mas isso não é dar a eles o que eles querem? Não é entregar pro Machistinha exatamente o que ele está pedindo? Não é nos silenciar e impedir que a gente lute pelos direitos das mulheres? Eu preciso estar lá, Luma. Preciso ajudar a Hanya com o seminário.

— Bom, esse é o problema — Luma diz. — A Hanya acha que ter um envolvimento seu, depois de tudo o que está acontecendo, pode ser meio... Polêmico. Ou contraproducente, na verdade.

Eu deixo as palavras dela decantarem dentro de mim.

— Você está me dizendo que ela acredita que o meu filho é culpado?

— Não. Escuta. Ninguém está falando que ele é culpado. Mas o fato é que ele foi acusado de estupro... E a fuga dele dá muita munição praqueles idiotas classificarem os seminários como hipócritas, e isso na melhor das hipóteses.

Eu me esqueço olhando pela janela. As árvores estão perdendo as folhas. O ar está cheio de flocos laranjas voando em redemoinhos de vento antes de caírem no chão. E estou começando a detestar minha vista para a praça, essa vista que me mostra as estações gradativamente se transformando diante dos meus olhos.

— O que eu estou passando... O que essa coisa fez o Saul passar — eu digo — é muito pior do que qualquer coisa que eu tenha imaginado antes. Ter uma acusação como essa associada ao nome dele — eu tento não perder o controle. — Pode ter levado ele ao suicídio. É o que a polícia acha. É o que estou começando a acreditar. E eu não sei como lidar. Eu não sei o que fazer.

— Oh, Holly. E é particularmente terrível pra você, né? Como supervisora do seminário. Ainda por cima contigo.

— Eu sou mãe, Luma. Seria particularmente terrível pra qualquer mãe — eu digo, engolindo minha vontade de chorar.

E escuto Luma suspirar do outro lado da linha. Eu sei, ela também está em um fogo cruzado.

— Faltam só algumas semanas pro Natal — ela diz, no fim. — Posso repassar as suas orientações e aulas pra Ayesha. E acho que o melhor seria você alegar uma licença médica. Por estresse talvez? Acho que vai ser bom pra você também. Porque eu sei como essa situação deve estar sendo um inferno, e você não quer nem precisa ter que enfrentar ainda mais animosidades no trabalho.

— Pelo jeito eu não tenho muita escolha.

— Só até o fim do semestre — Luma completa, suave. — Me desculpe por isso, Holly.

...

— Quem era? — Pete pergunta, entrando no quarto. Hoje ele está trabalhando em casa, usando seu computador no quarto das meninas lá no sótão. Ele parece cansado, todo despenteado e vestindo uma camiseta amassada e calça jeans.

— Luma. Ela me disse pra tirar uma licença. O Machistinha está lucrando com a situação, aparentemente.

Nós dois vamos então dar uma olhada no meu Twitter. Com certeza, enquanto eu estava preocupada com Saul, as postagens explodiram.

@Hollyseymore hipócritadocaralho #feminazi #UniversidadeDeLondres

@Hollyseymore mãedepedófilo #feminazi #UniversidadeDeLondres

E por aí vai.

— Como eles sabem que o Saul é meu filho?

Pete se encolhe.

— É só procurar no Google, na verdade. Você tem um perfil público na internet, então é muito difícil esconder o que aconteceu com o Saul.

— Como assim?

— Qualquer pessoa só precisa dar uma procurada pra achar as conexões.

— Por causa de alguns artigos publicados?

— Depois que está no mundo, está no mundo — Pete diz. — Não dá pra apagar mais depois que a internet te descobre. Não é à toa que chamam de *rede*.

Eu olho o Twitter de novo. Deixei passar uma mensagem e é essa mensagem que me destrói de vez.

@Hollyseymore bemfeitoseofilhodelaestivermorto #feminazi #UniversidadeDeLondres

— Escrotos — Pete diz. — Vem cá, Holly — eu deixo que ele me abrace, deixo as lágrimas escorrerem. — Essa coisa já passou do limite. Você vai sair do Twitter. Você vai fechar essa conta agora mesmo.

— Eu não sei nem como apagar minha conta.
— Vamos descobrir um jeito.

Nós estamos no meio de uma pesquisa sobre *como desativar sua conta no Twitter* quando escuto uma batida na porta lá embaixo. Uma mulher está do lado de fora. Ela me entrega uma identificação institucional e se apresenta como Fatima Gumby, assistente social. Ela é negra e está vestida com calça social e jaqueta cinzas e tem olhos castanhos enormes e um cabelo comprido, todo com tranças.

— Posso entrar? — ela pergunta. — Estou aqui para te auxiliar no que for preciso. Pelo que me informaram, você está passando mesmo por uma provação.

Ela pergunta se tenho chá, e nós vamos para a cozinha. Lá, ela diz que gostaria de conversar comigo sozinha e Pete concorda, ele apenas faz um carinho no meu ombro e volta para o sótão. Fatima começa me perguntando como estou lidando com o assunto. Ela senta e escuta. E eu abro todas as minhas comportas. Digo que *não* estou lidando. Que me sinto uma imbecil. Que a culpa é minha por fazer Saul perder a confiança em mim. Que alguém no Twitter descobriu sobre a acusação de estupro e a notícia está espalhada pela internet inteira. Que por isso eu não posso ir trabalhar. Que Saul não pode saber desses tuítes todos ou vai ser a gota d'água para ele, se é que já não é tarde demais. Que eu nem sei mais quanto consigo aguentar.

— Não fique com vergonha de chorar — ela diz. — Não se importe comigo. Não tem nada que eu já não tenha visto ou escutado. Nada mais me surpreende nesse nosso velho mundo. Chore o quanto você quiser, o que você precisar.

Então eu choro, não paro de chorar. Fatima continua sentada e me deixa chorar, sem se abalar pelo meu desabafo. Enfim, exausta, eu fico calada, me sentindo etérea, mais leve, como se tivesse expulsado um peso enorme para fora de mim, ou pelo menos uma parte dele.

Fatima me diz que antes trabalhava no departamento de investigações criminais da polícia londrina. Que está aqui para me ajudar. Ela é forte e determinada. E já estou pensando:

Fatima vai me ajudar a encontrar meu filho. Vai ficar tudo bem agora que Fatima está aqui.

— Nós precisamos lançar uma campanha nacional — ela diz na sequência. — Vamos precisar de uma foto. Espero que você concorde com isso. Você pode escolher a foto que nós vamos usar. Pode ser a da identidade, qualquer coisa, desde que seja recente.

Sim, claro. Eu concordo. Mas estou procurando as fotos no meu celular quando escuto uma outra batida na porta. A detetive Maria Shimwell está de volta, acompanhada pelo detetive Carlos Venesuela. Eles estão em pé um do lado do outro nos degraus da entrada. Venesuela diz que precisa conversar com Pete.

— Por quê? — eu pergunto, ingênua.

— Procedimento padrão — Venesuela diz. — Só precisamos perguntar algumas coisas pra ele, e o melhor é conversarmos na delegacia.

— Eu estava de saída pro trabalho — Pete diz, descendo as escadas para ver quem é na porta. — Minha agenda está bem cheia hoje à tarde.

— Não deve demorar muito — Venesuela diz. — Apesar de que talvez seja melhor você cancelar qualquer compromisso antes das três.

— Consegui desativar a conta — Pete diz por cima do ombro ao sair.

Fatima e eu estamos em pé na minha sala de estar quando eles vão embora, e eu fico por ali meio sem reação, olhando a viatura da polícia contornar a praça. Em geral, não noto como as casas da vila são decrépitas à luz do dia. Como os humanos são substituídos por enormes lixeiras de plástico com um metro e meio de altura e rodinhas. A vila, como Jules me disse antes da minha mudança, fica cem por cento vazia durante o dia. Todo mundo está em algum outro lugar. Ou quase todo mundo. Talvez seja imaginação minha, mas eu acho que vi um rosto escondido em uma janela, em uma das casas do outro lado. É apenas um relance. No instante em que a viatura vai embora, o rosto desaparece e as cortinas se fecham. É uma vila minúscula. Ninguém tem nada para fazer. O que é que eu esperava de diferente?

— E a foto? — Fatima pergunta, gentil.
— Aqui — eu entrego o meu telefone para ela.
— Você consegue encaminhar pro meu número?
E eu faço o que ela me pede.
— Por que eles levaram o Pete pra delegacia? — pergunto na sequência, procurando os seus olhos castanhos quentes. — Ele não sabe mais que eu sei.
— Eles precisam revirar todas as pedras.

Não sei se essa resposta me acalma, e a reação de Pete quando soube da acusação de Saffie me volta ao pensamento. O jeito que ele sentou e disse: *Ela o quê? Mas essa é uma acusação muito séria*, o fato de sua primeira reação ter sido tirar as filhas de casa. Não quero acreditar que essas questões tenham alguma coisa a ver com o sumiço de Saul. Preciso ser justa: Pete não estava aqui quando Saul saiu na segunda pela manhã. Ele já tinha saído para o trabalho, porque estava com um horário marcado bem cedo com uma paciente. O melhor então é afastar essa paranoia de dentro de mim. Preciso confiar em Pete. Quem mais eu tenho no mundo?

— Fique tranquila, eles estão conversando com todas as pessoas que mantinham algum tipo de relacionamento com o Saul, às vezes essas pessoas podem ter visto ou ouvido algum detalhe importante pra investigação — Fatima me diz, como se estivesse lendo meus pensamentos. Ela se acomodou no sofá e olha para o telefone quando ele vibra para indicar que a foto de Saul chegou.

— Ele é um menino muito bonito — ela diz. — É um galã em formação.

Eu me sinto bem pelo seu gesto. A tentativa de ser gentil, mesmo sabendo que aquele menino acabou de ser acusado de estupro. A tentativa de mostrar que não está pré-julgando a situação. Que ele é inocente até que alguém prove o contrário. *Cada besouro é uma gazela para os olhos da sua mãe.* Será que é isso que ela está pensando?

— Vou levar pro departamento. E providenciar um horário nos estúdios de tevê pra você gravar um apelo, caso a gente não tenha nenhuma novidade até amanhã.

— Uma gravação na tevê?

— É bastante útil — Fatima diz, carinhosa. — É bem comum que uma testemunha se apresente às autoridades depois de ver os parentes de uma pessoa desaparecida na televisão.

— Mas você sabe que a notícia já se espalhou, né? Que ele foi acusado de estupro? E que ninguém vai ter empatia nenhuma com ele.

— Ele é inocente — ela me responde — até que alguém prove o contrário. Nunca esqueça disso. E mantenha essa frase no pensamento enquanto estiver na gravação. É o que você vai comunicar nas entrelinhas. Desde que você acredite.

— É claro que eu acredito. Eu *sei* que ele é inocente.

...

Na sequência, eu pergunto para Fatima se ela ainda tem um dia muito longo pela frente. Ela dá risada e me responde que sim, que hoje é o seu turno mais atribulado, mas que amanhã ela vai poder pegar os filhos na escola.

— O que é ótimo — ela diz. — Não é sempre que eu consigo. Só uma vez por semana. E as carinhas deles quando me veem chegando! Faz valer a pena.

— E quem pega eles quando você está trabalhando? — eu preciso de uma conversa banal, do conforto de uma conversa banal.

— A avó deles. Ela pega os meninos quatro vezes por semana na escola. Quando eu dou sorte, consigo chegar em casa a tempo de ler uma história antes deles dormirem. Mas não é sempre.

— Você não está com vontade de ir pra casa agora? — eu pergunto. — Vou ficar bem sem você aqui, se você quiser voltar pra sua casa.

— Estou no meu horário de trabalho — ela diz. — Não poderia ir pra casa, mesmo que quisesse. E estou bem contigo aqui. Te fazendo companhia. Você não precisa se preocupar.

Fico triste de pensar que os filhos de Fatima precisam se virar sem ela em quase todos os dias da semana. Nós todos precisamos de nossas mães. E, nesse momento, eu adoraria estar com a minha. Mas ela está trancafiada em um asilo de Glasgow há cinco anos e não consegue mais me reconhecer. Anos e anos que ela não é mais a minha mãe. E o único jeito que encontrei para lidar com a ausência dela, antes da demência carcomer sua personalidade, foi não me obrigar a vê-la com frequência. Talvez seja uma reação covarde, eu sei, mas desde que eu e minha irmã brigamos, depois da morte de Archie, minhas visitas a Glasgow diminuíram. Suzie e eu não nos falamos desde que ela insinuou, no velório de Archie, que, entre os convidados, alguém sabia mais de Archie do que deveria saber. As palavras dela voltam ao meu pensamento agora, concordando com o que Jules me disse ontem. O que é que Suzie e Jules sabem que eu não sei?

De repente, minha única vontade é estar nos braços quentes da minha mãe, sem ter a obrigação de pensar em mais nada. Qual foi a última vez que eu senti que podia me apoiar por completo em alguém? Deixar a pessoa tomar as rédeas da situação? Não consigo nem me lembrar. Esse é um dos motivos por que eu sempre precisei de Jules. *Nossos amigos são a nossa família*, ela me disse uma vez, *agora que nós moramos tão longe dos nossos parentes. Você, Holly, você é a minha irmã. A minha irmã de alma.*

A verdade, no entanto, é que minha mãe, para começo de conversa, nunca foi muito maternal. Sempre envolvida demais em alguma questão social ou qualquer outra coisa que capturava sua atenção e a mantinha bem longe de mim e de Suzie. Minha imagem de um caloroso abraço materno é uma fantasia. Meu pai é que era o participativo da família, era ele quem gastava seus dias de folga dentro casa, nos ajudando com nossas invenções no jardim. Uma casa na árvore, esconderijos, carrinhos de brinquedo. Era ele quem lia uma história antes da gente dormir. Ele sempre foi animado e afetuoso. Mas meu pai morreu dez anos atrás. E agora estou pensando, cheia de autopiedade: eu sou órfã. Órfã e viúva. Por favor, não me deixe perder meu filho também. Não existe uma palavra para definir uma mãe que perdeu o filho, é o que mais me assusta. Porque é um conceito doloroso demais para tentar encapsular em uma palavra só.

Nesse momento, quase como uma avalanche, vejo uma lembrança tomar conta de mim, dos tempos em que Saul era bem pequeno e corria pelo terreno da nossa casa em Londres e pulava na nossa cama para dormir grudado em mim. Em silêncio, eu prometia protegê-lo de todos os perigos por toda a eternidade. E aí, quando fiquei sozinha, depois que Archie não estava mais aqui, a responsabilidade de ficar de olho em Saul se tornou uma pressão insuportável.

— Vai ficar tudo bem — eu sussurrava no ouvido dele quando Saul voltava a dormir. — Eu estou aqui. E vou te proteger, tá, sempre — o que eu sabia que era uma mentira. Eu não consegui impedir que o pai dele morresse, consegui? Eu sempre soube que, um dia, Saul iria crescer e ter que enfrentar o mundo sozinho. E que eu não iria conseguir protegê-lo. Mas, mesmo reconhecendo a impossibilidade da tarefa, sempre me esforcei ao máximo para manter Saul seguro, a ponto de Pete pensar que eu sofro de angústia de separação. Checando onde ele está, verificando se chegou em casa na hora que prometeu chegar. Perguntando se está tudo bem com ele. Se está feliz, se fez novos amigos. E não funcionou. Não consegui manter a segurança de Saul. Nem do mundo nem dos seus próprios demônios.

— Pronto. Essa vai ser servir perfeitamente — Fatima interrompe meus devaneios, analisando a foto de Saul no seu iPad. — Agora, acho que a gente deveria tomar um pouco mais de chá e você pode me falar melhor sobre a relação que Pete e seu filho construíram nos últimos anos.

...

Pete parece exausto quando finalmente entra em casa. Fatima vai embora na mesma hora em que ele chega, prometendo entrar em contato assim que tiver alguma notícia.

— O interrogatório foi exaustivo — ele diz, pálido, encharcado, com o rosto brilhando de suor. — Achei que eles não iam acreditar em mim quando eu disse que estava no trabalho na manhã que Saul desapareceu. Eles queriam confirmar meu álibi. Ligaram pra minha paciente, inclusive.

— E deu tudo certo? O seu álibi era sólido?

— Não acredito que você está me fazendo essa pergunta, Holly.

— É só que... Tudo está parecendo tão instável. Eu não sei

mais em quem confiar, em quem me apoiar — eu digo, pensando que, no fundo, do jeito que for, eu só queria mesmo era ter um pouco mais de calma.

— É um preço pequeno a se pagar, na verdade — Pete diz. — Pra ajudar eles a me eliminar da investigação. É o mínimo que eu posso fazer — ele se vira e me olha. Vejo no rosto dele uma mistura de indulgência, culpa e resignação. — Desculpa, Holly, mas a Deepa me mandou uma mensagem — ele suspira. — Ela e o Tim vão precisar viajar por algumas noites, é um compromisso de trabalho que eles não vão poder adiar.

— *Oi?*

— O pai dela vai ficar na casa da irmã dela porque ele desabou na cama com uma gripe forte, então eles não vão poder ajudar. A Deepa me pediu pra cuidar das meninas. Eu vou precisar ir lá, mas eu realmente gostaria que você fosse junto comigo. Não quero te deixar sozinha agora. E, na verdade, acho que seria ótimo você vir comigo. Mudar um pouco o cenário. Passar algumas noites com as meninas.

— Agora?

— Eles vão viajar bem cedo, é algum tipo de conferência científica em Lisboa, e o voo é logo pela manhã. Então, sim, eu preciso ir pra lá o quanto antes. Eu posso ir hoje e depois você me encontra lá, se preferir.

Ele vai até o armário debaixo das escadas, onde guardamos as malas, as botas e os casacos velhos, e mergulha lá dentro. Volta com a mochila de viagem que ele costuma levar quando vai para Bristol dar aulas.

— As meninas não podem vir pra cá? — eu digo para suas costas. — É uma loucura você ter que ir pra lá se temos camas vazias aqui em cima. Todas preparadas pra elas.

— As meninas não querem vir aqui no momento — ele se vira e me olha, inconsolável. — Elas estão, compreensivelmente, assustadas com o que aconteceu com o Saul. Que ele saiu pela porta da frente e não voltou mais. Elas...

— Elas não sabem o que a Saffie disse, sabe? Elas não sabem sobre essa coisa do estupro, né?

Ele hesita por um segundo.

— Nós fizemos o melhor possível pra elas não ficarem sabendo. Mas agora está em todas as mídias, é impossível ter certeza do que elas sabem ou não sabem.

— As coisas estão ficando cada vez piores. De minuto em minuto. Eu não quero que você vá lá, Pete. Se a irmã da Deepa a decepcionou, é um problema dela. A Deepa que cancele a viagem.

— Eu não acho que a Deepa vá cancelar nada — ele diz.

— Não é ela quem decide! É uma coisa que eu e você precisamos decidir juntos, e pensando no que as meninas querem e precisam também.

— Você viu onde meu jeans está? — ele pergunta. — Eu coloquei as calças na máquina de lavar no outro dia.

— Esquece a porra das suas calças, Pete! — eu grito, enfurecida. — Você não pode ir. Você não pode se mandar e me largar aqui. Eu preciso de você. Você precisa ficar aqui.

Ele não me responde. Sigo meu marido atravessando a cozinha até a área de serviço depois da porta dos fundos, onde ele se abaixa e procura as calças dentro da secadora, retirando de lá algumas roupas esquecidas. Pete se levanta e sacode um jeans amassado.

— É só por algumas noites, meu amor. Até a Deepa voltar. Eu preciso estar lá, tranquilizar as meninas. Você entende, não entende? Por favor, vem com a gente?

— Puta merda... — eu disparo, e Pete sacode a cabeça em choque. — Eu não posso sair de casa, Pete. O Saul pode voltar pra cá. Você sabe disso. Eu não consigo acreditar que você está mesmo considerando ir pra lá. Você não se importa com a situação? Você não quer ficar aqui pra poder ouvir os últimos boletins? E Fatima me pediu pra fazer uma gravação na tevê. Amanhã, se a gente não tiver nenhuma notícia. Eu gostaria que você estivesse lá comigo.

— Uma gravação na tevê?

— Ela me disse que muitas testemunhas acabam abrindo a boca depois de ver os parentes da pessoa desaparecida nos jornais. E eu não vou conseguir ir lá sozinha.

Pete coloca a mão delicadamente no meu ombro.

— Você consegue — ele diz. — Você consegue, Holly. Pelo Saul. Você não vai ter problema nenhum lá. Você é ótima nesse tipo de coisa.

— *Nesse tipo de coisa*? Eu nunca fiz nada parecido na minha vida inteira.

— Você dá aulas. Você dá palestras. Você é acostumada a falar em público.

— Você não tem noção nenhuma do mundo, né? — minha voz sai como um pequeno rosnado, e eu estou tremendo de raiva.

— Não complica ainda mais a situação, por favor — Pete implora. — Você sabe que eu estou dividido. É claro que eu iria preferir ficar aqui, mas preciso cumprir as minhas obrigações enquanto pai.

— Pois me parece é que você quer mesmo é agradar a Deepa. Não é pelas meninas — eu murmuro, e imediatamente me arrependendo.

— É o que você acha então? — Pete pergunta.

Eu não deveria ter revelado essa pontada de ciúme. Desvaloriza meu argumento central, que é: preciso de Pete aqui, comigo. Mas é impossível voltar atrás agora:

— Diga a ela que você vai ficar aqui — eu adoto o tom mais assertivo possível, o tom de voz de Deepa, percebo. — Você vai ficar aqui porque eu sou a sua esposa agora, e não ela.

Pete certamente não esperava essa minha indignação. Deepa e eu nos tratamos com uma espécie de respeito cordato. Na versão de Pete, o término deles se deu, em parte, porque ela o considerava em um nível abaixo do seu. Tanto que, depois que os dois acabaram, ela se casou com Tim, um colega na clínica de fertilidade onde ela trabalha como pesquisadora, e eles se mudaram para uma enorme casa antiga na área arborizada de Cambridge, ao norte do rio. As meninas continuaram matriculadas, como Saffie, nas escolas locais, passando metade do tempo com Pete e, nos últimos tempos, também comigo e com Saul.

Na verdade, eu tenho uma relação civilizada com Deepa, para não dizer tranquila. Estou pensando nela nesse exato momento: ela é uma mulher sedutora de origem indiana, com longos cabelos escuros e grandes e bonitos olhos verdes. As roupas dela sempre parecem iluminadas por dentro, toda aquela seda indiana, as botas engomadas e as calças lisas com algum tipo de brilho nelas. E combina perfeitamente com seu estilo: roupas de marca que se adaptam ao seu corpo esbelto. Ela é, com certeza, uma das mulheres mais elegantes que já vi, e eu sempre invejei a sua inteligência e a sua beleza. Além de ter consciência, é claro, de que eu moro com o parceiro que ela descartou. Mas também sou muito grata por ela nos emprestar as filhas dela quase todo fim de semana. E só depois de toda essa confusão com Saul é que senti algum tipo de animosidade em relação a ela. Eu tento, mas não consigo evitar uma hostilidade crescente na minha voz agora que ela arrancou as meninas de mim e estalou os dedos para Pete voltar correndo bem no momento em que eu mais preciso dele.

— Diga a ela que ela pode muito bem contratar uma babá — eu acrescento, frágil.

Pete me ignora.

— Se você tem certeza de que não quer ir — ele diz, enfiando roupas na mochila —, vou ficar o tempo todo colado no telefone — Pete sequer me olha nos olhos, está nervoso, porque eu o faço se sentir culpado. E porque ele se sente encurralado. Preso entre as filhas e a nova esposa. — Me ligue assim que souber de alguma coisa — ele anda em direção à porta e se vira. — Eu prometi à Thea — ele diz, com uma voz modulada. — Estou fazendo isso por ela e pela Freya. Se você não consegue enxergar isso, então é porque você realmente não me conhece — ele me devolve um olhar de expectativa.

Eu poderia puxá-lo na minha direção. Dar um beijo nele. Dizer que sim, claro, sua prioridade precisa ser as meninas. Sempre, mas ainda mais agora, quando elas estão com medo pelo que pode ter acontecido com Saul. Mas eu não me mexo. Eu não posso. É uma questão de orgulho próprio, depois de ter passado pela humilhação de revelar minhas inseguranças em relação a Deepa, um acúmulo de dor por ele me abandonar em um momento de necessidade.

Falo então para as suas costas enquanto Pete vai embora:
— Acho que pelo jeito eu realmente não sei quem você é.

...

Nas horas que se seguiram à saída de Pete, não faz muita diferença se eu ligo o aquecedor central no máximo, se eu fecho as cortinas, se acendo o forno, mesmo que não vá cozinhar nada, já que ninguém no mundo vai conseguir me forçar a comer alguma coisa agora, nada, a cozinha continua fria. Nauseada de raiva por causa dele, e por causa da minha própria impotência em impedir sua saída para cuidar das filhas, eu ainda estou tremendo quando, mais tarde, digito o telefone de Philippa no meu celular. É meio que um gesto masoquista, eu acho, pois não me parece que as coisas possam ficar piores. Philippa atende e de imediato me pergunta quais são as novidades de Saul e a acusação de estupro. Ela deve estar arrependida por ter se recusado a me ajudar.

— Ele desapareceu — eu digo a ela, e minha voz desaba. — Ele está desaparecido desde que soube da acusação. E a polícia não tem a menor ideia de onde ele está.

— Nossa, mas é uma notícia terrível — ela diz. — Deve ser doloroso demais pra você. Eu sinto muito.

— Você nem imagina — eu digo, e nem me importo mais com a amargura que minha voz projeta. — Você nem imagina. Doloroso demais não chega nem perto do que eu estou sentindo. Por não saber, por ter medo do pior. Mas não é esse o motivo da minha ligação — eu me sinto distante, desconectada do mundo, como se eu pudesse falar qualquer coisa, porque não vai fazer diferença nenhuma. — Estou ligando porque preciso saber quais são os seus verdadeiros motivos pra não defender o Saul. Porque quando... Se... Não, *quando*, quando ele voltar, a Jules e o Rowan não vão desistir. A Saffie não retirou a acusação dela. Me explica, o que é que estava na sua cabeça, hein?

Mas aí entramos em um longo silêncio.

— Philippa — eu digo —, aconteceu alguma coisa entre você e o Archie? A Jules fez uma insinuação na última vez que nós conversamos — eu digo, e mergulho dentro do abismo do seu silêncio. — Eu acho que ela estava tentando me machucar, se vingar de mim por não acreditar no Saul. Ou por criticar o marido dela. Mas eu preciso ter certeza.

— Meu Deus, Holly — Philippa, enfim, me responde. — Já são seis anos desde que o Archie morreu — meus batimentos se aceleram. — Eu achava que, se você nunca descobrisse, não ia te fazer mal nenhum. E te garanto que nem eu nem ele queríamos te machucar. Eu posso dizer isso com a minha mão no coração. Eu seria capaz de jurar diante de um tribunal, com a mão na Bíblia. Mas você estava tão apegada ao Saul e o Archie estava solitário e eu estava lá.

— O que você está me dizendo, Philippa? — eu preciso segurar na mesa da cozinha para não desabar no chão.

— Era platônico, você precisa acreditar em mim.

— *O que* é que era platônico?

— Nós nunca dormimos juntos. A Jules sabe disso. Era mais uma conexão mental. Nós estávamos trabalhando juntos num caso muito difícil e acabamos admitindo que sentíamos algumas coisas um pelo outro. Não era tão físico quanto...

— E como é que a Jules sabia dessa história? — Jules é *minha* amiga, estou pensando. Não era amiga de Archie, nem de Philippa.

— Naquela época, eu e ela costumávamos nos encontrar pra conversar e tomar um café.

— Você está me dizendo que...

Philippa e Jules costumavam tomar café juntas? Eu não sei o que me machuca mais, a relação clandestina entre ela e o meu marido ou entre ela e a minha melhor amiga.

— Holly — ela continua, em um tom moderado —, talvez ajude se eu te contar quais foram as últimas palavras do Archie antes de morrer.

— Como é que você sabe quais foram as últimas palavras dele? — eu uivo. — Ele estava sozinho. Não tinha mais ninguém lá quando eu cheguei no hospital.

Estou, nesse momento, desejando nunca ter ligado para ela. Não saber de nada era muito melhor, era muito menos violento.

— Eu estava lá — ela diz, tão, tão gentil — Eu estava com ele na ambulância. Eu estava com o Archie quando ele morreu. E as últimas palavras dele foram...

— É esse o motivo pra você não aceitar defender o Saul? Você está com medo de que as pessoas pensem que... O quê? Que você vai ser tendenciosa porque o Saul é filho do seu amante? Ou que você está tentando se redimir do pecado por roubar o meu marido? Eu não quero saber quais foram as últimas palavras dele.

— Você entendeu tudo errado, Holly. Nós não éramos amantes, eu juro.

Eu estou chorando agora. Mas não vou deixar que ela fique por cima da carne-seca:

— Eu não quero saber, não quero que você me diga quais foram as últimas palavras dele só porque você quer se sentir melhor. Eu já sofri o suficiente nesses seis anos, todo esse tempo acreditando que tinha perdido alguém que me amava de verdade.

— Mas ele te amava de verdade. É muito possível amar mais de uma pessoa. Com certeza você entende isso, não entende?

O jeito que ela está falando, como se conhecesse Archie muito melhor do que eu. Começo a odiar Philippa. Seu rosto arrumadinho, seu corte de cabelo da moda e seus óculos caros, para não falar na sua plácida insinuação, quando nós nos sentamos no café, de que eu não tinha a menor ideia do que meu filho era capaz.

— As últimas palavras dele foram *peça a Holly pra me perdoar*. Mas eu não consegui te falar. Porque eu precisaria explicar antes qual era o motivo pra ele te pedir perdão. E aí eu achei que seria melhor se você pudesse viver o luto sem esse peso a mais. Eu achei que seria melhor se você nunca soubesse de nada.

— Você quer que eu te agradeça pela gentileza? — eu cuspo, e então aperto o botão de *desligar* do meu telefone com tanta força que meu dedão chega a arder.

A acusação de Saffie não mudou apenas o nosso presente e o nosso futuro, a acusação está mudando também o passado que eu conheço, e não sei ao certo com qual dor é mais difícil de lidar.

12
Jules

— EU TENHO AULA EXTRA DE MATEMÁTICA HOJE — Saffie disse. — Só volto depois das seis, tá?

Jules estava aplicando sua maquiagem na frente do espelho, fazendo um beicinho com os lábios ao passar o batom que Holly tinha dado a ela tantos anos atrás. Ela observou a filha pelo reflexo. Saffie estava amarrotando as mangas do seu casaco outra vez, daquele jeito nervoso e frenético que ela tinha adotado recentemente. E sua maquiagem parecia ficar mais grossa a cada dia, mas não conseguia esconder as sombras ao redor dos olhos. A expressão no rosto da filha mudou depois do estupro. E não era somente aquele detalhe imperceptível que apenas Jules tinha notado antes, a perda da inocência. Era como se a pele da menina tivesse derretido um pouco, e os olhos que estavam cada vez mais cautelosos, cada vez mais... Cansados do mundo.

— Eu te dou uma carona na volta — Jules disse.

— Não precisa. E, caramba, hein, por que vocês insistem tanto em me dar caronas?

— Porque, depois do que aconteceu, a gente não gosta de saber que você está lá sozinha no escuro.

— Eu estou ótima, mãe — Saffie disse. — A Gemma vai estar lá comigo. Nós vamos voltar juntas.

— Eu posso pedir ao seu pai pra pegar as duas.

— Não faz o menor sentido — Saffie disparou. — Eu vou ficar parecendo uma idiota se o meu pai ficar aparecendo em todo lugar pra me dar carona. Alguém vai acabar descobrindo... — ela pôs a mão sobre a barriga.

— Certo — Jules se virou. — Você não quer que a gente fique chamando atenção. Eu entendo. Mas, por favor, volte com certeza com a Gemma e deixe o seu telefone contigo o tempo inteiro. Ligado, e não no silencioso. E não se atrase. Ah, e eu vou conferir com a Tess se a Gemma está mesmo contigo, ok?

Saffie se aproximou de Jules e deu um beijo na mãe, deixando um resíduo grudento de batom na bochecha dela.

— Para de se preocupar, mãe — ela disse. — Você está me tratando como se eu fosse um bebê. E eu já superei o que o Saul fez. Eu sou perfeitamente capaz de me cuidar sozinha.

Algo no jeito forçado com que Saffie respondeu acabava revelando o quão traumatizada ela estava. Jules tentou se lembrar se ouviu a risada de Saffie nas últimas semanas e não conseguiu. O que aconteceu com a menina que caía na gargalhada por qualquer motivo? Aquela menina cuja gargalhada você podia escutar a quilômetros de distância quando ela caminhava de volta para casa com as amigas? Jules sabia muito bem que Saffie ainda não tinha superado o que Saul fez com ela, nem física nem psicologicamente. Mas, se era assim que ela conseguia enfrentar o dia, então talvez fosse melhor mesmo que Saffie vestisse essa máscara de bravura. No dia seguinte, elas iam ter a consulta com Donna Browne e iam resolver o problema da gravidez.

Aí talvez pudessem seguir em frente. Ou pelo menos tentar. Jules sabia que Saffie estava abalada pelo desaparecimento de Saul e, como mãe, ela não era capaz de evitar um sentimento de culpa: ele não machucou a sua filha apenas uma vez, e sim duas.

— Você precisa mesmo de perfume pra ir na escola? — Jules perguntou, no final das contas, respirando uma lufada assim que Saffie se virou.

Saffie se irritou:

— Você usa perfume pra ir no trabalho.

— Sim, mas eu tenho quarenta e três, você tem treze.

— É melhor do que eu cheirar a peixe.

— Mas você poderia ficar com o seu cheiro natural, que é ótimo — Jules disse. — Mas deixa pra lá, você vai acabar se atrasando. Está na hora.

...

Naquela tarde, Jules chegou cedo do trabalho para ter certeza de que estaria em casa quando Saffie voltasse. E se pegou pensando: o sumiço de Saul era perturbador em dois níveis, para além do fato de ter assustado Saffie ainda mais. Primeiro, porque era bem possível que ele estivesse por aí, à espreita, preparado para se vingar de Saffie por ela ter contado do estupro. No entanto, por outro lado, quem sabe o que realmente aconteceu com ele? Todo mundo logo presumiu que o desaparecimento foi motivado por um sentimento de culpa relacionado ao estupro. Mas uma coisa podia não ter nada a ver com a outra. Podia ter algum maluco à solta na região, algum assassino esfaqueando adolescentes solitários ou... Jules não era dada a voos de imaginação, mas os últimos acontecimentos botaram seus pensamentos de cabeça para baixo. As paisagens da região, tão amplas e calmas e iluminadas quando ela se mudou lá atrás, agora pareciam cada vez mais perigosas.

Rowan descia as escadas enquanto Jules se apoiava na bancada da cozinha, mandando uma mensagem para Tess: *A Gemma tem aula extra de matemática hoje à tarde? Só conferindo pra saber se ela e a Saffie vão voltar juntas no ônibus.*

Ela tinha algumas mensagens não visualizadas, pedidos repetidos para o estoque da loja e convites de Jenny e de Tess, que ela não tinha encontrado tempo para responder. Mas, no instante em que Rowan surgiu na cozinha, Jules bloqueou a tela do celular e olhou para o marido. Depois de ser despedido, Rowan ocupava seu tempo com golfe e observação de pássaros, mas ficou mais difícil no inverno, com os dias terminando mais cedo, e hoje, como já estava escuro fazia uma hora quando ela chegou em casa, observação de pássaros e golfe estavam fora de questão.

— Onde a Saffie está? — ele perguntou.

— Aula extra de matemática. Ela vai voltar de ônibus.

— Nesse escuro? Com aquele menino lá fora, vagando por aí?

— Sim, Rowan. Ela não quer ser tratada como uma criança. Ela está com a Gemma. Está tudo bem.

— Eu vou lá buscar ela.

— Não precisa. Sinceramente, ela não vai gostar.

Ele suspirou e olhou para Jules:

— Estou me sentindo muito preso desde que isso tudo começou — Rowan disse. — Não consigo relaxar.

— É compreensível. Mas é importante que a gente deixe a Saffie continuar a ter uma vida normal.

Jules abraçou o marido e apertou o corpo dele contra o dela. Era um alívio ver que Rowan estava preocupado com Saffie andando lá fora, no escuro. Rowan não estaria com medo de Saul ser uma ameaça se tivesse feito alguma coisa com o menino. Não é?

— Eu estava olhando umas fotos da Saffie no computador — Rowan disse, se livrando do abraço de Jules. Ela olhou para o marido. Não tinha nada de estranho em olhar fotos dos seus próprios filhos no computador. Todos os pais fazem isso. — Fiquei vendo aquelas fotos dela com a roupa de balé. Ela era sempre a mais bonita em qualquer lugar que a gente fosse — ele disse. — Eu sempre tive muito orgulho dela.

— Eu sei, meu bem. Eu também. Ainda sinto esse orgulho.

— Sim, mas agora é como se a aparência dela estivesse sendo um peso. Como se, por ela ser muito bonita, os homens achassem que têm o direito de tocar nela.

Era o que Jules às vezes achava meio estranho. O fato de Rowan ficar pensando em outros homens tocando em Saffie, um costume que não começou por causa do estupro. Rowan sempre foi assim em relação a Saffie. Era como se ele pensasse na filha como um objeto que os homens cobiçavam. Ele gostava que sua filha fosse bonita, mas odiava quando a beleza dela chamava atenção demais. Jules sempre se perguntou se aquele comportamento era saudável. E se, mesmo adorando a filha, ele faria alguma coisa com ela.

— Eu odeio pensar em qualquer pessoa botando as mãos suadas nela. Eu odeio pensar que ela vai ter que aguentar mais e mais homens agarrando o seu corpo quanto mais velha ela ficar. E ainda ter que pensar... Ter que pensar em alguém forçando uma carne imunda dentro do corpo perfeito dela.

— Eu sei como você se sente — Jules disse. — Mas, Rowan,

está tudo bem com ela. Nós vamos ter que criar juntos uma máscara e mostrar pra ela que também estamos bem.

Jules se parabenizou pela abordagem racional que estava apresentando. Porque não era como ela se sentia. A gravidez explodia dentro da sua cabeça. Se pelo menos elas tivessem ido mais cedo para o consultório de Donna. A cada dia, as chances de Rowan descobrir que Saffie, além do estupro, estava lidando com uma gravidez indesejada só aumentavam. Ela tomou a decisão correta ao atender o pedido de Saffie? Será que ela não deveria ter levado logo a filha para uma clínica em algum outro lugar?

— O jeito que o Saul desapareceu — Rowan continuou. — É como se ele estivesse jogando culpa na cabeça dela. Por ela ter nos contado.

— Acho difícil pensar que ele faria algo tão perverso — Jules disse, engolindo a ânsia de dizer que também pensou a mesmíssima coisa. — É óbvio que o sumiço do Saul vai incomodar a Saffie, mas temos que nos esforçar ao máximo pra ela não achar, mais do que já acha, que os dois eventos estão conectados. Nós precisamos enterrar essa história. Temos que comunicar pra ela que os dois incidentes não estão *necessariamente* relacionados. E que, se estiverem conectados, não é culpa dela. O Saul é um menino complicado e está perdido em vários sentidos, alguns bastante inaceitáveis.

— O que é um eufemismo.

— Sim, é um eufemismo. Mas ela precisa sentir que estava certa em nos contar sobre o estupro. Você acusar o Saul de jogar culpa na cabeça dela não ajuda em nada. E, se acontecer alguma tragédia com ele, ela vai pensar que não deveria ter nos falado.

— Mas a verdade é a seguinte: ele merece qualquer coisa que apareça no caminho dele — Rowan murmurou.

Jules estava prestes a responder quando a campainha tocou. Soou mais alto do que o normal, fazendo os dois tomarem um susto. Saffie tinha a própria chave. Ela nunca tocou a campainha. E Jules começou a tremer. A última frase de Rowan a deixou desestabilizada. Mas sua preocupação maior era que Saffie estivesse segura dentro de casa. Ela olhou o celular para ver se Tess tinha respondido a mensagem, mas nenhuma resposta ainda. Então o coração dela disparou quando viu, através do vidro da porta da frente, que a detetive Shimwell estava de volta, acompanhada pelo detetive Venesuela.

— Ai, meu Deus, por favor, não me diga que... — Jules começou, abrindo a porta. — A Saffie está bem, não está?

— Ela não está em casa? — Maria Shimwell perguntou, e Jules sentiu sua cabeça girar.

...

Os detetives não vieram relatar que Saffie tinha sofrido um acidente ou tinha sido abusada de novo ou qualquer outro cenário que atravessou o pensamento de Jules, mas para pedir a Rowan que os acompanhasse à delegacia mais uma vez.

— Precisamos ter uma conversinha — eles disseram. — Sobre o menino desaparecido. Nossa equipe forense também precisa dar uma olhada no seu carro, se você puder nos entregar a chave.

— Rowan? — Jules se virou para ele com olhos questionadores.

Ele devolveu para ela um olhar resignado, pegou seu casaco no pequeno vestiário ao lado da porta e seguiu os policiais, com seu corpo volumoso, estranhamente passivo ao caminhar atrás da figura magra de Shimwell até a viatura. O corpo de Rowan tinha mudado, Jules se deu conta. A região entre a caixa torácica e os quadris não tinha mais a mesma definição, agora ela via uma única linha. Ele estava envelhecendo, ela percebeu. E vê-lo daquela forma mexeu com Jules. Ela queria correr atrás dele, agarrar o marido, dizer que tudo ia ficar bem. Porque ela estava lá para ele, ela sempre esteve lá para ele.

Então, do nada, um caminhão apareceu e o carro de luxo, o orgulho e a felicidade de Rowan, foi içado e alocado na caçamba do veículo. Ela apenas observou o caminhão seguir a viatura pela estrada. E sentiu como se sua vida toda estivesse desaparecendo no rastro das luzes vermelhas se afastando na escuridão.

Jules enfim fechou a porta e foi para a cozinha. Ela olhou seu telefone. Ainda nenhuma resposta de Tess. E já ia dar sete horas. Onde é que Saffie *estava*? Ela mandou uma mensagem para a filha, seus dedos escorregadios nas teclas. O coração acelerado. Ela deveria ter insistido em pegar Saffie na escola.

Tudo certo por aí? Certeza que não quer uma carona?

A resposta veio rápido, o que a deixou mais calma: *No ônibus. Chego em vinte minutos.*

Jules olhou pela sala. Se Rowan *fez* alguma coisa contra Saul na segunda pela manhã, não seria difícil encontrar alguma evidência. E ela precisava descobrir. Ela precisava estar um passo à frente da polícia e daqueles peritos com cara de malucos. Às vezes, a polícia se engana. Quase sempre, na verdade. E, se eles decidissem que Rowan era culpado, quando ele não era, ela iria defendê-lo. Por outro lado, se ele *fez* alguma coisa contra Saul, ela precisava saber antes da polícia descobrir, para poder pensar no que fazer a respeito.

Jules continuou parada. Repassou na memória o que tinha acontecido quando voltou para casa na noite de segunda, o dia em que Saul desapareceu. Ela encontrou Rowan cozinhando, o que era incomum, mas não era impossível. Ela se lembrou que ele tirou as cascas de batata das mãos de Saffie, porque queria ele mesmo jogar os restos de comida na lixeira certa. Por quê? Por que ele não quis que Saffie o ajudasse com isso, se estava tão ocupado cozinhando? Rowan estava escondendo alguma coisa? Ele estava tentando desviar a atenção de Jules ao interpretar o papel de bom marido? E, embora parte dela achasse que aquilo era uma suspeita meio delirante, Jules se sentiu obrigada a verificar.

Os lixeiros ainda não tinham passado por ali, iriam passar somente na manhã do dia seguinte. Ela calçou as galochas, que guardava na sapateira na área de serviço, saindo pela porta dos fundos. Jules parou, olhou para baixo. Rowan tinha usado suas botas na segunda pela manhã, ela lembrou, pensando também que, no dia, achou que aquelas botas eram meio exageradas só para ir ali levar Saffie no ponto de ônibus. Essas botas, agora, estavam na sapateira, cobertas de lama. Rowan tinha dito que foi apenas até Ely. Comprar comida. Uma cidade. Sem lama nenhuma nas ruas. Mas ele também pode ter ido dar uma caminhada na zona rural. Era lamacento nessa época do ano na região, ainda mais depois da chuva que tinha caído. Então não era estranho que as botas estivessem cheias de lama. Com frequência, as botas dele ficavam cobertas de lama. Não é? E, no entanto, ele não disse nada sobre ter saído para caminhar. Um calor subiu pelas costas de Jules, fazendo a cabeça dela formigar, deixando as mãos suadas. De repente, qualquer detalhe minúsculo parecia muito significativo.

Ela acionou o interruptor que controlava a luz do pátio, foi para fora e tirou da lixeira, que ficava atrás do galpão, os sacos pretos com os descartes da casa. Jules vasculhou o lixo inteiro, sem saber o que estava procurando. Porém, se Rowan machucou Saul, ela iria encontrar alguma evidência. Alguma coisa que ele por acaso tenha usado. Com certeza existia alguma razão secreta para ele não querer que Saffie chegasse perto das lixeiras naquela noite.

Na mesma hora, Jules entendeu como Rowan deve ter se sentido quando começou a desconfiar que ela estava tendo um caso, tantos anos atrás. A compulsão em saber. Ela se viu impelida a revirar cada pedaço de lixo, ligar a luz em cima das lixeiras, cheirar. Examinar cada recibo, cada bilhete. Ela não conseguiria descansar até ter certeza de que não existia nenhuma pista, nenhuma evidência que incriminasse Rowan e provasse que ele tinha machucado Saul. Ou feito o menino fugir. Uma prova que Rowan tentou esconder naquela segunda-feira à noite.

Então ela encontrou. Rasgado, todo amassado. O pedaço de uma nota fiscal de um posto de gasolina. E ela revirou o resto do lixo até descobrir os outros pedaços. A data da nota era de segunda-feira. Era como se ela soubesse desde sempre. Não foi nenhuma surpresa. Mais que um choque, ela sentiu um alívio perverso por não ter mais que ficar se perguntando. As batidas do seu coração desaceleraram com tanta força que ela precisou se segurar na lixeira e colocar a cabeça entre as pernas para não acabar desmaiando. Rowan encheu o tanque do carro em um posto de gasolina em Downham, um lugar bem distante de Ely. Na segunda pela manhã. Ele disse que tinha ido até Ely. Ele não disse que tinha dirigido até áreas muito mais remotas.

Quando o sangue retornou para a sua cabeça, Jules enfiou os restos da nota fiscal no bolso para poder olhar de novo mais tarde. Para poder pensar a respeito mais tarde (para mostrar à polícia? Ou para esconder?).

Ela deu mais uma olhada superficial na lixeira e paralisou. A sacola da Peacocks era um elemento estranho ali. Quem na sua casa estava comprando roupas da Peacocks? A loja da Peacocks ficava em Ely. Roupas baratas. Jules apalpou a sacola, sentiu algo macio dentro dela. Uma cena brutal arrebentou na sua cabeça, como se estivesse sempre por ali, à espera. Rowan usando um cachecol vagabundo, comprado em um lugar que ele nunca ia, para estrangular Saul, o estuprador da sua filha, até a morte.

Jules na mesma hora lembrou de um passeio que deu algumas semanas antes no museu de Londres, para ver uma exposição sobre crimes famosos. Ela ficou perplexa com a quantidade de evidências que os criminosos deixavam para trás, todas muito ordinárias. Todas muito óbvias. Muito fáceis de serem ignoradas. Como se, no cérebro do assassino, uma parte dele quisesse ser capturado. Uma passagem de trem cujo horário não batia com o horário informado pelo suspeito. Uma mancha de batom na manga da camisa. Um cachecol de seda encontrado no lugar errado.

Ela estava prestes a colocar a mão dentro da sacola quando a luz de segurança na frente da casa se acendeu e, ouvindo passos no cascalho, Jules se deu conta de que Saffie tinha enfim chegado. Ela iria olhar o conteúdo da sacola e aquela nota fiscal mais tarde, dentro de casa. Jules guardou a sacola no bolso do casaco e entrou para dar um oi à filha.

— Olá — ela cumprimentou Saffie. — Como foi o seu dia?

— Normal.

E aí tudo o que Jules escutou foram os passos barulhentos de Saffie ao subir as escadas. A filha sempre teve um passo pesado, não dava nem para acreditar que tinha feito balé. Da sala, Jules seguiu para a cozinha, carregando a sacola com o tecido dentro. Ela precisava esconder em algum lugar. E acabou guardando o pacote no fundo do armário, onde ficavam as sacolas de pano que ninguém, a não ser ela, se importava de levar quando eles saíam para fazer compras. Na sequência, ouviu o chuveiro sendo ligado. Saffie não costumava tomar banho depois da escola se não tivesse netbol ou futebol, o que não era o caso hoje. Era aula extra de matemática, pelo que Jules se lembrava. Mas Saffie estava ficando cada vez mais obsessiva com a higiene pessoal. Outro sintoma da sua nova consciência adolescente? Ou resultado de ter o corpo violado? Uma necessidade obsessiva de eliminar a sujeira de Saul do seu corpo?

Jules tentou se concentrar no jantar. Ela tinha uns empanados de frango na geladeira, bem fáceis de fazer, e que Saffie adorava. Enquanto o frango esquentava, ela tentou elaborar uma história para explicar a Saffie o porquê de Rowan não estar em casa. No fim, só disse que ele tinha ido ao pub, e Saffie nem pareceu muito interessada no assunto. A filha apenas brincou com a comida por um tempo e depois subiu para o quarto, dizendo que precisava terminar uns exercícios de matemática. Saffie realmente estava se esforçando bastante nos últimos tempos. Tentando aplacar a raiva de Rowan ao mostrar que estava fazendo o melhor possível? Mostrar que não estava sendo afetada pelo estupro?

Rowan chegou às sete horas. A polícia, ele disse, pediu outra vez para ele cooperar com as investigações, e agradeceram a presença dele e o liberaram para ir para casa.

— Qual é a suspeita deles, Rowan? — Jules perguntou, com os dedos dentro do bolso do casaco, roçando os pedaços finos dos restos da nota fiscal. Ela sabia que ele ficaria revoltado de interromper o seu jantar pela segunda vez na mesma noite. Jules colocou o prato na frente dele e Rowan sentou para comer.

— Eles examinaram as câmeras de segurança das lojas e viram que o meu carro estava estacionado do outro lado da praça, perto do ponto de ônibus, na mesma hora em que o Saul saiu de casa naquele dia — Rowan disse, entre garfadas. — Eles somaram dois e dois e concluíram que eu arrastei o Saul pra algum lugar. Disseram que o carro já tinha saído na hora que o ônibus passou, e que o carro deve ter saído da vila logo na sequência, porque a gravação mostra o meu carro na direção da estrada principal que vai dar em Ely. E eu respondi, olha, hein, que surpresa, talvez seja porque eu dirigi até Ely depois de deixar a Saffie no ponto de ônibus, pra ir no mercado. Comprar a comida do jantar que preparei pra minha família naquela noite.

Rowan não falou nada sobre ter ido em outro lugar. Ele não falou nada sobre ter passado de Ely em direção a uma outra cidade. E, mesmo assim, Jules sabia o que tinha acontecido.

— Muito obrigado por aquele jantar, meu amor — Jules disse, recuperando o fôlego. — Foi muita gentileza sua. Eles perguntaram mais alguma coisa?

— Perguntaram se eu tinha uma conta no Twitter e eu disse que não uso redes sociais. Depois perguntaram sobre um DNA que encontraram no meu carro. Alguns fios de cabelo, células da pele, pelo que eu entendi.

— Bom, claro que vai ter o DNA do Saul no carro. Você costumava dar várias caronas para ele.

— Exato, mas, né, *você* sabe disso.

— E você falou pra eles?

— Claro — Rowan disse, sem querer falar mais do que já estava falando. No máximo, o que ele queria era dar à esposa uma versão resumida das perguntas que a polícia tinha feito, e então começou a direcionar sua raiva contra *ela*. — Se você não tivesse fofocado pra Holly o que eu disse, eu não seria a porra do principal suspeito agora.

— Como assim?

— Você disse pra ela que eu ameacei o Saul.

— Mas o que você esperava que eu fizesse? — Jules disse, já com lágrimas nos olhos. — Você *ameaçou* espancar o Saul se a Holly não conversasse com ele. Você queria que ela confrontasse o menino. Eu precisava falar pra ela. Era o que você queria que eu fizesse.

Rowan terminou seu jantar e afastou o prato:

— Você não precisava repetir as minhas palavras exatas. A Holly tinha a obrigação de conversar com o filho dela. Mas você não precisava aterrorizar a cabeça dela dizendo que eu queria esmagar o cérebro do menino.

Jules devolveu um olhar duro para o marido. Na verdade, embora Jules continuasse a guardar essa informação dentro dela, foi Saffie quem chamou a atenção da polícia para o comportamento suspeito de Rowan, quando ela disse ter certeza de que o pai iria *ficar louco* ao saber do estupro. Por isso, Jules apenas mordeu o lábio.

— É claro que a minha vontade era chutar a cabeça dele — Rowan disse agora. — Qual é o pai que não vai se sentir assim? A maioria dos pais vai sentir a mesma coisa que eu estou sentindo.

Jules queria dizer que *a maioria dos pais nunca tinha sido obrigada a assistir cursos de controle das emoções por espancar estranhos na rua*, mas ela conseguiu se controlar:

— Eu vou pra cama — ela disse. — A gente conversa quando você estiver menos estressado.

No caminho para seu quarto, ela deu uma conferida em Saffie, que estava dormindo um sono pesado. Jules observou a filha vestida no seu pijama de listrinhas, com um livro de Michael Morpurgo, que ela costumava ler quando criança, aberto de cabeça para baixo em cima do edredom. Ela deve ter dormido durante a leitura, Jules pensou, o que fez uma sensação curiosa atravessar seu corpo. Uma vontade de rebobinar o tempo para uma época em que ela iria se encolher junto com Saffie debaixo do cobertor e ler para a filha. Uma época que não era nem tão distante assim. Saffie só começou a reclamar da mãe lendo para ela quando entrou nas séries mais avançadas. E agora, enquanto ela dormia, a criança que Saffie continuava a ser estava claramente presente, nas curvas do seu rosto, na sua boca entreaberta. No jeito que seus cílios se dobravam ao encontrar os ossos da bochecha. Jules se abaixou e beijou a filha com carinho. Era impossível pensar que tinha um bebê se desenvolvendo dentro dela. Como é que Saul teve coragem de fazer isso com Saffie? Com eles?

Então as memórias tomaram conta de Jules de novo. A lembrança dela e de Holly brincando, anos atrás, que Saff e Saul teriam um filho juntos para compensar os filhos que ela e Holly não conseguiram ter. Tome cuidado com o que você deseja, ela pensou, melancólica.

13
Holly

NO DIA SEGUINTE, Pete me liga logo pela manhã no nosso telefone fixo:

— Holly?

Os tênis de Saul continuam na entrada da casa, intocados desde que meu filho sumiu. O que ele estava calçando naquela segunda-feira? Um detalhe que a polícia nunca me perguntou. Ou, se perguntou, eu esqueci. Seu casaco, que ele nunca usa, também está por ali, pendurado. Saul vai sentir frio, agora que o tempo fechou. E esse pensamento me irrita tanto que eu mal consigo falar.

— Holl, a Thea perdeu o livro de matemática dela. Ela acha que deixou no quarto do sótão. Você pode dar uma olhada? Se estiver no quarto, eu vou buscar. E imagino que não tivemos nenhuma novidade, né?

— Você acha que eu não ia te falar se soubesse alguma coisa?

— Eu...

— Vou procurar o livro da Thea — eu digo.

Apesar do ressentimento por Pete me trocar por elas, o quarto das meninas me traz um conforto. Mesmo que o cheiro do perfume que Freya e Saffie usam me exploda na cara quando me inclino por cima da escrivaninha de Freya. É um aroma de fruta tropical. Eu me enrosco nele. E a memória horrível de sentir esse cheiro no moletom de Saul depois dele voltar da casa de Saffie me retorna. A dúvida que o cheiro entranhou na minha cabeça. A diferença é que agora me dou conta de que o cheiro grudou no tecido não porque ele esteve em contato com Saffie, e sim porque sua meia-irmã exala o mesmo cheiro. Por que eu acusei o meu próprio filho de ter o cheiro de Saffie nas roupas? Por que não pensei nessa outra resposta naquela hora? Por que deixei que a acusação de Saffie influenciasse a minha relação com ele?

O resto do quarto está do jeito que deixei da última vez, o tapete quase sem sujeira, as duas escrivaninhas debaixo das janelas, limpas e organizadas. Os pijamas das meninas estão dobrados com esmero em cima dos travesseiros, o que, com certeza, é um maneirismo da mãe que elas sempre obedeceram. Pete trabalha aqui às vezes, quando é o fim de semana de Deepa com as meninas, mas ele sempre toma cuidado para não deixar o computador e os livros dele esquecidos pelo cômodo. É um quarto que parece desabitado, e fico triste com essa constatação. Eu gostaria que as meninas passassem mais tempo com a gente. Conversando, bagunçando a casa, me ocupando: camas para arrumar, travesseiros para afofar, roupas para pegar no chão, brinquedos para arrumar nas estantes. Eu adoraria passar mais tempo lendo para Thea ou conversando sobre o que é ser mulher com Freya. No meu devaneio, sinto vontade até de ter mais roupa para lavar, só para poder pendurar tudo no varal e depois passar peça por peça.

Meu telefone vibra quando ajoelho no chão para procurar o livro debaixo da cama e um lembrete aparece na tela. Em uma hora, tenho um horário marcado no estúdio de tevê, para gravar um apelo que irá ao ar no jornal local.

Não encontro muita coisa na escrivaninha de Thea, somente um estojo com borrachas em formato de panda e de rato, lápis e canetas. Dois livros, um de Jacqueline Wilson e outro de Stephenie Meyer, bem arrumadinhos um em cima do outro. Mas nada do livro de matemática. Na escrivaninha de Freya, encontro esmalte de unhas, uma acetona, um estojo de maquiagem e apliques de cabelo. Um monte de *coisas* para mulheres. Em uma das gavetas, acho também um bloco de notas em formato de coração, com vários rabiscos, como, por exemplo, um nome riscado dentro de um coração atravessado por uma flecha. Está escrito: ** ****, *eu amo ele*. Ela está apaixonadinha por alguém.

Mas nenhum nome fácil de decifrar, mesmo que eu segure o papel contra a luz. É difícil enxergar o nome, só consigo ver que termina com um traço de baixo para cima, um L, eu acho. Mas também pode ser um B ou um D. Na mesma gaveta, encontro um pequeno diário rosa, com um cadeado. Eu pego o caderno, tento abrir. Está trancado.

 Então vasculho o quarto para ver se Freya deixou a chave em algum lugar, escondida dentro de alguma gaveta ou debaixo do travesseiro, mas nada. Freya pelo jeito levou a chave com ela, deixando o diário aqui para ele ficar bem longe dos olhos curiosos de Thea, e trancado para que ninguém — alguém como eu? — pudesse ler. E, bom, eu sei que estou desrespeitando todos os meus princípios. Mas, ainda explodindo de raiva e furiosa contra o mundo, além de profundamente irritada com Pete por ele ter me deixado aqui sozinha, decido que tenho direito de fazer o que estou prestes a fazer. Freya é uma conexão importante entre Saul e Saffie. Ela pode saber o que de fato aconteceu entre a amiga e o meio-irmão na noite em que Saffie alega ter sido estuprada. As garotas conversam. E Saffie e Freya são, ou eram, melhores amigas. Por que Pete não pressionou Freya um pouco mais antes de arrastá-la de volta para a casa da mãe? Ele tem um medo terrível de chatear as meninas. Mas às custas de Saul! O sentimento de injustiça que essa situação me traz é o que me incentiva a procurar uma tesoura para tentar quebrar a tranca. O que é uma ideia inútil, no final das contas. Tento por um lado, tento pelo outro, chego a dobrar uma ponta da lâmina e, no fim, asfixiada pela minha raiva hipócrita, desço para pegar um martelo.

 O martelo está na área de serviço. Eu pego e volto para o sótão, com uma certeza no pensamento: qualquer pessoa que me visse agora ficaria perturbada, quase horrorizada. Uma professora de escrita criativa, com mestrado na área, de classe média, de meia-idade, ajoelhada no chão tentando esmagar com um martelo o cadeado minúsculo do diário da sua enteada. É esse o abismo em que eu precisei mergulhar para tentar provar a inocência do meu filho. E, pronto, o cadeado finalmente se quebrou em dois, com um dos pedaços voando pelo quarto e o restante sendo arrancado com a mão. Agora eu posso folhear em paz o diário de Freya.

Na primeira olhada, o conteúdo é meio decepcionante. Ela não escreve com frequência. Ou melhor, ela quase não escreve nada, a não ser algumas frases que, a princípio, me parecem irrelevantes.

Em várias páginas, ela apenas escreveu: *Eu amo ele loucamente*.

Passo por mais algumas semanas em branco e então chego nas páginas centrais. Aqui, ela escreveu na página dupla: *Eu amo ele!!!!*

Mas ele não me ama. Ele ama Saffie. E ela ama ele de volta. Ela me falou que, se eu contar pra alguém, eu vou me dar muito mal. Que nós todos vamos nos dar muito mal. Porque é ilegal, não é o certo. Hoje eu usei o perfume que ele deu pra ela. Ela me deixou usar um pouco. Mas ele ainda não me notou do jeito que nota ela.

Eu estou com medo do meu coração se quebrar. Eu vou morrer de tanta tristeza!!!!!!

Colocando o caderno de lado, sento no cobertor macio de Freya e observo a sua caligrafia. É relaxante poder descansar um pouco, assistir o sol entrando pela claraboia, existir sem ter nenhuma outra obrigação. Depois de um tempo, não sei quanto, eu olho o diário de novo. E reviro tudo dentro da minha cabeça. Repasso as duas últimas semanas, voltando ao dia quando Jules entrou no meu escritório e me disse que Saul tinha estuprado Saffie.

Meninas não mentem a respeito de estupro, eu sempre me disse isso. Mas dessa vez eu sabia que não era verdade. Porque Saul não é capaz de cometer um crime assim. O problema é que: por que Saffie iria mentir? Contar uma mentira tão cruel contra o menino com quem ela costumava brincar durante a infância? O que ela ganha por dizer que o meu filho a estuprou? É *aqui* que está o que estou procurando. Uma explicação. Mas não é fácil. No meu estado volátil, meus sentimentos explodem para todos os lados. Eu vou da raiva à simpatia em um piscar de olhos.

Freya e Saffie estão apaixonadas pelo mesmo menino. O nome dele termina com L. Saffie disse para Freya que ela ia ter problemas, porque é uma relação ilegal. Saul é meio-irmão de Freya. É claro que Saffie deve ter pensado que é ilegal Freya ter um relacionamento com o meio-irmão. Mas ela deve ter achado que *para ela* não seria um problema. Mesmo que ela esteja abaixo da idade do consentimento. E a única conclusão possível é: o que esse diário me diz é que Saffie *queria* dormir com Saul. Não foi estupro. Ela amava meu filho. E Saul amava Saffie, de acordo com o diário de Freya. E aí, quando ficou com medo de estar grávida, ela entrou em pânico. Coitada, estou pensando agora. Coitada. Sinto vontade de chorar por eles. Por todos eles. Pela ingenuidade deles. Pela inocência cega e desesperada.

E então eu choro. Seguro o diário de Freya nas mãos, levo ao nariz, cheiro o perfume, esse perfume enjoativo, feminino, e choro.

...

Quando eu chego nos estúdios de gravação, os meus olhos estão inchados e o meu rosto está amassado e vermelho. O pânico está ameaçando a serenidade que senti mais cedo e estremece meu corpo assim que eu me sento no sofá cinza da recepção cinza, esperando ser chamada. É possível que esse lugar seja ainda mais cinza? Eles devem ter usado galões e galões de tinta cinza para poder dar conta de todas essas paredes e portas. Então percebo como todas as lojas e vitrines da região têm essa mesma cor monótona. E me lembro da casa de Jules, pintada de cima a baixo com esse tom de pombo. Se a década de 1970 foi a década do marrom, nós vamos perceber, lá na frente, que a década de 2010 foi a década do cinza.

...

— Certo... Se você puder colocar esse fio por dentro da sua roupa, isso, e prender o microfone aqui, por favor... Vamos testar a luz e aí você fala na direção da câmera.

O apresentador termina de ler uma notícia e a produtora aponta para mim. As lâmpadas do estúdio deixam meu rosto grudento. Passo o dedo, limpo o suor debaixo do meu olho, e observo os equipamentos ao meu redor. O estúdio é apertado, mais ou menos do tamanho de um armário, e o calor é terrível.

Eles me deram uma cadeira giratória para eu me sentar. E minhas coxas, coladas dentro das calças justas, começam a transpirar.

Segundo a produtora, respondendo uma pergunta minha, eu não devo confundir os telespectadores me referindo, em hipótese alguma, ao estupro, e também não devo acrescentar nenhuma novidade que tenha surgido desde o desaparecimento.

— Mantenha o foco — ela diz. — Você quer que o seu filho volte pra casa. É a mensagem que você quer passar. Se você tentar justificar a situação ou questionar qualquer coisa ou mesmo pedir desculpas, as redes sociais vão enlouquecer e os jornais não vão te deixar em paz. Além de ser contraproducente. Então somente um apelo simples e emotivo pra ele voltar pra casa, ok? Ou pra que alguém entre em contato com informações. Nós vamos acrescentar os telefones e o e-mail na sequência, tá? Aqui, direto pra câmera, querida. Você pode começar a falar... Agora.

— Saul — eu digo para o olho escuro da câmera —, por favor, se você está assistindo essa gravação, por favor, entre em contato. Você não está correndo nenhum tipo de risco aqui — eu hesito.

— *Nenhum* tipo — eu digo de novo, olhando para a produtora. Ela se encolhe e me faz um sinal de ok. — Tudo o que a gente quer é saber que você está seguro — eu atropelo as palavras, hiperconsciente dos milhares de moradores locais que vão sentir pena de mim, que vão agradecer os seus anjos da guarda por não terem que gravar esse apelo. Todas aquelas famílias convencidas de que algo assim nunca vai acontecer com elas. Todas aquelas famílias convencidas de que eu eduquei um estuprador. — Nós sentimos muito a sua falta e todos nós, tanto eu quanto Pete, Freya e Thea, nós amamos você. Todos nós. Volte pra casa, Saul.

Eu não choro. A produtora me diz que chorar vai dar um peso maior para o meu apelo, mas as lágrimas não aparecem. Pelo contrário, o que eu quero é falar alguma coisa sobre o amor que ele e Saffie sentiam um pelo outro. Sobre como ela deve ter se assustado ao perceber que as pessoas podiam descobrir o que estava acontecendo. No entanto, antes que eu abrisse a boca, a produtora diz:

— Beleza, fechamos aqui. Você já pode sair daí.

Estou prestes a levantar quando o rosto de Saul aparece na tela. Grande e fora de proporção, cabelo grande caindo por cima de metade do rosto, o olho visível apertado por causa da luz do sol. A foto que eu e Fatima escolhemos ontem surge em várias telas ao redor do estúdio. Eu fecho os olhos. Não consigo olhar. Parece demais com aquelas fotos que você vê das vítimas de assassinato.

No final das contas, me sinto esgotada pela experiência. Exposta e degradada. Saul detesta ser o centro das atenções e agora o seu rosto vai aparecer em todas as televisões da região. Desde que essa confusão começou, nunca me senti tão diminuída.

De imediato saio da tevê e pego o trem de Cambridge de volta para casa, sozinha. E, da estação, ando na direção da vila. O ar está frio na minha garganta depois do calor do estúdio de gravação. O sol está se pondo. As folhas das árvores distantes formam um filtro cor de cobre contra a última luz do dia. As poças d'água ganham uma cor de âmbar e os drenos estão quase pretos, sugando a força vital da terra para o mar. Imagino que consigo até escutar: a água escorrendo, a turfa secando, sobrando somente as margens lodosas em que nós moramos. E lembro de Saul, antes de tudo isso acontecer, me contando uma palavra que ele só aprendeu na região. *Uádi*. Nós moramos em um uádi.

No caminho, vejo luzes na igreja batista, como se um culto estivesse acontecendo agora. É uma construção com uma fachada plana de tijolos, que se destaca entre as casas na periferia da vila. As portas duplas da igreja, em um gesto incomum para dias de semana, estão escancaradas, jogando luz na estrada. Cartazes colados nas portas anunciam um leilão de caridade. O evento que as mulheres estavam planejando na fatídica noite do pub. Escuto o murmúrio de vozes vindo de dentro do prédio. Nunca vi o lugar tão animado, com barulho e com vida. Mas não quero me envolver com nenhuma festa. Estou prestes a atravessar a rua para evitar qualquer tipo de contato, quando uma pessoa pula na minha frente.

— Ei! — é Samantha. — Holly, eu estou terrivelmente desolada com o que aconteceu com o seu filho.

Certa expressão gentil no seu rosto me esquenta o coração. Eu me lembro de termos meio que combinado de nos encontrarmos uma vez, e me sinto agradecida e valorizada, já que Samantha é quase quinze anos mais nova do que eu. Bom, acabei nem dando atenção ao que tínhamos apalavrado, mas imagino que, dadas as circunstâncias, ela vai entender o quanto eu estava ocupada. Samantha está na minha frente segurando um cigarro, encolhida dentro do seu casaco azul, em pé no cascalho ao lado da igreja.

— Você deve estar transtornada. Se o Freddie desaparecesse, eu ia enlouquecer. Não ia conseguir levantar da cama. Admiro a sua coragem.

— É o que dá pra fazer.

— Não, sério. É muito injusto contigo, o que as pessoas estão falando sobre você e sobre ele e...

— O que as pessoas *estão* falando?

Ela engole a saliva:

— Só que, bom, você sabe. As pessoas acabam sendo muito venenosas quando estão assustadas. Com medo de que possa acontecer com elas. E eu falei pra elas que *olha, ninguém sabe a verdade, só o que a gente sabe é que, pra Holly, deve estar sendo um inferno, sendo mãe*. E eu te vi vindo pela estrada e você me pareceu tão abatida. Eu só estava aqui fora fumando um cigarrinho. Só por isso mesmo pra eu ficar aqui fora, no frio. Está congelante. Vamos entrar, vem?

— Eu não vou entrar, Samantha.

— Vamos lá, vai ser ótimo pra te animar. Ou pelo menos você se distrair. Eu mesma comprei um dia de spa pra mim. E você podia comprar todas essas ofertas diferentes, uma revisão no computador, um mês de academia, uma ração especial pro cachorro — ela para, como se esperasse um sorriso meu. — Se você tivesse chegado mais cedo, claro. O leilão em si já acabou, mas posso servir alguma coisa pra você comer. E conseguimos o dinheiro pra sala multissensorial da escola, diga-se de passagem.

— Olha, eu vou adorar fazer uma contribuição. Aqui... — começo a vasculhar minha bolsa. Os moradores da região são muito dedicados aos projetos sociais, estão sempre organizando um financiamento coletivo e participando de maratonas e triatlos por uma causa ou outra. Eu sei que deveria participar mais.

— Não, sério, vamos entrar — Samantha está dizendo. — Vem comigo, você vai gostar.

Hesito por um segundo e então lembro de Samantha e do marido sendo filmados pelos jornais, ajudando a procurar por Saul. De repente me vejo envergonhada com o quão autocentrada me tornei. E aí penso: Jules deve estar aqui e vou poder conversar com ela sobre o que eu descobri a respeito de Saffie, vou dizer que, sim, podemos resolver isso tudo juntas, porque agora eu tenho uma explicação, agora as coisas fazem sentido.

— Tá, acho que sim — eu digo. — Um pouquinho, pelo menos.

— Estou aqui pra te apoiar, pode ficar tranquila — Samantha diz. — Vamos lá, vou providenciar um drinque pra você e você vai embora na hora que quiser.

Dentro da capela, está mais frio do que do lado de fora. O cheiro das bíblias velhas se mistura com o cheiro de chá e de bolo quente. Várias pessoas viram as costas para mim enquanto eu sigo Samantha pela multidão. Eles simpatizavam comigo quando Saul desapareceu, mas agora não simpatizam mais, já que, de acordo com os jornais, meu filho estuprou uma menina que eles conhecem há muitos anos.

Samantha me leva até uma mesa de cavaletes recheada de quiches e tortas caseiras. Para a entrevista na televisão, eu me vesti com meu melhor casaco, um casaco estampado, cor de vinho, e com um vestido preto, comprado há mais de dez anos por causa de um evento formal que fui obrigada a ir com Archie, além de pregar na roupa um broche de prata que pertencia à mãe dele. Também estou usando mais maquiagem que o normal, um delineador que agora já está meio borrado, um pouco de brilho labial cor de cereja. Prefiro não imaginar os olhos em cima de mim, as pessoas me olhando e sussurrando entre elas. É um momento em que preciso manter a cabeça erguida. Tentar não parecer a mãe de um menino desaparecido. Tentar não parecer a mãe de um estuprador.

E aí eu vejo Jules. Seu cabelo loiro brilhando, no meio de um grupo de mulheres, do outro lado do salão. Instintivamente, eu aceno para ela e de imediato começo a sorrir.

— Tenho uma coisa pra te dizer — eu falo, mas, assim que os olhos dela encontram os meus, Jules, de maneira bastante deliberada, afasta o olhar, cheia de desdém. Ela não sorri de volta. Ela finge que não me vê e o seu desprezo me deixa destruída.

Demora um tempo até eu conseguir um momento em que ela não está cercada de pessoas. Jules está saindo da cozinha, carregando dois bules enormes de chá. Quando me vê, ela se vira e larga os bules na bancada.

— Jules. Eu preciso falar contigo. Acho que, da última vez que nós nos encontramos, nós falamos algumas coisas bem dolorosas uma pra outra.

Seus olhos azuis estão tristes:

— Eu sei — ela diz. — E gostaria de pedir desculpas por isso.

Por me sentir incentivada, eu vou direto ao assunto.

— Não foi estupro — eu digo.

— Não estou com tempo pra essa conversa.

— Não, espera, sério. Eu não estou dizendo que eles não transaram. E não estou dizendo que o Saul não engravidou a Saffie. A Saffie está apaixonada pelo Saul. E o Saul está apaixonado por ela. Ela disse que foi estupro pra manter as aparências na escola, ou pra se proteger de Rowan, ou... Sei lá, algum motivo que só ela sabe.

— Por favor, Holly — Jules diz.

— Eu li o diário da Freya. Ela escreveu que as duas estão apaixonadas pelo Saul. Ela e a Saffie. Mas o ponto é — eu continuo — que, depois de tudo, eu gostaria de compartilhar essa dor que você e a Saffie estão sentindo. Será que a gente não pode conversar com ela? Juntas, nós duas? Pra ela poder contar a verdade.

Jules me olha com uma expressão realmente peculiar no rosto, como se eu tivesse enlouquecido, mas eu não desisto.

— Se ela admitir, mesmo que seja só pra nós duas ali na hora, não precisa falar com mais ninguém, mas, se ela admitir que ela ama o Saul e que entrou em pânico quando percebeu que podia

estar grávida, e que por isso disse que foi estupro, vou perdoar ela imediatamente — a minha voz desaba. — E aí a gente pode resolver essa confusão juntas, a gente pode dar o apoio necessário pra ela realizar o aborto, se é o que ela quer, e a gente pode encontrar o Saul.
Nós vamos ser amigas de novo, é o que eu quero dizer.
— Essa sua conversa é errada em tantos níveis que eu não sei nem por onde começar — Jules me olha como se ela tivesse certeza de que eu perdi o juízo. — Você está delirando — eu olho para a sua boca enquanto ela fala e Jules está com seu batom preferido, o Rosebud, que eu dei de presente para ela em um Natal anos atrás. É a sua cor desde então: acho que é um detalhe significativo sobre a nossa amizade, não é? — A Saffie não está apaixonada pelo Saul, ele estuprou a Saffie. Ele está obrigando a minha filha a enfrentar um aborto agora. E, mesmo que essa história não seja palatável pra você, é o que aconteceu. E, sério, por favor, não torne essa situação ainda mais difícil — os seus olhos estão cheios de lágrimas.
— Jules, me escuta por um minuto só. Eu li o diário da Freya. Ela escreveu que ela está apaixonada pela mesma pessoa que a Saffie. E é o Saul. A Freya acha que é ilegal, porque ele é o meio-irmão dela. Ou por causa da idade deles. E ela também escreveu que ele está apaixonado pela Saffie. Eu posso te mostrar o diário.
— A Saffie não está apaixonada pelo Saul — ela diz mais uma vez. — A Saffie me implorou naquela noite pra não deixar o seu filho ir lá em casa. Ela estava morrendo de medo dele. E ela e as amigas evitam o Saul de todas as maneiras, e com razão, pelo jeito.
A última frase me deixa sem resposta. Tenho a impressão de que nem escutei direito o que ela disse. As amigas de Saffie evitam Saul *com razão*? Saffie estava morrendo de medo dele?
Ela continua:
— E a culpa é minha por ter permitido eles ficarem sozinhos dentro de casa. Eu me torturo todos os dias pensando no quão idiota eu fui por não ter escutado Saffie. Ou Rowan. E, mesmo que o seu filho ache que eles estavam tendo algum tipo de relacionamento, o que não é o caso, ele ainda assim estuprou a minha

filha e ela ainda assim vai sofrer um aborto amanhã. Você nunca pensou o quanto isso tudo é horroroso pra mim, não? Lamento te dizer, Holly, mas esse caso não é um caso de amor. A gravidez é resultado de um ato de violência que deixou a minha filha traumatizada. E eu não posso piorar a ansiedade da Saffie mais uma vez perguntando pra ela o que aconteceu. Eu achava que você já tinha entendido direito, Holly. Com a sua experiência de trabalho e os seus seminários sobre consentimento e os seus artigos nos jornais.

Eu preciso me conectar com o meu eu mais profundo para não responder aos berros. Então, faço uma última tentativa:

— Se a Saffie admitir que ela estava apaixonada pelo Saul, pelo menos a reputação dele não vai ser destruída.

— É *essa* a sua preocupação?

— Se eu me preocupo que o Saul seja visto como um estuprador? É claro que vou me preocupar! Mas, Jules, a questão não é essa. Se eles estavam apaixonados, então... Olha, a Saffie está carregando um neto nosso. E vamos lidar com isso juntas. Você não lembra do que a gente sempre conversava? Vovó Holly e vovó Jules.

Estamos na areazinha apertada ao lado da cozinha, mas as pessoas estão começando a se aglomerar ao nosso redor e está cada vez mais difícil conversar.

— Se eu começar a pensar assim, não vou ter coragem de fazer o que eu preciso fazer pra devolver a vida da Saffie — ela sussurra. — Para com essa conversa, Holly. Agora, com licença. Tem um evento que eu preciso ajudar a organizar.

Jules pega os bules de chá e se afasta. Eu me viro para ir embora e vou abrindo espaço entre os participantes do evento com os cotovelos, várias mulheres com quem me sentei no pub, Tess, Jenny, Fiona e a namorada, e todas elas sequer me olham nos olhos. De repente, vejo Saffie distribuindo xícaras de chá e petiscos a outros adolescentes. Os olhos dela me encontram por um segundo e aí, em uma imitação tacanha da mãe, ela revira os olhos cheia de desdém. Ou será que o sentimento é outro? Culpa? Ela se mistura com outros adolescentes e eles dão uma gargalhada, uma cabeça colada na outra.

Não demora muito para eu perceber como sou indesejada aqui. Antes de sair, dou uma passada no banheiro. E, para minha sorte, assim que saio do cubículo, encontro com Saffie, que está inclinada em direção ao espelho, passando rímel nos olhos fechados enquanto ela pinta seus cílios.

— Saffie.

Ela deixa a mão cair, assustada.

Eu passo por ela e fico de costas para a saída. Não quero que ela fuja de mim.

— Escuta, meu bem — eu começo. — A gente precisa conversar. Você sabe disso, não sabe?

Saffie me encara com a boca aberta, o rímel suspenso no ar. Eu vejo suas olheiras, vejo o quanto ela está cansada e pálida, vejo que ela perdeu aquele jeitinho inocente que definia tanto sua personalidade.

— A única coisa que eu estou te pedindo — eu digo — é que você admita que o Saul não te estuprou. Que você também queria dormir com ele — eu tento dar um sorriso para ela, mostrar que eu entendo. — A Freya escreveu sobre o assunto no diário dela, e o diário ficou no quarto. Eu sei que ela também está apaixonada por ele. Mas não é motivo de vergonha, Saff. E entendo que você não quer que seus amigos na escola descubram, então a gente não vai falar pra ninguém. Talvez só pra polícia, porque pode ajudar a polícia a encontrar o Saul. Eles vão arranjar um jeito dele saber que você se arrependeu do que você disse, que você ainda ama ele.

Só que aí Saffie fica ainda mais pálida. Ela segura a pia do banheiro com uma das mãos. Por um segundo, temo que ela vá desmaiar.

— Eu não estou apaixonada por ele — ela diz, fugindo de mim. — Ele... Nossa, ele faz minha pele queimar de dor. Ele me obrigou a fazer coisas que eu odiei e que eu não queria fazer.

— Saffie! Você está falando do Saul. Ele nunca ia fazer essas coisas. Ele é o meu filho. É o seu irmão de criação.

— Ele não é o meu irmão de criação.

— Irmão especial então — eu quero convencê-la a dar um sorriso. Mas ela sequer me responde qualquer coisa. — Por favor. Eu entendo que você não queira que ninguém saiba de nada, mas *eu* preciso saber. Eu preciso. Porque...

— Estou surtando. Não quero surtar, mas não consigo me conter. É o pânico de que eu tenha perdido Saul. Que a acusação contra ele tenha levado o meu filho ao suicídio. Que essa imagem seja a que vai ser associada a ele para sempre, a menos que Saffie confesse a mentira. A vila, o país inteiro... Todo mundo já rotulou meu filho de estuprador. Um estuprador tão covarde que preferiu fugir ao invés de assumir a própria responsabilidade. Eles não têm nenhuma simpatia por mim. Eu sou a feminázi hipócrita que não reconhece um estupro nem quando ele está bem na sua frente. Meu filho! Um estuprador! A palavra me deixa nauseada.

— Confesse que você e a Freya estão apaixonadas pelo Saul. Eu li — eu repito — no diário dela — e me aproximo de Saffie, querendo dar um tapa no seu rosto. Por ela ser uma mentirosa. Por ela dar prioridade para a reputação dela no grupinho da escola ao invés de pensar na reputação que meu filho vai carregar para sempre. Por ter tirado de mim a pessoa que eu mais amo no mundo. — Por que você mentiu? — eu pergunto para ela. — Por que você está com tanto medo de admitir? Você está com medo de que seu pai fique com raiva por você ter um relacionamento com o meu filho? Porque as pessoas da região acham que ele é meio diferente? E por que isso importa tanto? Vai ser muito melhor se você simplesmente contar a verdade e nós todas pudermos voltar a ser amigas e talvez o Saul volte pra casa e... Me diz. Ou eu vou mostrar o diário pra sua mãe e pro seu pai. E eles vão ficar sabendo que você e a Freya estavam disputando pra ver quem ia ficar com ele... Eles vão ver que você mentiu. Que você continuou mentindo e que ele desapareceu porque você mentiu.

Sim, acabei dizendo o que eu tinha jurado que não ia dizer. Eu queria proteger Saffie e agora disse que ela é a responsável pelo desaparecimento de Saul. Na mesma hora, ela se afasta de mim.

— Para — ela choraminga. — Para de me pressionar. Você está me assustando. Me deixa em paz. A gente não está apaixonada pelo Saul. Eu não estou apaixonada, nem a Freya. Se ela escreveu que está apaixonada por alguém, esse alguém só pode ser o Justin Bieber. O Saul me estuprou. Ele me estuprou.

Percebo, horrorizada, que eu fiz Saffie chorar e dou um passo à frente para tentar consolá-la, mas alguém dá uma batida forte na porta. Saffie se afasta e a porta se abre.

— Ei — Samantha diz, olhando para mim e para Saffie e de volta para mim. — Eu estava procurando você, Holly.

Saffie aproveita a distração e sai correndo na direção dos amigos.

Samantha diz:

— Quero te levar pra conversar com o meu marido. O tutor do Saul. Ele quer saber o que está acontecendo com o seu filho. Vem cá comigo — ela me arrasta pelo braço em direção ao homem que falou na tevê sobre como Saul é um bom aluno. Um professor que eu só conheci rapidamente em um evento na escola logo no começo do semestre. Quando as coisas estavam normais ainda. Quando Saul não era mais que um adolescente desorientado.

— Harry, essa aqui é a Holly.

Respiro fundo. Meus dedos estão tremendo quando ele aperta minha mão. Não consigo acreditar na força do sentimento que quase me fez estapear Saffie para obrigá-la a confessar uma mentira que ela está levando até as últimas consequências. Eu passei do limite, eu sei. Talvez eu esteja ficando louca, se é que já não estou.

Harry carrega sua filhinha pequena no colo.

— Eu queria te dar minhas condolências. Quer dizer, meu Deus, é essa a palavra certa? Pro que você está passando. Sendo pai, eu consigo mesmo imaginar o quão terrível deve estar sendo esse sentimento.

— Papai? — um menino pequeno se aproxima e puxa a manga do casaco de Harry. — Posso comer mais um bolinho?

— Só um minutinho, Freddie. O pai está conversando agora.

— Eu sei que é meio estranho pras pessoas — eu digo. — Mas agradeço pela preocupação.

— O Saul é um ótimo menino — Harry diz. — Ele é quieto na sala. Mas é muito curioso. Estamos todos com muita esperança de que ele seja encontrado bem e com saúde.

A minha vontade é perguntar: *Você não acha que o meu filho é um estuprador? Você não acha que ele merece todo tipo de sofrimento?*

— Todo mundo quer ajudar — Samantha concorda, colocando a mão em cima do braço do marido. — A Holly é a professora que eu te falei, Harry. Nós nos encontramos de novo no dia do aniversário da Tess — ela olha para Harry com os olhos brilhando, claramente muito apaixonada pelo marido. Por um segundo, o carinho de Samantha me lembra de como eu me sentia do mesmo jeito em relação a Archie.

Arrebatada pelo amor. São essas as palavras que me vêm à mente. *Cega* de paixão. *Enfeitiçada*. Eu invejo o sentimento dela. Minha vontade é rebobinar o tempo, redescobrir aquela mulher que olhava para Archie com tanto desejo. Quando eu acreditava que tinha tirado a sorte grande. Quando eu acreditava que o mundo ia ficar cada vez melhor. Quando nosso futuro parecia gigante à nossa frente, explodindo de possibilidades. Eu amava cada detalhe de Archie, a voz, as mãos, o cheiro, o seu jeito cortês e carinhoso. E nós estávamos ambos enfeitiçados por Saul. Ou pelo menos era o que eu acreditava.

Agora minha vida inteira mudou. O passado, que em algum momento me pareceu muito nítido e verdadeiro, se transformou em uma neblina. Está tudo opaco, instável.

— A Holly é professora de escrita criativa — Samantha diz. — Em Londres.

— Sim, acho que lembro. A Samantha está pensando em fazer uma graduação tardia, não é, Sam? Vocês duas precisam muito conversar sobre esse assunto — Harry diz, olhando para mim e para a esposa. — Vou deixar vocês mais à vontade. Um prazer te conhecer, Holly. Finalmente. Nós estamos orando por você. E pelo Saul também, claro.

Saffie de repente se aproxima com uma bandeja de bolinhos gelados. Seus olhos enormes, com seus cílios cheios de rímel, sua postura ereta, o jeito que ela consegue seguir em frente como se nossa conversa nunca tivesse acontecido, eu olho para ela e sinto meu coração derreter. Mas, quando ela vê que estou acompanhando os seus movimentos, Saffie hesita, dá meia-volta e vai em outra direção. Não é culpa dela, é claro, na verdade não é. Ela não entende a dimensão do que está provocando com uma acusação tão grave. Saffie é nova demais. Eu nunca deveria ter discutido com ela daquela forma.

Enquanto estou presa nessa divagação, Harry e Freddie se mandam pela igreja. Desesperados para se livrarem de uma mulher em luto, é o que me parece.

— Eu preciso ir. Mas me mande uma mensagem — eu digo a Samantha. — Sério, por favor. Eu ia adorar conversar contigo sobre a graduação. Uma das piores coisas que aconteceu por causa do desaparecimento, na verdade, é a solidão.

— Vem aqui comigo — Samantha diz. — Vamos sentar pra eu conferir se tenho o seu contato.

Ela está sendo tão gentil comigo, e eu preciso de uma amiga. Eu me sento com ela em um banco no corredor, enquanto ela verifica se tem meu número salvo no telefone.

— Eu ligo pra você, pode deixar — Samantha diz. — Muito obrigado, Holly. E boa sorte com isso tudo — ela me olha por alguns segundos, triste, e depois vai embora atrás da sua jovem família.

Quando eu volto para o salão, o lugar está vazio. Procuro, mas não consigo encontrar Jules. Mais depressiva e solitária do que nunca, e me sentindo culpada por ter deixado Saffie nervosa, resolvo então ir embora. Passando pelo pub, algumas casas depois da igreja, eu escuto meu nome e me viro.

— Holly — é Rowan. — A mulher que eu sonhava encontrar.

— Eu... Rowan, a Jules está contigo aí?

— Não, ela já foi — ele me diz, em pé na minha frente, bloqueando minha passagem. — Ela queria levar a Saffie em segurança pra casa — ele me olha, com o nome da filha flutuando no ar entre a gente. E, depois de uma pausa significativa, Rowan pergunta: — Onde é que o Pete está, hein? Ou você está andando sozinha aqui?

— Ele não está em casa.

— Não está aqui protegendo você? Meio descuidado, ele, né, sendo casado com uma mulher tão atraente.

Eu mal consigo falar. Estou me sentindo exausta e pensando que deveria ter ido direto para casa depois da gravação na tevê.

— Ele precisou ir pra casa de Deepa. Ficar com as meninas.
— E você está indo pra casa agora?
— Sim, estou cansada.
— Então eu te acompanho.
— Não precisa, eu me viro bem sozinha.
— Sei que você se vira. Mas é no meu caminho e eu também estou indo pra casa. E você sabe, né, uma mulher andando sozinha, como esse vestidinho preto, nunca se sabe, é preciso tomar cuidado. Ainda mais com tudo que anda acontecendo.
— E a Jules não precisou de companhia também? — eu pergunto, ignorando o que presumo ser uma referência à tal frase que Saul supostamente falou, que Saffie estava *pedindo*. — Ela não estava sozinha?
— Ela estava dirigindo — ele diz. — E eu precisava tomar um drinque. Eles não permitem álcool ali na casa de Deus. E agora já tomei o suficiente. Eu te acompanho.

Não quero esse homem perto de mim. É por causa das ameaças dele que eu me senti obrigada a perguntar a Saul se ele forçou Saffie a transar com ele. Esse homem é o motivo para o meu filho ter desaparecido. Mas estou cansada demais para discutir, então eu fico calada. E, enquanto caminho para casa, sinto Rowan andar atrás de mim. Os passos dele me seguem quando subo a rua e quando atravesso o atalho para a praça, cruzando os prédios recém-construídos. Luzes de segurança se acendem quando passo por baixo das marquises, iluminando os gramados perfeitamente cortados e as portas das garagens, e iluminando a sombra de Rowan em cima de mim. Eu me viro:

— Já estou segura agora, Rowan — eu digo. — Você pode ir pra casa. Eu sou perfeitamente capaz de andar sozinha a partir daqui.
— Meu dever é te proteger — ele diz, sarcástico.

Parece que não vou conseguir me livrar dele tão cedo. Rowan está andando ao meu lado agora, atravessando a praça na direção da minha casa, com o elefante branco criado pela confusão entre

Saul e Saffie gritando no espaço entre nós dois. Ele está esperando que eu traga o assunto à tona. Mas eu não vou abrir a boca. Não vou conversar com o homem que ameaçou esmagar o cérebro do meu filho.

Na entrada da minha casa, tiro a chave da bolsa e abro a porta. Eu me viro para agradecer a Rowan pela companhia, pensando que, se eu permanecer civilizada, ele vai ser obrigado a agir com o mesmo nível de educação.

— Boa noite. Muito obrigada por me acompanhar.

Mas ele enfia o pé no vão antes de eu conseguir fechar a porta por inteiro.

— Você não vai me convidar pra entrar?

— Rowan, eu estou exausta. Hoje eu precisei gravar um apelo na televisão pro Saul voltar pra casa e, sinceramente, o dia já acabou pra mim — eu digo, imaginando que, ao falar do desaparecimento de Saul, vou conseguir extrair alguma empatia dele.

— Interessante ele ter desaparecido logo quando ele foi descoberto, né? Covardia, será? Ou uma estratégia muito esperta de jogar a culpa na minha filha?

— Como é? — eu encaro Rowan, horrorizada com sua lógica distorcida. — Tenho certeza de que essa era a última ideia na cabeça dele.

Rowan empurra a porta. Eu perco o equilíbrio e caio no chão. Ele avança na minha direção.

— Você é uma pessoa desprezível — ele diz, batendo a porta atrás dele. — Você e o seu filho. Sinceramente, na minha opinião, vocês merecem toda e qualquer tragédia que aparecer na vida de vocês. Mas eu não tenho permissão pra falar isso. Sou obrigado a ficar quieto e não falar o que está todo mundo pensando agora. Que você fica aí esbravejando que todo homem é um estuprador em potencial, mas não consegue nem admitir quando descobre que o seu filho é um. O Saul merece mesmo é — e aí ele desliza um dedo por cima da sua garganta.

— O que é que você está me dizendo? — eu respondo, acuada, começando a tremer. — Rowan, a gente pode conversar como adultos, por favor? O Saul está desaparecido. Não é prazer suficiente pra você, não? Já que você ainda insiste nessa história de estupro.

Os olhos de Rowan estão escuros debaixo da luz do corredor. Eu dou um passo para trás e entro na cozinha, não quero ter essa conversa em um espaço apertado. Rowan vai atrás de mim, me imitando gesto a gesto. Por alguns segundos, parece que estamos dançando uma música ridícula. Só consigo pensar no quanto eu queria que Pete estivesse em casa agora.

— A polícia está lá me apertando na delegacia, como se *eu* fosse o culpado, como se a culpa fosse minha pelo que seu filho fez com a minha criança.

— Ele não fez nada — eu digo. — Pelo menos não do jeito que ela está falando que ele fez.

Eu cruzo os meus braços e ergo o meu queixo, determinada a defender Saul, não importa qual seja o ataque.

— Você se recusa a admitir que o seu filho estuprou a minha filha — ele diz. — Você está prestando um desserviço a ele, esse menino vai terminar virando um sociopata.

— É você quem está fazendo um desserviço pra sua filha, se recusando a investigar o que é que está acontecendo de verdade com ela — estou furiosa e a raiva transparece pela minha voz. — É você quem não quer saber o porquê dela estar com tanto medo de te contar a verdade.

E aí Rowan me encurrala na frente do fogão, mas eu não vou deixar esse homem me intimidar de novo. Já deixei uma vez, quando me senti obrigada a interrogar Saul, agredindo os meus próprios instintos, e as consequências foram catastróficas. O problema é que as minhas palavras parecem tê-lo deixado ainda mais agressivo. Ele chega bem perto de mim, tão perto que consigo enxergar os poros do seu nariz, as veias das suas bochechas. O hálito cheira a cerveja e a cebola velha. E sua testa está cheia de vincos profundos, por onde passam pequenas gotas de suor. Não sei como Jules consegue suportar esse sujeito em casa, com seu mau humor e seu comportamento violento. E Rowan é um homem enorme. Deve ter pelo menos cem quilos de carne ameaçando cair em cima de mim nesse momento.

— Olha, Rowan — eu falo, querendo contornar a situação. — Nós dois estamos nervosos. Mas podemos resolver esse assunto.

— Eu quero que você entenda o que você e o seu filho estão fazendo a minha família sofrer — Rowan esbraveja, mas ele está quase chorando, os olhos estão nublados e a boca está toda torcida, e eu estou aqui procurando algum objeto que possa me defender caso ele se aproxime ainda mais, e só encontro uma colher de madeira.

Então ele me empurra e eu esbarro no fogão. De imediato me pergunto, enquanto tento fugir dele, se Rowan queria mesmo me empurrar tão forte, ou se ele sabe a força que tem, mas, antes que eu consiga falar qualquer coisa de novo, perco o equilíbrio e, com os braços tentando evitar a queda, me vejo de costas no chão, batendo a cabeça nos azulejos de pedra.

— A minha vontade é te machucar — ele cospe, me encarando. — Do mesmo jeito que o Saul machucou a Saffie. A minha vontade é fazer o que seu filho fez com a minha filha, mas quer saber? Você não me dá nem o tesão necessário pra eu perder o meu tempo contigo.

E, depois de um último tapa na parede, ele sai da cozinha. A casa inteira vibra quando ele bate a porta da frente com toda a força do mundo.

Fico ali olhando para a cozinha, descobrindo detalhes que eu nunca tinha visto antes. Teias de aranha se acumulam pelos cantos. Uma aranha está, inclusive, subindo por uma das pernas da mesa. Vejo migalhas nos rejuntes do piso e tufos de poeira embaixo dos armários. Os azulejos de pedra onde estou deitada, um detalhe que me atraiu para essa casa logo de cara, transformam o chão em um bloco de gelo. E, como uma das janelas está entreaberta, o vento está empurrando as panelas no suporte fixado na parede, uma batendo contra a outra, um barulhinho bem regular.

Ainda no chão, mexo um dos braços e uma das pernas. Minha nuca está dolorida agora, mas o resto do corpo parece normal, então eu me empurro para cima e tento me sentar. Piscando e conferindo se minha visão foi afetada, eu ajoelho e uso a perna da mesa para conseguir me erguer. Só consigo pensar em tomar bastante água no momento. E é um alívio poder jogar um pouco de água no meu rosto quando coloco minha boca debaixo da torneira.

Então eu fecho a janela e ando na direção das escadas. Mas penso melhor e dou meia-volta. Pego a chave que, por exigência da seguradora, mantemos na gaveta, e tranco a janela. Estou prestes a trancar o ferrolho da porta da frente quando paraliso. Será que Saul tem todas essas chaves? Ou só a da porta? No fim, decido não passar o ferrolho. Melhor que Saul consiga entrar do que eu ficar me preocupando em manter Rowan do lado de fora.

Me arrasto pelas escadas, apoiada no corrimão, e desabo na cama. Na mesma hora, me enterro embaixo do edredom e me enrolo em posição fetal. Meu corpo inteiro está tremendo. Parece que eu não durmo direito há anos. Deito e encaro o teto. E sigo assim até a manhã, assustada com todo e qualquer barulho. O chiado das telhas, o vento passando pelas árvores, o trovejar intermitente dos trens indo de King's Lynn para King's Cross. Ou na direção inversa. A urgente e quase frenética sirene avisando os motoristas na estrada que um trem está se aproximando da passagem.

Em algum momento, devo ter cochilado, porque acabo sonhando com o bebê não nascido, o filho de Saffie e de Saul. Sonho que eu e Jules estamos segurando a criança nos nossos braços e que ela tenta arrancar o bebê de mim até que, em uma reencenação da história de Salomão, quando nós duas estamos puxando nosso suposto neto de um lado para o outro, uma pessoa aleatória, que talvez seja Donna Browne, aparece e diz que vai serrar a criança no meio se a gente não se acertar. Jules se recusa. Mas eu abro mão dos meus direitos para poder salvar o filho de Saul. Essa minha decisão me dá um sentimento terrível de perda e o meu único consolo é saber que pelo menos assim a criança vai sobreviver. Com isso, Donna diz: *Pronto, nós sabemos agora quem é a avó de verdade. É Holly. Mas ela perdeu o bebê dela.*

E aí eu acordo.

Está claro do lado de fora, embora eu não faça a menor ideia do horário. Só sei que é uma luta terrível até eu conseguir voltar à consciência. Que dia é hoje? Onde é que eu fui ontem à noite? Por que estou deitada com o meu melhor vestido? Pouco a pouco, eu vou me lembrando. Rowan inclinado em cima de mim, meu corpo estirado no chão, ele me dizendo que quer fazer comigo o que Saul fez com Saffie. É essa a desorientação que uma concussão provoca? Será que eu não deveria procurar ajuda médica?

Quando enfim me levanto da cama, tiro o vestido, entro debaixo do chuveiro, tomo um banho e visto umas roupas folgadas, uma calça de ginástica e um blusão de tricô por cima, além de calçar um par de meias de Pete. Lá embaixo, eu me abandono alguns minutos olhando pela janela da frente. As árvores da praça perderam as últimas folhas durante a noite. No chão vejo uma piscina perfeita cor de cobre brilhante. É como se as árvores estivessem invertidas. As folhas plantadas na terra e as raízes suspensas no ar. O mundo realmente está de cabeça para baixo.

Depois de um tempo, eu me sinto meio enjoada e volto para a cama. Deitada, mesmo que seja uma completa perda de tempo, olho de novo e de novo para o meu celular. E tento revisar alguns ensaios que os alunos me enviaram por e-mail, apertando os olhos na esperança de conseguir focar melhor as palavras na tela só para perceber logo na sequência que, ao chegar no final da frase, eu já me esqueci do começo. O significado das palavras está escorregadio como sabonete. Para compensar, tento escrever uma mensagem para Samantha, com algumas informações sobre o processo seletivo da universidade. Não é uma tarefa muito fácil, mas até consigo alinhavar algumas linhas e envio para ela, perto do meio-dia, quando ligo a tevê no jornal local.

Meu apelo é transmitido no último bloco do jornal. Não parece que se passaram dezoito horas desde que eu me sentei naquele estúdio e implorei para Saul voltar para casa. A gota de suor que eu limpo debaixo do meu olho dá a impressão de que eu estava chorando. E fico ali assistindo minhas súplicas, a minha figura tétrica dizendo a Saul que ele não está encrencado, dizendo a ele que todos nós o amamos. Humilhada, experimentando o mesmo sentimento de vergonha e exposição que eu senti ao gravar, eu desligo a televisão.

Na verdade, eu deveria ligar para Fatima agora, a gentil assistente social, e contar para ela o que Rowan fez comigo. Será que a agressão dele pode ser classificada como tentativa de estupro? Abuso sexual? Tento lembrar dos meus dias de voluntária na Estupro Nunca Mais. Nós incentivávamos todas as mulheres a denunciar qualquer tipo de ataque. Tanto faz se houve penetração ou não, é o que nós falávamos para elas. O importante, o que precisava ser denunciado, era o terror induzido, o trauma emocional provocado pela experiência. No entanto, nesse momento, contrariando anos e anos em que tentei convencer várias mulheres a denunciar agressões semelhantes, decido que o esforço necessário não vale muito a pena. As evidências forenses que vão me exigir, o interrogatório que eu teria que passar. Então faço uma promessa solene para mim mesma: ninguém precisa saber do que Rowan me falou na última noite. Ele conseguiu a vingança dele, pelo que ele acredita que o meu filho fez com a sua filha. Vou deixar assim, e é curioso notar como a ironia de Saffie não querer relatar seu suposto estupro à polícia não me passa despercebida.

No fim, Pete me manda uma mensagem: *A Deepa me disse que a irmã dela vai poder vir aqui hoje pra cuidar das meninas no fim de semana. Se você quiser, posso voltar pra casa. Estou sentindo a sua falta. Eu quero você. Eu quero estar aí pra te dar todo o apoio, Holl.*

Desde a primeira vez que transamos, eu comecei a amar o calor do corpo de Pete e o seu cheiro intenso. Eu me apaixonei pela nossa química, que nos fez descobrir de imediato o que cada um gostava. O sexo com Pete era fácil e eu adoraria tê-lo ao meu lado agora, ter o conforto que ele me dá. Mas não sei se já consegui perdoá-lo. E, mesmo que eu deixe Pete me tocar, não quero que ele veja o hematoma na minha coxa. O corte na minha cabeça. Não quero que ele veja como cada som me faz pular da cama. Não quero que me faça perguntas.

Fique com as meninas, eu escrevo de volta. *Elas precisam de você mais que eu estou precisando.* Mas aí, pensando melhor, eu escrevo outra mensagem: *Se você quer mesmo ajudar, pergunte pra Freya por quem é que ela e a Saffie estão apaixonadas.*

Até penso em modular o tom do meu texto, mas, no final das contas, eu só pressiono a tecla *enviar*. E vou para a cozinha. Pego uma garrafa de vinho, que não está na temperatura adequada e me deixa um gosto meio amargo na boca, para não falar na pancada que o álcool me dá com o estômago vazio. Na sequência, coloco Leonard Cohen para tocar e espero pela resposta de Pete. Depois da minha segunda taça, a cozinha parece mais agradável, o mundo parece um pouco mais acolhedor. Estou servindo a terceira taça quando alguém bate desesperadamente na minha porta da frente.

Reconheço de imediato a silhueta reconfortante de Fatima através do vidro. E emendo um pensamento no outro: ela veio me trazer notícias! Eles descobriram onde Saul está! Ela vai me dizer que ele está bem e a caminho de casa. Que ele viu meu apelo na tevê. Que ele percebeu o tamanho do meu amor por ele e que eu nunca acreditei nas acusações. Ele vai nos perdoar. E eu posso mostrar o diário para Fatima. Provar que ele e Saffie estavam apaixonados. E Fatima pode ir à casa de Jules e Rowan e contar a eles que Saffie está perdoada por entrar em pânico e dizer uma mentira tão escabrosa porque, afinal, ela só tem treze anos de idade. Vai ficar tudo bem.

Por isso, abro a porta feliz por ver Fatima, por ter a companhia de outra mulher.

— Eu estava quase te ligando — eu digo. — Descobri algumas novidades sobre o que aconteceu entre o Saul e a Saffie.

Ela não me responde, só me devolve uma expressão soturna.

— Posso entrar? — ela pergunta.

Quando Fatima volta a falar, a cor literalmente desaparece do meu mundo. Ninguém fala a frase que ela está prestes a falar a não ser que vá te dizer alguma notícia muito horrorosa. Eu quero voltar no tempo, quero voltar para o passado e reviver a cena de um jeito bem diferente, para eu não ter de experimentar esse sentimento de profecia macabra, de saber o que Fatima vai me contar. É como se, de repente, no momento em que ela começa a falar, a minha vida perdesse a cor, como se a minha cabeça inteira fosse virar um pedaço de carne podre:

— Acho que é melhor você sentar, Holly.

14
Jules

JULES SE SENTIA EXAUSTA. Saffie seguiu silenciosa e carrancuda na volta do leilão. Jules imaginou que a birra era motivada pela consulta com Donna marcada para o dia seguinte, mas Saffie se recusou a falar a respeito. Quando as duas chegaram em casa, ela fez questão de botar Saffie direto na cama. E, logo depois, ela também foi deitar, mesmo sabendo que dormir agora era uma utopia, o que apenas se confirmou à medida que ela viu sua cabeça pular de um pensamento para outro. No final das contas, o evento demandou bastante da organização. E ela se perguntava: por é que preparar quiches e coordenar venda de ingressos foi tão estressante dessa vez? Mais cansativo até que o trabalho, e olhe que o trabalho continuava frenético nos últimos dias, com pedidos atrasados e os lucros sofrendo um baque significativo. E aí, claro, veio aquela tempestade mental e emocional de preocupação em relação a Saffie, que vinha apresentando oscilações de humor cada vez mais frequentes, com os gritos e as batidas de porta sendo apenas a ponta do iceberg, o que Jules atribuiu a uma combinação de hormônios da gravidez, os efeitos do trauma, o nervosismo por causa do aborto e uma possível ansiedade por ninguém saber o que diabos tinha acontecido com Saul. Saffie estava se recusando a comer e surtando toda vez que Jules perguntava se ela estava bem. E, apesar dela insistir em frequentar a escola, comparecendo inclusive às aulas extras que Rowan encheu o saco até a filha concordar em ir, Saffie voltava destruída do colégio, realmente estremecida, com um olhar que indicava um provável surto se Jules arriscasse perguntar como ela estava se sentindo.

Para piorar, Jules ainda precisava se preocupar com Rowan. Ela tentava afastar de si o incômodo medo de que o marido fosse o culpado pelo desaparecimento de Saul, mas, diante das circunstâncias, pois ele ainda estava na rua, duas horas depois dela ter saído do leilão, ela não conseguia evitar a angústia. E seguiu pensando no que é que a polícia queria com ele mais cedo, quando, de repente, se lembrou da nota fiscal rasgada e da sacola da Peacocks. O primeiro impulso foi descer para verificar o conteúdo da sacola, mas seu corpo e sua cabeça estavam esmigalhados e ela não ia ter força suficiente para encarar aquela batalha. E, bom, as coisas iam continuar no mesmo lugar no dia seguinte.

Já era quase meia-noite quando ela escutou o barulho da porta se fechando. Ela queria conversar com Rowan e ficou sentada na cama, esperando o marido entrar no quarto. No entanto, quando ele enfim apareceu, era óbvio que ele estava bêbado. Em silêncio completo, Rowan simplesmente tirou a calça e desabou na cama, com cheiro de cerveja por todos os lados. E o melhor, uma vez que ele estava naquele estado, era evitar assuntos sensíveis. Anos sendo obrigada a lidar com o mau humor do marido ensinaram Jules muito bem a se proteger.

Até porque, de qualquer jeito, ele começou a roncar quase na mesma hora.

Ela estava sozinha.

Engraçado como você pode se sentir mais solitária tendo seu marido ao lado na cama do que estando realmente sozinha no quarto. Sozinha pensando no tecido dentro da sacola. E na nota fiscal do posto de gasolina. Sozinha com a dúvida de saber onde é que Rowan foi de verdade na segunda pela manhã. E justo agora.

Encontrar Holly no leilão estragou a noite. Jules não conseguia não se perguntar o porquê de Holly ter entrado no evento, se ela sabia — *sabia* — da hostilidade que iria estimular. Jules tentou indicar com o olhar que era para Holly ir embora, mas Holly não entendeu nada.

A onda de empatia por Holly mudou de direção depois que o estupro se tornou um fato público. A maioria dos moradores da vila, aqueles que ajudaram nas buscas por Saul, agora se sentiam traídos. Se eles soubessem antes que Saul era um estuprador, não teriam se esforçado para ajudar. Eles foram coagidos a ajudar um adolescente que abusou de uma menina, uma criança, e dentro da própria casa, dentro da vila *deles*. Foi o principal assunto discutido durante a arrumação do leilão. Enquanto algumas pessoas lamentavam pelo que Holly estava passando, e Samantha, em particular, era bastante empática com a dor de Holly, o sentimento geral era de que Holly tinha lidado da pior maneira possível com a acusação e que, no fundo, a culpa pelo desaparecimento de Saul recaía sobre ela mesma.

— Assim, se o seu filho estuprou uma pessoa, você vai querer saber, não vai? — disse Tess, em pé no meio de uma rodinha de pessoas ao lado da mesa do buffet, retirando os plásticos que cobriam uma bandeja de quiches. — Você vai querer arrancar a verdade dele imediatamente.

— É meio difícil de imaginar, se você nunca teve meninos — Samantha argumentou. — Por exemplo, se o Freddie for acusado de estupro, quando ficar mais velho, eu nunca, jamais vou acreditar.

— Mas o Fred só tem seis anos — Tess insistiu. — Quando ele for um adolescente musculoso, vai ficar mais fácil de entender. E você tem a obrigação de acreditar. Só assim pra proteger as outras meninas.

— Vejam, a questão é que isso mostra como o Saul tem problemas muito mais sérios de personalidade, como a Jules tentou alertar a Holly — Fiona disse.

— Exatamente — Jenny concordou. — Se a Holly tivesse procurado ajuda logo de cara, eles poderiam ter enfrentado o assunto antes e a vida ia continuar normal.

— Eu contei pra Holly assim que eu soube — Jules disse. — Eu imaginava que ela e o Pete iam conversar com o Saul. E aí... Bom, não sei, a gente poderia ter confrontado ele sobre o assunto e, se fosse necessário, talvez procurar uma ajuda profissional — ela pegou uma bandeja de alumínio cheia de sanduíches de salmão defumado e começou a decorar com algumas fatias de limão. — O que tornou a coisa muito mais complicada pra mim, e pra Saff também, claro, foi essa negação inacreditável da Holly, de não admitir o que o Saul fez.

— Achei uma atitude péssima dela — Jenny disse. — A probabilidade do filho da Holly ser um estuprador é tão grande quanto a de qualquer outro homem. Uma mãe entrar numa negação tão grande diz muito sobre quem ela é como mãe.

— Com certeza. Eu estou o tempo todo me perguntando que tipo de mãe ela é pra educar um filho estuprador, assim, pra dizer o mínimo, né? Não vamos esquecer que a Saff só tem treze anos de idade — Tess disse. — Não foi só estupro. Foi estupro de vulnerável.

— Será que dá pra classificar de pedofilia? — Jenny perguntou. — O que, nossa, só piora muito mais a situação.

— Se é ou não é, não importa, esse menino está aí à solta. E está colocando outras meninas em risco.

— Mas a Holly não era tipo uma ativista pelos direitos das mulheres? — alguém trouxe o assunto à tona. — Ela não escreveu sobre essa história dos homens não sofrendo nenhum tipo de condenação por estupro, mesmo nos dias de hoje?

— Sim, e é verdade — Fiona disse. — Eu fico revoltada. As desculpas que os tribunais inventam pra culpar as mulheres quando elas denunciam algum crime sexual.

— Sendo assim, era de se esperar que a Holly fosse dar um jeito no filho dela. Não só pelo bem da Saffie, mas pelo bem de todas as mulheres.

— É realmente bem hipócrita da parte dela, se você parar pra pensar — Tess reconheceu. — Sair pela rua se chamando de feminista, dar aulas sobre consentimento e aí, quando o seu filho é acusado de estupro, você entra em negação?

No entanto, apesar das amigas não estarem falando nada que a própria Jules não tenha pensado, ela se sentiu enojada ao invés de vingada, e, deitada na cama, toda vez que fechava os olhos, Jules via o rosto assustado de Saffie pedindo para que ela não contasse a história para mais ninguém. Na verdade, a noite inteira ficou marcada por esse sentimento crescente de que a vida dela e o sofrimento da filha tinham virado material de fofoca, suposições e julgamentos. E, como se não fosse dor suficiente, ela ainda precisou passar por aquela conversa horrível com Holly, bem na hora que ia servir o chá. Holly implorando para Jules acreditar que Saffie estava apaixonada por Saul. Uma fantasia maravilhosa, é claro, mas completamente absurda. Saffie, sem dúvida nenhuma, sentia repulsa de Saul, e deixou isso bem claro naquela noite, antes mesmo dele entrar na casa para usar a internet. A cegueira de Holly, portanto, só piorava tudo, e ter contato com o desespero da ex-melhor amiga deixou Jules bastante abatida durante o evento. Não à toa, ela foi embora mais cedo, incapaz de continuar perto de Holly enquanto ela tentava se agarrar ao vazio para salvar a reputação de Saul.

Agora que ela conseguia pensar a melhor a respeito, entretanto, ela entendia o porquê de Holly acreditar que aquela teoria era plausível. Aos olhos de Holly, é perfeitamente compreensível que uma menina se apaixone por Saul. E, Jules pensou, os protestos de Saffie reforçando o quanto não gostava dele podiam muito bem ser entendidos como um disfarce. Afinal, Saul era considerado um esquisito pelos adolescentes da região e Saffie não ia querer que os amigos soubessem dos seus sentimentos por ele. Mas, do mesmo jeito que Holly estava inflexível sobre o fato de Saul ser inocente, sob o argumento de que ela conhecia seu filho, Jules também conhecia a filha dela, e Saffie não estava mentindo sobre não ter sentimentos amorosos em relação a Saul. Ou em relação ao que ele fez com ela.

Jules também não suportava pensar o que estava por trás da sua rejeição à nova teoria de Holly, de que os filhos delas estavam apaixonados. Ela sabia que, se desse um mínimo de credibilidade para essa teoria, ela iria desencavar questões sombrias, pesadas e assustadoras, coisas que ela preferia nem imaginar. Pelo menos, ainda não. A não ser por pura obrigação moral.

E, enquanto ela permanecia deitada na cama com os pensamentos acelerados, Rowan roncava um ronco baixinho ao lado dela. Por que ele voltou para casa tão tarde? E para onde ele foi, ao invés de vir direto do pub? Ela sabia que ele tinha saído para beber. Para afogar as mágoas depois de ser interrogado pela polícia mais uma vez. Mas ele estava com uma aparência estranha ao entrar no quarto, distante. Um pouco parecido com o estado em que ele ficou depois de surtar pela primeira vez, o que agora fez com que Jules recuasse. Não dava para confrontar o marido naquelas condições. Ela sabia, por experiência própria, que ele ficaria calado ou defensivo e nervoso.

Mas eles precisavam conversar. Ela queria saber um pouco mais sobre o interrogatório da polícia, até porque Jules não conseguia acreditar que eles continuavam a arrastá-lo para a delegacia sob o argumento de que era apenas para ele *cooperar com as investigações*, como se fosse o principal suspeito do sumiço de Saul. E, ainda assim, ela *conseguia* acreditar. O que era muito doloroso: ela não podia dar chance para suas dúvidas em relação a ele, seria impossível continuar morando com Rowan. Ela precisava manter a fé no marido. Se fosse necessário, Jules pensou, ela inclusive ajudaria a dar cobertura a ele.

No fim, Jules nem chegou a dormir. Ficou a noite inteira acordada, com as imagens e perguntas inundando o seu pensamento. O tecido que ela achou dentro da sacola da Peacocks. A nota fiscal do posto em Downham. A lama nas botas... Rowan não entendia a dimensão da sua própria força. Ele pode ter tentado ensinar uma lição a Saul e acabou ultrapassando os limites.

E aí o seu pensamento entrou na zona nebulosa que ela tanto temia. É fácil esconder um corpo nas áreas mais remotas da região, onde você não encontra nenhuma casa ou vila ou mesmo pessoas por horas e horas. Rowan conhecia bem as estradas por lá, as longas faixas de asfalto entre quilômetros de terrenos agrícolas e morros e valas. Todas aquelas terras isoladas e vastas extensões de água, a reserva de Ouse Washes, o canal dos trezentos metros, o rio Old Bedford. As pessoas pensam que Londres, a cidade grande, é o berço do crime, mas os pântanos provocam um efeito estranho na cabeça das pessoas. As terras planas, os horizontes vastos, a paisagem que faz você se confrontar consigo mesmo. É de enlouquecer certas pessoas.

O que Jules, nesse momento, achava que talvez estivesse acontecendo com ela. Sim, era verdade, Jules queria que Holly sofresse o que Saul fez a família dela sofrer. Ela queria que Holly compartilhasse da dor de Saffie. Queria que Holly admitisse a culpa do filho, assumindo parte do trauma de Saffie para ela. Mas Jules não queria que o preço a ser pago fosse tão alto. Ela não queria que as coisas chegassem nesse ponto. Não queria que Rowan fizesse com Saul o que ela cada vez mais implorava para não ser verdade.

E se, depois de tudo, Saul for inocente...

Por favor, Jules pensou.

Por favor, não deixe que Rowan tenha feito aquilo que eu não consigo sequer falar em voz alta.

Por favor, não deixe Saul morrer.

15
Holly

FATIMA ESTÁ EM PÉ na minha frente, na passagem para a cozinha. Eu dou vários passos para trás e tento me apoiar em um dos banquinhos.

— Eles encontraram os restos mortais de uma pessoa — ela diz, ainda em pé.

Restos. As imagens estúpidas que me atormentam a cabeça envolvem artefatos do império romano, jarros quebrados e fragmentos de mosaicos antigos.

— Num terreno próximo da reserva de Ouse Washes. A imprensa já está sabendo, então nós decidimos te contar antes que você escute em algum outro lugar. A equipe de peritos está trabalhando ao máximo. Assim que eles tiverem mais informações, vão entrar em contato contigo.

— Mas você não tem mais nenhuma informação? — eu digo, e as palavras saem fracas da minha boca, como se outra pessoa estivesse falando por mim, como se fossem faladas por uma pessoa com a boca cheia de lama, como se fossem faladas por uma pessoa que já está morta. — Você não tem mais nenhuma informação? — eu tento de novo.

— As investigações iniciais indicam que é o corpo de um adolescente do sexo masculino e que está morto há alguns dias já — ela diz, e eu mal consigo respirar. — Eu sinto muito, Holly, mas eu preciso te dizer que, por causa das condições em que o corpo foi encontrado, a polícia está com algumas dificuldades de remoção, deve demorar um pouco ainda.

— Eu não posso ver?

— Não, ainda não. Eles precisam tomar alguns cuidados pra cena do crime ser preservada.

Fatima começa a sumir do meu campo de visão. Uma onda de calor me consome inteira e de repente estou absolutamente nauseada.

— Eu preciso de mais amostras de DNA então, se você puder nos emprestar algum outro objeto que pertença ao Saul, um pente de cabelo, uma escova de dentes, qualquer coisa, na verdade... E, bom, talvez isso seja tudo o que eu posso te revelar no momento — as palavras dela são pesadas, abafadas. Eu ouço um eco na sua voz e depois o som fica cada vez mais distante. A última coisa que escuto antes de desmaiar é a sua voz doce me dizendo: — Vou ficar aqui contigo. Só me lembre onde é que você guarda o chá...

...

Pete está sentado ao meu lado. Estou deitada no sofá da minha sala. Não sei quando ele chegou nem como ele soube o que estava acontecendo.

Vejo apenas uma neblina na janela atrás dele. Não dá para ver mais nada depois da praça. Eu olho para ele, para o seu rosto redondo com suas bochechas gordinhas e alegres e os olhos amáveis e tristes.

Não quero acordar, embora eu ainda não me recorde o porquê. Só sei que quero continuar dormindo porque acabei de receber uma notícia bastante ruim.

Ele coloca sua mão em cima do meu braço.

— Você nem invente de levantar — ele diz. — Eu vou pegar um chá pra você, ou prefere alguma bebida mais forte?

Eu não quero nada. Eu não quero que Pete me toque nem que ele fale comigo. E esse é um sentimento que eu conheço bem, quando o mundo de repente se distorce e perde a nitidez. A última vez que tive essa experiência foi no dia em que Archie sofreu uma parada cardíaca e me disseram que ele não tinha sobrevivido. Foi assim que eles me falaram, eles me ligaram do hospital e me informaram que ele tinha infartado na Lincoln's

Inn no início da noite, perto das quadras de tênis. Levado para o hospital por causa de uma parada cardíaca. E que ele *não tinha sobrevivido*.

Eles me ligaram no telefone celular. Deixei Saul com Jules e corri para o hospital universitário. Bloqueei o *não tinha sobrevivido* na minha cabeça, ignorei tudo o que eles me disseram. E comecei a falar para mim mesma que, sim, as pessoas se recuperam de ataques cardíacos.

Eu só entendi quando vi o corpo.

Ele tinha trinta e cinco anos.

Saul mal tinha completado dez.

— Eles ainda não conseguiram uma identificação completa — Pete está me dizendo agora.

Ele está tentando ajudar, eu sei, mas é inútil. Saul sumiu na segunda-feira. Esse corpo estava abandonado há alguns dias. Eles sabem que é de um adolescente do sexo masculino. E meu filho está desaparecido há quatro dias.

É fácil fazer a conta.

Eu fecho meus olhos.

E tento fugir do mundo.

...

A neblina foi embora e um sol fraco está fingindo que esquenta os galhos nus das árvores na praça, pintando os troncos com um brilho meio rosa, meio dourado. Eu jogo as cobertas para longe de mim. Não posso ficar o dia inteiro sentada como se estivesse inválida. Mas, assim que levanto, sinto uma pontada de dor na lombar e lembro de Rowan me empurrando contra o fogão e da minha queda na cozinha.

— Eu preciso respirar — eu digo a Pete. — Vou sair pra dar uma caminhada.

Ele pergunta se eu quero companhia, mas eu respondo que não, que preciso ficar sozinha. E saio de casa. Ando em transe, ignorando a dor. Passo a igreja batista, a igreja católica e a sede do Exército da Salvação. Não é à toa que essa região é conhecida na Inglaterra como sendo uma terra sagrada. Se tem uma coisa que não falta por aqui são lugares para você adorar alguma divindade. Lugares para você pedir perdão pelos vícios em drogas e o alcoolismo e os estupros e todos os outros desvios de conduta.

Vou pela estrada na direção da estação. Nos campos, os politúneis estão vazios e seus contornos parecem escuros como enormes carcaças queimadas de animais. O polietileno que, no verão, protege as frutas delicadas está agora enrolado em montinhos empilhados, como se fossem aqueles sacos usados para transportar cadáveres.

Deixando as casas para trás, o caminho da floresta está lamacento, com folhas que se transformaram em uma palha escura desde a última vez que passei por aqui. A trilha se expande pela mesma paisagem que eu observei no dia seguinte ao desaparecimento de Saul. Mas agora o inverno tomou conta. Vejo um horizonte esbranquiçado, nuvens acinzentadas, uma luz pálida grudando nas pedras. Corvos pretos espalhados pelo chão escuro. Atravesso a ponte por cima do rio, no sentido nordeste, andando em direção ao pôr do sol. Nenhuma árvore pelo caminho. Um terreno completamente liso até você chegar em Ely, e mais ainda até você chegar nas áreas de proteção ambiental. Lá longe, vastos hectares de painéis solares brilhando sombrios, todos virados para o céu.

Eu continuo andando em direção ao meu filho. As palavras ecoam pelo meu ouvido: *Restos mortais... há alguns dias já... dificuldades de remoção...*

Quanto tempo?

Como um corpo pode se tornar tão irreconhecível em menos de uma semana? Ele foi devorado por enguias? Ratos? O corpo apodreceu na água? Ou é pior do que eu estou imaginando? Deceparam meu filho? Mutilaram? Queimaram? Eu não consigo frear a minha imaginação.

Nem sei o que estou fazendo, só sei que preciso continuar caminhando. Preciso me movimentar, enquanto tento não pensar em Rowan em cima de mim, pois não quero dar espaço mental para ele. O problema é que não consigo evitar a dor de pensar que a acusação de Saffie abriu as portas para uma energia macabra que antes estava represada: culpa em cima de culpa, ódio e desprezo, uma maré suja e malcheirosa que subiu à terra e nos encharcou até o último fio de cabelo, além de ter engolido o meu filho.

Depois de caminhar por mais ou menos uma hora, me deparo com um acampamento de viajantes. Algumas mulheres estão lavando lonas. Trabalhadores do parque? Aquele parque que estava na praça no dia em que Saul desapareceu? Vejo crianças sentadas nos degraus dos trailers e alguns homens consertando um carrinho do carrossel. Um homem está sentado nos degraus de um trailer, fumando.

É quando eu vejo o meu filho.

Ele está com o rosto virado, inclinado na direção de um balde, fazendo alguma coisa qualquer, com uma camisa toda amassada, o que deixa alguns centímetros das costas à mostra. É o corpo magro dele e o seu jeito de vestir a calça, que nunca fica justa no quadril e acaba escorrendo, revelando o elástico da sua cueca. Eu começo a correr. Ele está vivo. Ele está aqui. Eu corro pela margem do rio e depois me jogo no matagal, quase perdendo o equilíbrio, quase caindo no desespero de tocá-lo.

Enquanto eu corro, as nuvens se abrem e a paisagem muda de tom. O solo preto fica mais perto do roxo, a grama ganha uma cor mais verde. Uma luz cor de cobre atravessa o campo e se arrasta na direção do acampamento.

Ele precisa saber que eu o quero de volta, que eu nunca acreditei que ele estuprou Saffie. Que o lugar dele é do meu lado. Que Saffie simplesmente entrou em pânico e que esse foi o motivo para ela mentir. E as lágrimas escorrem pelo meu rosto durante minha corrida. Eu amo o meu filho. Nunca duvidei dele. Nesse momento, chego em uma vala que divide esse lado do pântano do acampamento e eu pulo por cima, ignoro a dor na lombar e continuo correndo. Uma mulher me impede de continuar.

— Pois não? O que eu posso fazer por você? — ela bloqueia a minha passagem, deixando claro que não sou bem-vinda aqui. Eu a reconheço. Ela é a mulher da barraca de tiro, a mulher com quem eu conversei na noite em que Saul não voltou para casa.

— Meu filho — eu suspiro, apontando para além dela.
— Seu filho?
Ela tampa minha visão. A mulher está vestindo um blusão amarelo de lã e uma calça folgadona lilás. Dá para sentir o cheiro de cigarro no seu hálito.
— Ali... — eu aponto na direção do menino, ela vira a cabeça e depois olha de volta para mim.
— Seu filho? — a mulher pergunta de novo.
Eu tento me livrar dela, mas uma segunda mulher aparece, fechando minha passagem, e eu corro para o lado.
— *Saul!*
O menino se levanta. Ele é corpulento. E mais baixo do que Saul.
Ele se vira.
— Oh...
Não é ele.
É claro que não é ele.
— O que foi que aconteceu com o seu filho? — a segunda mulher pergunta. Ela é mais magra, com um rosto irregular, um olho mais alto que o outro por cima de um nariz estreito e uma expressão um pouco mais suave que a da mulher da barraca de tiro.
— Ele está desaparecido — eu digo, meio que soluçando. — Pensei que poderia ser ele.
— Sobre ele que a polícia veio perguntar pra gente nos últimos dias? — a mulher magra pergunta. — Eles vieram perguntar se a gente tinha visto ele. Mas ninguém viu. Então ele ainda está desaparecido. Quantos anos ele tem mesmo?
— Dezesseis.
— Já é crescido então — a primeira mulher diz.
— Sim. Não. Quer dizer, dá pra dizer isso. Mas ele ainda é uma criança pra mim. Ele saiu e não voltou mais pra casa. Fiquei achando que ele tinha decidido andar pelo rio e que, sei lá, acabou vindo pros pântanos. Ele gosta de ficar sozinho. Ele é alto, tem um metro e oitenta... Eu achei... Eu achei que fosse ele. Mas o cabelo dele, bom, é... Mais comprido e mais escuro.

Ela vai conversar com um grupo de mulheres que está do outro lado do acampamento. Eu vejo essas mulheres olharem na minha direção, conversarem entre si e depois chamarem um homem, um sujeito alto e forte que, apesar do frio, está vestindo uma camiseta branca para mostrar seus braços tatuados.

— Ninguém viu ele — ela diz, se aproximando de novo. — Mas vamos ficar de olho. Não é, Sandy? Cabelo comprido, você disse? Magro? Mais alto que o Charlie. Se ele aparecer, a gente vai falar contigo. Me dê seu número. A gente vai te ligar se ele aparecer.

— Obrigado. Sério. Muito obrigado.

— É seu filho, né? — ela diz. — Não tem nada pior que alguma coisa acontecer com seu próprio filho.

Eu olho para ela por alguns minutos, agradecida pela sua empatia. Devo dizer a ela que estou tentando me agarrar em falsas esperanças? Que a polícia encontrou um corpo? Não dá, não consigo falar em voz alta. Não vou conseguir suportar a angústia que ela também vai sentir por mim se souber a verdade.

Então, assim que me afasto do acampamento, dou meia--volta. Não vou conseguir andar até Ouse Washes. Eu escalo um pequeno morro, pulo para o outro lado. Dá para ver a estação de bombeamento daqui, um prédio alto, imponente e sem janelas, uma silhueta contra o céu. E, mais à frente, vejo a represa. Assim que chegar perto do rio novamente, vou subir a ponte por cima da represa e voltar para casa pela estrada que cruza os terrenos escuros de terra sedimentada e passa pela casa de Jules e pela linha do trem. Eu preciso saber imediatamente. Preciso que eles me contem o que descobriram. É melhor ter esse confronto agora e não depois. Eu preciso voltar para casa.

Depois do portão giratório, com meus pés batendo nos degraus de metal, eu chego à ponte por cima da represa, me apoiando na grade gelada. Na sequência, subo na segunda ponte, por cima das comportas. Aqui eu paro, de repente exausta, e olho para a água. Talvez eu não tenha coragem de voltar para casa. Apenas fico por ali, olhando a água cair em filetes brancos indo do platô superior para o rio amarronzado lá embaixo. O cheiro, agora no final da tarde, é muito forte, uma mistura de lama, grama e peixes com certo aroma podre e lamacento. Não sei quanto tempo eu passo na ponte, incapaz de me mexer, mas fecho os olhos e deixo os últimos raios do dia esquentarem minhas pálpebras. Quando abro os olhos de novo, o céu já virou um breu.

E mudo de ideia outra vez. Preciso ir para casa. Eu quero apagar, debaixo das minhas cobertas. Deixar o quarto todo escuro. Por que eu achei que ia me sentir melhor aqui do lado de fora? Nenhum lugar vai fazer eu me sentir melhor. Os sentimentos vão me acompanhar para qualquer canto que eu for. Para sempre.

E ali estou eu. São só alguns metros até o outro lado da ponte, mas a distância me parece intransponível. Continuo parada, inclinada sobre a grade, quando escuto um baque no ferro, sinto vibrações debaixo do meu pé e percebo que alguém está subindo os degraus do outro lado da ponte. Uma cabeça aparece, protegida por um gorro roxo, e então eu vejo que é Saffie, caminhando na minha direção.

Sinto uma explosão, uma pequena explosão dentro de mim. Ela parece tão *normal*, com seu jeans justo e de cintura alta, seu casacão e seus tênis. Tão *viva*, com sua sombra escura ao redor dos olhos e seu belo cabelo loiro saindo por debaixo do gorro colorido. Como se ela nem se importasse com o que aconteceu com Saul. Saffie se aproxima. Essa é a menina responsável pelas coisas terríveis que aconteceram com o meu filho, é a responsável por todas as acusações. Ela está se aproximando e o rio está ali embaixo, profundo, esfomeado e implacável. E nós estamos completamente sozinhas.

16
Jules

JULES ACORDOU CEDO. A consulta com Donna Browne estava marcada para o final do dia, o que pelo menos era um motivo para ela ficar feliz. Mas, ainda assim, Jules se sentia irritada e nervosa.

— Saff, venha direto pra casa depois da escola. Nossa consulta com Donna é às cinco e quinze.

Saffie concordou silenciosamente enquanto arrumava a mochila da escola com livros, uma garrafa d'água e o celular, como se não fosse frequentar as aulas, e sim fazer uma trilha no mato com duração de três dias.

Jules apenas observou a filha caminhar em direção à estrada, com o coração e o estômago revirados só de pensar no que Saffie iria precisar enfrentar à tarde. Repetir toda a história para Donna. E para o outro médico que Donna disse que era preciso chamar. E depois tomar as pílulas. E depois os sangramentos.

...

Tess ligou para avisar que elas arrecadaram mais dinheiro do que precisavam no leilão da igreja:

— Passamos de dois mil — ela disse.

— Ótimo.

— É *ótimo*, né?

O sentimento devia ser bom. Mas Jules não compartilhava da felicidade. Não quando precisava pensar no aborto. Não depois de ter visto Holly no leilão. Não quando Rowan tinha voltado para casa tão tarde, com aquele ar de quem tinha tomado uma atitude da qual ele ia se arrepender.

Para amansar sua ansiedade, Jules decidiu ir ao parque para uma corrida antes do trabalho. Nas trilhas, entre as árvores, cujas últimas folhas já estavam amarelas e ameaçavam cair e se juntar às outras folhas mortas pelo caminho, o medo de descobrir que Rowan tinha feito alguma besteira veio e foi embora: não é possível que Rowan, Jules pensou, tenha realmente enfiado Saul dentro do carro sem que nenhum dos adolescentes à espera no ponto tenha visto alguma coisa. E aí a ansiedade ganhou força outra vez. Porque era possível, sim. O parquinho ainda estava sendo montado naquela manhã, bloqueando a vista de certas áreas da praça. E a polícia analisou as câmeras de segurança e viu o carro dele saindo da vila e indo em direção a Ely. Rowan confirmou essa informação, jurando que foi em Ely para comprar comida para o jantar. Mas por que ele resolveu cozinhar, se esse nunca foi um costume dele? E por que ele não disse que também foi em Downham? Pensar no assunto deixava Jules imediatamente nauseada. Rowan pode ter convencido Saul a entrar no carro, sob o argumento de que eles precisavam conversar. E apostou que as máquinas e os caminhões do parque iam servir de proteção.

Enquanto corria, Jules dizia para si mesma que esse raciocínio era absurdo. Rowan era seu marido, a pessoa por quem ela era apaixonada. Ele, uma vez ou outra, se meteu em uma briga por bebedeira, mas ele não teria coragem de fazer o que ela estava imaginando. Mesmo assim, seus pensamentos se recusavam a ficar quietos. E a paisagem ao seu redor ganhou um novo aspecto ameaçador. O mundo natural aqui não era nada natural, era uma construção do homem. As paredes corrugadas dos armazéns sem janelas que davam as costas para o parque. O lago que era na verdade um poço enorme com chão de cascalho todo preenchido com água de outros lugares. A estrada a poucos metros de distância, com seu implacável barulho de trânsito, os carros em alta velocidade, indiferentes ao que acontecia ali ao lado. E toda aquela região de terrenos planos que deveriam estar submersos, terrenos aterrados, cultivados até o último nutriente, com cada pedacinho de chão sendo preparado para a agricultura. Uma clara interferência na ordem natural do mundo, e agora todo e qualquer terreno abandonado parecia um lugar perfeito para esconder um corpo.

As imagens percorriam o pensamento de Jules quando ela contornava o lago: Rowan entrando no carro com Saffie, para levar a filha na escola, aquela expressão no seu rosto. Rowan fingindo ser o marido perfeito à noite, cozinhando o jantar. A lama nas botas. A nota fiscal do posto de gasolina em Downham, sendo que ele disse só ter ido até Ely. Será que ele dirigiu até gastar o combustível do carro, desovou Saul em algum lugar e depois fez compras no mercado com toda a calma do mundo, como se nada tivesse acontecido? Era o tipo de loucura que você via na televisão. Assassinos que seguiam a vida do jeito mais normal depois de esquartejar um corpo, esconder os restos e limpar as evidências do crime. Que faziam as compras da semana depois de jogar um corpo ensanguentado no rio ou no esgoto ou em uma cova rasa.

Quando Jules terminou a corrida, em tempo recorde, diga-se de passagem, ela estava cada vez mais convencida de que seu marido tinha feito alguma coisa contra o seu filho especial. E, se ele fez, e se a nova teoria de Holly das crianças apaixonadas uma pela outra estiver correta, então... Mas não dava para seguir nessa linha de raciocínio. Holly estava errada. Saul estuprou Saffie. E, ainda que a reação enfurecida de Rowan fosse compreensível, ele não chegaria tão longe.

Ou será que era ela quem estava errada?

...

Quando Jules voltou do parque, a casa estava em silêncio. Rowan deixou um bilhete para ela, explicando que tinha ido jogar golfe com os amigos e que só voltaria à tarde. Ele passava a maior parte do tempo com esses amigos, e Jules na verdade não se importava muito com essas saídas. Ela se sentia tensa quando Rowan estava em casa. Era quase um alívio ver a polícia voltar e levá-lo de volta à delegacia para novas investigações. E era quase uma decepção vê-lo voltar para casa, o que era um sentimento difícil de admitir, até para si mesma.

Durante sua malhação pós-corrida, ouvindo uma compilação da Motown, ela não parou de pensar no quanto deveria ter atendido o pedido de Saffie e nunca ter contado nada para Rowan, ao mesmo tempo que desejava que Holly não tivesse contado nada para a polícia.

Elas podiam, e deveriam, ter resolvido a situação dentro do âmbito pessoal.

Ela com Saffie. Holly com Saul. Entre os quatro. Eles poderiam ter resolvido a situação sem as repercussões provocadas pelo envolvimento de outras pessoas.

...

Pelo menos a loja estava bem cheia hoje, com o sininho da porta avisando que pais ricos estavam entrando para comprar o enxoval de inverno dos seus bebês. Os agasalhos tricotados à mão voaram das prateleiras e a nova linha de casaquinhos infantis também estava sendo vendida bem rápido.

— Vamos ter que pedir mais — Jules disse a Hetty.

Na hora do almoço, Hetty saiu para comprar os tradicionais bagels e o cafezinho da Indigo. O movimento deu uma parada perto da uma e meia e a comida foi servida na parte de trás da loja. Jules não conseguiu comer.

— Vou precisar sair mais cedo hoje — ela disse, dobrando a sacola de papel com seu bagel dentro. — Você consegue segurar as pontas por aqui?

— Sim, claro, pode ficar tranquila — Hetty disse.

— Eu sei que sim. É muito bom ter você trabalhando aqui, Hetty, você sabe disso, né? Você é um achado.

— Está tudo bem, Jules? Você parece meio preocupada nos últimos dias.

A cabeça de Jules disparou:

— Só alguns problemas em casa mesmo — ela disse, mostrando para Hetty um sorriso amarelo.

— Alguma coisa a ver com a Saffie?

— Como é que você adivinhou?

— Você está com aquela ruga de preocupação que toda mãe estressada tem.

Jules queria ter a liberdade de desabafar sobre o que estava realmente sentindo.

— Sempre existe uma preocupação — ela disse, para disfarçar — quando você tem uma filha em casa.

— Sua felicidade não existe se existir infelicidade nos seus filhos, é o que minha mãe costumava falar — disse Hetty.

E Jules só respondeu:

— Nem me fale.

...

Assim que entrou em casa no início da tarde, Jules foi direto procurar a sacola que ela encontrou no lixo e escondeu no fundo do armário da cozinha. Ela levou a sacola para o quarto, sentou na cama e, de olhos fechados, retirou o tecido do saco.

Mas não encontrou o que estava com medo de encontrar. Não era, no final das contas, um cachecol ou qualquer outro tipo de tecido que poderia ser usado para estrangular uma pessoa até a morte. Os pedaços de tecido, na verdade, não iam conseguir dar a volta nem no pescoço de uma criança. Pelo contrário, como Jules logo percebeu, as peças nas suas mãos eram lingeries sensuais: alguns triângulos de seda e um par de lacinhos, quase inexistentes de tão pequenos. Elas já tinham sido usadas, e eram do tamanho certo para Saffie usar, o que fez o coração de Jules disparar ao mesmo tempo que ela sentiu uma queimação desconfortável na garganta. Por que Saffie comprou uma lingerie sensual como essa, usou e depois jogou fora?

Em uma reação impulsiva, Jules entrou no quarto de Saffie e olhou ao redor. Ela tinha repetido esse gesto várias vezes na última semana, procurando evidências que comprovassem o estupro. Como nunca soube o que estava procurando, nunca achou nada. Agora, no entanto, o livro de Michael Morpurgo chamou sua atenção, por estar com uma página marcada com um pequeno cartão empresarial. Sem nem pensar direito, Jules retirou o cartão do livro: uma data estava anotada no papel indicando uma sessão de depilação na próxima quarta-feira às cinco da tarde. Jules estremeceu. Saffie não precisava depilar as pernas ainda, porque seus pelos eram macios, dourados e invisíveis. Mas, quando ela conferiu o papel de novo, percebeu que o horário marcado não era para uma depilação das pernas, e sim da virilha. Depilação completa. O que era ainda mais estranho: Saffie mal tinha começado a desenvolver pelos naquela parte do corpo. Por que ela ia se depilar? Jules resolveu conversar com Saffie a respeito desse cartão assim que as coisas voltassem ao normal. Se voltassem ao normal.

Jules então abriu o computador da filha. Saffie usava um MacBook, um modelo mais antigo que Jules tinha retirado da sua loja. Olhar os arquivos parecia uma ação meio intrusiva, mas, desde o estupro, e depois de tudo — a depilação, a lingerie —, Jules sentiu que tinha o direito de olhar. Os e-mails de Saffie eram inofensivos e quase sempre endereçados às amigas sobre as saídas que elas arrumavam aos fins de semana. Ela tinha centenas de contatos no WhatsApp e de seguidores no Instagram, mas nenhum em particular se destacava. Ela encontrou também algumas fotos de modelos posando com calcinhas minúsculas, pessoas que ela já tinha ouvido Saffie mencionar, meninas usando o que parecia ser um par de cílios postiços e com o corpo delineado, além daquelas influenciadoras que, nos dias de hoje, todos os adolescentes gostam de imitar. Mas, graças a Deus, nenhuma foto de Saffie usando a lingerie sensual que Jules tinha descoberto no lixo.

Nada mais no quarto parecia fora de ordem. Os bichinhos de pelúcia que Saffie continuava abraçando ao dormir estavam empilhados em cima do travesseiro, incluindo o urso que Saul deu de presente quando ela ainda era bebê. De imediato Jules pensou: ainda bem que elas iam resolver toda essa situação muito em breve, para Saffie poder retomar sua infância.

...

Às três e meia, Jules procurou saber de Saffie. Ela queria ir logo ao consultório de Donna e se livrar do problema, esquecer essa história de gravidez de uma vez por todas.

Às quatro horas, no entanto, Saffie ainda não tinha chegado. O primeiro ônibus da escola deixava os alunos na praça por volta das três e quarenta e cinco, e Saffie tinha prometido estar nele para poderem chegar a tempo na consulta. Quando viu que já eram quatro e meia e a filha continuava sem aparecer em casa, Jules começou a ficar ansiosa. Ela tentou se tranquilizar: se Saffie tinha perdido o primeiro ônibus, ela com certeza chegaria às cinco. Ou talvez tenha acontecido o que acontecia com frequência: Saffie ficar conversando no ponto com as amigas e acabar perdendo a hora. O que, entretanto, era improvável, já que a filha sabia muito bem o significado daquela consulta.

E Jules ficou ainda mais inquieta quando o relógio passou das cinco. Se Saffie não entrasse logo por aquela porta, elas chegariam atrasadas.

Jules enviou uma mensagem:

Onde você está? Esqueceu da consulta?

Estava escurecendo. Jules começou a se preocupar de verdade. Saffie geralmente respondia muito rápido as mensagens, mas os minutos passavam e nada de resposta. Será que não era o caso dela pegar o carro e ir procurar? Não, não, não era uma boa ideia, bastava Saffie cortar caminho por um atalho e elas já iam se desencontrar...

Era melhor esperar.

...

Saffie finalmente chegou, perto das cinco e meia. Quinze minutos atrasada para a consulta.

Jules ficou em pé na frente dela, de braços cruzados.

— Onde é que você estava?

— Por aí — Saffie passou pela mãe e seguiu em direção às escadas.

— Você percebeu que já passou do horário da consulta? Eu vou precisar ligar e marcar outra consulta e...

— Eu não preciso ir no médico.

— Saffie, a gente esperou a semana inteira por essa consulta. Calma. Eu sei que é assustador. Mas você vai se sentir muito melhor depois de conversar com Donna. Você sabia da consulta. Por que você se atrasou tanto na escola?

— Meu professor de matemática queria conversar sobre os meus trabalhos.
— Se eu ligar pro seu professor de matemática, ele vai confirmar essa história pra mim?
— Por que você vai querer ligar pra ele? — Saffie explodiu, andando pela sala. — Ele vai achar que você é maluca.
— Porque tem alguma coisa errada aqui, Saffie... Você não está me contando todos os detalhes. E eu acho que você está procurando jeitos de evitar o problema. Por que você não falou com ele que tinha um compromisso?
— E como é que eu ia falar com ele sobre isso? Você acha que eu devia contar pra ele qual parte da história?
— Não é vergonha dizer que você tem uma consulta médica.
— Por que você não me deixa em paz? — Saffie se lamuriou. — Você fica falando e falando e falando e eu não aguento mais! — ela estava se afastando de Jules, com o rosto todo contorcido, com raiva ou com medo ou, mais provavelmente, com ambos.

Jules ficou chateada consigo mesma, não era hora de repreender a filha. Não quando elas precisavam ir ao consultório de Donna. Não quando Saffie estava claramente angustiada por causa do aborto iminente.

— Certo. Escuta, Saffie. Eu entendo como essa situação é difícil pra você, mas, nesse momento, nós precisamos ir no consultório. Eu quero que você entre no carro.
— Eu não vou — ela disse, e subiu as escadas.
— Eu vou ligar pra secretária e explicar que fomos obrigadas a atrasar um pouco — Jules disse. — Vou dizer a ela que chegamos lá em dez minutos.

Mas não deu tempo nem de Jules acertar o compasso da sua respiração. Porque ela ainda estava ligando para o consultório quando os passos de Saffie pisoteando os degraus da escada ecoaram outra vez. Havia tirado o uniforme e vestia uma calça jeans e uma jaqueta.

— Eu não vou pro consultório, mãe — Saffie disse, andando de costas em direção à porta. — Eu não preciso conversar com Donna porque não estou grávida.

E aí ela abriu a porta e bateu com força ao sair.

— Espera! — Jules choramingou, segurando o telefone.

Só que Saffie já tinha ido embora.

Quando a recepcionista atendeu, Jules já estava vestindo um casaco.

— Sim?

— Eu tenho um horário marcado com Donna Browne — Jules disse, ofegante, vestindo o casaco enquanto falava. — Nós estamos atrasadas, mas é realmente urgente. Será que podemos chegar um pouco mais tarde? Tipo às seis?

— Um momento, que eu preciso conferir aqui na agenda.

— Não posso esperar — Jules disse. — Você pode pedir por favor pra Dra. Browne me ligar de volta?

Jules calçou suas galochas. No exato momento que ela abriu a porta para ir atrás de Saffie, o celular tocou e ela atendeu, na esperança de ouvir a voz prudente de Donna Browne.

— Jules? É o Pete. A Holly não está aí, está?

— Não é uma boa hora, Pete.

— Estou muito preocupado com ela — ele disse. — Ela está muito nervosa e acabou saindo sem dizer pra onde ia e agora estou muito preocupado. Ela está transtornada. Estou com medo de que a Holly faça alguma besteira.

Jules se sentiu enjoada.

— Aconteceu alguma coisa? — ela perguntou.

— Eles encontraram um corpo — Pete disse. — Os restos de um corpo, perto de Ouse Washes. O estado do corpo é compatível com o tempo em que o Saul está desaparecido.

— Na reserva?

Jules encarou o telefone. Foi para lá que Rowan dirigiu naquela manhã então. Até Downham, perto da reserva. No dia em que Saul saiu para a escola e nunca mais voltou. Essa reserva é um trecho plano e pantanoso que serve como uma espécie de bacia de contenção para as águas da região. Fica na interseção entre os grandes drenos locais e os rios Bedford, o novo e o velho. Quando esses canais inundam, eles derramam o excedente de água na planície, junto com todo o lixo que estiverem carregando. Jules visitou a área com Rowan e Saffie logo depois deles se mudarem para a vila, para observar, dentro de um esconderijo, os cisnes se alimentando. Ela viu bem de perto como a água se espalha e fica mais densa com a chegada do inverno. É uma área remota, despovoada, onde as vastas extensões de água refletem um céu claro e sem nuvens, como se o mundo estivesse virado de cabeça para baixo. Onde você pode andar por horas e não encontrar uma alma sequer. Onde existem longas e isoladas valas atrás de morro altos.

Onde você pode fazer o que você quiser sem ser visto por ninguém.

— Eles estão tentando identificar o corpo, mas parece que está num estado lastimável. Eles não queriam que a Holly soubesse. Não é um corpo inteiro, vamos dizer assim. E eles não podem transportar o corpo até realizarem alguns testes, no caso de... Bom, não estou querendo te encher com detalhes.

Jules começou a se sentir tonta e se desequilibrou. Para não desabar no chão, se agarrou à mesa e colocou a cabeça entre os joelhos. Quando a sensação de que ia desmaiar se arrefeceu, ela sentou.

— Mas a Holly não está aqui — Jules disse quando conseguiu voltar a falar. Sua voz estava seca. E ela, na verdade, só conseguia pensar em Saffie lá fora no escuro. Em certo sentido, era irracional relacionar a saída de Saffie com o que Pete tinha acabado de dizer, mas existia um perigo real lá fora. Alguém ou alguma coisa capaz de desfigurar um corpo em uma questão de dias. — Eu preciso desligar.

Ela bateu o telefone no gancho e pegou as chaves. Jules precisava proteger Saffie de qualquer mal à espreita na região.

Ou mesmo do mal que vivia dentro da sua própria casa.

...

Só existiam duas rotas possíveis para Saffie seguir a partir da casa delas. Uma era pela estrada que cruzava com a linha do trem na direção da vila, e essa rota era a rota improvável, pois Saffie vinha sendo muito bem orientada a não cruzar a linha do trem à noite, ainda mais pelo que tinha acontecido menos de seis meses atrás, quando um homem foi trucidado pelas rodas do trem que ia de King's Lynn para King's Cross. O outro caminho era seguindo pelo rio, um caminho no qual Saffie sempre encontrava as amigas nas noites quentes de verão. Jules também gostava de passear por aquele caminho durante o dia, porque, de lá, dava para ver as comportas do reservatório de água. Mas não nessa noite. Não quando partes de um corpo foram encontradas na região. E não quando Saffie estava claramente fora de si. Jules queria trazê-la segura de volta para casa, de jeito nenhum deixá-la no escuro, com o vento cada vez mais forte.

Assim que ela chegou na trilha que saía da sua casa e ia ao encontro do rio, ela enxergou a filha, uma silhueta pequena contra a luz de uma lua enorme, perdendo o equilíbrio por causa do vento, tropeçando pelas margens alagadas. De onde Jules observava, Saffie parecia ser a única criatura viva em um raio de quilômetros, andando na direção da represa. Coitada de Saffie. Jules deveria ter percebido a pressão que um aborto colocava em cima da filha. Ela deveria ter lidado de outra maneira com o caso, deveria ter tomado uma atitude mais enérgica. Deveria ter levado Saffie em uma clínica especializada mesmo que ela se recusasse a ir. É claro que aquela fuga era só uma tentativa desesperada de evitar a verdade, é claro que não fazia sentido nenhum Saffie de repente dizer que não estava grávida. Era medo. Ao contrário do que Jules imaginava, a filha com certeza estava muito assustada com essa história de aborto.

As duas precisavam resolver a situação o quanto antes. Só que não era fácil para Jules andar pela trilha com aquelas galochas. O chão embaixo dos seus pés estava instável e cheio de lama escorregadia, que engolia seus tornozelos. Ela deveria ter colocado os tênis e caminhado pela estrada, mas, na pressa, nem conseguiu raciocinar direito. Para piorar, em menos de meia hora o sol se pôs, e Jules teve que se arrastar de qualquer jeito no meio daquela escuridão. Ela precisava conversar com Saffie para convencer a filha de que a consulta seria súper rápida e que Saffie seria muito bem atendida. E Jules não ia contar o que Pete tinha dito no telefone: ela não sabia exatamente como esconder essa notícia, mas sabia que precisava, ou Saffie ia achar que a culpa era dela, e quem sabe onde essa loucura ia acabar? A situação já era ruim o suficiente. Para todo mundo. Para Saffie, Jules, Holly, e também para Saul.

Ou melhor, principalmente para Saul, já que, pelo que Pete tinha acabado de dizer, não havia nenhuma esperança para ele. Ao pensar na possibilidade de que Saul estivesse morto, Jules não teve outra alternativa a não ser engolir os sentimentos que ameaçavam sufocá-la e tentar se concentrar somente em alcançar a filha.

17
Holly

SAFFIE PARA A ALGUNS PASSOS de mim e me olha. É fácil perceber que ela quer dar meia-volta e sair correndo, mas aqui, na ponte, é impossível nos evitarmos. Minha vontade é segurá-la pelos ombros e chacoalhar seu corpo. Talvez estapear seu rosto. Arrancar a verdade de dentro dela. No entanto, por causa da expressão no seu rosto, que é um misto de puro horror por ter me encontrado e mais alguma coisa que não sei identificar, talvez a sua inocência infantil, ou o seu desamparo, eu desisto de qualquer violência.

— O que você está fazendo aqui? — eu pergunto, espantada com quão calma e normal minha voz sai.

— Acabei de brigar com a minha mãe — Saffie diz, e percebo o quanto ela está assustada, com a pele pálida por baixo da maquiagem e uma voz bastante lacrimosa. — Ela fica me enchendo o saco pra saber onde é que eu estou.

Eu olho para Saffie, a minha filha especial. Olho para o rosto no formato de um coração, debaixo do gorro. As sobrancelhas muito delineadas, o rímel em excesso e todo aquele véu de maquiagem que, na verdade, não consegue esconder quem ela é. Quero gritar com Saffie, dizer que ela não precisa de nada daquilo. Que não precisa plastificar sua cara bonita com aquele tanto de maquiagem. Que precisa parar de fingir a idade, porque ela não é tão velha assim. E que pode parar com essa história de estupro.

Quando eu volto a falar, minha voz está fraca:

— Você quer conversar a respeito?

Estamos em um escuro quase completo, mas, como a lua apareceu no céu e o vento diminuiu, o clima ficou ameno, realmente agradável. Ficamos então apoiadas no parapeito úmido. Saffie tira um maço de cigarros do bolso, protege a boca do vento e acende um.

— Não conte pra minha mãe — ela diz, inalando a fumaça. A mão que segura o cigarro está tremendo e eu me pergunto o que é que a deixou com um estresse tão palpável. Não é por causa de Saul, eu penso, ela ainda não sabe. Só eu, Pete e a polícia temos essa informação.

— Eu vou querer um também, se você não se importar — eu digo. — As notícias não têm sido das melhores, e meu dia foi um verdadeiro lixo.

— Você quer conversar a respeito?

Eu olho para ela.

Sim, foi uma tentativa de piada.

Ela me passa o cigarro e me entrega o isqueiro. A chama se acende, eu posiciono o cigarro e trago, observando o brilho no escuro. Não fumo há vários anos, e o efeito é rápido. Minha cabeça gira e meus pulmões rejeitam a fumaça na mesma hora. Começo a tossir e depois preciso puxar forte o ar. Saffie tem muito mais experiência no assunto do que eu. Ela traga sem o menor sinal de desconforto. Mas eu preciso daquela sensação. Então coloco o cigarro mais uma vez na boca e dou uma longa tragada.

Por um instante, penso em dizer a Saffie que ela não deveria fumar, não só por ter treze anos, mas por estar grávida. No entanto, o que eu digo é:

— Acho que preciso sentar — e vou na direção do banco. Ela me segue e nós sentamos, indiferentes à lama e à umidade que gruda nos nossos casacos.

— Aconteceu alguma coisa bem ruim, não foi? — Saffie finalmente pergunta, com uma voz desolada, uma voz de criança. — Aconteceu, né? Foi alguma coisa com Saul, não foi?

Eu olho para o cigarro. Não quero falar para ela. Mas Saffie insiste.

— Aconteceu? Holly, me conta...

— Eles encontraram um corpo — eu me escuto dizer. — Perto da reserva. Lá praqueles lados — eu aponto o cigarro na direção do curso do rio, no sentido norte. E eu deveria ficar quieta, mas continuo falando. Não consigo me controlar. Os limites foram ultrapassados há muito tempo e as regras do dia a dia não se aplicam mais. — Eles acham que pode ser o Saul, mas ainda não conseguiram identificar. Está muito... Bom, vamos dizer que eles estão com dificuldade pra identificar o corpo.

Com o cigarro suspenso na minha frente, eu observo a fumaça flutuar pela noite e espero uma resposta. Mas Saffie não emitiu nem um som sequer desde que me ouviu falar.

E aí eu me viro para dar uma olhada nela. Um braço está abraçando os joelhos e a outra mão segura o cigarro entre os dedos. Ela está chorando bem quieta, com a cabeça baixa e a coluna encurvada, lágrimas grandes e redondas caindo nas suas pernas. Uma onda de vergonha me atravessa o corpo. Onde é que eu estava com a cabeça? Acabei de contar para Saffie, uma menina de treze anos totalmente assustada, que o menino que ela ama, se é que ela um dia vai admitir, o menino que a engravidou, pode estar morto.

Eu coloco um braço em volta dela, sinto seus músculos tensos, e de repente seu corpo entra em uma convulsão quando ela começa a chorar descontroladamente.

— Está tudo bem — eu digo, só por dizer.

— Não, não está tudo bem — Saffie diz, quando consegue respirar de novo. — É horrível, desesperador. E a culpa é toda minha.

Sim, eu quero dizer. *A culpa é toda sua. Você é uma mentirosa e é uma covarde. Você se importou mais com os seus amigos e com o que eles iam dizer em vez de se preocupar com os seus sentimentos de verdade.* Mas não falo nada, só fecho bem os olhos.

— A culpa não é toda sua. É uma combinação de vários problemas, e ninguém podia imaginar que algo assim iria acontecer. A culpa pode até ser minha, inclusive.

— Por que que a culpa seria sua?

Não tenho como explicar para Saffie a minha incapacidade enquanto mãe. O que traz de volta para mim as palavras de Jules:

Você mesma chamou ele de desajustado. E, bom, você tinha razão. Por que eu não me esforcei mais para ajudar Saul no processo de adaptação? Quando Jules sugeriu, por exemplo, logo depois de nos mudarmos de Londres, que Saul deveria participar mais das atividades que os garotos populares participavam, eu descartei a ideia. Mas talvez fosse uma questão minha, não dele, basta pensar nos halteres e na proteína que eu encontrei no seu quarto. Ele estava com vergonha de me dizer o quanto ele queria apenas se encaixar no grupo, porque ele sabia o quanto eu amava o seu jeito criativo e individual. Como Pete me disse: *Você tem angústia de separação... Você precisa deixar que ele seja ele mesmo.* Saul estava infeliz. Eu deveria ter escutado os conselhos de Jules e de Pete, teria pelo menos evitado que ele fosse perseguido pelos meninos da região. E teria evitado uma acusação de estupro, teria evitado uma fuga, teria evitado esse desfecho, meu filho fazendo uma bobagem contra si mesmo e sendo encontrado nos pântanos, um lugar onde, para começo de conversa, ele nunca quis morar.

— Acho que não lidei com os problemas da melhor maneira — é tudo o que eu digo.

Saffie não me responde. Ela continua chorando, mais baixinho agora.

— Me desculpe, Saffie. Eu não deveria ter despejado essas informações todas em cima de você só porque eu precisava de um ombro pra chorar. Você ainda é muito nova.

Ela enfim dá uma respirada. Parece que está mais calma.

— Eu não sou assim tão nova.

— Muito nova pra ter que lidar com essas notícias que ninguém sabe se são verdade ou não. Me desculpe por isso.

— Não foi *você* quem contou várias mentiras sobre ele, que fez ele se matar.

Eu olho para ela. As palavras flutuando na minha frente, de um jeito que preciso repetir as frases em silêncio, para ter certeza de que escutei direito o que ela acabou de me dizer.

— O que foi que você disse?

— Que eu menti — ela responde, e não consegue me devolver o olhar. — O Saul nunca me estuprou.

Escuto um barulho entre os juncos e um cisne desliza pela água e começa a subir o rio. Antes que eu consiga responder, Saffie volta a falar:

— Ele se matou porque eu menti — ela se lamenta. — Eu disse que ele me estuprou. Mas era mentira. E agora ele está morto.

Ela começa a chorar copiosamente, com um chiado estridente.

Eu coloco meu braço em torno dela. Saffie está me dizendo o que eu sempre soube. Não dá mais para fazer porra nenhuma a respeito, mas pelo menos a verdade está vindo à tona. Então eu deixo que ela chore um pouco mais. Quando ela finalmente se acalma, eu falo:

— Você poderia ter dito pra sua mãe que vocês estavam apaixonados. Ela não ia ficar chateada. Mesmo que vocês tenham feito sexo sem proteção. O que, aliás, também é responsabilidade do Saul.

Silêncio.

— Você nunca chegou a pensar o quanto é sério fazer uma acusação de estupro?

Ela balança a cabeça.

— Vem cá — eu puxo Saffie na minha direção— Saff — eu digo. — Você estar apaixonada pelo Saul não é um motivo de vergonha. Tudo bem que vocês são muito novos, e o Saul deveria ter prestado atenção nisso. Mas logo, logo você vai aprender a não dar a mínima pro que os outros pensam a respeito das suas escolhas amorosas.

Ela se afasta e endireita o corpo.

— Mas eu não amo o Saul, Holly. Não desse jeito. Não aconteceu nada. Você não entendeu? O Saul nunca me tocou. Ele nunca nem chegou perto de mim. E agora ele se matou porque todo mundo acredita que ele me estuprou, e é minha culpa.

— Vocês não fizeram sexo naquela noite?

Ela está olhando para o chão, com a cabeça baixa, filetes de cabelo grudados nas bochechas molhadas, e balança a cabeça com tanta força que a bolinha que enfeita o alto do seu gorro começa a dançar na minha frente.

— Ele nunca me tocou. A gente nunca se tocou. Não desse jeito. Eu falei aquilo porque... Porque...

O estrondo da água ao redor é enorme. Tento não pensar no que a polícia acabou de encontrar, no corpo que está lá abandonado no pântano. Tento não pensar em como essa água embaixo de mim também é a água que engoliu Saul. E respiro fundo, começando a detestar o gosto do cigarro na minha boca, desesperada por ar fresco nos meus pulmões, para poder assimilar o que Saffie acabou de me dizer. Para poder me acalmar. É difícil, mas passo um tempo quieta, apenas absorvendo a confissão.

Eu preciso fazer Saffie confiar em mim. Preciso que Saffie me conte o que realmente aconteceu com ela. Se Saul não entrou no seu quarto, se eles nem se tocaram, nem mesmo como namorados, então existe alguma outra razão para ela responsabilizar o meu filho pela gravidez, uma mentira com consequências fatais.

— Eu nunca vou me perdoar — Saffie diz. — Por ter inventado essa história.

— E por que você falou o que falou? — eu pergunto, acolhedora. — Por que você acusou o Saul de estupro se não foi o que aconteceu? Você podia ter nos falado a verdade. Antes de tudo isso... — eu me controlo e não falo o que eu pretendia falar. Eu preciso ser bem cuidadosa com Saffie nesse momento. Ela já foi longe com essa mentira. Portanto, eu preciso escavar com cuidado, preciso ser uma arqueóloga diante de uma descoberta rara, que espana a poeira com toda a delicadeza para revelar a verdade que está enterrada há séculos e séculos. — Saff, se você me contar o que está acontecendo contigo e qual foi o motivo pra acusar o Saul, vai ser melhor para todo mundo. Alguma coisa aconteceu pra você ser obrigada a dizer que ele te estuprou. Não foi?

Ela fica em silêncio.

— Se você me explicar, vai me ajudar a lidar com tudo o que está acontecendo — eu aceno na direção dos rios. — Com tudo o que a polícia descobriu. Vai me ajudar a saber que pelo menos o Saul vai ser lembrado pela pessoa que ele era de verdade.

Mas ela vira o rosto para mim e a angústia na sua expressão é nítida, como uma criança pequena que, por estar tão assustada com o castigo possível, por estar tão apavorada, não consegue sequer abrir a boca.

No fim, ela respira e diz:

— É que... Holly, eu acabei... Eu não posso te falar. Não posso falar pra ninguém, muito menos pra minha mãe. Eu disse que Saul me estuprou quando eu estava com medo de estar grávida. E minha mãe me fez fazer o teste e deu positivo, mas estava errado. Porque eu não estou grávida. Eu só fiz as pessoas me odiarem. Eu fui horrível com a minha mãe também, porque eu fico com um humor péssimo quando estou menstruada, fico louca, e foi por isso que me atrasei na escola hoje, e foi por isso que briguei com a minha mãe.

— Você está menstruada?

— Estou. Veio atrasada. E é sempre muito forte e eu sinto cólicas e fico muito mal-humorada quando estou menstruada. Mas dessa vez está muito mais forte. E ela queria me levar no médico, mas eu não preciso mais de médico — ela para e engole a saliva, daquele jeito que uma criança faz depois de chorar por tanto tempo a ponto de nem conseguir mais respirar. — Se eu soubesse que a minha menstruação ia descer, eu nunca ia falar aquilo sobre o Saul e todo mundo ia continuar seguro agora.

Eu deixo as palavras dela se assentarem em mim. Ela está perdendo o bebê e não está sequer se dando conta da dimensão do problema, pelo menos não em sua totalidade. Ela é muito nova ainda. Eu fecho os olhos. Por detrás das minhas pálpebras, vejo inundações, inundações vermelhas, sangue girando e girando em redemoinhos. Quando abro os olhos, volto a ter consciência da água lá embaixo. Por um segundo, parece que todas as coisas e todas as pessoas que eu conheci na vida estão sendo tragadas para dentro daquela água, do mesmo jeito que diques e drenos sugaram a água que um dia cobriu essas terras, criando um terreno plano e aberto, plenamente habitável. E me lembro da primeira vez em que eu vim aqui, o dia em que descrevi essa região como sendo um lugar cuja vida escorreu pelo ralo, exatamente o que está acontecendo comigo agora.

— O que você quer dizer com todo mundo ia continuar seguro, Saff? Do que é que você está com tanto medo, meu bem?

— Eu não posso dizer. E a minha mãe continua me perguntando e perguntando onde é que eu estava e o que eu estava fazendo e me mandando mensagens e ela não percebe que eu simplesmente não posso contar pra ela porque... Porque não posso contar pra ninguém.

— *Saffie!*

Nós duas tomamos um susto. Jules está correndo na nossa direção, com o rosto contorcido de nervoso.

É nessa situação que Jules nos encontra, eu e a filha dela, sentadas em um banco úmido, observando o rio, abraçadas. Estou exausta, abatida demais, com minhas emoções destruídas, não consigo sequer abrir a boca. Quando me levanto e vou embora, só tenho forças na verdade para dizer uma única frase:

— Jules, Saffie tem uma história pra te contar.

18
Jules

HOLLY FOI EMBORA, deixando Jules sozinha com sua filha à beira do rio.

— Vem aqui, Saff — Jules se aproximou para dar um abraço, sentiu o cheiro de cigarro e viu Saffie se afastar. — Meu bem — Jules disse. — Eu preciso que você fale comigo. Nós perdemos a consulta com Donna. E eu deveria ter percebido o quão assustada você está.

— Eu não preciso ir no médico.

— Saff...

— Eu estou menstruada.

— Ah — Jules sabia que Saffie não estava menstruada, porque o teste de gravidez tinha dado positivo. Se ela estava sangrando, se ela realmente estava sangrando e não somente evitando a consulta médica, então ela estava perdendo o bebê. Jules se sentiu invadida pelas palavras de Saffie. Por tudo. Ela mal conseguia respirar. Era como se ela estivesse sendo inundada pelas águas que corriam embaixo da ponte. Ela começou a se sentir assim no exato momento que a filha contou sobre o estupro. Mas agora Jules precisava explicar a Saffie o que era um aborto espontâneo, precisava levar a filha para ser examinada, e as palavras pareciam grudadas nas paredes da sua garganta.

Antes que Jules pudesse recuperar o fôlego e falar, Saffie retomou:

— E agora o Saul está morto...

Jules se sentiu afundando ainda mais, mas se ouviu responder:

— Espera um pouco, Saffie. Ninguém tem certeza de nada.

— Ele morreu. Holly me disse. E a culpa é minha. Porque eu menti que ele me estuprou. E eu não precisava nem ter inventado essa coisa porque na verdade nem estou grávida — Saffie disse, e sua voz se despedaçou.

Jules começou a tremer. A sensação de estar se afogando perdeu um pouco a força e agora ela só sentia frio, como se estivesse prestes a congelar. Nesse estado, com os dentes batendo um no outro, ela revirou na sua cabeça o que Saffie tinha acabado de falar. Holly sabia de alguma informação que Pete não sabia? Eles identificaram o corpo? De repente as palavras de Holly no escritório voltaram ao seu pensamento: *Ela está realmente se transformando numa menina escrota e mentirosa.* Palavras que ainda machucavam Jules profundamente. Até onde Holly iria para provar a sua teoria maluca?

E o que tinha acabado de acontecer ali?

O que Holly disse para forçar Saffie a retirar a acusação? Ela disse que Saul estava morto e que a culpa era de Saffie?

Quando enfim parou de tremer um pouco, Jules disse:

— Saff, a gente não sabe se o Saul está morto ou não — Jules tentava não pensar no tal corpo que, diante do seu estado de decomposição, sequer conseguia ser identificado.

— Mas eles encontraram um corpo. A Holly me disse.

Jules xingou em silêncio.

— Eles não sabem se é do Saul. E a Holly nunca deveria ter jogado uma coisa dessas em cima de você.

— Mas só pode ser ele. E a culpa é minha. Porque eu menti.

— Holly te *obrigou* a dizer isso? Que você mentiu?

— Não. Fui *eu* que falei pra ela. Fui eu que contei pra ela que era mentira.

— Mas o que você está dizendo? Que o Saul não fez aquelas coisas contigo naquela noite? Na noite em que eu e a Holly saímos pro pub?

Saffie apertou a cabeça com as mãos.

Um trem atravessou os trilhos a algumas centenas de metros de distância, apitando alto em duas notas tocadas dentro de uma cadência decrescente, um som quase alegre. Jules queria ir para casa. Ela queria estar entre quatro paredes, preparando o jantar na sua cozinha, servindo uma cerveja para o marido, olhando fotos no computador e dando risada com ele por causa de alguma foto de Saffie dançando na escola, os dois abraçados, aquela intimidade que mostrava a ela o porquê deles terem produzido uma criança tão extrovertida, confiante e bonita. Os sonhos que eles compartilhavam a respeito do futuro brilhante de Saffie. Ela queria se inclinar do jeito que ela costumava se inclinar em Rowan nas festas, com aquela certeza interna de ter conquistado um homem que faria qualquer coisa por ela. Mudar para o interior, construir uma casa, falar e falar e falar o quanto ela era a mulher mais bonita que ele já tinha visto na vida. Ou, melhor ainda, Jules queria estar na cama deitada ao lado de Saffie, com o livro de Michael Morpurgo apoiado nos joelhos, com uma taça de vinho na mesinha de cabeceira e o cabelo de Saffie cheirando a xampu infantil, a cabeça da filha deitada no seu ombro. Ela não queria estar aqui fora, no escuro, com Saffie fedendo a cigarro, contando a ela sobre um aborto espontâneo, com esse rio malcheiroso explodindo lá embaixo e uma sensação miserável de que ela não conhecia mais as pessoas que antes eram as mais importantes da sua vida.

O rosto de Holly, desesperado para convencer Jules de que Saffie e Saul estavam apaixonados, surgiu no horizonte, aquele rosto implorando a Jules, bem no meio do leilão, para acreditar no que ela estava dizendo.

— Saffie, se você e o Saul estavam namorando, e se vocês acabaram transando, é melhor você me contar. Não importa o que o seu pai vai dizer. Não importa o que os seus amigos acham. Vamos esclarecer essa situação. Agora, antes da gente ir pra casa. Você pode me contar e você vai se sentir muito melhor depois de contar.

— Não, a gente nunca namorou.

— Não importa o quão vergonhoso você ache que é. Eu não vou contar pra ninguém se você não quiser que eu conte. Quer dizer, talvez pra Holly, imagino. Porque vai ajudar ela a se acalmar. Ela precisa saber — Jules disse, contrariando o seu próprio sentimento. — Porque vai ajudar a diminuir um pouco a dor dela, a dor de perder o Saul, se é que foi isso mesmo que aconteceu, vai ser melhor pra ela poder acreditar que ele estava apaixonado por você e que ele nunca quis te machucar.

— Eu já falei pra ela — Saffie disse. — O Saul nunca me tocou. A gente nunca se tocou, não dessa forma.

Jules fechou os olhos. Rowan apareceu no seu pensamento, ameaçando esmagar o cérebro de Saul.

— Então alguma outra pessoa te tocou. Quem foi?

— Eu não vou dizer.

Jules poderia pressionar Saffie até arrancar dela a verdade, mas, para proteger essa pessoa com quem ela transou, Saffie mentiu para todo mundo, para ela, para Rowan e até para a polícia. Não adiantava insistir. E até o casaco da filha já estava úmido, ela devia estar exausta e com fome.

— Saffie, vamos pra casa. Eu não vou te perguntar mais nada. Você precisa descansar.

— Eu não vou pra casa. Eu preciso ficar aqui. O Saul está aí perdido, no meio do pântano, e a culpa é minha. Porque eu menti. Então preciso ficar aqui e me molhar e pegar uma gripe e ficar doente até morrer.

— Não fale isso, Saff. Por favor, nunca diga isso de novo.

A mão de Saff estava cutucando a manga do casaco. Com cuidado, Jules pegou a mão da filha e esquentou os dedos dela debaixo do seu braço.

— Você ainda é muito nova — Jules disse depois de um tempo. — Nova demais pra ter que lidar com um problema desse tamanho — ela reiterou o que tinha dito mais cedo. — E, independente do que tiver acontecido, a culpa não é sua. Mesmo que o Saul tenha feito alguma coisa pra se machucar.

— Ele não se machucou, ele se *matou*.

— Mas a culpa não é sua. O Saul tinha seus próprios problemas desde antes — Jules pensou em Holly, as duas no táxi a caminho do aniversário de Tess, com Holly se lamuriando sobre como Saul não conseguia se adaptar à região, imaginando que o problema envolvia uma dor mais profunda, que talvez ele estivesse deprimido. — Não dá pra dizer que uma acusação falsa foi o suficiente pra empurrar o Saul pro suicídio, ok? — Jules disse a

Saffie. — Claro, falar que ele te estuprou quando ele não te estuprou foi uma bobagem. Mas você não tinha ideia do que podia acontecer e você não obrigou o Saul a fugir de casa. Você não é a responsável por nada que tenha acontecido com ele.

Jules ainda estava tentando entender o que Saffie tinha acabado de contar. Saffie, Jules se lembrava, estava convencida de que Jules e Holly, sendo melhores amigas há anos, iam resolver essa acusação de estupro da maneira mais rápida possível, sem confusão e entre elas mesmas. Saffie acreditava, na sua inocência, que o assunto seria varrido para debaixo do tapete assim que elas confrontassem Saul. Ele, obviamente, iria negar. Mas ninguém iria questionar a *sua* acusação, é o que Saffie parece ter pensado. Como se, depois do aborto, segundo a visão inocente de Saffie, todos eles pudessem continuar a ter uma vida normal. Ela não tinha a menor ideia do quanto sua acusação era capaz de revelar as placas tectônicas que existiam por baixo de todos os relacionamentos. A relação de Jules com Rowan. A relação de Jules com Holly. A relação de Holly com Pete. Era como se a acusação de Saffie fosse um tsunami que varreu a costa e deixou à mostra toda a sujeira que antes estava escondida.

Saffie não respondeu mais nada, só continuou chorando pelo que supostamente aconteceu a Saul, repetindo que a culpa era dela, e no fim Jules decidiu que o melhor mesmo era esperar até a filha se acalmar. Ela decidiu sentar e aguardar até Saffie estar pronta para ir embora. Donna, e todas as outras pessoas do mundo, iam ter que ter paciência. Até porque a pobre criança estava sofrendo um aborto espontâneo e sequer se dava conta da gravidade da situação. Jules se aproximou outra vez, puxando a filha contra si e espremendo Saffie em um abraço.

Saffie podia ser examinada mais tarde, não ia ter problema. E o mistério de quem era o responsável pela gravidez e o motivo para ela ter mentido podiam ser decifrados quando ela, Jules e todas as outras pessoas envolvidas tivessem tempo suficiente para absorver as notícias a respeito de Saul.

E então Jules sentou ao lado da filha, escutando os barulhos da noite, o trovejar da água lá embaixo da ponte. Um ocasional bater de asas por cima da cabeça delas e o suspiro intermitente do vento. Minutos depois, as nuvens tamparam a lua no céu e elas ficaram em um escuro completo, estranhamente confortável. Jules pensava em Holly, sentada nesse mesmo lugar. Agora que ela sabia que Saul era inocente, começava a entender o quão infernal essa história era para a amiga. Jules não sabia se Holly ia ter forças para aguentar o tranco, considerando que a polícia tinha um corpo com a identidade ainda desconhecida. Eles não deveriam ter falado nada, foi uma atitude cruel.

Ela sentou e esperou, até que Saffie enfim levantou a cabeça e disse:

— Mãe, a gente pode ir pra casa agora? Eu quero ir pra casa.

E elas se levantaram e andaram, abraçadas, de volta para casa.

...

Quando as duas entraram pela porta da frente, Jules levou Saffie, a pedido da filha, direto para o banho. Deu duas colheres cheias de xarope analgésico e colocou uma garrafa de água quente debaixo do seu cobertor, como se Saffie tivesse seis anos de novo. Parecia a coisa certa a fazer, tratar Saffie como uma criança pequena, que precisava de proteção. Jules, inclusive, ficou ao lado da filha até ter certeza de que ela já tinha conseguido dormir. Depois ainda ficou um pouco mais sentada, pensando na angústia de Holly ao ver Jules se aproximar das duas na ponte, pensando como, em outra vida, ela estaria chorando por Saul junto com a amiga.

Ela nem percebeu quanto tempo ficou ali sentada, tentando absorver a notícia de que a polícia tinha encontrado um corpo, mas não foi menos do que uma hora, tempo suficiente para observar o corpo de Saffie relaxar, com aquelas bochechas rosadas e a respiração enfim voltando ao normal. Ainda no quarto, Jules se perguntou se deveria ligar para Donna, explicar que, sem nem se dar conta da gravidade da situação, Saffie estava sofrendo um aborto espontâneo. Perguntar se ela precisava fazer alguma coisa a respeito. Mas decidiu que essa ligação podia esperar. Pelo menos por enquanto, era mais que evidente que o que Saffie precisava mesmo era dormir e descansar.

E enfim Jules ouviu a porta bater com força lá embaixo, o sinal de que Rowan estava em casa. Ela deixou Saffie dormindo e desceu para o primeiro andar, queria contar ao marido que a polícia tinha encontrado um corpo. Queria contar a Rowan que Saffie admitiu ter mentido na acusação de estupro. E aí, ao contar, ela iria examinar, em todos os detalhes, quais eram as reações do marido.

...

Rowan encarou Jules com uma expressão atônita por alguns minutos antes de dizer:

— Eu preciso sair.

— Rowan, por favor. Não fuja. A gente precisa conversar. Porra, eu estou realmente nervosa aqui, você não está vendo? Se o Saul estiver morto, então essa história virou um pesadelo. Eu preciso de você aqui comigo.

— Vou dar uma volta, falo contigo mais tarde.

E aí Rowan saiu para a varanda, calçou suas botas e foi embora.

Ele só voltou bem depois da meia-noite. Jules já estava na cama, deitada no escuro, tentando compreender os eventos terríveis daquele dia. Ela sentiu o colchão se mexer quando ele deitou na cama. E sentiu os braços dele em volta dela. Instivamente, no entanto, ela resistiu. Não queria que Rowan tocasse nela. Não até ela ter certeza de que ele era inocente.

No fim, Jules sentiu o rosto dele grudado nas suas costas e percebeu que aquela sensação molhada escorrendo da camisola para a pele eram as lágrimas de Rowan. Então ela se virou e beijou o marido na testa, serena. Pediu para que ele se abrisse com ela.

— Não consigo — ele disse. — Pelo menos ainda não. Não quero nem pensar na possibilidade. De que ele esteja morto. E que ele nunca estuprou Saffie.

E aí ela colocou os braços em volta do marido, mas mais como uma mãe que abraça o filho para consolar a criança que sabe que fez alguma coisa errada e está cheia de remorso. Exatamente como ela fez com Saffie mais cedo.

19

Holly

PETE VEM ME RECEBER quando entro em casa. Penduro meu casaco e tiro as botas. Ele coloca os braços rechonchudos em volta de mim e eu deixo que ele me envolva. Não me importa de quem são aqueles braços. Eu preciso que alguém, qualquer pessoa, simplesmente me toque.

— Eu estava morrendo de preocupação — ele diz. — Ver você saindo assim, sabendo o quão nervosa você estava.

— Eu precisava de espaço — eu digo. — Precisava respirar, precisava ficar sozinha.

— Sim, é compreensível — Pete diz.

— Eu acabei encontrando a Saffie — eu digo, com a cabeça apoiada no seu peito. — Quando eu disse que a polícia tinha achado um corpo, ela desabou e confessou. O Saul nunca estuprou ninguém. Ele nunca tocou nela. Ele nunca teve nada a ver com a gravidez da Saffie, nenhuma relação.

— Meu Deus, Holly — Pete me solta, anda pela sala e termina se apoiando na lareira, com a cabeça entre as mãos.

— Sim, eu sei. Tarde demais. Não que faça alguma diferença. O estrago já foi feito naquele dia em que ele ouviu a nossa conversa.

Pete não responde meu comentário passivo-agressivo, talvez por entender muito bem o quanto ele está carregado do ressentimento que continuo sentindo por ele ter duvidado de Saul. Mas também não estou sendo justa com Pete, porque o estrago foi feito muito antes, quando eu perguntei a Saul se ele tinha forçado Saffie a transar com ele e fui expulsa do seu quarto logo na sequência.

E Pete tampouco me conta, pelo menos ainda não, que a polícia esteve aqui à procura dos registros dentários de Saul. O que é um alívio, quero dizer, que ele não tenha me contado, porque não tenho forças para aguentar mais uma pancada. Em seguida ele resolve se movimentar. Vai até a cozinha, volta, coloca um copo de uísque na minha frente.

Eu bebo o uísque. Mas não consigo ficar em silêncio ali na sala com Pete, então vou para o andar de cima. O que também é um problema, porque não consigo ficar sozinha no nosso quarto, e aí vou para o banheiro, remexer na caixinha de remédios à procura do mesmo ansiolítico que eu tomei depois da morte de Archie. Não faço a menor ideia se os comprimidos ainda estão dentro do prazo de validade, mas preciso tomar alguma coisa que apague a dor de estar acordada. É uma luz muito forte ao meu redor, independente das lâmpadas estarem ligadas ou não. Não é um problema com a luz, é claro, é o fato de estar aqui nessa casa, consciente do que aconteceu com o meu filho. Com os restos mortais dele. O que eles querem dizer com restos mortais? E por que o corpo não pôde ser removido de imediato? Sento na cama, sem saber se vou conseguir dormir se deitar. Depois de sei lá quanto tempo, eu continuo no mesmo lugar. Alguém está tocando a campainha lá embaixo e escuto Pete abrindo a porta e falando baixinho algo como *acho que ela está dormindo, vou lá dar uma olhada.*

...

Fatima está sentada no sofá da minha sala. Sua aparência, de certa forma, me faz querer me arrastar até os seus braços como se eu fosse um bebê. Pete abaixou as cortinas, ligou as lâmpadas e até acendeu a lareira. A sala está aconchegante. E percebo que prefiro ficar aqui, com pessoas ao redor, do que lá em cima, sozinha. Ou talvez seja o efeito do remédio. Ou talvez qualquer lugar seja melhor que onde eu estava antes. Até que a sala também começa a ficar insuportável.

— Pete me explicou que a menina admitiu ter mentido. Sobre o estupro — Fatima diz. — Acabei de informar os meus colegas e eles vão acompanhar o caso, pode ajudar a esclarecer certos

pontos na investigação. Bom, mas o importante é saber de você. Como você está se sentindo, Holly?
— Péssima.
— Era de se esperar. Mas não deve demorar muito mais agora.
— Quanto tempo, será?
— Eles ainda precisam resolver algumas questões com o processo de identificação — ela diz, objetiva. E eu entendo que essa objetividade é necessária, porque o que ela tem para me dizer não é nada palatável. Ela quer se livrar logo do problema. Com o máximo de imparcialidade possível. — O dentista que Pete nos indicou, bom, ele não tem nenhum registro do Saul.

A sala gira ao meu redor. Preciso me esforçar para manter a voz firme.

— Ele não foi em nenhum dentista aqui desde que nos mudamos — eu digo, e me sinto confusa, incapaz de entender o que Fatima está dizendo. Pode ser uma combinação do efeito do remédio com o do uísque. Pode ser um efeito retardado do choque. Não sei, mas seria melhor se eu estivesse sóbria agora, sem ter que lidar com um borrão estranho no cérebro. Preciso pensar com mais clareza. — Eu sei que foi um desleixo meu — eu falo. — Sua última dentista trabalhava em Londres e ela se aposentou, então...

— Eu dei pra Fatima o contato do dentista das meninas — Pete diz. — Não sei nem o que estava na minha cabeça. Acho que eu presumi que ele ia no mesmo dentista, mas é claro que não faz muito sentido.

— Você conhece alguém no consultório de Londres, alguém que a gente possa contatar? — Fatima pergunta, me encarando.

O sentimento de confusão começa a desaparecer, como se fosse uma neblina matinal se dissipando com o sol. E eu ganho uma consciência brutal do que eu não estava entendendo antes, que é: não estou gostando nem um pouco dessa conversa. Já não era hora deles pedirem para o familiar mais próximo ir ao necrotério para identificar o corpo? Não dá para confirmar a identidade com o DNA que eu forneci antes? Por que eles precisam do registro dentário? Me parece que o que ela está me dizendo é o seguinte: que o corpo está tão terrivelmente mutilado que não sobrou quase nada dele para a polícia poder concluir a investigação. E, embora minha mente não descanse em momento algum, eu não quero pensar nessa possibilidade, pensar que nem faz tanto tempo assim, não a ponto do seu corpo entrar em tal estado de decomposição. Não sobrou nada além dos dentes?

— Eu não consigo entender por que vocês não conseguem identificar o corpo com o DNA que vocês já têm nas mãos.

— Holly... — Fatima diz, com todo o cuidado. — Os restos mortais foram encontrados carbonizados. Temos muito pouco com o que trabalhar. Parece que... É como se ele tivesse tentado destruir os vestígios do próprio corpo. A não ser que...

As frases seguintes são confusas, são frases que falam sobre a polícia não descartar a possibilidade de não ter sido suicídio, e sim um assassinato. Mas a sala fica escura, Pete toma um susto com os meus movimentos, eu fico completamente tonta e de repente Pete está com um balde na minha frente, bem na hora que eu começo a vomitar.

...

Não sei quando é que eu consigo voltar à consciência. Estou deitada no sofá, com uma almofada atrás da cabeça, e Pete está segurando a minha mão. Fatima ainda está aqui.

— Tome o tempo que você precisar — Fatima diz, me olhando tranquila com seus olhos castanhos enormes. — Eu sei que é bem difícil pra você, Holly. Mas nós precisamos pedir pra você... O contato da dentista.

Quando consigo falar de novo, eu digo:

— O consultório fechou depois da dentista se aposentar. O consultório era dela. Ela vendeu e se mudou da cidade.

— Os arquivos do consultório devem estar em algum lugar — Fatima diz. — Os dentistas não podem simplesmente destruir os registros. Devem estar em algum sistema.

— Eu sou uma mãe terrível! — digo, com os pensamentos escorrendo por todos os cantos da sala. — Eu nunca levei o Saul num dentista aqui. Porque os dentes dele sempre foram ótimos. Não achei que ia ser preciso manter as consultas a cada seis meses.

— Os dentes sempre foram ótimos?

— Ele nunca teve uma cárie. Eu sempre tomei cuidado pra dieta dele ter a menor quantidade possível de açúcar, desde que ele era bebê.

Termino de falar e, através da neblina na minha cabeça, fico pensando no quão insuportáveis eu e Archie erámos como pais. Insistindo para que Saul comesse palitos de aveia ao invés de biscoitos recheados, castanhas quando outras crianças se empanturravam de doces. Na sequência me lembro de uma pequena cena, um dia em que eu e Jules estávamos em uma piscina pública de Londres durante o verão. Saul e Saffie enrolados com suas toalhas, pingando água por todos os lados, e nós duas alimentando nossos filhos. Jules desencavou um pacote de brownies industrializados da sua sacola e eu, da minha mochila, tirei uma porção de bolinhos de arroz. Saul me respondeu com uma expressão de nojo no rosto, chegou mais perto de Jules e ficou olhando para ela com aqueles olhos grandes dele até tomar coragem e dizer: *Esse lanche parece uma delícia, Jules.*

Lembro muito bem do ressentimento que eu senti, porque, afinal, na comparação com Jules, na nossa pequena competição para saber quem era a mãe mais perfeita, eu não era nem tão divertida nem tão bem-sucedida quanto gostaria de ser. Mas é impressionante como essa rivalidade materna agora me parece irrelevante e, ao ouvir a conversa de Pete e Fatima a respeito dos registros dentários e da imagem horrível do corpo carbonizado, eu penso como gostaria de ter sido uma mãe mais parecida com Jules. Eu deveria ter dado a Saul tudo o que ele me pedia. Bolos de chocolate, horas e horas de televisão, uma mesada mais generosa. Toda e qualquer gratificação instantânea possível. Por que, no fim, qual é a diferença?

— Bom, essa informação já é bastante útil — Fatima diz, e eu despenco do efeito do ansiolítico e do uísque direto para a realidade horrorosa. — Vou conversar com os investigadores. E dar prosseguimento às buscas. Muito obrigado, Holly. Assim que tivermos alguma novidade, eu entro em contato.

...

— Eu queria realmente te pedir desculpas — Pete diz quando Fatima vai embora. — Ter feito essa confusão sobre o dentista. Acabou atrasando os procedimentos...

Eu não respondo. Nesse momento, acho que minha vontade é que Pete vá embora, volte para as meninas. Mas, ao mesmo tempo, o medo de ficar sozinha me deixa transtornada, porque vai me fazer encarar a dor, e por isso eu quero que ele fique.

— Tem alguma coisa, qualquer coisa, que eu possa fazer pra tornar essa situação um pouco mais suportável pra você?

Ele está em pé agora, com os braços colados ao corpo, tão solitário e indefeso que chego a sentir pena dele. Ou de nós dois. Ou de todos os envolvidos na história.

— Não, acho que não — eu digo, enfim, e é quando começo a soluçar.

Não faz muito sentido ir para a cama. Eu sei que, mesmo depois de misturar o remédio e a bebida, dormir é uma impossibilidade. Então eu sento no sofá, com Pete se juntando a mim logo em seguida. Ele tenta colocar a mão na minha nuca, para me fazer um cafuné, mas eu o afasto. Não quero que ele perceba o hematoma na minha cabeça, porque eu precisaria explicar o ataque de Rowan e ter que lidar com suas reações. O que será que Pete diria se eu contasse para ele como foi que Rowan me agrediu? Claro, ele iria se dar conta de que a agressão não aconteceria se, como eu pedi, ele tivesse ficado em casa comigo, e a culpa o faria sofrer ainda mais. Mas nada se compara às notícias que estamos recebendo e, portanto, não quero desviar o foco da questão.

Pete, de todo jeito, não sai de perto de mim e, depois de um tempo, eu deixo que ele coloque o braço nos meus ombros. Ficamos por ali, sentados como aqueles casais pesarosos que aparecem nos filmes e na televisão, tão arrasados pela dor que mal conseguem se mexer. Mas o que os programas não mostram são os sentimentos conflitantes entre os casais aparentemente unidos pelo sofrimento. Você não vê como a perda trouxe para eles um verdadeiro terremoto capaz de abalar as estruturas da relação. Tanto que, se alguém nos encontrasse agora, esse observador externo nunca ia perceber que, dentro de mim, o único sentimento comparável ao medo pelo que pode ter acontecido com Saul é a minha raiva por Pete ter duvidado de mim. E que só estou deixando Pete me abraçar por causa do calor do seu corpo, porque, se eu ficar sozinha, não sei que loucura posso fazer comigo mesma.

Às três, Pete acaba cochilando, com sua cabeça pendendo desconfortável. Coloco uma almofada embaixo da sua bochecha e vou para a cozinha. Estou com uma vontade terrível de fumar, poderia matar uma pessoa por um cigarro. E essa vontade me faz lembrar de Saffie, de nós duas fumando no banquinho. Eu poderia voltar lá, pedir para ela me dar mais um cigarro. Quem diria que Saffie seria a pessoa certa, nesse momento, para entender a minha necessidade.

No entanto, o que eu faço é resgatar uma garrafa de licor, que mantemos no fundo do armário desde que Pete se mudou para cá, e encho um copo. É uma mistura de laranja com álcool, mas não tem força suficiente para me amenizar a dor, muito menos para me fazer dormir. Então eu volto para a sala e me sento de pernas cruzadas em cima do braço do sofá, me enrolando em uma coberta. A lareira ainda está queimando, mas as brasas vermelhas não dão mais do que uma aparência de calor. E eu continuo pensando em Saffie, no momento que ela desabou e confessou a mentira. Com quem será que ela transou? Quem é tão importante para Saffie a ponto dela sacrificar Saul para proteger essa pessoa da fúria dos pais?

No fim, eu também acabo cochilando e só abro os olhos quando escuto a porta bater, acordando de um sono sem sonhos. Ainda estou sentada no braço do sofá e meu pescoço está todo travado, para não falar na dor que ataca a minha cabeça, o que me faz passar a língua no céu da boca em uma tentativa de distrair o cérebro. Está claro do lado de fora, um sol bem forte. Devo ter dormido muito mais que eu imagino. E me sinto estranhamente entorpecida, com uma sensação peculiar de alívio.

Pete tinha saído. Ele entra e senta na ponta do sofá, com o rosto molhado pela umidade da rua, ainda enrolado no cachecol, as mãos rosadas e maltratadas pelo vento lá fora.

— Acabei de dar uma passada na casa da Deepa. Precisava ter uma conversa com a Freya.

Eu me endireito no sofá. Estou me sentindo desatenta, distante das minhas emoções, das palavras de Pete, do mundo inteiro. Como se a realidade estivesse fora do meu alcance. Ou como se estivesse acontecendo com outra pessoa e não comigo.

— Por quê? — eu pergunto.

— Porque eu precisava fazer alguma coisa. Resolvi arriscar e tentar descobrir por que Saffie mentiu.

— É um pouco tarde pra atos heroicos, eu acho.

— Olha, eu sei que você não acredita muito nisso, Holly, mas, sério, eu também amo o Saul. Você parece que está esquecendo como eu aceitei o Saul como meu próprio filho desde que a gente se casou. Então acredite em mim, o que está acontecendo é tão doloroso pra mim quanto é pra você.

— Não, não é — as palavras surgem de uma paisagem muito remota, como se outra pessoa estivesse falando por mim. — Você nunca vai poder sentir a dor que estou sentindo.

Ele fecha os olhos, com uma paciência infinita.

— Talvez não seja o mesmo tipo de dor. Mas, ainda assim, eu também estou sofrendo pelo desaparecimento dele.

— Você não tem ideia, Pete, do tamanho da minha dor.

E a resposta de Pete me arrasta de volta para a realidade.

— Puta merda, Holly — ele está quase gritando. — Você acha que é a única pessoa do mundo que sofre? Você não consegue *ver* o quão terrível eu estou me sentindo, ainda mais agora que a gente sabe que o Saul é inocente? Por eu ter levado as meninas embora no último fim de semana?

Eu não me dou ao trabalho de responder. Não tenho nada a dizer. Nada é capaz de expressar o quanto essa situação é violenta para ambos. Pela primeira vez desde que nós nos conhecemos, eu vejo Pete realmente irritado.

— Você parece que quer chafurdar na merda sozinha, afastando qualquer pessoa que tenta se aproximar — ele diz, e sua voz é dura e fria.

Eu nunca ouvi Pete falando com tanta raiva antes. Quero me

defender, dizer que ele está sendo injusto, que não pode falar comigo daquele jeito, ainda mais agora. Mas tudo o que consigo é:

— Isso não é verdade.

— Você acha que você é a única pessoa do mundo a perder uma pessoa querida, a única pessoa capaz de sofrer. E, quando alguém tenta chegar perto, você bate a porta na cara dessa pessoa.

Dessa vez eu me defendo:

— Não, você está sendo injusto comigo, Pete.

— Pois então veja o modo como você cortou a sua irmã da sua vida... — ele grita ainda mais alto, em um volume que nunca escutei antes. — Você não fala com ela. Você sequer visita a sua mãe. Você vira as costas pras pessoas assim que o primeiro problema mais sério aparece. Você prefere eliminar as pessoas da sua vida do que resolver seus problemas com elas.

— É doloroso demais visitar a minha mãe — eu murmuro. — Ela não é mais a mesma pessoa. Ela já não está mais aqui.

— Algumas pessoas fazem o esforço que for, mesmo sabendo que os pais estão enfrentando algum tipo de demência! Independente da dor. Mas você não. Você apenas vai embora.

Eu sei que ele está falando a verdade e sou tomada por uma espécie de vergonha. Mas, no fundo, não importa muito se o que ele está me dizendo é uma realidade ou não, vergonha é um sentimento muito mais fácil de suportar do que ter que lidar com a morte do seu próprio filho.

— É um padrão seu. Você aceita as suas fraquezas, você aceita que você tenha defeitos, mas, no momento exato em que a gente comete um erro, você nos rejeita. Tudo o que eu queria no mundo agora é que eu tivesse tido mais discernimento, que eu não tivesse levado as meninas embora, mas eu nem pensei direito. Sim, eu me precipitei. Sim, talvez tenha sido um erro, mas você também erra. A diferença é que as outras pessoas não desistem de você quando você erra, ao contrário do que você faz, Holly.

— Eu não desisti de você, Pete — eu digo, baixinho. — Me desculpe se parece que eu desisti de você.

Depois de um silêncio, ele volta a falar, agora um pouco mais carinhoso:

— Quando acordei, hoje de manhã, li a mensagem que você tinha me enviado. Que você me enviou no dia em que eu estava na casa da Deepa. Antes da polícia nos informar que tinha descoberto o corpo. Aquela mensagem em que você mandava que eu fosse conversar com a Freya pra saber por quem ela estava apaixonada.

Eu olho para ele, e ele continua:

— Eu pensei, sim, a Freya deve saber de alguma coisa. Mesmo que seja só um detalhe. Mesmo que pareça irrelevante. Ela conhece a Saffie melhor do que ninguém. E, se eu não posso trazer o Saul de volta, posso pelo menos fazer a minha parte e descobrir o que é que realmente aconteceu, ainda mais agora que a gente sabe que a Saffie estava mentindo. Por favor, não me diga que agora é tarde demais. Eu sei muito bem disso. Se eu pudesse fazer o tempo voltar pra trás, eu faria. Eu cortaria meu braço direito fora se essa fosse a condição pra fazer o tempo voltar atrás. Mas não posso mudar o tempo. Então estou tentando tudo o que eu posso pra descobrir a verdade, por você e também pelo Saul, pra gente poder pelo menos respeitar o nosso amor pelo Saul. E só o que te peço é que você acredite em mim.

Mantenho os olhos fixados nele:

— Certo, continue, então.

— Eu perguntei pra Freya se ela estava apaixonada por alguém e se ela e a Saffie estavam apaixonadas pela mesma pessoa. Eu expliquei que nós precisávamos saber por causa de tudo o que tinha acontecido com o Saul. Ela me disse que não era o Saul o menino por quem as duas estavam apaixonadas, mas que elas juraram nunca contar pra ninguém quem era essa pessoa, porque elas sabiam que era um amor proibido.

— Sim, foi o que ela escreveu no diário — eu digo. — Ilegal, por causa da idade delas e porque o Saul é o meio-irmão da Freya. Era o Saul, não tenho nenhuma dúvida disso. Mas a Saffie continua a negar que ele era essa pessoa.

Pete suspira.

— Essa pessoa não é o Saul, Holly. É o professor delas.

— *O quê?*

— O professor de matemática. O tutor do Saul. Harry Bell.

20
Jules

JULES SE VIROU e olhou o alarme. Bem mais de nove horas. Depois de uma noite terrível, ela conseguiu dormir de verdade pela primeira vez desde que essa confusão começou. Seu corpo simplesmente entrou em curto-circuito, exausto com a combinação de notícias traumáticas: os restos mortais de Saul, a confissão de Saffie e a reação de Rowan. Só pensava nisso ao afastar o edredom e abrir as cortinas do quarto. O céu estava cinza, translúcido, com um sol bem fraco aparecendo entre as nuvens. Os pântanos, por sua vez, estavam todos pretos, com a terra fértil já tomada de plantações organizadas em faixas até se encontrar com o horizonte. Ela deixou os olhos correrem pela paisagem e terminou olhando fixamente para a ponte em cima da represa, onde ela encontrou Saffie e Holly na noite anterior. Uma sensação horrorosa.

O quarto de Saffie estava em silêncio.

E Rowan já estava no jardim, logo abaixo da janela, tomando as medidas para a piscina que ele já planejava há meses. Caminhando para cima e para baixo, contando os passos, um movimento pesado e tenso. Jules ficou em pé na frente da janela, observando, tentando descobrir se ele emitia algum sinal que ela pudesse captar. Era uma situação interessante, vigiar uma pessoa tão próxima sem que ela soubesse que estava sendo vigiada. Jules conhecia cada centímetro de Rowan. Ela imaginava o corpo dele debaixo do macacão cinza. Ela pensava nos seus braços, os bíceps musculosos, que ela adorava, mesmo com aquelas improváveis sardas meio femininas que sumiam perto dos ombros, onde a pele se tornava pálida e macia. Ela pensou nos pelos lisos e sedosos das costas do marido. E nos seus cheiros. Jules conhecia muito bem o cheiro de Rowan, aquele cheiro quase adocicado, que ela sempre achou inacreditavelmente atraente, ainda que às vezes, quando ela estava chateada ou decepcionada com ele, essa atração se instalasse no seu peito contra sua própria vontade. Ela conhecia bem a aparência dos pés de Rowan, os dedões grandes e inchados, com os outros dedos em uma gradação perfeita do maior para o menor, como uma escada. Ela sabia como ele sentia cócegas quase como uma criança se ela corresse os dedos pela sola dos pés dele. Ela conhecia muito bem as mãos do marido, com os dedos musculosos, aqueles pelinhos loiros e a pequena cicatriz em forma de peixe na palma da mão, que ele conseguiu ao se cortar serrando madeira durante a reforma do deque. Ela sabia as partes do corpo dele que estavam sempre quentes, agradáveis ao toque. Ela sabia as áreas mais geladas, como a parte dianteira das coxas e os braços. Mesmo assim, ao observá-lo da janela, ela percebeu que, à distância, não o conhecia do jeito que ela imaginava conhecer quando ele estava deitado na cama ou se mexendo dentro de casa. Ou quando os dois estavam em uma festa, no meio dos amigos, e ela se sentia orgulhosa por ele ter escolhido passar a vida ao lado dela.

 Agora, observando de longe, Jules via o que as outras pessoas viam. Ele já não estava mais tão magro e, quando ficava parado, a posição dos braços parecia indicar que ele ia bater em uma pessoa ou talvez abraçar alguém. As pernas eram mais curtas do que ela se lembrava, com um tronco mais comprido, e o pescoço era mais grosso. E o estranhamento não era só com o corpo. Ela nunca tinha percebido o quanto Rowan era ansioso, com um movimento rápido de cabeça para cima e para os lados toda vez que ouvia um barulho, independente de ser o apito de um trem, a turbina de um avião ou um cachorro latindo sabe-se lá onde. A expressão dele era carregada, com uma testa cheia de rugas de preocupação enquanto ele se concentrava na tarefa do momento, como se ele estivesse se esforçando para expulsar da cabeça todos os outros pensamentos.

Nos últimos tempos, de fato, Rowan estava muito menos relaxado, descontraído e amável do que de costume. Sim, em determinadas ocasiões, ele continuava a ser um homem cordial, afável e sociável. E Jules sabia, por experiência própria, como o mundo podia virar do avesso em um segundo, como ele virava uma pessoa raivosa e agressiva de uma hora para outra. Mas o comportamento extremamente tenso que ela observava da janela era inédito. E Jules se deu conta de que não via o marido dar risada há dias, ou pelo menos desde que ela contou que a filha deles tinha sido estuprada.

Ela ainda amava aquela pessoa? As pessoas param de amar os parceiros quando descobrem que eles cometeram um crime hediondo? Um crime como estupro ou assassinato? Holly continuou a amar Saul. Mas porque ela nunca duvidou da inocência do filho. Sem falar que a relação entre mãe e filho é bem diferente da relação amorosa entre homem e mulher. Se Rowan fosse acusado de estupro, Jules estaria convicta da inocência do marido? Ficaria ao lado dele?

Ela não tinha tanta certeza assim. E se fosse um caso de assassinato? O corpo encontrado ainda não tinha sido identificado, mas provavelmente era de Saul. E pensar nessa possibilidade fez Jules tremer, de um jeito que ela precisou afastar esses pensamentos o mais rápido possível, porque eles ameaçavam sua sanidade. Saul se matou ou ele foi morto por alguém? Se o caso era de assassinato, era Rowan o culpado? E ela continuaria apaixonada pelo marido se a resposta fosse sim?

Não é incomum ouvir falar de esposas que visitam os maridos na prisão por anos e anos, permanecendo ao lado deles apesar de saberem dos crimes chocantes que eles cometeram. Mas Jules teria estômago para continuar com Rowan caso descobrisse que ele matou o filho da sua melhor amiga? Mesmo que tenha sido uma retaliação por achar que o menino tinha estuprado a filha deles?

Ela pensou de novo em Holly e em Saul. Holly teria parado de amar Saul se ele tivesse, *de fato*, estuprado Saffie? Ainda que, de novo, seja uma outra relação, com um filho. Com uma criança.

Porque Jules sabia muito bem que, não, Holly não ia matar seu sentimento por Saul, não importava o que ele tivesse feito, ou o que ele pudesse fazer. Ela iria achar alguma explicação, talvez alguma falha no seu comportamento enquanto mãe, qualquer coisa que explicasse o porquê dele ter cometido um crime. Com um marido, no entanto, a história era muito diferente.

Ao observar Rowan se abaixar, medir e dar voltas, ao vê-lo coçar as costas, Jules se sentiu confusa. Ela nem queria mais ter uma piscina autolimpante. Ou, antes, ela nunca quis. O que ela queria não era um jardim e um deque e uma banheira aquecida, ou um chuveiro com função massageadora. O que ela queria não eram as espalhafatosas festas de verão que Rowan organizava. Sim, claro, ela gostava desse lado extravagante do marido. Mas o que ela queria mesmo era um parceiro de verdade, e não um que insistisse em acreditar que investir em artigos de luxo era a base sobre a qual se constrói uma relação. A generosidade de Rowan era suficiente para compensar a falta de confiança nele? Jules queria um marido no qual ela pudesse acreditar, um marido como o marido de Holly. Alguém como Pete, que não ganhava muito dinheiro, mas era uma pessoa sincera, sensata e gentil. E por um momento ela se deixou divagar pensando na sua aventura com Rob. O quão diferente ele era de Rowan, e como, por um curto período, foi ótimo conviver com alguém educado e atencioso, indiferente a bens materiais.

No fim, a paixão de Rowan por ela, e a atração física que ela sempre sentiu por ele, foram determinantes para o casamento continuar. Porque o amor não é uma coisa racional.

E aí a dor provocada pelo sumiço de Saul devastou sua consciência mais uma vez. E o papel que, como ela começava a acreditar cada vez mais, Rowan exerceu nessa história toda. A realidade era muito dura para encarar de frente.

Jules não tinha sequer conseguido convencer Saffie a revelar quem era o pai da criança que ela estava esperando. O que essa pessoa, a filha dela e o marido dela fizeram para a família de Holly? E ainda o que ela mesma falou para Holly a respeito de Archie, na estrada durante aquele encontro debaixo de chuva. Ela destruiu a lembrança que Holly tinha do primeiro marido. Que poço sem fundo era esse em que ela e Rowan continuavam a cair?

Então Jules escutou o marido entrar em casa, tirar as botas e ir ao banheiro social para lavar as mãos. Ela desceu as escadas para conversar com ele.

— Nossa, você me deu um susto — Rowan disse, ao sair do banheiro. — Não sabia que você já tinha levantado. Eu estava há algumas horas tirando as medidas do terreno pra piscina. Vamos ter que construir uma piscina mais funda do que eu imaginava, pra poder ter espaço pro filtro. E também...

— Rowan, você não precisa ficar evitando falar sobre o elefante na sala.

Rowan deu as costas e seguiu para a cozinha. Seu pescoço estava rosa.

— Ro?

— Eu não quero falar sobre esse assunto.

— Não quer, mas talvez a gente precise falar — ela foi atrás dele. — Sinceramente, eu não entendo por que é que *você* está se sentindo tão mal com essa questão. A Saffie é quem tem o direito de se sentir mal. Por ter mentido sobre ele. A nossa função é mostrar pra Saffie que, apesar dela ter cometido um erro, o que o Saul fez contra ele mesmo não tem nada a ver com ela.

— Fez contra ele mesmo?

— Sim.

— Mas a gente não sabe se a história é essa, sabe? — Rowan se virou e disparou. — A polícia não faz ideia se o Saul cometeu suicídio.

Jules engoliu as palavras.

— Não, ainda não. Mas o que é que você acha que aconteceu, Rowan? Sério, o que você acha que aconteceu com ele?

Jules seguiu Rowan pela cozinha em direção à área de serviço. Quando ele se virou, o rosto dele estava transtornado.

— Por que você está perguntando isso pra mim? Tudo o que eu sei é que eles encontraram um corpo. E que a Saffie disse que o Saul nunca fez nada. Eu não sei mais porra nenhuma. Mas já é ruim o suficiente, não acha, não?

— Ruim o suficiente?

— Pra Holly. Junto com tudo o que ela já teve que passar.

Jules olhou para o marido. Era a primeira vez que ele demonstrava um pingo de empatia por Holly desde o momento que Saffie fez a acusação. Agora as palavras dele estavam embrulhadas em culpa, cheias de remorso.

— Rowan — ela disse, e sua voz estava frágil —, você fala como se estivesse sentindo algum tipo de culpa. Qual é o problema?

Ele não respondeu e virou de costas outra vez. Rowan andou até a janela, ficou olhando lá para fora. E disse, sem virar o corpo na direção da esposa:

— Eu achava que aquele menino tinha estuprado a minha filha. E a Holly não estava tomando nenhuma atitude. Não dava pra eu só ficar aqui esperando a merda acontecer sem dar nenhum tipo de resposta. Eles precisavam pagar por aquilo...

O coração de Jules disparou.

— Rowan, você não teve um surto, teve? Você precisa me contar o que aconteceu.

Rowan permaneceu de costas para ela, então Jules continuou a falar:

— Sim, você surtou. Você esqueceu tudo o que aprendeu no curso das emoções. Você fez alguma coisa, não fez? — e Jules pensou: realmente, é impossível mudar uma pessoa. É verdade então. Rowan sempre teria essa personalidade instável e violenta, independente de quantos cursos fizesse. Dessa vez o seu lado agressivo tinha ultrapassado e muito os limites do razoável.

Quando Rowan voltou a falar, ele falou tão baixo que Jules precisou se esforçar para ouvir:

— Eu estava defendendo a minha filha. Eu achava que o Saul tinha estuprado ela. O que você esperava que eu fizesse? Que ficasse quieto e deixasse aquele menino e a mãe dele se livrarem de tudo com toda a tranquilidade do mundo?

— É claro que não. Eu esperava que você desse apoio tanto pra mim quanto pra Saffie, e eu não sei... Eu sugeri que a gente procurasse ajuda.

— Era *você* quem queria envolver a porra daquela *organização de merda* na história — sua aparência estava começando a ganhar contornos de raiva, aquela expressão irracional.

— A gente tinha várias outras opções pra procurar, não existe somente uma instituição.

— Olha, Jules — Rowan andou meio sem rumo. — Ninguém estava tomando nenhuma atitude. Então eu precisei agir.

— Rowan, o que foi que você falou pro Saul?

— Mãe? — Saffie, ainda de pijama, chegou perto deles em silêncio e ficou parada observando os pais. — Por que vocês estão brigando?

— Nada, meu bem — Jules disse. — Como você está se sentindo, hein? Eu já ia te levar um lanche. Volte pra cama que eu já vou lá daqui a pouquinho.

Saffie deu um sorriso amarelo, se virou e subiu as escadas.

— Talvez o melhor seja você me deixar um pouco sozinho agora, Jules — Rowan disse. — Preciso adiantar essa questão da piscina.

Jules seguiu Rowan pela área de serviço.

— Você não vai fugir dessa conversa, Rowan. Precisamos conversar. Você precisa me dizer o que...

Jules estava quase agarrando o braço de Rowan para obrigá-lo a olhar para ela nos olhos, quando a campainha tocou. Ela se virou e, através do vidro da sala, reconheceu os detetives Maria Shimwell e Carlos Venesuela. Ansiosa, Jules abriu a porta já preparada para vê-los levar Rowan para novos interrogatórios ou talvez até para vê-los enfim prenderem seu marido. Então demorou um pouco até ela compreender as palavras de Shimwell.

— Nós estamos investigando um possível caso de estupro de vulnerável. Envolvendo Saffie. Precisamos conversar com ela. Claro, nós vamos ter todo o tato possível nessa conversa. Podemos entrar?

21
Holly

— *HARRY BELL?* — eu repito. — O tutor do Saul na escola? — o choque pela revelação acaba, por um momento, eclipsando todo o resto. Mesmo a minha ansiedade pelo desaparecimento de Saul é atenuada, suavizando um pouco a dor. No entanto, ainda parece que é uma outra mulher, e não eu, cuja voz responde de maneira tão racional:

— Não, elas amam o Saul. Ou... Talvez algum outro menino com um nome que termine em L, sei lá, alguém que elas estão tentando proteger.

— É Bell, Holly — Pete diz. — Harry Bell. O nome que termina em L no diário.

Essa outra Eu, a Eu calma, senta por um minuto, tentando entender a informação, tentando reordenar os fatos na cabeça para que essa história faça algum sentido. Porque todo o resto está confuso. É bem compreensível que duas meninas de treze anos acabem desenvolvendo uma paixonite por Harry Bell. Eu mesma me lembro de pensar, quando o conheci, na noite do leilão, o quanto ele era bonito, prestando bastante atenção em como Samantha olhava para ele com admiração. E como eu senti inveja dela, por ela viver o que eu vivi com Archie.

— Tá, elas estão tendo uma paixãozinha adolescente pelo professor delas. Mas e daí? Harry Bell é casado — eu me escuto dizer. — Com filhos pequenos. Eu conheci o Harry. Ele é o tutor do Saul, queria inclusive ajudar nas buscas por ele. É um pai dedicado. E ele é casado com uma mulher adorável, a Samantha, então não tem como essa ser a explicação pra gravidez da Saffie.

— Holly, as meninas sabiam muito bem o quanto ter uma relação com ele era ilegal. Não *só* por causa da idade, mas porque ele é o professor delas. No instante em que a Freya falou o nome dele, o alarme disparou na minha cabeça.

Eu penso por um minuto.

— A Freya escreveu que ele não amava *ela*. Que ele amava a Saffie.

— É o que eu estou tentando te dizer. Eu falei pra Freya que, se a Saffie estava tendo um relacionamento com o professor delas, a gente precisava saber. E ela disse que realmente achava que o Sr. Bell, como ela chama ele, estava apaixonado pela Saffie. Porque ele passava o tempo todo olhando pra Saffie e sempre pedindo pra ela participar das aulas extras. Foi ele quem deu pra ela aquele perfume horroroso que a Freya anda pegando emprestado.

Posso sentir aquele cheiro ao meu redor assim que Pete termina de falar. O cheiro tropical pestilento que Saffie exalava ao descer as escadas na noite do aniversário de Tess, com aquela expressão soturna no rosto. O rosto de uma menina que estava fora de si e assustada, apavorada de contar para alguém. O rosto que Jules interpretou como sendo uma birra adolescente. E o perfume, o mesmo perfume que Freya estava usando na noite em que ela veio aqui com Pete. E que não era presente de Deepa, como ela tinha dito. Freya pegou emprestado com Saffie para tentar chamar a atenção de Harry Bell. Enquanto absorvo todas essas informações, a sensação é de ter uma tempestade iminente se aproximando sem piedade de mim. Saul é inocente. Como eu sempre soube. Mas ele também é vítima de alguém em quem ele confiava...

— No começo, a Freya ficou triste, porque o professor não escolheu ela como a preferida — Pete está me dizendo. — Coitada, ela acabou se iludindo também. Mas parece que as coisas entre ele e a Saffie não foram tão inocentes assim. E eu já informei a polícia sobre o caso. Eles estão interrogando o Harry Bell nesse momento.

— O Harry Bell *transou* com a Saffie? Foi *ele* quem engravidou a Saffie?

O rosto de Pete se contorce:

— É por ele que elas estavam *apaixonadas*. De acordo com o que a Freya me contou, sabemos que ele ultrapassou certos limites, o que leva a crer que ele entendia muito bem o que estava fazendo. Mas só vamos saber melhor depois que a polícia terminar o interrogatório com ele. Eu garanti à Freya que a polícia ia fazer tudo o que estivesse ao alcance das autoridades pra proteger tanto ela quanto a Saffie, independente do que ela me dissesse. Porque a Freya estava morrendo de medo de criar um problema pra Saffie. Demorou bastante até ela se sentir segura e me contar alguma coisa — Pete faz uma pausa. — Holl, é muita informação pra você agora? — ele pergunta, com o braço em volta de mim, encostando nas almofadas do sofá.

— Não, eu preciso saber. Preciso saber de tudo o que puder provar a inocência do Saul, que possa provar o quanto ele sempre foi inocente. E não um estuprador... Mas... — a tempestade se aproxima ainda mais e eu fecho os olhos.

Pete respira fundo.

— Eu deveria ter esperado — ele sussurra. — Eu deveria ter pensado melhor. Antes de levar as meninas de volta pra casa da Deepa. Eu deveria ter pressionado a Freya pra saber se existia algum motivo pra Saffie mentir. Elas sempre foram muito próximas. Mas... A única justificativa que posso alegar é que a Freya não teria me contado tudo. Ela jurou não falar nada. E estava apavorada. E eu não queria que ela ou a Thea soubesse da acusação de estupro. Porque eu queria proteger o Saul.

— Como? Como é que essa sua ideia ia proteger o Saul?

— Eu não queria que os boatos se espalhassem. As meninas iam comentar com as amigas. Lembra que você também não queria que elas soubessem? Holly, você estava inflexível sobre elas não saberem de nada, até implorou pra eu não contar pra elas!

Pete está se esforçando ao máximo para expiar sua culpa, de fato. Claro que, eu penso com certa revolta, como psicoterapeuta, ele deveria ter percebido antes de todo mundo que a sua própria filha estava escondendo algo que claramente a deixava incomodada.

— Eu acreditei, quando a gente se conheceu — eu digo, finalmente —, que você tinha a habilidade de entender o comportamento humano. E que, portanto, você conseguia entender de verdade o que se passava na cabeça das pessoas. Foi o que fez eu me apaixonar por você.

— Porque você achava que eu tinha uma habilidade sobrenatural?

— Ora, você é psicoterapeuta. As pessoas esperam que você tenha essa habilidade.

— Eu sou só um ser humano, Holly. Um ser humano falível. Pele e osso. E uma quantidade um pouco exagerada de gordura.

A grande habilidade de Pete, na verdade, *é* saber escutar. Mas, assim como todo mundo, ele tende a colocar as filhas como principal prioridade da vida. É essa a explicação para ele ter, sem pensar, sem nem mesmo hesitar, carregado as meninas embora no exato momento que imaginou que elas pudessem correr qualquer tipo de perigo. Esse gesto o torna um padrasto desleal? Ou um pai protetor e íntegro? Talvez Pete não seja o homem que eu imaginava. Mas, através da neblina provocada por uma combinação de uísque, ansiolítico, licor e noites maldormidas, a resposta que me aparece é que o homem que ele é talvez seja *melhor* do que o homem que eu imaginava. Falível? Sim. Talvez gordinho demais? Sim. Mas trabalhando o tempo todo para fazer o melhor para as pessoas ao redor. No final das contas, ele é a família que me restou.

— Eu nunca deveria ter deixado você sozinha num momento como esse — Pete diz, como se estivesse, de fato, lendo a minha mente. — Quando você não quis que eu voltasse pra casa naquela noite, eu fiquei fora de mim. Fiquei pensando que, por ter que me dividir entre você e as meninas, eu tinha destruído a nossa relação. Pensei que nós não tínhamos mais nenhuma chance. Porque eu sei o quão dura você acaba sendo com as pessoas que te decepcionam.

— Talvez eu esteja aprendendo — eu sussurro. — Ou talvez seja uma característica que eu possa aprender a mudar. Eu preciso de você, Pete.

Depois de um tempo, Pete diz:

— Bom, eu já tinha decidido que ia voltar pra casa e que iria ficar e cuidar de você independente de você gostar ou não. Eu já tinha decidido que, se você quisesse me cortar da sua vida, eu ia me esforçar ao máximo pra não deixar isso acontecer.

Ele se inclina na minha direção, bem na hora que alguém bate com toda a força do mundo na nossa porta da frente.

— Eu vou ver quem é — ele diz.

Quando Pete volta, ele está acompanhado de Fatima.

— Nós conseguimos identificar o corpo — ela diz.

E aí a tempestade explode na minha cabeça, deixando os meus ouvidos com um zumbido terrível.

22
Jules

JULES E MARIA SHIMWELL sentaram no quarto de Saffie. Maria passou um tempo explicando à menina que Harry Bell estava sendo interrogado sobre o relacionamento entre os dois e permanecia detido na delegacia. Ela também avisou a Jules que alguns assuntos tratados ali iam ser meio difíceis de escutar, mas que ela precisava deixar Maria realizar o trabalho da maneira correta.

— Nós não vamos deixar que ele chegue perto de você de novo, Saffie — Maria disse. — Então pode ficar tranquila, você está segura pra falar o que você precisar falar. É ele quem está com um problema sério pra resolver. E você pode nos contar tudo o que aconteceu contigo.

Saffie olhou para a mãe e depois para a jovem policial e aí ela disse:

— É muito vergonhoso. É horrível.

— É importante que você tente explicar pra gente o que aconteceu, Saffie — Maria disse. — Leve o tempo que você precisar. Talvez você possa começar falando como foi que tudo começou, que tal? Como foi que vocês... Ficaram amigos?

Saffie parecia conversar com o ursinho que ela amassava nas mãos, o ursinho que Saul deu para ela quando Saffie ainda era bebê.

— Todo mundo gostava dele — ela disse. — Não fui só eu.

— Ninguém está te julgando aqui, pode ficar tranquila — Maria disse. — Você realmente não precisa se preocupar. Mas vai nos ajudar bastante se puder nos contar o máximo possível de detalhes.

— A gente meio que fazia piada no começo — Saffie disse. — Eu, a Gemma e a Freya. Que as três estavam apaixonadas por ele. A gente escrevia sobre esse amor. Não sei se ele sabia. Mas depois eu descobri que ele gostava mais de mim. Mais do que gostava delas. Ele me pediu pra ficar nas aulas extras de matemática. E me disse que me achava bonita. E que tinha sentimentos por mim.

Jules ficou nauseada. Ouvir essas frases bateu como uma marreta no seu peito. Como é que ela nunca percebeu? As mães não tinham um sexto sentido que pressentia quando os filhos estavam em perigo? Ela queria amassar Saffie em um abraço, mas Shimwell olhou para ela e Jules apenas respirou fundo. Tentou não mergulhar no abismo. Como aconteceu em muitos momentos desde que Saffie acusou Saul de estupro, Jules se sentiu sem chão. Ela realmente estava ali no quarto ouvindo a filha descrever um professor que dizia ter *sentimentos* por ela? O *professor* dela?

— Continue — Maria disse.

— Ele me comprou um perfume — Saffie disse, e olhou para Maria, para confirmar que a policial não devolvia qualquer tipo de julgamento. E continuou: — Eu contei pra Freya, e ela ficou com ciúme. Aí ele disse que eu podia ter mais umas aulas extras na casa dele, mas só se eu não contasse pra ninguém. E eu fiquei muito animada. Porque ele tinha me escolhido. E... Aí ele queria... Você sabe, eu pensei que, bom, ele me deu o perfume, e todo mundo estava com inveja, e eu era mesmo muita sortuda porque ele gostava era de mim... Eu não podia dizer não.

— Meu Deus — Jules berrou, desesperada para interromper o fluxo indiscriminado de desaforos na sua cabeça, para interromper todas aquelas imagens da sua filha nas garras de um homem adulto. Ela precisou controlar o impulso de se levantar, ir atrás de Harry Bell e espancar o sujeito até que ele estivesse inconsciente de dor, o que, no fim, mostrava que talvez ela e Rowan não fossem tão diferentes assim. Logo depois, no entanto, Jules pensou em Saul, e ficou se perguntando o porquê de não ter reagido com a mesma raiva quando Saffie contou que ele tinha abusado dela. Jules, naquele momento, duvidou da história da filha? Ela se lembrou do dia em que viu Saul andando de bicicleta no parque e o estranhamento que ela sentiu tentando estabelecer uma relação entre o menino que ela conhecia desde criança e o menino que Saffie descrevia como um estuprador. Mas, não, era muito pior, um professor: o perfume, um gesto premeditado, a insegurança da filha em dizer não, aquela história era muito mais chocante do que a acusação que Saffie tinha feito contra Saul. A verdade, o fato de que Saffie não conseguiu dizer não para seu professor porque gostava da atenção dele, e de todos aqueles presentes, e porque ela estava *com medo* de dizer não, era muito mais difícil de engolir do que a ideia de um adolescente desajustado obrigando sua filha a transar com ele para provar dentro da sua cabeça uma suposta proeza sexual. Quer dizer. Jules não sabia mais nem quais eram os parâmetros aplicáveis a todo esse desastre. *Era* mesmo pior?

— Continue, Saffie — Maria disse. — Você está nos ajudando bastante.

— Ele começou a pedir que eu fosse toda semana pra casa dele, pra ter uma *aula*. E ele sempre me comprava alguma coisa legal...

— É?

— Sim, calcinhas bonitas e algumas outras coisas mais.

A lingerie minúscula na sacola da Peacocks, Jules pensou, horrorizada por também perceber que, nesse momento, sua fúria era muito mais porque Harry Bell nunca nem chegou a comprar presentes *bonitos* de verdade para Saffie. Ele só gastou uns trocados em presentes vagabundos e sua linda e ingênua filha se sentiu tão agradecida, tão desorientada, que ela entendeu que *precisava* dormir com ele.

Ao mesmo tempo, Jules se encheu de culpa. Quais foram os erros dela enquanto mãe para as coisas chegarem no ponto de Saffie achar que aquela situação era normal? Quais foram os erros que fizeram Saffie perder a confiança na própria mãe? E como é que ela nunca percebeu nada? Sua mente tentou vasculhar as lembranças das últimas semanas e, com a clareza que só uma retrospectiva é capaz de proporcionar, Jules conseguiu organizar as questões isoladas que ela vinha notando: a cara assustada de Saffie, os tiques nervosos, a perda de apetite, as mudanças de humor, a gritaria toda vez que ela ou Rowan se ofereciam para buscá-la na escola de carro depois das aulas extras. Por que ela não somou uma coisa com a outra e percebeu que Saffie estava passando por problemas, desde antes daquela noite com Saul? Como ela pôde ficar tão cega diante da dor que a filha estava sofrendo? Que tipo de mãe ela era?

Mas Saffie já estava falando outra vez:

— Ele disse que a gente estava namorando. E me disse pra não falar com ninguém, porque as pessoas não entendiam o amor de um homem mais velho e de uma menina mais nova — os lábios de Saffie começaram a tremer e Jules sentiu um gosto de bile subindo pela sua garganta, como se estivesse prestes a vomitar. — Mas aí minha menstruação atrasou e eu fiquei com medo de estar grávida. Eu falei com ele. E ele ficou diferente. Ele disse que não tinha nada a ver com a história, que eu é que deveria resolver tudo. E que, se eu falasse pra alguém, eu ia ter um problema sério. Ele ficou bem nervoso. E me fez jurar que eu não ia falar pra ninguém que o pai era ele ou eu ia...

— Ia o quê, Saffie? — Maria perguntou, carinhosa.

— Ou eu ia me machucar.

— Ele te ameaçou! — Jules gritou, incapaz de ficar quieta. De repente ela já estava em pé, prestes a correr na direção da filha, o que fez Maria erguer a mão e mandar Jules sentar de volta.

— Coitada — Maria disse, com uma voz suave. — Você deve ter ficado muito assustada.

Saffie olhou para a detetive. Era bem evidente que ela confiava em Maria, e Jules conseguia entender o porquê: era uma combinação entre seu jeito calmo e sensato e o fato de que ela obviamente *se importava* com a situação.

Saffie continuou:

— Eu não sabia o que fazer, fiquei muito assustada. Eu devia ter contado pra você, mãe.

— É claro que você deveria ter me contado, e teria sido muito mais fácil se você tivesse me contado *quem* era o verdadeiro responsável por essa confusão — e que você tivesse me contado antes, ela ainda pensou. Mas Jules nunca ia poder falar para a sua filha o que estava de verdade na sua cabeça, ela não tinha o direito de fazer Saffie se sentir culpada por não conseguir expressar os medos.

— Mas por que você não está entendendo? Eu não podia dizer que era Harry — Saffie começou a chorar. — Eu sabia que o que a gente tinha feito era ilegal, e ele me disse que ia machucar as pessoas se eu contasse alguma coisa, e você ficava me perguntando e perguntando e eu lembrei que o Saul veio aqui em casa naquele dia... Primeiro eu achei que ninguém ia duvidar se eu dissesse que ele tinha entrado no meu quarto, e eu não queria criar um problema pra ele... Mas você sabia que eu não queria que ele entrasse aqui em casa. Então ia ficar estranho eu dizer que a gente estava namorando. Por isso eu disse que ele me obrigou. Não era o que eu ia dizer, mas você ficou me pressionando e foi o que acabou saindo.

Jules deveria ter questionado Saffie com mais cuidado no dia em que ela contou sobre o caso. Sim, estava muito claro agora. E ela também não podia mais negar que a sua inclinação a acreditar em Saffie estava contaminada, lá atrás, por várias outras questões envolvendo a amizade dela com Holly. Jules deveria ter agido diferente, não deveria ter ignorado o estranhamento que ela sentiu ao se perguntar se o menino que ela conhecia tão bem era mesmo capaz de estuprar a sua filha e depois mandá-la calar a boca. Jules fechou os olhos. E entrou em um redemoinho inútil, presa em um curto-circuito abarrotado de suposições, um *se* em cima do outro. Se ela tivesse ouvido mais os seus instintos. Se ela tivesse sido mais atenta. Se ela e a mãe de Gemma tivessem conversado sobre essas aulas extras. Se ela não tivesse se ofendido tanto quando Holly chamou Saffie de mentirosa...

— Eu me arrependo muito do que falei — Saffie soluçou. — Eu nunca quis que ele se metesse num problema tão grande. Mas, depois que eu disse, não tinha mais como desdizer.

Jules abriu a boca para falar, mas Maria fez com que ela ficasse em silêncio outra vez, com um discreto gesto de cabeça, o que fez Jules se perguntar qual era o julgamento de Maria a respeito *dela*, se a detetive estava pensando que mãe terrível ela era, incapaz de perceber o que estava acontecendo bem na sua frente. Para alívio de Jules, no entanto, a expressão do rosto de Shimwell era gentil. Empática.

Saffie fez um carinho no ursinho de pelúcia no seu colo:

— E aí eu pensei, bom, você e a Holly são amigas. Vocês vão conversar sobre o assunto e brigar com o Saul e, mesmo que ele negasse, vocês iam acreditar em mim, e não nele. Porque a Holly sempre disse que as pessoas precisam acreditar nas vítimas. E ninguém ia se lembrar mais dessa história. E eu pensei que pelo menos assim ninguém ia se machucar. O Harry não ia machucar ninguém. Se a gente não contasse pras outras pessoas, as coisas iam voltar ao normal.

— Como é que as coisas iam voltar ao normal, Saffron? — Jules explodiu. — Com aquele homem ainda trabalhando na escola?

— Tem mais alguma coisa que você queira falar, Saffie? — Maria perguntou, carinhosa, quase como se Jules não tivesse falado nada, e Jules engoliu as lágrimas de volta.

— Só que... Ontem, um pouco antes do horário da médica, minha menstruação desceu. Então eu fui contar pro Harry logo depois da escola. Foi por isso que eu cheguei atrasada ontem, mãe. Eu falei pra ele que eu não estava grávida e que ia contar que o Saul não tinha feito nada comigo. Eu estava muito preocupada com o que tinha acontecido com ele e queria melhorar a situação. Mas o Harry me disse: *Nem invente de retirar a acusação, porque as pessoas vão começar a perguntar o motivo de você ter falado essa história primeiro. E, se alguém descobrir o que nós estamos fazendo, nós dois vamos acabar na cadeia.* E por isso eu não queria mais ir na médica, porque ela ia ficar me perguntando e ia descobrir, e aí o Harry ia saber que eu tinha contado e...

Jules pensou em Saffie entrando em casa e subindo as escadas dizendo que não precisava mais ir em médico nenhum. Nunca tinha imaginado ver a filha tão assustada. Mesmo naquela hora, Jules não deu o real valor à relutância de Saffie. De novo, sua única vontade era voltar no tempo e agir da forma mais diferente possível.

— Você estava muito confusa e assustada — Maria disse.

— E aí — Saffie soluçou — já era tarde demais de qualquer jeito, porque eu encontrei com a Holly na ponte e ela me disse que encontraram um corpo. E que provavelmente era do Saul. E a culpa é toda minha por ter mentido...

— Não, não é, Saffie. Essa história não é sobre uma mentira, essa história é um caso muito sério de estupro de vulnerável — Maria disse. — Você foi muito corajosa de me contar tudo o que me contou.

Estupro de vulnerável, Jules pensou. As palavras pareciam sair de um programa policial na televisão. E Jules não tinha notado absolutamente nada, ela sequer chegou a fazer as perguntas corretas. Todo esse tempo.

Não era à toa que Saffie oscilava tanto de humor. Ela também estava apavorada de ver o lamaçal em que tinha se enfiado, apavorada de ser descoberta. E lá estava Jules, tão revoltada por Holly ter chamado Saffie de *escrota e mentirosa* que seu único objetivo acabou se tornando provar a culpa de Saul, ao invés de tentar descobrir o que realmente estava acontecendo. Que outros sinais tinha deixado passar? Ela por acaso tinha ignorado outros indícios óbvios de que Harry estava abusando da filha dela? Ele compareceu ao leilão, Jules se lembrou. Ele comeu os bolinhos que Saffie estava distribuindo bem na sua frente. Ao relembrar essa cena, foi impossível Jules não pensar na ironia da expressão *escondidos debaixo do meu nariz*. Ou a questão era com ela, que estava completa e estupidamente cega pela sua briga com Holly?

— Saffie — Shimwell disse, se inclinando na direção da menina e segurando a mão dela —, quero te agradecer por tudo que você nos ajudou até aqui. E nós vamos também procurar uma ajuda muito boa pra você agora, pra você poder conversar sobre o que teve que passar. Não vai fazer essa história desaparecer por completo, mas vai te fazer se sentir muito melhor, é uma promessa. E cada coisa no seu tempo. Agora eu vou deixar você com a sua mãe, que eu sei que vai te dar um abraço bem apertado, mas antes eu quero mesmo te agradecer. Por ser tão corajosa — e aí Maria sorriu para Jules. — Pode deixar que eu descubro a saída — ela disse. — Acho que a sua filha provavelmente está precisando de você um pouco.

Jules devolveu um sorriso fraco. Assim que Shimwell foi embora, ela deu um abraço em Saffie. Enquanto apertava forte a filha, Jules não parava de pensar no quanto Saffie seria inevitavelmente afetada por essa experiência, pelo que Harry Bell a obrigou a enfrentar. Seu corpo tinha sido violado. Sua inocência, arrancada. Sua confiança nas pessoas que deveriam ser as responsáveis justamente pela sua segurança estava comprometida em todos os sentidos. E Jules não conseguia evitar a sensação de que a culpa, pelo menos em parte, era dela.

De todo modo, sem desgrudar de Saffie, o pensamento de Jules logo se voltou para Holly, e ela começou a se perguntar, caso Holly tivesse uma filha, se ela seria tão cega, tão orgulhosa, tão incapaz de perceber os sinais de alerta. E se convenceu de que não, que Holly não seria tão negligente. Jules então desejou ser um pouco mais parecida com Holly, mais atenta, mais consciente. Mais sensata. Ela queria ser uma mãe tão boa quanto Holly era.

Ou tinha sido.

...

Na segunda pela manhã, Jules acordou cedo para ir à casa de Holly. Ela precisava conversar com a amiga e depois correr para o trabalho, porque as coisas na loja estavam meio desestruturadas. Hetty estava prestes a sair do emprego. E Jules precisava reorganizar o negócio e preparar os estoques para o Natal.

Ela deixou Saffie em casa. Depois de Maria Shimwell ter feito o interrogatório, Jules dormiu com a filha na cama. As duas, na verdade, não chegaram a conversar, mas ter ficado um pouco mais próxima da filha foi importante. O curioso era ver que, naquela noite, as duas realmente apagaram, mesmo em um colchão tão estreito e com Jules jurando que não ia nem fechar os olhos. Pela manhã, ainda que Saffie continuasse meio quieta e distraída, Jules, de certa forma, parecia menos ansiosa, como se entendesse que o pior já tinha passado. Agora era ter paciência. Donna Browne deu para Saffie um atestado e disse que o melhor era ela ficar um tempo de repouso, para poder processar todos os seus sentimentos. E elas estavam tentando encontrar uma terapia adequada, alguém com quem Saffie pudesse conversar. A escola também já tinha sido informada de que Harry Bell continuava preso, o que era, pelo menos, uma notícia boa no meio da confusão. Ele estava sendo indiciado por estupro de vulnerável e o caso parecia destinado a ser resolvido nos tribunais, o que, graças a Deus, Jules pensou, ainda levaria um tempo para acontecer.

Bom, a ideia de Jules era reunir todas as suas forças para pedir desculpas a Holly, mas ela não tinha a menor ideia de como demonstrar o tamanho do seu remorso. Ela apenas entrou no carro e dirigiu até a praça. Estacionou na entrada da casa de Holly e tocou logo a campainha, antes de ver sua coragem desaparecer. E ficou ali esperando, segurando a respiração, tomada pelo medo de não conseguir falar nada quando Holly abrisse a porta. Por onde ela iria começar?

Eu queria pedir desculpas por Saffie ter mentido e dizer que é muito triste que o Saul esteja morto.

Eu queria pedir desculpas por não ter percebido que a minha filha estava sendo abusada sexualmente.

Eu queria pedir desculpas por não acreditar que o Saul era inocente.

Impossível. Qualquer desculpa iria soar medíocre, independente das palavras que ela usasse. A realidade, com todo seu significado cruel na vida de Holly, era incomparável.

Mas, quando a porta finalmente se abriu, foi Pete quem apareceu, ainda de pijama. A aparência dele era terrível. O cabelo parecia mais grisalho, mesmo que eles tivessem se visto pouco tempo atrás. Os olhos, sem os óculos, estavam inchados, e ele continuava exibindo aquela barriga dele, mais evidente por causa da camisa do pijama. Atrás de Pete, a casa parecia caótica, com os sapatos empilhados pelos cantos, os casacos pendurados de qualquer jeito em ganchos na porta da cozinha. Mas o lugar tinha o cheiro de Holly, aquela essência de patchouli, um cheiro que a acompanhava desde a universidade e que produzia um forte efeito em Jules, transportando sua imaginação de volta para tempos mais felizes. No fim do corredor entulhado, a porta da cozinha estava aberta e dava para ver a velha cafeteira de Holly na bancada e o quadro de cortiça que ela sempre teve, todo coberto com fotos de Saul em diferentes estágios da infância. Em algumas das fotos, Saffie também estava junto, uma lembrança de como, em determinado momento, as crianças tiveram uma ótima amizade. E essa imagem fez Jules querer, mais uma vez, retroceder no tempo, agir de outra forma. Poder aparecer a qualquer hora e sentar na mesa toda arranhada na cozinha para ela e Holly beberem um vinho e conversar por horas. E aí ela viu os tênis de Saul logo ao lado da porta e a realidade acertou seu peito com toda a violência do mundo. Porque os sapatos de Saul não podiam existir se Saul não continuava a existir.

Pete, no entanto, permanecia calado.

— Holly não está em casa — ele disse, afinal.

— Coitada. Não consigo nem imaginar como é que ela está seguindo em frente, sabendo que a polícia encontrou um corpo e que eles não conseguiram ainda... Como é que ela está, Pete? Alguma novidade?

— Você não soube? — ele hesitou, e Jules ficou parada à espera do que ele ia dizer. — Eles identificaram. O corpo. Precisaram de um tempo.

— Deus do céu — Jules colocou a mão no batente da porta para poder se equilibrar.

— O corpo não é do Saul.

— O corpo não é do Saul? — ela repetiu, meio estúpida.

Pete ergueu as mãos em um gesto que parecia dizer *sim, foi o que eu falei*.

— Mas então a notícia é ótima... — Jules disse. — Não é? Deve ser um alívio pra vocês dois.

— O Saul ainda está desaparecido — Pete disse. — A gente ainda não sabe o que aconteceu com ele. E a gente ainda não sabe se ele está vivo ou morto.

Jules segurou a cabeça com as mãos. Pete estava nervoso, e com toda a razão.

Os dois ficaram parados na porta, em silêncio. Pete não convidou Jules para entrar, e Jules não se surpreendeu com a rispidez do tratamento.

Ela apenas fechou um pouco mais o casaco, se dando conta de como estava com frio, com os ossos quase congelados. Precisava de um tempo para processar o que Pete tinha acabado de contar, e as implicações do caso. Porque, se o corpo não era de Saul, o fato de Rowan ter transitado naquela manhã pela mesma região onde os restos mortais tinham sido encontrados passava a ser irrelevante. Ou não? Ela continuou parada, sem decidir se ia embora ou se pedia para entrar.

— Eu queria conversar com a Holly. Tentar me desculpar por esse mal-entendido terrível...

Pete então respondeu com a voz um pouco mais suave:

— A Holly foi na universidade buscar alguns livros. Não aguentava mais só ficar aqui esperando, sem saber se ou quando essa espera vai acabar.

— Pete, olha, eu sei que toda essa confusão é horrorosa, mas as coisas estão se acertando agora, com a Saffie, com o que aconteceu com a minha família, e eu quero tentar consertar a situação com a Holly. A minha única vontade é encontrar um jeito de salvar a amizade com ela.

— Bom, talvez você consiga encontrar com a Holly na rua, ela foi andando até a estação pra pegar o trem das oito e trinta e cinco para King's Cross.

Jules ainda ficou alguns segundos ali parada, até entender que Pete estava na verdade pedindo que ela fosse embora.

...

Alguns minutos depois, Jules estacionou o carro. A plataforma estava congelante. E ela não conseguia ver onde Holly estava. Talvez as duas tivessem se desencontrado. O que sobrava para Jules era o inverno, que invadia todos os poros dos passageiros à espera do trem. Na vila, em torno da estação, pôneis pastavam no campo e os juncos farfalhavam meio pálidos, como plumas, criando um desfoque suave na paisagem que ia dar na torre da igreja, um pouco mais distante. O som dos sinos pairava ao redor, um badalar mais fraco e depois ficando mais forte por causa do vento. Jules virou o rosto para o outro lado, para olhar o céu instável. Ela considerava que a região tinha uma beleza soturna. E que, até o momento, tinha servido muito bem para ela, por garantir o estilo de vida que ela e Rowan sempre sonharam. Eles compraram um terreno no meio de uma área completamente ignorada pelo mundo por um preço bem razoável e reformaram uma casa muito maior do que qualquer outra casa que eles poderiam comprar no sudeste britânico.

Ela estava prestes a perder tudo o que tinha conquistado? Era isso que iria acontecer quando ela descobrisse o que o marido dela tinha feito? Sim, verdade, Jules até teve um momento de incerteza a respeito das comodidades da casa, mas abrir mão de sua vida agora era uma questão completamente diferente. Era a casa dela. A casa deles. E o nó de ansiedade no seu estômago se tornou um sentimento permanente. Ela não parava de pensar no fato do corpo encontrado não ser o de Saul. Essa informação era suficiente para tranquilizá-la a respeito da participação de Rowan no caso? Impossível ter uma resposta definitiva. Até porque Rowan continuava a se comportar como se estivesse cheio de culpa e seguia justificando seus atos como uma espécie de vingança pelo que tinha acontecido com Saffie.

Ali na plataforma, um vento leste congelante e uma chuva constante e afiada açoitaram o rosto de Jules. Os campos do outro lado dos trilhos estavam escuros e encharcados. Bastante lama preta e arbustos desfolhados. Pedaços rasgados de sacos de lixo voando entre os galhos. Em um cenário tão lúgubre, não dava para encontrar qualquer tipo de beleza. De repente Jules sentiu uma vontade arrebatadora de voltar para a cidade, de estar em uma estação de metrô lotada, com seus ambientes climatizados e cafeterias e lojas.

Poucas pessoas esperavam o trem na plataforma. Alguns universitários a caminho de Cambridge e um casal de idosos, que ela não reconheceu. Tudo o que ela queria agora era estar dentro de uma cafeteria com uma xícara quente e um jornal na mão para distraí-la do recorrente medo de pensar que a sua cegueira teve influência decisiva no destino de Saul. E aí ela viu quem queria ver.

— Holly.

Holly, que se aproximava de cabeça baixa, não tinha visto Jules e sequer teve tempo de fingir qualquer coisa, de um jeito que sua única opção era parar para conversar, ainda que sua reação não pudesse ser descrita como simpática. Ela apenas acenou com a cabeça para Jules, em silêncio. As duas se olharam por alguns segundos até que Jules respirou fundo e deixou as palavras saírem da sua boca:

— Holly, eu realmente sinto muito pelo que você está sendo obrigada a enfrentar.

— Sente mesmo?

O coração de Jules palpitou. Os olhos castanhos de Holly estavam impregnados de desprezo.

— Acabei de falar com o Pete.

— E o que isso quer dizer?

— Ele me disse que o corpo que a polícia encontrou não é do Saul. E sei que essa informação não facilita nem um pouco, porque você continua no escuro. Mas, por favor, Holly. A gente precisa conversar. Eu preciso dizer algumas coisas. E explicar algumas coisas também.

Holly deu uma risada curta, cheia de desdém:

— Por quê? — ela perguntou. — Essa conversa vai mudar alguma coisa?

— Eu sei que...

— Eu nunca deveria ter deixado você me convencer a morar nesse lugar.

As palavras de Holly machucaram. Jules convenceu Holly a se mudar com as melhores intenções. Ela queria que Holly superasse a morte de Archie. E era o melhor jeito para elas se manterem sempre em contato. Mas não fazia muito sentido tentar se defender agora.

As duas ficaram em silêncio e o único som na plataforma passou a ser o assobio do vento ao atravessar os fios de eletricidade por cima das suas cabeças, e aí Holly retomou a fala:

— Primeiro, todo aquele bullying. A fobia de Saul em relação à escola. A solidão que ele estava sentindo. Depois essa acusação. E agora o desaparecimento. Ele está desaparecido há uma semana. Eu não sei se ele está vivo ou morto. E não faço a menor ideia de onde o meu filho possa estar.

De imediato Jules se lembrou de como Holly simplesmente apagava as pessoas da sua vida quando alguém cometia um erro contra ela. Quanto mais Jules duvidava de Rowan, mais ela precisava, e queria, ter Holly de volta. Mas a amizade delas parecia ter se tornado um bibelô despedaçado, e colar todos os cacos ia exigir uma habilidade tão sofisticada que ela não sabia se tinha.

— Eu sinto muito que a verdade tenha aparecido tão tarde — Jules arriscou.

Holly olhou para os campos enlameados e deixou algumas lágrimas escorrerem.

— Pois é, você está mais que certa, é realmente tarde demais.

Essa não era a Holly que Jules conhecia e amava. Era uma versão diferente de Holly, amarga, quebrada.

— Não é tarde demais pra tentar resolver as coisas entre *a gente*, é? — Jules disse.

Holly se virou para olhar os terrenos áridos na direção da igreja. Tinha perdido peso. E ela já não era gorda antes. Para piorar, ao observar com um pouco mais de atenção, Jules notou um corte na parte de trás da cabeça da amiga, uma área na qual os cabelos estavam levemente emaranhados ao redor. Sem perceber, Holly colocou a mão em cima da ferida.

— Você se machucou, Holly.

E Holly olhou para Jules, com seu lábio inferior trêmulo.

— Você caiu? Parece ser um machucado bem sério.

— Não é nada — ela disse. — Não quero falar sobre isso.

— Olha, eu queria poder voltar no tempo — Jules disse. — E fazer as coisas de um jeito diferente. Eu precisava acreditar em Saffie, mesmo que o meu instinto estivesse tentando me dizer que o Saul... — ela hesitou. Talvez não fosse a frase certa para se dizer. Ela tomou outro rumo. — Quero fazer o que for possível pra consertar essa situação.

Holly começou a tremer e, na mesma hora, deu um passo atrás para se proteger do vento debaixo de uma discreta cobertura de acrílico na plataforma.

— Quero consertar a situação — Jules repetiu. — Pela desgraça que a minha família provocou na sua.

— Qual é o sentido, Jules? Agora que a gente sabe o que estava acontecendo com ela, eu não vou ficar punindo a Saffie pelo erro. Ela estava apavorada, morrendo de medo de contar a verdade. Ela poderia ter escolhido outra pessoa ao invés do Saul, e poderia ter pensado numa acusação menos violenta, mas eu consigo entender a lógica.

— E você vai me punir no lugar dela?

A pergunta de Jules ficou suspensa no ar enquanto a sirene do cruzamento começava a berrar, com seus lamentos em diferentes tons. O trem já podia ser visto da plataforma e as cancelas da estrada se fecharam todas, impedindo que algum motorista desavisado cruzasse os trilhos.

— A questão é que eu senti muito a sua falta — Jules disse para as costas de Holly, sem esperança de ter uma resposta, empilhando uma frase na outra. — Está sendo horrível. Não poder falar contigo. Não poder sequer te dizer como as coisas lá em casa estão irreconhecíveis.

— Eu realmente estou triste por tudo o que aconteceu com a Saffie — Holly disse. — De verdade. Nenhuma menina de treze anos deve sofrer o que ela sofreu... Mas não foi você quem perdeu um filho. E não foi você quem foi humilhada pela cidade inteira.

— Eu preciso conversar contigo. Não consigo confiar em mais ninguém. Ou melhor, você sempre foi a única pessoa com quem eu consegui me abrir.

O trem estava parado na estação, abrindo as portas.

— Se você tiver um tempo agora? — Jules decidiu tentar mais uma vez e entrou com Holly para dentro do trem.

— Eu pretendia ir na universidade pegar uns livros — Holly disse, assim que as portas se fecharam. — Eu não vou lá desde... Desde o desaparecimento do Saul. Existe um limite de tempo pra você ficar sentada em casa tentando imaginar onde o seu filho está. Tentando imaginar o que aconteceu com ele, ou se ele tentou alguma violência contra si mesmo. A ideia era eu ir em Londres cedo pra poder voltar antes do horário do Pete sair pro trabalho. A gente tenta não deixar a casa vazia. Que pelo menos um dos dois fique lá pro caso de...

— O que você acha de pararmos em Cambridge e você pega um trem na sequência? — Jules colocou a mão no ombro de Holly. — Eu vou te agradecer muito — ela disse. — Posso te pagar um café?

E Holly, depois de uma pausa, fez um gesto bem discreto com a cabeça indicando que sim, tudo bem.

...

Jules e Holly sentaram uma de frente para a outra, em silêncio, assistindo o trem deixar a estreita plataforma lúgubre da estação local e seguir em direção a Londres. Do lado de fora, o céu nublado parecia imenso diante dos campos escuros. As duas olharam para o rio quando o trem se aproximou de Cambridge, observando os remadores deslizarem pelas águas reluzentes que passavam por debaixo da ponte de pedras amarelas. Os salgueiros nas margens já tinham perdido todas as suas folhas e caíam tristes por cima da água.

Elas desceram em Cambridge e Jules abriu espaço na multidão até elas chegarem num café, o que, para Jules, era um alívio gigantesco, por causa dos sofás macios, do cheiro dos grãos, do barulho das máquinas de expresso. Sair do vento e dos pântanos, dois grandes lembretes de que Saul continuava desaparecido e que seu corpo provavelmente estava esquecido em algum lugar remoto.

Na cafeteria, elas encontraram um cantinho longe do alcance dos clientes mais jovens, que tinham aparentemente confiscado todas as outras mesas com seus computadores e fones de ouvido. Jules foi pegar os cafés.

— É uma pena, mas não é um Lugar Maravilhoso — ela disse, procurando no rosto de Holly algum sinal de descontração. — É uma rede de cafeterias. Mas o café é razoável, consegue pelo menos atender nossos padrões.

Holly não respondeu.

Mas Jules sentou ao lado dela sem se importar com a reação da amiga e começou a falar:

— Quando eu soube que a polícia tinha descoberto um corpo, essa notícia me devastou inteira, não tinha como ser diferente, e eu quero que você saiba disso. Não consigo nem imaginar como você suportou essa situação. Não sei se eu conseguiria.

O rosto de Holly se encrespou e ela remexeu o café com uma colher.

— Eles precisaram de um tempo pra identificar — ela disse. — Mais tempo do que o normal, por causa do estado de decomposição do corpo e porque não é muito comum uma pessoa sumir naquela região. Eles só sabiam que era o corpo de um adolescente do sexo masculino e o Saul era o nome mais provável.

— Deve ter sido terrível.

— No final das contas, descobriram que o corpo era de um adolescente que tinha sumido de Wisbech. Primeiro ele tinha sido detido num reformatório. Depois morou na rua. Não tinha parentes. Ninguém sentiu a falta dele. Eu fiquei aliviada quando eles me contaram, mas só por um segundo, porque depois fiquei pensando o inferno que deve ter sido a vida desse menino pra chegar no ponto de atear fogo no próprio corpo. E, bom, essa notícia não trouxe o Saul de volta. Ainda não sei se ele está vivo. Então descobrir que o corpo não é do Saul só me trouxe a insegurança de não saber o que de fato *aconteceu* com ele. E eu continuo me torturando com essa dificuldade de imaginar o que ele sentiu ao ser acusado de estupro. E a incerteza de não ter uma resposta, não ter um encerramento, é um tipo diferente de inferno.

— Você soube que foi o Harry Bell, Holly? Quem estava por trás da gravidez da Saffie?

— Eles me contaram. Na verdade, foi o Pete quem descobriu a verdade, ou parte da verdade, com a Freya. Foi o jeito dele tentar se redimir. Descobrir algum tipo de pista pra polícia.

— Se redimir do quê?

— De arrastar as meninas pra casa da Deepa achando que ia *proteger* elas do Saul, o que foi uma segunda traição. Uma traição a mim, e uma traição ao Saul. O Pete não queria manter as meninas na mesma casa que o meu filho depois que ele soube da acusação da Saffie.

Holly parou, engoliu a saliva, e Jules se perguntou se deveria responder ou permanecer calada. E aí Holly continuou a falar:

— Eu perdi todo mundo. O Saul. As meninas. O Pete. As minhas lembranças do Archie — Holly olhou para Jules. — E até você.

Jules devolveu o olhar, em dúvida se aquela frase significava que Holly queria reatar a amizade, se existia ou não uma migalha de esperança.

— O jeito que esse professor manipulou a Saffie foi monstruoso — Jules disse depois de uma pausa. — Não sei o quanto a polícia te contou.

Holly olhou para baixo, mexeu no café.

— Eles me contaram o suficiente. Pra me tranquilizar que o Saul era completamente, totalmente inocente. Uma vítima, na verdade — ela de repente olhou para Jules. — O que eu não entendo é o motivo da Saffie ter escolhido o Saul. E o motivo dela ter dito que ele *estuprou* ela. Se ela queria esconder a história e proteger aquele escroto do Harry Bell, ela poderia ter dito que estava transando com qualquer outra pessoa.

— O Saul foi o único menino com quem ela teve contato — Jules respondeu. — O único menino que esteve dentro da nossa casa, o único menino com quem ela poderia ter transado sem levantar outras suspeitas — Jules não sabia como contar tudo o que Saffie contou sem machucar Holly, como contar o que Saffie disse sobre não gostar nem um pouco de Saul e sobre achá-lo um esquisito, então preferiu deixar essa parte da história debaixo do tapete. — Pelo que entendi, quando a Saffie contou ao professor que colocou a culpa da gravidez no Saul, ele disse que era bem feito pra você, por você ficar tentando *emascular* os homens naqueles seus artigos pro jornal. A Saffie me contou isso ontem à noite.

— Ele leu meus artigos?

Jules se encolheu.

— Estão na internet inteira. E ele achou interessante que fossem escritos pela mãe de um dos seus alunos.

Holly ficou em silêncio por alguns minutos, com uma expressão séria no rosto.

— Bom, eu já estou acostumada com esse discurso de ódio. Precisei aguentar esse lixo por meses no meu Twitter. Você levanta a cabeça acima da lama por um segundo pra lutar pelo direito das mulheres e seu crânio é rapidamente esmagado por homens inseguros que insistem em ficar na defensiva. Eu bem queria nunca ter escrito artigo nenhum. Não tinha a menor ideia do tiroteio que ia provocar.

— Mas você não pode deixar pessoas como o Harry Bell calarem a sua boca — Jules disse, baixinho. — Se você se calar, então ele ganhou o jogo.

Holly olhou para Jules e enfim deu um pequeno sorriso.

— Essas coisas precisam ser mais faladas, e não menos — Jules continuou. — Mas vamos ser sinceras, o Harry Bell não é o tipo de pessoa que ia se empolgar com alguém falando sobre educação sexual e consentimento. Ele nunca ia se empolgar, não mesmo. A estratégia dele era justamente se apoiar em meninas que não têm a menor ideia do que é consentimento. A polícia está agora investigando várias acusações de ex-alunas dele. Ele tinha um poder incrível em cima dessas meninas. Elas estavam todas apaixonadas por ele, a Saffie me disse. A Freya e a Gemma também, a filha da Tess, e várias outras. A Saffie foi o alvo dessa vez, mas existiram outras antes dela e viriam outras depois. Sem falar que a Samantha só tinha quatorze anos quando se apaixonou por ele, e só tinha dezesseis quando engravidou e eles se casaram. Ele fez a mesma coisa com ela na época. E o que me assusta mais é pensar o quão manipulador ele é com essas meninas, e o quão ingênua a Saffie foi de cair em toda essa conversa.

Jules não tinha mais tanta certeza de que Holly estava escutando o que ela falava. Ela seguia com a cabeça baixa e o cabelo cobria boa parte do rosto.

— Então o que está me assustando agora é como acabei criando uma adolescente que não percebe o perigo que está correndo ao entrar na casa de um professor depois da escola. Só porque esse cara disse que ela é bonita ou gostosa ou qualquer outro adjetivo, sei lá, o tipo de elogio que ela estava precisando ouvir. Quando o Bell tentou transar com ela pela primeira vez, ela achou que não podia recusar. Porque as amigas dela estavam todas com inveja e porque ele deu pra ela tratamento preferencial. Como é que essa ideia distorcida foi parar dentro da cabeça da Saffie?

— Ainda temos muito trabalho pela frente pra resolvermos essa questão — Holly disse, soando um pouco mais como sua antiga versão.

— Com certeza. A polícia indiciou o Bell por estupro de vulnerável, porque obviamente a Saffie não consentiu em transar com ele. Ela achou que não tinha outra alternativa.

— Sim, ela nem tinha como dar qualquer tipo de consentimento — Holly disse. — Por causa da idade.

E aí Jules desabou:

— Treze anos, Holly! Ela é quase uma criança ainda. Ela só parou de brincar com a casa de bonecas poucos meses atrás e ainda dorme abraçada com aquele ursinho que o Saul deu pra ela. Como é que eu deixei a minha filha se envolver com um homem adulto? E Rowan ficava enchendo o saco da Saffie pra ela participar das *aulas extras*, ou ele achava que eram aulas extras, e foi bem aí que aquele homem abusou dela.

Depois de um tempo, Holly se inclinou, pôs um lenço na mesa perto da mão de Jules e fez um carinho no ombro da amiga:

— Eu sei que esses dias também foram um inferno para você — ela disse.

Jules olhou para Holly, impressionada com sua capacidade de se colocar no lugar dos outros, mesmo sabendo que o filho dela continuava desaparecido. Mesmo sabendo que a culpa, pelo menos em parte, era da pessoa que ela tentava consolar.

23

Holly

ESTAMOS NO CAFÉ há mais de uma hora, já estou desconfortável na cadeira. Minha vontade é ir embora e pegar um trem para Londres, mas Jules ainda quer conversar.

— Holly, quando eu fui no seu escritório pra falar sobre a acusação da Saffie, a minha ideia era que a gente pudesse conversar. O que eu queria, naquele momento, é que nós duas pudéssemos conversar com nossos filhos. Eu achava que a gente conseguiria resolver a situação dentro de casa — ela gruda o olhar em mim. — Sem todas essas repercussões que aconteceram.

Jules toma um gole do seu café, que agora já está gelado, e empurra o copo para longe dela. É nítido o quanto ela mudou nos últimos dias. Ela parece mais velha, o rosto está mais magro, as olheiras estão mais fundas.

— Estou me sentindo meio tonta. Meu açúcar deve estar baixo. Ou é pelo nervosismo. Ou por estar conversando contigo finalmente.

— É psicológico — eu digo, baixinho. — Também estou me sentindo assim.

— Por que a gente não tomou a atitude correta? — ela diz, ainda me olhando. — Por que a gente não soube ir atrás da verdade, juntas, como amigas? Como foi que as coisas deram tão errado?

Não faz sentido evitar o conflito agora, então eu respiro fundo e abro as comportas, deixo sair tudo o que estava guardado na minha cabeça desde aquele encontro desastroso no meu escritório.

— O problema é que, do meu ponto de vista, ficou muito evidente que o que você queria era usar a acusação de estupro pra despejar em cima de mim os seus julgamentos sobre as minhas decisões enquanto mãe.

Jules fica séria e balança a cabeça.

— Foi o que você fez. Apontar o dedo pra dizer que eu falhei em perceber os problemas de sociabilidade do meu filho. Pra dizer que eu não fiz nada, que eu nunca ajudei o Saul a *se adaptar*. Você chegou a acusar o meu filho de *desajustado*, o que você sabia que era um dos meus maiores medos em relação a ele. E tudo isso eram coisas que já tínhamos conversado, e que você tinha dito que eram paranoias minhas — eu olho para Jules e dá para ver pelo vermelho no seu rosto que, sim, ela se lembra muito bem. — O que deixou muito claro pra mim o quanto você, na verdade, em segredo, há muito tempo, já pensava e acreditava no que você me disse. Aí de repente todas as vezes que você me deu apoio, todas as vezes que você tentou me consolar, toda nossa história me pareceu uma fraude gigantesca. Porque durante todo esse tempo o que estava na sua cabeça era o trabalho de merda que eu estava fazendo ao tentar educar meu filho sem a presença do Archie.

— Não, não é verdade...

— E eu me convenci de que a minha obrigação era provar que você estava errada. Sobre o Saul, obviamente, mas também sobre o meu jeito de ser mãe. Eu pensei... De uma hora pra outra, eu comecei a pensar que, no fundo, eu não te conhecia de verdade. E essa constatação foi um choque terrível pra mim.

Jules me olha por um minuto.

— Minha única intenção naquele momento era que você concordasse que precisávamos lidar juntas com o problema. Mas aí *você* chamou a Saffie de *escrota e mentirosa* e disse que ela estava criando uma confusão imaginária. O subtexto de uma resposta como essa é bem claro, é dizer que a minha criação fez com que a minha filha se tornasse manipuladora e cruel a ponto de acusar o Saul de estupro sem ter um motivo doloroso por trás. E você sempre foi a grande figura de referência pra Saffie, era em você que ela se espelhava...

Não dá, não estou preparada para essa conversa. Existe um aspecto profundamente perturbador em lavar a roupa suja com Jules enquanto Saul continua desaparecido. E só quero ir embora dessa cafeteria, dessa cidade, preciso ficar sozinha com os meus próprios pensamentos. Com meu ambíguo sentimento de luto. Quero pegar o próximo trem para Londres, entrar no meu escritório, pegar meus livros de volta e correr para casa, quero me movimentar, quero me afastar o máximo possível dessa dor que ameaça me soterrar se eu seguir sentada, parada. Então eu pego minha bolsa e me preparo para sair.

— Que bom que tivemos a chance de expor nossas desavenças, Holly — Jules diz. — E, bom, olha, agora que eu sei o que aconteceu de verdade, a questão toda é que eu entendo muito bem o quanto você é uma mãe muito melhor do que eu. Tudo o que eu queria era que eu tivesse sido tão atenta com a Saffie como você sempre foi com o Saul.

— Que bobagem, Jules — eu digo. — Pouquíssimos dias atrás eu estava pensando exatamente a mesma coisa a seu respeito, como eu queria ser uma mãe muito mais divertida. Mas a gente faz o que pode. Não existe um mapa, Jules. Nós todas estamos no escuro tentando descobrir o caminho certo pra educar nossos filhos, tentando descobrir uma rota segura. Algumas vezes a gente acaba entrando numa curva errada, mas é assim mesmo, a gente segue em frente.

Não consigo dar um abraço nela, como eu antes faria sem nem precisar pensar no que estava fazendo. E vou embora da cafeteria, sabendo que Jules está me observando, sabendo que ela vai se sentir péssima porque sou eu, e não ela, que, nessa confusão toda, teve a perda mais significativa.

...

Quando volto para casa à tarde, tomo um susto. As luzes estão acesas e o carro está estacionado na frente da garagem, então eu sei que Pete já chegou do trabalho. E, assim que abro a porta, me dou conta de que Freya e Thea também estão em casa: os casacos delas estão pendurados nos ganchos atrás da porta e vejo novos tênis ao lado dos tênis de Saul, que eu deixei no mesmo lugar desde o desaparecimento. Pete surge pelo corredor, fechando a porta da sala atrás dele.

— Pete, a Freya e a Thea estão aqui? — eu pergunto, e meu humor fica melhor na mesma hora, só a possibilidade de vê-las já é um lampejo de alegria no meio da minha tristeza.

— Elas queriam te visitar — ele diz. — Pensamos em fazer uma surpresa.

— É um gesto muito delicado seu. E delas.

— Comprei algumas pizzas e os ingredientes pra fazer uma salada. E um vinho pra você. Mas, Holly...

— Que foi?

— Antes de você entrar pra dar oi, eu preciso te avisar. A Freya está realmente muito chateada por como ela agiu nessa história toda, está se culpando bastante por não ter dito nada antes. Eu disse que você não está chateada com ela, mas ela está desesperada pra se redimir e enfiou na cabeça dela que o único jeito disso acontecer é se ela ajudar você e a Saffie e a Jules a superarem o trauma. Ela está meio obsessiva com essa ideia.

— Certo...

Pete dá um suspiro:

— E aí ela acabou convidando a Saffie pra vir jantar aqui.

— Putz — eu digo, e deixo minha bolsa cair no chão e tiro o casaco.

— Eu sei. Me desculpe por isso, amor, eu sabia que ia ser meio difícil pra você. Mas você sabe como a Freya é, era uma situação em que eu aceitava as três aqui ou a Freya e a Thea iam acabar desistindo de vir. Então, pesando os prós e os contras, achei que o melhor seria ter as três em casa — Pete faz uma pausa. — Do que não ter nenhuma, né? — ele diz, nervoso.

— Ainda não sei se eu consigo encarar a Saffie — eu digo a ele. — Não só pelo que ela fez contra a gente. É que... Eu fui muito cruel com ela, quando nós duas nos encontramos na ponte, essa coisa de contar pra ela que a polícia tinha encontrado um corpo. Estou com vergonha de como eu agi com ela.

— Holly, acho que, nos últimos dias, todos nós falamos e

fizemos coisas das quais vamos nos arrepender. Mas somos os adultos da história, né? — Pete coloca as mãos nos meus ombros com delicadeza. — Se a Saffie estiver bem pra nos encontrar aqui, então devemos dar as boas-vindas pra ela. Devemos demonstrar a ela que estamos dispostos a perdoar. É a melhor ajuda que podemos dar pra Saffie superar o trauma que ela está vivendo agora. E ainda ajudamos a Freya ao mesmo tempo.

Eu me afasto dele e olho o seu rosto, que está tomado de preocupação, de amor.

— Tudo bem, você tem razão, Pete. Sei que você tem razão.

— Posso ligar pra Jules então? Dizer que a Freya convidou a Saffie pro jantar e que você concorda com o convite?

— Sim, pode — eu digo. — Sim, tudo bem. Mas eu vou precisar do tal vinho que você comprou.

Aí eu abro a porta da sala. As meninas pulam em cima de mim e me deixam dar um abraço nelas e um beijo no topo de suas cabeças. É como trazer uma parte de mim que andava dormente de volta à vida. Sentir os braços finos das meninas ao redor do meu corpo, ouvir suas vozes animadas, escutar as duas me contando sobre o último episódio da série que elas estão assistindo. Eu não estava notando o tamanho da minha saudade. Da sala, vamos todas para a cozinha, onde Pete acendeu uma vela e usou uma garrafa de vinho como castiçal. Ele me entrega uma taça cheia de vinho tinto. E eu dou uma bela conferida na sua produção da noite: Pete preparou uma tigela de salada e decorou com flores comestíveis.

— Você é um mágico na cozinha — eu digo.

— A ideia foi nossa — Freya diz.

— A ideia, na verdade, foi minha — Thea corrige. — Porque fui eu quem catou as flores do jardim da mamãe antes da gente sair de casa.

— Elas são adoráveis — eu digo. — É ótimo chegar em casa e ver essa produção toda.

— Vou postar no Instagram — Freya diz.

Parte de mim, ali na cozinha, consegue entender o significado da palavra *contentamento*. O ambiente familiar, o vinho, as vozes, o cheiro da massa esquentando no forno. O resto do meu corpo, no entanto, parece carregar um peso, uma sombra difícil de suportar. E a verdade é que nenhum de nós vai se sentir completamente em casa de novo sem a presença de Saul.

...

Em algum momento, a campainha toca e interrompe o caminho sombrio que meus pensamentos ameaçavam atravessar.

— Eu te agradeço muito pelo convite — Jules está em pé na frente da porta.

Saffie entra e vai dar um oi para Freya e Thea.

— Não quer entrar, Jules? — eu pergunto, indiferente.

— Obrigada, Holl, mas preciso resolver algumas coisas — ela começa a ir embora, mas depois dá meia-volta e hesita por um instante. — Estou imaginando que vocês ainda estejam sem novidade nenhuma, né?

Eu respondo com um gesto de cabeça.

— Sinto muito, Holly.

E ficamos ali nos olhando, sem conseguirmos falar nenhuma palavra.

E aí ela diz:

— Eu fico realmente feliz com a generosidade de vocês, de verdade. Convidar a Saffie mesmo nas circunstâncias que estamos vivendo. Vai ser bom pra ela poder passar um tempo com a Freya, e com a Thea também, claro. Pra ela poder voltar à vida normal. Muito obrigada.

— Não é nenhum esforço — eu digo, afinal. — É bom ter a casa cheia. Ter gente jovem ao redor outra vez.

— Tinha só mais uma coisa que eu queria ter conversado contigo hoje de manhã.

— O que era?

— O envolvimento do Rowan nessa situação toda.

Não quero falar sobre Rowan. Mas o rosto de Jules está tomado por um sentimento que não sei descrever, talvez angústia, talvez carência. Eu dou um passo para fora de casa, sentindo a violência do vento, e fecho a porta atrás de mim.

Estamos na entrada da minha casa, e eu aperto meu cardigã em volta do corpo.

— Se o Rowan não tivesse pressionado a Saffie pra ir nessas aulas de *revisão* — Jules diz —, ela não teria se encontrado com esse professor. De certa forma, a origem de todo esse desastre está nas expectativas irreais do Rowan a respeito da nossa filha. Você se lembra? Eu te disse que ele assistia aquela porcaria do *Gênio infantil* e imaginava que a Saffie ia participar do programa. Mas eu consigo perdoar o Ro por essa fantasia. Ele estava com a melhor das intenções. E ele, coitado, nunca ia imaginar que estava empurrando a filha pras mãos de um pedófilo. Se ele pudesse prever essa situação, com certeza seria o primeiro a procurar a polícia, você sabe... Mas... Olha, eu amo o Rowan. Você sabe como eu sou apaixonada por ele, Holly. Amo o Rowan, ainda que não seja a coisa mais sensata do mundo. Na verdade você foi a única a entender o que eu sempre senti, mesmo quando ele explodia. Até porque ele não conseguia controlar, era o outro lado da moeda, a noite que aparece depois do dia ensolarado. E você sempre aceitou, e eu continuo te agradecendo bastante por isso.

Não consigo ter uma resposta para esse desabafo. O corpo de Rowan se inclinando por cima de mim na cozinha me vem à mente na mesma hora. O hálito saindo da sua boca. O pânico de que ele fosse me estuprar. Só de pensar nele e eu sinto latejar o machucado na minha cabeça.

— Mas o comportamento dele diante da coisa toda — Jules diz. — A ameaça que ele fez contra o Saul, por exemplo, que eu nunca deveria ter te contado. A reação dele me deixou apavorada. Se ele tivesse matado o Saul... Quando eu soube que a polícia tinha achado um corpo, me convenci de que ele tinha matado o Saul. Bom, se fosse verdade, eu teria ido embora na mesma hora.

— Você acha que o Rowan pode ter *matado* o Saul? — não sei se o problema é o modo como a iluminação pública joga uma luz laranja no rosto de Jules ou se o difícil é entender o que ela acabou de me falar, mas me parece que o mundo de repente começou a girar e eu preciso me apoiar na porta para não cair. Embora Rowan tenha ameaçado *esmagar o cérebro* do meu filho, eu nunca levei essa ameaça a sério. Jules, no entanto, acreditou que a ameaça era real. Ainda que ela esteja me dizendo que iria fugir na mesma hora, dá para perceber uma certa entonação na sua voz que desmente a certeza das palavras, como se ela não estivesse tentando me convencer, e sim convencer a si mesma.

— Descobri alguns indícios de que ele esteve naquela área — Jules continua. — Mas, agora que a gente sabe que o corpo não é do Saul, eu não sei mais o que pensar. Só sei que a reação dele à acusação da Saffie foi extremamente violenta. E não sei se posso permanecer casada com ele. O que você faria no meu lugar? — Jules insiste. — Você me conhece melhor do que ninguém.

Quase na mesma hora, uma chuva grossa desaba do céu. Estou congelando e quero entrar em casa. Mas não consigo sequer abrir a boca. Parece impossível organizar os pensamentos dentro de um padrão coerente. O que Jules está me perguntando é se ela deveria tomar coragem e abandonar Rowan. E a minha vontade é dizer: *Sim, claro, com certeza você deve abandonar esse sujeito. Vá embora agora! Você realmente acha que ele matou o meu filho? Corra, Jules!* No entanto, o que eu faço é somente levantar a mão de Jules e colocar seus dedos em cima do machucado na parte de trás da minha cabeça.

— Sinta isso aqui.

Jules coloca a mão em cima do hematoma e da crosta áspera que cobriu o ferimento. O toque é bem incômodo, a área ainda está bastante sensível.

— Aconteceu bem ali — eu digo, apontando para a minha porta. — Depois do leilão na igreja. Depois de você ir embora.

Eu não preciso dizer mais nada.

Jules me olha do jeito que ela costumava me olhar, quando sabia exatamente o que eu queria dizer. E entende. Porque, mesmo depois de toda essa bagunça, ainda existe uma grande parte de nós duas que conhece a outra dos pés à cabeça.

...

Dentro de casa, as meninas — Freya, Thea e Saffie — estão sentadas no sofá, amontoadas uma em cima da outra, assistindo uma série qualquer. Ver as três me traz de novo aquela sensação, distante como uma lembrança, de que a vida vai voltar a ficar boa. A chuva no telhado, a lareira acesa, o vento chacoalhando as árvores do lado de fora e as telhas em cima das nossas cabeças. Pete está na cozinha, terminando de preparar o jantar. O barulho dos talheres é reconfortante. E aí a chuva se transforma em granizo, com as pedras se chocando contra as janelas como se alguém estivesse arremessando pedaços de cascalho no vidro. Eu me espremo no sofá entre Freya e Thea, e Thea descansa a cabeça no meu ombro. Eu dou um abraço nelas. Por um instante, tento imaginar que a minha família é essa aqui, para ver se assim consigo ignorar a dor que a ausência de Saul me provoca.

Essa série que as meninas estão assistindo envolve advogados perdidos nos trâmites do poder judiciário. E de repente uma cena me deixa desorientada.

— Meu Deus! — eu grito, quando a câmera mostra justamente o prédio onde Archie trabalhava. — Olhem! Olhem aquela janela, o trabalho do Archie era exatamente ali. Na Lincoln's Inn, na praça.

— Você nunca contou isso pra gente — Freya diz, me olhando. — Como era o pai do Saul. Quero saber como ele era.

— Ele era defensor público — o velho orgulho que eu sempre senti ao dizer essas palavras se intromete na minha voz, mesmo que eu tente controlar a emoção. Ainda não parei para pensar no que estou sentindo desde que Philippa me confessou a relação dela com Archie, acabei empurrando para o fundo do meu cérebro. E agora não é a hora certa para pensar no assunto. — E o trabalho dele era na Lincoln's Inn. Ali, olha. Estão mostrando de novo. Aqueles edifícios todos de pedra.

De imediato as meninas querem saber tudo sobre o pai de Saul. E eu, apesar da ausência de Saul quase me levar às lágrimas e me provocar uma dor profunda no peito, quero falar sobre ele, quero falar sobre o pai dele. Até porque essa conversa é uma conversa tranquila, uma espécie de distração. A presença das crianças ao meu redor, de alguma forma, torna os limites do mundo adulto um pouco mais suaves. Já nem estamos mais prestando atenção na série, ela se torna uma trilha sonora de fundo.

— A Lincoln's Inn parece enorme — Freya diz. — E é linda. Muito mais bonita do que os pântanos aqui perto.

— É a capital, né? É bem no centro de Londres. Mas você tem razão. A região toda é linda. Esses prédios que eles estão mostrando e os jardins e as alamedas que vão dar nas ruas mais movimentadas. É onde os defensores têm os escritórios deles, que eles chamam de *câmaras*. É bem isolado do trânsito e da confusão das ruas próximas. Você pode descer em Holborn ou mesmo em Covent Garden e mesmo assim nunca descobrir que esses jardins, os mosteiros e a capela estão bem ali do lado. É meio que um mundo secreto dentro da cidade. Eu levo vocês lá um dia.

Saffie estava em silêncio desde que entrou na casa, mas agora ela começa a falar:

— Você disse que tem uma capela ali? No meio da Lincoln's Inn?

— Isso — eu digo. — É linda. Você pode inclusive andar por baixo dela, a estrutura do prédio é de deixar qualquer pessoa abismada. Eu costumava levar o Saul lá, e você também, Saffie, quando eram bem pequenos. O Saul adorava ler os nomes nas lápides no chão. Os causídicos e os juízes e todos aqueles esses que parecem uns efes. *Caufídicos*, ele gostava de repetir, e aí caía na gargalhada quando lia a lápide de um servente que trabalhava como *protetor de janelas e vasos sanitários*.

Freya e Thea dão uma bela risada ao me ouvir contar essa história.

— É a capela que o fantasma do pai do Saul gosta de assombrar?

Eu olho para ela.

— Não, o Archie está enterrado no cemitério de East Finchley, não é na Lincoln's Inn. Eles não permitem mais nenhum sepultamento ali.

— Eu sei — ela diz. — Mas o Saul uma vez me disse que o fantasma do pai dele mora na capela da Lincoln's Inn. Me lembro de uma noite, quando a gente era menor, que o Saul me disse que o pai dele queria viver perto dos advogados enterrados na praça e que por isso o fantasma dele assombrava a capela. Ele me assustou muito naquela noite! Mas o Saul disse que não era pra ter medo. Porque o pai dele estava lá, porque o pai dele adorava aquele lugar.

Eu olho para o rosto infantil daquela menina, sem as maquiagens pesadas, com seus olhos arregalados, as bochechas rechonchudas. Por um segundo, Saffie parece a mesma criança que costumava ser. E lembro dos nossos dias em Londres, quando Saffie ficava com a gente em casa e eu adorava pensar que, como Saul não tinha uma irmã, ela ocupava muito bem essa função. Lembro dos dois às vezes indo dormir mais tarde, conversando até de madrugada, e como eu achava aquela cena adorável, como eu amava ver que, apesar da diferença de idade, os dois tinham tanto em comum.

Algum dia, no futuro, eu sei que vou ser grata por ainda ter Saffie perto de mim. E me pergunto, no final das contas, se eu não deveria ter insistido até convencer Jules a entrar também. Perdoar talvez seja menos trabalhoso do que carregar um peso nas costas um dia depois do outro.

Saffie então continua a história:

— Eu só tinha uns oito anos e o Saul tinha onze. Vocês ainda moravam na casa de Londres, Holly. A gente estava conversando, eu e o Saul, sobre o lugar que a gente queria ser enterrado. Eu perguntei se ele queria que fosse no mesmo lugar que o pai dele e ele me disse que não, e que não conseguia entender o motivo do pai ter sido enterrado no cemitério de East Finchley. Porque era um cemitério gigante e antipático, com lápides demais.

— Sim, eu sei — eu digo. — Mas não era como se a gente tivesse muitas alternativas.

Claro, não explico para ela que, por eu estar em um estado tão deplorável, não tive qualquer tipo de força para questionar o conselho que me deram. E também não conto que nem eu nem Archie tínhamos feito planos para o caso de um de nós dois morrer, ou que eu só fiz o que me disseram para fazer, ou que o cemitério de East Finchley era o cemitério para onde eles enviavam todas as pessoas que morriam naquela região de Londres.

— Ele me disse que o pai dele queria ser enterrado na capela da Lincoln's Inn. Protegido da chuva, debaixo dos arcos. E que ele achava que o fantasma do pai tinha ido lá pra poder conversar com os outros advogados mortos. Ele me disse que queria ir pra lá também, pra ficar perto do pai, mas que ele não queria te chatear, Holly. Por isso ele nunca contou nada pra você... E...

— Pode falar, Saffie — eu digo.

— A outra coisa que o Saul me disse que amava — Saffie olha para mim — era que os bancos da igreja lá em cima tinham umas portinhas na lateral. Ele me disse que eram umas cavernas minúsculas que você podia destrancar a porta e se esconder lá dentro.

— Sim! O Saul sempre adorou esconderijos minúsculos — eu digo.

— Ele me disse que, de noite, você pode deitar dentro dos bancos, com as almofadas que o povo usa pra ajoelhar servindo de travesseiro, e que, quando você tranca a porta, ninguém descobre que você está lá dentro.

— O que foi que ele disse?

— Isso — Saffie disse. — Que ele sempre queria ir pra essa capela. Porque era lá que ele podia ficar perto do fantasma do pai dele.

24
Jules

A TEMPESTADE CAIU FORTE enquanto Jules dirigia depois de deixar Saffie na casa de Holly, quase não enxergando mais nada pelo para-brisa. Ela precisou se inclinar e esfregar o vidro para não se perder no meio da estrada, que, por causa dos faróis do carro, parecia cada vez mais abstrata, debaixo da cortina branca de chuva.

E ela não parava de pensar em como a ferida absurda na cabeça de Holly provocava uma sensação estranha quando você passava os dedos em cima. Era difícil esquecer, e mais difícil ainda ser obrigada a pensar no que Rowan tinha feito com Holly naquela noite depois do leilão, antes dele voltar para casa, bêbado, com aquele ar de quem não respeitava mais os próprios limites.

Ela dirigiu por toda a estrada, estacionou na sua calçada e, para entrar em casa o mais rápido possível, correu contra o vento, que soprava forte quase na horizontal. Rowan não estava lá e Jules não conseguiu se decidir se a ausência dele era um alívio ou uma decepção. Porque ela sabia que estava na hora de confrontar o marido.

Jules então foi tentar se distrair na cozinha. Vasculhou a geladeira para tentar achar alguma coisa para comer e logo depois desistiu. Ela nem estava com fome na verdade. Acabou se servindo um copo de gim-tônica e sentou para assistir uma série sobre advogados, mas acabou deixando o copo intacto. No decorrer da noite, a chuva veio ainda mais forte, açoitava as janelas da sala e castigava a claraboia da cozinha. E ela nem se deu conta da hora em que Rowan enfim entrou em casa, batendo a porta da frente, tirando as botas e espanando a chuva do seu casaco. Jules, sem nem pensar no que estava fazendo, apenas se levantou, seguiu para o corredor e ficou em pé tampando a passagem do marido.

— O que foi? — ele perguntou. — Está tudo bem com a Saffie?

O cabelo dele brilhava com gotas de chuva e o rosto estava irritado por causa do frio. E as palavras de Jules saíram sem que ela tivesse tempo de se controlar ou mesmo de pensar no que ia dizer:

— A Saff está melhor que a gente imagina — ela disse. — Ainda mais considerando o que aquele homem fez com ela. Agora você, seu pedaço de merda! Olha o que você fez com a Holly! Você agrediu a Holly dentro da casa dela — e Jules começou a esmurrar o peito de Rowan. Ele segurou os pulsos da esposa, mas ela se desvencilhou e voltou a bater ainda mais forte, batendo nos ombros e nos braços. — Eu não sei mais quem você é, Rowan — ela gritou. — Você não é o homem que eu imaginava. Você é violento. Você não sabe lidar com as suas emoções. E depois de tudo o que você me fez passar.

— Ei! Espera um pouco aí.

— Eu não vou esperar nada. Não posso viver com um homem que de uma hora pra outra resolve atacar uma mulher. Não posso viver com um homem que ataca uma mulher e ponto final.

— Não entra nessa paranoia, Jules. Você só está estressada por tudo o que aconteceu nos últimos dias.

— A Holly me mostrou — Jules disse. — A Holly me mostrou o que você fez com ela — ela estava tremendo. E aí Jules se acalmou, modulou a voz e disse: — E onde é que você *foi*, hein? Naquela manhã? Na manhã em que o Saul desapareceu? Você fez alguma coisa contra ele? Você matou o Saul?

Jules de repente começou a chorar, mas ela já nem se importava mais se as lágrimas escorriam ou não pelo rosto. A ferida na cabeça de Holly continuava a assombrar seus pensamentos e era terrível se pegar imaginando Rowan agredindo a sua amiga, empurrando e derrubando Holly no chão ou acertando a cabeça dela com tanta força a ponto de formar aquele corte no couro cabeludo. O que mais ele era capaz de fazer?

— Eu sei que você não foi só em Ely, sei que você abasteceu o carro perto de Downham, sei que você mentiu sobre onde você foi naquela manhã. Você matou o Saul? Você matou? É melhor me contar agora mesmo, Rowan, porque você já ultrapassou todos os limites. E depois nós vamos procurar a polícia.

Rowan saiu da sala. Por um instante, Jules se viu hiperconsciente do quão isolada aquela casa era, distante de tudo, longe da vila. E, com aquele clima terrível do lado de fora, com aquele vento batendo nas janelas e derrubando as lixeiras no deque do jardim, ninguém ia sequer se aproximar da sua porta. Se Rowan partisse para cima dela, ninguém ia escutar. Ninguém ia saber. Ela ficou apavorada, nunca tinha sentido medo dele antes. Mesmo quando Rowan surtava, Jules sabia que podia acalmá-lo, que ele era sempre gentil com ela. Mas sentir o hematoma que o marido provocou em Holly colocou Rowan em uma categoria que ela nunca tinha conhecido.

Ele sumiu por alguns minutos e Jules afundou no sofá. Tinha chegado no seu limite, tinha colocado para fora aquele que era o seu maior medo. Rowan, por sua vez, quando voltou à sala, voltou bem devagar e assustado e colocou um cartão de visita na mesinha em frente à esposa. O cartão dizia: *Hipnoterapeuta, trabalha com todos os transtornos, incluindo alcoolismo, tabagismo e controle das emoções. Applecroft, Downham.*

Jules leu o cartão algumas vezes.

— O que você quer dizer com esse cartão, Rowan? Por que você está me mostrando isso?

— Quando soube do estupro — ele disse —, eu realmente pensei que ia matar alguém. E me assustou o quanto eu queria espancar aquele menino. Mas eu queria lidar melhor com meus sentimentos e aí marquei uma consulta com esse hipnoterapeuta que vi alguém divulgar na internet. Que trabalhava em Downham. E a consulta era naquela segunda pela manhã. Eu não queria contar pra você, porque eu teria que explicar que me senti perdendo o controle das minhas emoções. Então pensei em levar a Saffie pra escola, o que eu já queria fazer de qualquer jeito, e ir pra lá logo depois, porque assim você não iria saber de nada.

— E daí?

— Estou contando agora porque quero que você entenda. Eu não sou tão mau quanto você imagina que eu seja.

— Você agrediu a Holly, Rowan. Se você foi mesmo pra uma terapia em Downham, ela claramente não teve o resultado que se espera de uma terapia.

Na mesma hora, os dois escutaram uma série de estalos em cima da cabeça deles, Jules foi verificar o que era e viu que a chuva tinha virado uma chuva de granizo e as pedras estavam arremetendo contra a claraboia da cozinha.

— O que aconteceu foi que, quando eu cheguei lá e encontrei a casa, eu não consegui entrar. Fiquei sentado na calçada por um tempo e entendi algumas coisas que eu precisava entender. E decidi que, sim, eu estava *certo* de sentir tanta raiva. O Saul tinha destruído a infância da nossa filha e ele merecia uma punição. No momento que eu compreendi essa questão na minha cabeça, vi que não precisava de consulta nenhuma, precisava era manter o meu sangue quente. Porque eu tinha toda a razão em buscar uma vingança pelo que ele fez com a nossa filha. Dali, eu dei uma caminhada pela região. E resolvi que ia ter uma conversa séria com o menino, já que a Holly e o Pete não estavam tomando qualquer tipo de atitude. Só que, quando eu cheguei em casa, ele já tinha desaparecido.

— E por que então você decidiu atacar a Holly, Rowan? — Jules rebateu.

Depois de uma pausa, Rowan disse:

— Eu não queria machucar a Holly. Só queria que ela assumisse a responsabilidade pelo que estava acontecendo. A Holly não se esforçou nem um pouco pra arrancar a verdade do Saul. Ela só ficou ali parada, a porra de uma feminista, esbravejando pelos direitos das mulheres, que não fez merda nenhuma pra apoiar uma menina que tinha sido estuprada.

— Mas ela não foi estuprada, pelo menos não pelo filho dela.

— Quando todo mundo *achava* que o filho dela tinha estuprado a Saffie, a Holly se recusou a lidar com o assunto. Você sabe muito bem a postura que ela teve. E eu pensei que você estava do meu lado nessa situação toda.

Jules atravessou a sala e observou a tempestade pela janela. O granizo já não estava tão forte, sendo substituído por um véu branco de chuva.

— Eu não queria que ninguém se machucasse — ela disse.
— Era o oposto, o que eu queria era evitar que as pessoas se machucassem. O que eu queria era resolver essa bagunça entre a gente mesmo pras crianças não serem afetadas e todo mundo poder seguir a própria vida em paz.

— Bom, às vezes você também é meio idealista, né? — Rowan disse. — Às vezes você fica tão desorientada quanto a Holly.

Demorou para Jules conseguir se recompor. Ela então se virou e olhou para Rowan:

— Eu não te quero mais aqui. Vá embora.
— Você está me dizendo pra sair de casa?
— Não sei mais se esse casamento está funcionando.

Rowan ficou parado, sem saber o que fazer com os braços.
— Jules — ele disse. — Por favor. Não diga uma loucura dessas. Não diga que quer acabar comigo. Eu te amo. Você é a mulher da minha vida, você sabe muito bem. Eu preciso de você.

— Não dá pra continuar, Rowan. Não agora que eu sei o que você fez com a minha melhor amiga.

Rowan arregalou os olhos, em pânico.
— Pense na Saffie — ele chorou. — Pense em como ela vai se sentir quando descobrir que nós vamos nos separar.

— Também vai ser bom pra ela no longo prazo — Jules disse, baixinho, quando seu telefone vibrou. Ela deu as costas para Rowan e foi procurar o celular.

Era uma mensagem de Holly.

— Vá embora — ela disse para Rowan. — Eu quero ficar sozinha.

25

Holly

AS PEDRAS DE GRANIZO golpeiam meu para-brisa enquanto dirijo até a estação. Por sorte ainda consigo pegar o primeiro trem: são sessenta minutos até Londres, que dessa vez me parecem uma eternidade.

Em King's Cross, pego um táxi e o carro sai em disparada pelas ruas. Nas calçadas, várias pequenas lâmpadas azuis decoram as árvores e, com espanto, me dou conta de que já estamos perto do Natal. O mundo continuou a girar, mesmo que, para mim, a vida estivesse em suspensão. E chegamos na Lincoln's Inn antes dos portões serem fechados às sete. Pago o taxista e pulo para fora do carro.

— Por favor — eu digo ao porteiro na entrada —, preciso ir pra capela.

Ele me dá um breve sorriso, com uma sobrancelha levantada. Deve estar imaginando quais são os meus motivos para procurar uma igreja a essa hora da noite.

— Pois você chegou na hora certa — ele diz. — Vamos fechar daqui a meia hora.

Eu agradeço e sigo em frente, passando pelas lâmpadas das carruagens que derramam pequenas ilhas de luz amarela em cima dos paralelepípedos na entrada da praça. A noite está agradável. E, dentro dos portões, o som da cidade parece não existir. É impossível dizer em que ano estamos, talvez duzentos anos atrás, talvez em uma época ainda mais distante. Passo por todos aqueles prédios e revejo paisagens familiares, espaços que me fazem recordar a dor violenta que eu sempre senti ao revisitar a história de Archie.

E, para chegar na entrada da capela, preciso passar pelo subsolo, ouvindo os meus passos por cima das lápides frias e niveladas que formam o piso do lugar. A maioria das pessoas enterradas ali trabalhava nos altos círculos jurídicos, e só as lápides mais antigas trazem os nomes dos serventes e funcionários do baixo escalão. Quase consigo ouvir a risada de Saul, aquela gargalhada infantil ecoando pelo teto, quando piso em cima da desgastada lápide avisando que ali está sepultado um *protetor de janelas e vasos sanitários*. É o fantasma do meu filho que estou escutando dar risada? Não quero nem pensar nessa possibilidade, já é o suficiente ser obrigada a aceitar que Saul sempre acreditou que o fantasma do pai dele assombrava essa capela, o que no fim faz com que eu me lembre da sua mensagem — *Fui ficar mais perto do papai* —, e me esforço ao máximo para não pensar no pior.

Em cada lado da entrada da capela, um busto olha para baixo, a cabeça da rainha Vitória e de algum outro bispo qualquer, como se estivessem me observando, curiosos para saber o que resolvi fazer aqui depois que todo mundo já foi embora para casa ou para os vários jantares nos restaurantes chiques da capital. Mas estou ali. Empurro a porta, vejo as escadas em espiral em ambos os lados, hesito. As duas escadas vão dar na nave da igreja, mas não consigo tomar uma decisão, porque estou com medo do que vou encontrar lá em cima. Ou do que eu talvez não encontre.

No fim, subo as escadas da direita e chego em um pequeno vestíbulo. Logo me lembro, com certo espanto, que eles mantêm um retrato de John Donne na parede, por sua atuação como pastor no século 17. Ao olhar o quadro, meu susto é gigantesco: ele se parece com Saul. Será que é um bom presságio, pensando que Saul inclusive citou alguns versos de Donne naquele fatídico dia em que fomos à casa de Jules?

A maçaneta está gelada quando eu abro a porta e entro em um salão com luz suave, cheirando a móveis envernizados. A capela está vazia e silenciosa, como deveria ter imaginado. Foi uma ideia estúpida deixar Freya, Thea, Saffie e Pete sem resposta bem no meio da conversa, simplesmente falando para eles que eu precisava correr e pegar um trem para Londres.

Mas agora estou aqui e sei que é o lugar onde preciso estar.

Começo a andar pelo chão quadriculado, todo em preto e branco, e sigo entre os genuflexórios até o finalzinho da capela, onde os bancos mais antigos têm portinholas na lateral, como Saul disse a Saffie. Pequenas portas com trancas. Mas não consigo enxergar nada atrás dessas portinholas, somente sombras. Dou uma volta pela igreja, indo de um lado para o outro. Não vejo ninguém. E já está na hora de voltar, pegar o trem e aceitar a derrota. É o momento que eu percebo que, nesse tempo todo, o que eu estou fazendo é me recusar a aceitar o que eu sempre soube desde que Saul me mandou aquela mensagem. Estou em negação. Está na hora de deixar o meu filho ir embora.

Mas, antes de sair, sento em um dos oratórios, só para recuperar meu fôlego e ficar um instante em silêncio. Luminárias redondas, afixadas em suportes nos finais de cada banco, emitem um brilho suave. E as enormes janelas de vitrais, em cada extremidade do salão, com suas pedras preciosas, dão uma cor agradável ao lugar. Saul acreditava que o pai dele assombrava esse prédio, e uma parte de mim começa agora a acreditar que, se eu sentar no banco por tempo suficiente, talvez Archie venha falar comigo, talvez ele venha me falar que no fundo ele me amava de verdade. E que Saul está com ele e não tenho com que me preocupar. É claro, isso não acontece. Mas esse é um espaço que me dá um sentimento de tranquilidade, uma sensação que não lembro qual foi a última vez que senti. Tanto que, depois de um tempo, percebo que os meus olhos estão se fechando e eu estou quase dormindo.

E aí de repente um barulho me acorda, um ruído intenso no fundo da capela. Abro os olhos. E me dou conta de que não sou a única pessoa no salão, tem mais alguém aqui. Atrás de uma das portinholas dos bancos mais antigos.

Ele está dormindo no chão quando eu o encontro, tão escondido nas sombras que é quase impossível de ver. Atrás de uma das portinholas trancadas. Descansando a cabeça em uma almofada vermelha.

— Saul — eu sussurro. — Saul. É você? É você de verdade?

Eu coloco a mão no seu rosto e sinto que é ele mesmo, sua pele, seu cabelo. Não consigo acreditar que o meu filho está aqui e que ele está vivo. Eu aperto seu pé com carinho e aos poucos ele abre os olhos e olha para mim.

— Mãe — ele diz.

E eu sei que a vida vai voltar ao normal.

...

Saul senta no banco ao meu lado. Seu cabelo está grudado em tufos. As roupas estão desgastadas, sujas, e ele está usando um moletom com capuz que eu nunca tinha visto antes. Ele, inclusive, parece mais velho. Está com uma barba mais fechada e mais áspera e me diz que esse lugar é onde ele sempre imaginou que iria morar caso ficasse desabrigado por algum motivo. Nas ruas de Clerkenwell durante o dia, porque o pessoal descarta uma comida italiana ótima nas lixeiras, e se escondendo na capela para poder dormir.

— É até fácil, na verdade — ele diz. — Eu venho quando a Lincoln's Inn ainda está aberta, fecho a portinha do banco e ninguém entra na igreja pra conferir. De manhã, eu saio e vou caminhar. Vou pedir dinheiro pro café ou então descolar uma pizza dormida em algum dos restaurantes. O melhor lugar pra conseguir uma comida boa é na Gray's Inn, no café do Andy.

À noite, Saul me conta, sua rotina nesses dias de reclusão na igreja consistia em, deitado no banco, observar os vitrais, com suas representações bíblicas (*todos homens*, eu quase comento), os apóstolos e os santos, e conversar com o pai. É o seu lugar secreto no mundo. O lugar onde ele se sente mais perto de Archie.

Como é que eu não pensei nisso antes?

Estamos sentados lado a lado na capela vazia.

— Antigamente, mulheres solteiras abandonavam os filhos delas aqui — ele diz. — Eu estive sempre em ótima companhia.

Ele me olha. Eu coloco minha mão em cima da dele.

— Eu nunca te abandonei, Saul.

— Quando eu vi que você não estava acreditando em mim, foi como se você não me conhecesse mais — ele diz.

E eu fico em silêncio por mais ou menos um minuto.

— Eu precisava que você me dissesse que não tinha feito, precisava que você me dissesse que não tinha estuprado a Saffie.

— Eu não deveria ser obrigado a dizer o óbvio.

— Não, não deveria. Mas eu precisava que você me falasse. Porque eu estava apavorada. Com o que poderia acontecer se você não negasse a acusação em alto e bom som. E eu realmente quero te pedir desculpas por não ter tomado a atitude correta — eu digo, mas minhas palavras parecem absolutamente inadequadas, como se o dicionário que a gente conhece não desse conta do arrependimento que eu sinto vontade de expressar.

— Eu não achei que você acreditaria nela.

— Não, eu nunca acreditei. Eu sabia que você nunca ia cometer um crime assim. Mas eu não conseguia entender qual era o motivo pra ela ter mentido. E passei muitos anos cobrando as pessoas pra pararem de duvidar dos relatos das vítimas...

— Porque as meninas raramente mentem quando o assunto é estupro. Você deixou isso bem claro ao longo dos anos, mãe.

— Deixei?

— Claro que sim. Era só ouvir todas aquelas suas conversas com o Pete sobre consentimento.

Eu realmente me sinto vingada ao ouvir o que ele está me falando, só mostra como me preocupei à toa a respeito da educação do meu filho.

— Tipo, eu devo saber melhor do que qualquer outro adolescente no país que somente um *sim* quer dizer sim. Por isso eu achei tão injusto as pessoas acreditarem que eu tinha cometido aquela merda. Primeiro pensei que tudo bem, porque pelo menos a minha mãe me conhecia e sabia da verdade. Só que aí eu escutei o Pete contando que levou a Freya e a Thea embora por minha culpa, então que outra opção eu tinha a não ser fugir? O Pete estava acreditando na Saffie, e eu pensei que você também iria terminar acreditando nela. Eu não conseguia descobrir um jeito de convencer vocês de que eu não tinha culpa nenhuma no assunto. Aí arrumei a mochila de madrugada e de manhã, em vez de ir pra escola, segui o caminho do rio e comecei a andar até Londres.

Eu aperto a mão dele com muita, muita força, e sinto o quão áspera sua pele está. É a mão de um homem adulto agora, não é mais a mão de um adolescente.

— Você veio andando até aqui?

— Atravessei o país. Você ia ficar impressionada com a facilidade que é passar despercebido quando você se esforça pra ninguém te achar. E a quantidade de lugares que você encontra pra dormir pelo caminho.

De repente os sinos da capela começam a badalar e nós esperamos a igreja voltar a ficar em silêncio.

— *E por isso não perguntes por quem os sinos dobram, eles dobram por ti* — Saul fala na sequência. — A inspiração de John Donne veio daqui mesmo da capela, sabia? Eu não sabia até que cheguei aqui e vi a homenagem que fizeram pra ele. É meio difícil de ver, fica ali no canto inferior da direita, naqueles vitrais ali da frente.

— Curioso que é a mesma meditação que você citou quando nós dois estávamos caminhando pra casa de Jules. *Nenhum homem é uma ilha isolada.*

— Quando eu estava deitado, sempre pensava no significado, no que é que ele queria dizer. E entendi que é sobre a morte, sobre como todo mundo morre um pouco quando uma outra pessoa morre. Eu pensei bastante no assunto, em me matar. E qual seria o melhor método. Talvez pular no rio. Ou me deitar na linha do trem. Imaginei que o melhor jeito seria me deitar na linha do trem que vai de Londres pra nossa vila, de King's Cross para King's Lynn. Seria bem irônico, né?

— Saul, por favor, nem me fale uma coisa dessas. É o meu maior medo.

— Mas aí eu pensei que, se eu me matasse, seria também como matar você um pouco. E pode parecer meio maluco, mas eu imaginei o meu pai conversando comigo e ele me disse que era pra eu continuar vivo, tanto por ele quanto por você. E eu ainda queria que a Saffie fizesse pelo menos a porra de um pedido de desculpas. Eu não ia voltar pra casa até ela retirar a acusação.

— Ela estava desesperada, Saul. Morrendo de medo do que poderia acontecer se ela contasse a verdade, que ela estava sendo abusada pelo seu tutor, o Harry Bell. Ele estava ameaçando a Saffie. Ele está preso agora, acusado de estupro de vulnerável.

— Caralho. Que merda. Então ela *foi* estuprada mesmo?

— Sim, ela foi estuprada. Ela não conseguiu entender que ela podia ter dito *não*, então essa situação se configura como estupro. Ela pensou que, colocando a culpa em você, ela não ia ter que enfrentar a violência do mundo real. A Saffie imaginou que eu e a Jules iríamos resolver o assunto entre nós duas. Ela não queria te gerar um problema, mas ela estava encurralada. Eu sei que parece um gesto terrivelmente injusto, e que ela foi bastante ingênua de achar que te acusar não ia provocar nenhuma consequência mais grave.

— Sim, bastante ingênua.

— Mas eu, na verdade, preciso agradecer a Saffie. Foi ela quem lembrou dessa história de você achar que o fantasma do Archie mora nessa igreja. E como você sempre gostou desses bancos com portinholas.

— Ela lembrou dos bancos?

— Sim, lembrou. Alguma conversa que vocês tiveram quando eram crianças. E eu vim direto pra cá assim que ela me contou — não consigo parar de olhar para o meu filho. Eu quero sufocá-lo de tanto abraço, quero esfregar meu nariz no cabelo dele, sentir seu cheiro de novo. — Saul, é impossível eu te dizer o quanto senti sua falta. O tamanho do meu medo por achar que eu tinha perdido você — na verdade, minha vontade é engolir meu filho para ele não ter a chance de fugir outra vez, igual os roedores comem os filhotes quando eles estão em perigo. Mas eu me controlo, me esforço para tratá-lo como o adulto que ele é agora.

— Você recebeu a minha mensagem, não recebeu? — ele diz, afoito. — Eu joguei meu telefone fora quando saí de casa pra ter certeza de que ninguém ia conseguir me descobrir. Mas aí eu pensei que você podia ficar... Nervosa. Então eu peguei um telefone emprestado, com um número desconhecido, e mandei aquela mensagem, de que eu tinha vindo ficar perto do papai. Eu não queria que você imaginasse que eu estivesse, sei lá, morto.

Não digo a ele que interpretei a mensagem de um jeito bem diferente, para não correr o risco de soar como uma censura.

— Sim — eu digo —, eu recebi a mensagem. Obrigada pelo cuidado, Saul. Só fico triste de não ter descoberto antes onde você estava. E, bom, acho que agora, se você não se importar, *eu* vou mandar uma mensagem pro Pete e pras meninas, e pra Jules também, porque todo mundo que te ama vai adorar saber que você está aqui e que você está seguro.

E que você está vivo, eu penso. O meu filho está vivo.

EPÍLOGO
Holly

EU E SAUL SEGUIMOS pela trilha ao lado do rio, enfrentando esse inverno que deixa a terra mais pálida que o céu, com nuvens pesadas de chuva suspensas em cima dos campos esbranquiçados, os juncos dobrados pelo vento. Escolhemos a trilha mais comprida, que passa pela represa, e subimos os degraus de metal que vão dar na ponte que atravessa o rio, o que de imediato me traz a lembrança daquela tarde horrorosa, do dia em que fiquei aqui parada olhando para a água quando eles me disseram que tinham achado um corpo e eu acreditei que esse corpo era do meu filho. Mas ele está aqui comigo agora. Posso sentir que Saul está ao meu lado, quente, alto, respirando forte, e ficamos um tempo ali, observando o movimento do rio, os dois em silêncio. E está tudo bem. É confortável ficar ao lado dele e compartilhar o silêncio.

Estamos prestes a ir embora, para continuar a caminhada rio acima, quando vejo duas pessoas se aproximando pela trilha. Jules e Saffie. E, embora minha vontade seja sair dali o mais rápido possível para poder passar um tempo sozinha com Saul, as duas nos alcançam antes que a gente consiga chegar ao portão giratório no final da escada.

— Saul — Jules diz. — Eu não consigo expressar... *Palavras* não vão ser suficientes pra expressar o que estou sentindo agora. O tamanho do meu arrependimento. E a dimensão da minha felicidade por te ver em segurança.

Saul faz um gesto de reconhecimento com a cabeça, mas não fala nada. Será que Jules consegue notar, como eu estou notando, o quanto ele mudou desde que fugiu de casa? Ele parece um homem adulto, um homem que nos olha de cima, que sabe muito bem a nossa incapacidade de enxergar a verdade. Ele não quer nossos pedidos de desculpa nem nossa aprovação, o que fica bem claro quando ele, sem falar uma palavra sequer, vira de costas e nos deixa ali sozinhas. Saul apenas segue em frente, com sua câmera pendurada no pescoço, andando até a margem mais distante do rio. A água está cristalina como vidro e você pode ver perfeitamente o reflexo das árvores nuas e do céu carregado. Fico parada, observando Saul caminhar pelo terreno. Ele ergue a câmera e aponta para dois cisnes que acabaram de aparecer. Então dou um tchau para Jules e vou atrás do meu filho.

— Holly?

Eu paro.

— Preciso conversar contigo.

Dou meia-volta e ando na direção de Jules.

— Agora que eu sei que o Saul está vivo e em segurança — Jules diz —, a decisão do que fazer com o Rowan está de volta nas minhas mãos. Eu sempre soube que ele tinha problemas de agressividade, mas eu nunca imaginei que ele fosse capaz de agredir uma mulher. É como se eu não o conhecesse mais.

Quase que por instinto, eu respondo colocando a mão na minha cabeça. Ainda dói, e o hematoma se transformou em um lembrete constante da agressão de Rowan.

— O que eu mais aprendi nas últimas semanas — eu digo —, é que, no fundo, a gente nunca conhece uma pessoa de verdade. É impossível. Coloque uma pessoa num contexto diferente do que ela está acostumada e essa pessoa vai revelar certas características que nem ela mesma imagina que tem.

Penso em Jules criticando as minhas escolhas como mãe. Penso em Pete mostrando que as meninas são a prioridade dele, e não Saul. Penso em Saul querendo conversar com o fantasma do pai. Em Archie, querendo uma intimidade que eu não estava conseguindo dar, e encontrando esse carinho em Philippa. Por que eu vivi tanto tempo fingindo não ver o que estava bem diante dos meus olhos? Eu achava que conhecia essas pessoas. Achava que conhecia essas pessoas por inteiro. Mas não. Eu sequer me conheço de verdade. Nunca nem me dei conta, como Pete me disse, do quanto, no primeiro sinal de um problema mais grave, eu simplesmente corto as pessoas da minha vida em vez de procurar uma solução em conjunto com elas.

E agora eu vejo Saffie se aproximar de Saul, lá na beira do rio. Uma única pergunta me atravessa o pensamento, quando olho de volta para Jules, com seu rosto desgastado pelo estresse, deixando bastante evidente o sofrimento que ela está enfrentando nos últimos dias: qual de nós duas levou o soco mais forte no estômago? Jules, a mãe de uma menina que foi estuprada, ou eu, a mãe do menino que foi acusado sem ter feito nada?

— No final das contas, ninguém é perfeito — eu digo. — Nem o Archie, nem o Pete, nem eu mesma.

Jules dá uma risada.

— O Pete e eu quase nos separamos por causa dessa confusão, mas, no fim, ele aceitou as minhas falhas e eu passei a aceitar as dele. Estamos considerando que essa nova fase, com o meu filho e as filhas dele, vai ser uma espécie de reconstrução familiar — eu dou um sorriso. — Uma reconstrução familiar dentro de uma reconstrução geográfica, porque nós decidimos nos mudar para Cambridge para podermos recomeçar. Sem interferências externas. E agora vamos procurar um lugar grande o suficiente pra caber cinco pessoas, contando com as visitas das meninas. O Saul, inclusive, já sabe de um lugar onde ele vai poder fazer o curso técnico de fotografia. Vamos nos mudar o quanto antes. Essa cidade nos traz muitas... Lembranças. Queria que você fosse a primeira pessoa a saber pra não ser surpreendida pelo aviso de *vende-se* na frente da nossa casa. Quer dizer, sei lá, eu precisava te contar, é meio estranho só contar pra você agora, quando a coisa já está decidida.

Jules me olha por alguns segundos. A irritação no seu rosto é tão palpável que a minha vontade é esticar a mão e espanar o mau humor da sua pele.

— Bom, é uma ótima notícia. Pra você, digo. Eu vou sentir falta de ter você por perto. Mas consigo entender a decisão, claro.

Eu disse algumas coisas que passaram e muito dos limites, tanto sobre o Saul quanto sobre o Archie. Acabei tendo uma postura bastante cruel, sou obrigada a admitir.

— Sim, mas não é assim tão simples. Agora que estou tendo um tempo pra pensar na vida, pra ressignificar o meu passado, acho que aquela conversa terminou sendo bastante útil. Eu finalmente consegui tirar o Archie do pedestal. E essa situação também me ensinou algumas lições importantes sobre mim mesma, ainda que elas não sejam muito confortáveis. Pensar que eu escolhi ver o que queria ver e me recusei a prestar atenção nas preocupações dele, por exemplo. A Suzie inclusive tentou me dar um puxão de orelha, no pior lugar e no pior horário, bem no meio do velório dele, mas, ainda assim, ela só estava tentando me ajudar. Vou entrar em contato com ela em algum momento, combinar para fazer uma visita e poder ver como a minha mãe está — viro o rosto e olho o rio, me surpreendendo com a imensidão da terra ao redor da gente. — Preciso voltar ao trabalho. Eles descobriram quem era o sujeito me perseguindo no Twitter, o tal do Machistinha. Era um dos meus alunos, um idiota chamado Jerome. Ele foi suspenso e eles querem que eu retome os seminários sobre consentimento. Vou falar sobre as razões que levam as mulheres a não denunciarem os abusos sofridos e os motivos pelos quais elas devem, sim, denunciar.

Jules faz uma cara de espanto:

— É um gesto bem corajoso seu, Holly.

— Não é coragem. É como você me disse outro dia no café, é uma necessidade. Olhe o que aconteceu com a Saffie por causa do medo dela em denunciar o professor.

— Olhe o que aconteceu contigo — Jules diz.

— Eu vou ficar bem — eu respondo.

— Você deveria ter denunciado a agressão do Rowan.

Agora eu não consigo responder. Tento encontrar palavras que expliquem os motivos que me fizeram não denunciar Rowan. Talvez a consciência de que essa denúncia poderia desviar a atenção das pessoas que estavam procurando Saul. Mas também, e essa é uma questão que me envergonha e sobre a qual pretendo conversar com meus alunos, a ambiguidade do que ele fez, o que acabou me deixando insegura, sem saber se aquele gesto poderia ser classificado como abuso. Para não falar na humilhação que a polícia ia me obrigar a passar, o interrogatório, as dúvidas, as perguntas questionando os motivos para eu ter deixado Rowan entrar na minha casa, a roupa que eu estava vestindo... Uma combinação de obstáculos que terminou reprimindo a minha determinação em denunciar a agressão. Claro, esses obstáculos não deveriam ter todo esse poder sobre a vida de uma pessoa, mas foi o que aconteceu. E eu preciso mostrar aos meus alunos que, se uma vítima de estupro consegue identificar os motivos tácitos que fazem ela ficar calada, ela também tem a força para superar esses motivos. Elas não precisam sofrer em silêncio. Até porque, quando a primeira vítima encontra a coragem de falar, ela abre o caminho para todas as outras.

— Mas eu fico feliz por você, Holly — Jules está dizendo. — De verdade. Eu fico feliz que você e o Pete estão dando mais uma chance pra vocês, acho que eu me sentiria culpada se vocês resolvessem se separar justo agora — ela fica quieta por um instante. Na sequência, sem conseguir me olhar, Jules diz: — Eu também resolvi dar uma chance pro Rowan. Pensei que a melhor saída era o divórcio, depois do que ele fez contigo. Mas comecei a pensar em tudo que a Saffie passou nos últimos meses... Ia ser mais uma violência contra ela. A Saffie já vai precisar de um tempo pra superar esse trauma que o professor provocou nela, se é que um dia ela vai superar. E ela vai precisar do apoio do pai. Ele trata a Saffie muito bem. Digo, ele está se comportando muito bem com ela agora. A relação entre eles mudou, ele está pressionando menos, está menos obcecado, de um jeito positivo. Está dando espaço pra ela. E ele concordou em participar de um novo curso de controle das emoções. Bom, você está certa, no final das contas. Quando você diz que, em algum momento, todo mundo revela características que nem a própria pessoa sabe que existe. Eu... Nós... Nós achamos que o nosso casamento merece mais uma chance. O Rowan aprendeu bastante com o que aconteceu e eu sei que ele ainda vai amadurecer muito como homem.

De repente o céu fica claro e a terra parece mais escura. Acontece bastante por aqui, essa coisa do mundo virar de cabeça para baixo de uma hora para outra. É um lugar curioso, você pode amar essa terra e ao mesmo tempo odiá-la. Logo depois um grupo de cisnes aparece voando na nossa direção, com os pescoços brilhosos refletindo a luz do sol, em um voo tão baixo que tomamos susto com a força das suas asas.

— Talvez a gente também possa se mudar pra Cambridge, o que você acha? — Jules brinca.

— Seria ótimo ter você por perto, Jules. De verdade.

Por alguns segundos eu me permito me divertir um pouco com essa ideia. Afinal, nós sempre moramos uma perto da outra, fora o período curto quando ela já tinha se mudado para cá e eu e Saul ainda não. Eu sempre considerei Jules e Saffie como parte da minha família. E a vida poderia voltar ao normal: as visitas, nós duas cozinhando juntas, bebendo vinho, conversando sobre tudo e sobre qualquer coisa. Uma amizade assim é inestimável, nada se compara.

— Não sei como o Saul iria se sentir. Ele precisa de um recomeço, morar aqui nunca foi a melhor opção na cabeça dele. E não dá pra esquecer o fato de que a Saffie escolheu ele pra servir de bode expiatório. Ele era um alvo fácil, por tudo o que aconteceu desde a mudança. Eu preciso respeitar o espaço dele...

É muito fácil perceber o quanto minhas palavras machucam Jules, e eu me arrependo assim que termino de falar.

— Acho que não é só por mim, é pela Saffie também — ela diz. — Ela precisa sentir que não está desprotegida. E você é muito importante pra ela, Holly.

Atrás de Jules, posso ver o reflexo de Saul nas águas calmas do rio. O reflexo de Saffie aparece ao lado dele.

— Jules, olha aquilo ali.

E eu aponto para o reflexo dos nossos filhos, ambos de cabeça para baixo, uma reprodução perfeita dos dois nas águas do rio. Na mesma hora, o reflexo de Saul faz um movimento na direção de Saffie. Ele se inclina por cima dela, com o braço esticado como se ele fosse agarrar o pescoço da filha de Jules.

Ou como se fosse empurrar Saffie com uma força capaz de jogá-la do outro lado do planeta. É uma cena assustadora: o rio está congelante, eles estão perto da represa e, se ela cair, a queda vai ser fulminante.

Aterrorizada, dou um passo à frente, abrindo a boca para gritar com Saul, e Jules se vira também. Ela tira o corpo dela do meu campo de visão e eu posso ver os dois, Saul e Saffie, os dois de verdade, na posição correta, e não um reflexo. Eles estão na beira do rio, muito próximos um do outro. Saffie parece ter perdido o equilíbrio, está de braços abertos, prestes a cair de costas no seu próprio reflexo. Jules levanta os braços, gesticula, grita. E Saul dá um pulo na direção do rio. Ele empurra Saffie para baixo e o corpo dela começa a cair no vazio.

No último segundo, no entanto, Saul segura Saffie de novo e a puxa de volta para a terra. O grito indignado dela e a risada dele ecoam pelo ar através das planícies enquanto os dois tropeçam e caem para trás, em cima de um amontoado de juncos. Aí vemos uma garça voar por cima das nossas cabeças e pousar na parte rasa da água, criando uma onda ao deslizar pela superfície do rio, com as pernas muito bem esticadas. O céu gigantesco, os salgueiros pelados e todo o mundo invertido que o rio está jogando na nossa cara se desfaz diante dos nossos olhos, estilhaçado em um milhão de fragmentos, até que aos poucos tudo vai se acalmando e voltando ao normal.

AGRADECIMENTOS

MEU PRIMEIRO OBRIGADO vai para Jane Gregory, Stephanie Glencross e Mary Jones, na Gregory & Company, por acreditarem que existia uma história a ser escrita aqui.

E é uma sorte imensa ter encontrado um editor tão sensível e perspicaz quanto Sam Humphreys na Mantle. Obrigada, Sam, por me mostrar como esse livro não precisava ser o que eu imaginava que ele era lá atrás. Eu sou uma pessoa muito mais feliz agora que posso ver o que ele se tornou graças às suas sugestões. E também agradeço a toda a equipe da Mantle, por todo o esforço na produção deste livro.

Agradeço ainda a Jenny Urquart por ter me incentivado a criar um personagem com um nome *pedestre* e a Katie Small, pelo seu trabalho na CLIC Sargent.

Meu muito obrigado também vai para:

Anna D'Andrea e John Davy, sempre meus primeiros e mais empolgados leitores.

Sarah Flint, pela ajuda com os procedimentos policiais.

Helen Tabor, Kate Rhodes, Judy Foreshaw, Rick Harvey e Guinevere Glasford, pelas leituras e pelas contribuições, Susan Elliot Wright, pelo apoio e por ter me apresentado ao livro *Carnal knowledge: rape on trial*, de Sue Lees, e Suzanne Dominian, por me acompanhar nas caminhadas e pesquisas por Londres, e por ter me feito prestar atenção nos bancos da capela da Lincoln's Inn.

Andy Taylor, pelo apoio de sempre.

Acima de tudo, meus agradecimentos a Polly e Emma Hancock-Taylor pelas leituras detalhadas, e a Jem Hancock-Taylor pelas ideias (inclusive por me indicar a música *Rape me*, do Nirvana) e pela paciência infinita com todas as vezes em que eu me perdi em um dilema no enredo ou com todas aquelas perguntas sobre os atuais comportamentos praticados nas redes sociais. A ajuda de vocês é mais importante do que vocês imaginam.

E muito obrigada a todos os nomes que eu posso ter me esquecido de citar aqui, espero que vocês saibam o quanto eu agradeço pelas conversas, pelos debates e pelas sugestões que me ajudaram a escrever este livro.

Descubra a sua próxima
leitura em nossa loja online

dublinense.COM.BR

Composto em DANTE e impresso na PALLOTTI,
em PÓLEN SOFT 80g/m², em NOVEMBRO de 2021.